Annick Rastoix

Le dernier fils des dieux

Tome 3

L'enfer d'Amon

Ne fais pas aux autres, ce que tu n'aimerais pas
que l'on te fasse
Confucius

ROMAN

Publication 2019
Edition : Annick Rastoix – Ile de France
Achevé d'imprimer en novembre 2019
Dépôt légal : novembre 2019

ISBN n° 978-2-9570403-2-2

Auto-édition avec : www.ebook-creation.fr
L'auto-édition facile !

Tables des matières

L'inconscient est un réservoir inépuisable de sagesse et de connaissance. Mais c'est un mécanisme dont le fonctionnement naturel s'efforce d'ordonner l'ensemble des phénomènes, par les seules lois de cause à effet. L'environnement dans lequel évolue l'homme, la culture, les instructions et tant d'autres sont les terrains où s'organise ce mécanisme, qui possède un pouvoir inimaginable sur l'humain. L'inconscient est un piège, dont on ne peut pas sortir, tant qu'on ne sait pas qu'il existe.

Pharaon est le guide spirituel de son peuple pour l'équilibre dans la vie, pour la paix de l'âme, mais au-delà de tout ça, il est la puissance suprême et incontestable du pouvoir unique sur le double pays. De nombreux symboles présents sur la personne de Pharaon rappellent au peuple combien il est fort. Les dieux sont là pour l'épauler, ils sont là pour lui transmettre l'Amour nécessaire afin qu'il accomplisse sa juste tâche. Mais tous les humains sur terre ne sont pas égaux, certains ont oublié la valeur et le sens de la vie.

Akhenaton, Pharaon, chef spirituel du pouvoir suprême et incontestable des terres noires et au-delà des pays conquis par ses ancêtres, a été instruit pour gouverner, mais pas seulement. Il a pour mission de répandre la sagesse et d'unifier tous les hommes. C'est là qu'intervient son obligation temporelle qui va donner une raison d'être, à la caste des prêtres pour qu'ils le remplacent de partout dans l'Empire Khem. Par cela-même, ces prêtres représentent l'héritage divin de Pharaon.

Mais maintenant, un problème se pose à Younou. Dans le déroulement de son règne, il réalise qu'il lui sera impossible de rallier tout le peuple à la sagesse qu'il promulgue, sans une intervention musclée envers le clergé d'Amon, qui ne capitulera jamais. Ces fanatiques d'Amon corrompus par l'appât du gain et bien ancrés dans la matière, se battront jusqu'au bout et cela Younou sait qu'il ne pourra l'éviter. Il tombe dans deux problématiques, une de l'action humaine, et une autre du sens de l'existence de l'être. La détermination d'Akhenaton passe alors par :

Faire quel choix ?

Ce choix même qui ne peut trouver d'apaisement qu'au prix d'un reniement de soi, car l'absolu n'est pas dehors, mais bien à l'intérieur de l'homme. Pharaon en tant que Maître divin de tout ce qui vit, est garant de l'équilibre de cette liberté. Une juste fin ne s'atteint pas par de mauvais choix, sinon ce serait forcément une mauvaise fin.

Mais est-ce bien son dessein ?

Chapitre 1

La décision

Le jour tombe sur Ouasat mais on aperçoit quelques silhouettes furtives se hâter vers une salle jouxtant le temple d'Amon. C'est ici que le grand prêtre Hatamon a réuni tous les principaux dirigeants de son clergé. Les derniers évènements mais aussi les informations qui lui ont été rapportées ont amené le grand prêtre à lancer l'offensive contre Pharaon. Tarder davantage serait un suicide et l'enquête initiée par l'épouse royale risque de mettre à mal l'édifice patiemment érigé depuis des décennies. Les hauts dignitaires ont donc été sommés de se rendre à Ouasat. La salle sévèrement gardée est comble. Elle est éclairée par des torches qui projettent des ombres inquiétantes sur les murs. Au fond se trouve une estrade elle-même éclairée par des torches fixées sur des candélabres. Derrière une table sur laquelle sont posés un gobelet et une cruche d'eau, se trouve le grand prêtre, il est seul et immobile. Sur un signe, il indique aux gardes de fermer les portes. Il lève de nouveau le bras et la rumeur de la foule se calme puis se fait silencieuse.

— Mes chers frères, si je vous ai réunis ce soir et si je vous ai fait venir parfois des confins de l'empire, c'est que l'heure est grave. Je ne vous cacherai pas que nous subissons actuellement la pire attaque que nous ayons connue depuis des siècles. L'attaque la plus violente car elle nous vient de celui qui est censé représenter le pouvoir des dieux sur terre, vous aurez compris que je parle de Pharaon, de l'actuel pharaon ! Celui-ci mais aussi son épouse ainsi que quelques comparses se sont faits les contempteurs d'Amon. Sacrilège !

A ces mots un grondement s'élève de l'auditoire, Hatamon attend quelques instants puis d'un signe de la main, il indique à ses fidèles qu'il va poursuivre. Le silence retombe sur la salle.

— Il est donc urgent que nous réagissions et frappions fort. Pharaon renie Amon en changeant son nom, un nom qui pourtant le glorifie car il porte la marque de notre dieu : Amenhotep, quatrième du nom ! Mais ce n'est pas tout...

Hatamon suspend son discours laissant ses disciples dans l'expectative. Tous retiennent leur souffle pendant que le grand prêtre promène un regard de prédateur sur tous.

— Il s'en prend maintenant ouvertement à notre clergé ! Il arrête certains des nôtres, les emprisonne sans jugement et les bannit de ses terres. Il confisque nos biens pourtant durement acquis et ne nous laisse que la partie congrue...

À ces mots des cris fusent de la foule, des poings se lèvent mais Hatamon n'a pas fini.

— Il nous dépossède et toutes ces richesses sont destinées à sa nouvelle capitale. Cette ville qu'il a appelée Akhetaton, en l'honneur de sa divinité. Allons-nous continuer à nous laisser dépouiller ? Allons-nous laisser permettre de souiller davantage le nom d'AMON ?

Un tonnerre lui répond : NON ! NON !

Hatamon lève les bras et immédiatement, les participants se pressent autour de leur chef

— Nous nous sommes montrés trop conciliants et par la même nous avons trop attendu, l'heure est venue maintenant d'agir mais je veux pouvoir compter sur votre adhésion totale...

Une fois encore les hurlements de la foule lui confirment un soutien sans faille.

— Tout d'abord, il faut faire connaître au peuple le vrai visage de Pharaon. Celui d'un être qui se targue de distribuer gratuitement les terres au peuple mais ce sont surtout les ennemis de l'Empire Khem qui en profitent, comme les hittites. Ceux-ci mettent en avant la faiblesse de notre armée et de ses chefs. On passe pour des pleutres, qui ont peur de se battre !

Certains prêtres lèvent le poing en demandant la tête de Pharaon.

— Patience, mes frères, ce jour viendra mais peut-être certains sont-ils encore en proie au doute, alors apprenez, et sa voix se fait froide comme s'il commentait une dissection, Thot a remis entre nos mains, le secret de la vie et c'est pour cela que nous sommes ici, pour guider les hommes. Sans nous, l'humanité reste dans les ténèbres et l'ignorance. Or, que fait Akhenaton ? Il louange le principe de la Maât pour officialiser la transmission de notre savoir et en vulgariser les principes au peuple ! L'assistance se met alors à conspuer le nom de Pharaon.

— Or l'homme n'est pas prêt et il faut que ce soit nous qui guidions le peuple, mais ce n'est pas tout...

Le ton de la voix monte et il scande ces mots qui poussent la foule au paroxysme de sa haine contre Akhenaton.

— Non content de former des khemits, il invite des étrangers à qui il divulgue nos secrets !

Les prêtres l'implorent.

— Dis-nous ce que nous devons faire et nous te suivrons !

— Oui ! Ordonne-nous de nous battre et nous nous battrons jusqu'à la mort.

Hatamon poursuit et sa voix se fait alors plus pressante

— Je savais que je pouvais compter sur vous mais la lutte sera difficile car l'ennemi a déjà exercé ses ravages.

Il baisse ensuite la voix qui se fait persuasive

— Le noyau dur de cette engeance se trouve à Akhetaton, Amon réduira cette cité en cendres ainsi que ses zélateurs.

Nous allons répandre la terreur, en vandalisant et assassinant les habitants, et semer le doute sur les compétences de Pharaon à les protéger et enfin la révolte germera parmi la population.

— Mais la cité est bien gardée et par de nombreux militaires qui patrouillent sans cesse, se hasarde un intervenant plus circonspect que les autres.

— Nos agents nous informent et nous frapperons là où on nous attend le moins, réplique Hatamon en élevant la voix. Tous les moyens seront bons et tous seront touchés, sans distinction de classe ou d'origine, à n'importe quel moment de la journée ou de la nuit, encore que je préfère la nuit car je veux que personne ne puisse dormir sereinement, poursuit-il avec un rictus. Je veux saper la tranquillité et la confiance de la population envers Pharaon mais je vous ai réservé mon arme fatale pour la fin.

Tous les regards sont braqués sur Hatamon qui se rêve en stratège pouvant rivaliser avec les plus grands généraux voire avec le souverain lui-même.

— Pendant ce temps, des hommes à nous déguisés en prêtres d'Aton vont se rendre dans tous les nomes en même temps et aussi ceux qui n'ont pas encore été trop convertis aux nouvelles idées…

Un murmure d'étonnement parcourt la foule.

— Attendez, poursuit Hatamon, je n'ai pas terminé et c'est là que je demande votre attention et votre appui. Ces hommes entreront dans nos temples et conspueront nos rites et même martèleront tous les noms d'Amon…

Des cris offusqués s'élèvent

— Mais, c'est un sacrilège !

— Justement et c'est là que nous frappons fort car la population qui n'est pas encore au fait des manœuvres de Pharaon, aura la même réaction d'indignation devant cette profanation. Elle se soulèvera contre les vrais prêtres d'Aton. Contre Pharaon !

Hatamon reste un moment silencieux laissant l'assistance perplexe, comprendre l'enjeu de cette démarche, puis il reprend d'une voix calme et sereine.

— Eh oui, c'est une profanation, que tout le monde pourra voir. Une profanation que les Khemits dans leur intégralité n'accepteront pas. Et là, ils comprendront que ce Pharaon ne peut pas rester au pouvoir qu'il ne respecte rien, tout dieu sur terre qu'il est, c'est un hérétique qu'on doit remplacer !

— Mais par qui ?

— Par Kamenré bien sûr ! Pourquoi d'après vous, est-il à Men-nefer ? Il parfait son instruction militaire, pour que l'armée le suive comme un seul homme. Et Ouasat redeviendra la capitale et Amon reprendra sa place, au-dessus de tous les dieux !

***

Au palais royal d'Akhetaton.

Nana n'a pas dormi de la nuit, des fantômes hantent son esprit. Les images de Younou et Kia passent devant ses yeux sans cesse. Ce qui lui fait le plus mal, est le plaisir qu'il semblait prendre avec cette… secondaire. Elle ne sait plus que penser, tout est confus. Un énorme doute l'envahit pour l'avenir. Ses illusions de jeunesse tombent les unes derrière les autres. Son cœur lui fait mal à chaque battement. Si elle n'avait pas eu cet accès de colère, c'est elle qui serait à la place de Kia, cependant son instinct lui dit que si elle a eu tort de s'emporter, elle a quand même raison au sujet des tablettes. D'un autre côté, elle sent que quelque chose n'est pas normal. Comment se fait-il que l'épouse secondaire soit allée aussi rapidement retrouver Younou ? Seraient-ils de connivence tous les deux ?

Il fait encore nuit, mais elle sait qu'elle ne dormira plus. Son cerveau fonctionne à plein régime. Elle tourne en rond depuis des heures, ne trouvant aucune paix à rester immobile. Aussi elle décide d'aller au bureau administratif pour reprendre ses recherches, comme elle le fait souvent en temps de crise car elle veut comprendre. Elle part en échappant volontairement à la vigilance de son fidèle garde Kysen. Elle apprécie les couloirs vides et la solitude complète des lieux. Elle se dit, qu'une fouille plus approfondie des lieux, sera bénéfique et de plus lui changera les idées. Tout en marchant, elle éprouve de la gratitude envers Mériré, pour lui avoir dévoilé l'existence de ces tablettes si importantes pour l'avenir de l'Empire.

Mais les images de Younou avec Kia lui reviennent en boucle à l'esprit. L'engouement dans les gestes de son époux pour cette femme...

— Ahh !

Elle s'arrête et regarde les lueurs encore faibles du ciel.

— Pourquoi ? Pourquoi ?

Elle veut chasser ces images, qui se sont incrustées à jamais. Alors, elle commence par respirer fort, elle a besoin d'air. Elle se remémore les instants de bonheur avec son époux et d'autres images viennent les remplacer. La première fois où elle les avait vus ensemble, la réaction de Younou, et ses paroles dansent encore dans sa tête. Elle s'y raccroche de toutes ses forces.

Pourquoi attaches-tu autant d'importance à l'acte sexuel... Grandis en Aton... Nous sommes ses enfants, Toi et Moi, ne le décevons pas... Grandis en Aton... Je t'aime... Tu seras toujours dans mon cœur...

Alors Nana a envie de se battre, elle ne veut pas baisser les bras. Elle sent dans sa chair, qu'elle peut reconquérir son bien-aimé. Il faut tout d'abord qu'elle se fasse pardonner de ses actes excessifs de la veille et reprendre les rênes de sa vie. Fini l'étiolement des sentiments, l'étouffement d'une passion qui respire toujours le même air.

La grandeur de l'Amour ne s'enferme pas dans une cage, même dorée et aussi puissant qu'il peut être. La liberté est un pétale qui finit toujours par se détacher.

Younou le savait déjà.

Elle aime se remémorer alors, combien son pouvoir de séduction est grand. *Ne jamais l'oublier.* Elle a même envie d'en jouer, profiter pleinement de sa position et de ses avantages, mais cette fois-ci d'une façon beaucoup plus détachée. Ces pensées l'aident à se sentir mieux et lui redonne du courage pour se battre.

Les gardes surveillant l'entrée des bureaux sont étonnés de voir leur reine debout si tôt mais ils ne laissent rien paraître et la saluent. Elle entre dans la pièce sombre et calme, le ciel commence à s'éclairer timidement de la lumière d'Aton et reflète dans la pièce, transformant le mobilier comme des ombres. Elle s'enfonce dans les allées regardant à droite et à gauche, ouvrant des coffres, poussant des statues qui bloquent des passages. Soudain, son regard est attiré par un coffre. Un coffre qu'elle n'avait encore jamais remarqué, elle tire ce qui est devant et qui gêne pour l'atteindre et l'ouvre. Un tapis oriental recouvre des tablettes. La lumière grandissante lui permet de les lire, une, deux, trois… puis elle en sélectionne deux et remet les autres dans le coffre, comme c'était avant.

Des pas dans le couloir attirent son attention, quelqu'un vient, elle prend conscience qu'elle est seule et vulnérable, soudain elle a peur et se cache derrière un rideau. C'est alors qu'elle voit entrer son garde.

— Kysen ? dit-elle en se dévoilant.

— Ma Reine, pourquoi partir sans moi ?

— Tu m'as fait peur vois-tu !

— Je t'ai cherchée partout !

Elle se rapproche de son garde, lui sourit et lui presse la main par reconnaissance.

— Je suis là, ne sois pas inquiet, j'avais besoin de m'isoler.

— Tout va bien ma Reine ? Tu sais que tu travailles trop, je te l'ai déjà dit, tu vas finir par perdre le sens des vraies priorités.

— Tu me l'as déjà dit ?

— Oui... Pourquoi ?

— Rappelle-moi de t'écouter, quand je ne t'entends pas, Kysen.

— Que se passe-t-il ma Reine ? Tu as l'air vraiment bouleversée.

— Rien Kysen, je viens de prendre conscience que mon divin époux est aussi un homme.

— Je ne comprends pas, ma Reine ? Il me semblait pourtant évident que Pharaon est de tout temps d'essence divine, mais avec un corps humain.

Nana ne peut s'empêcher de sourire devant la candeur affichée de son garde.

— Ce n'est rien, oublie ce que je viens de te dire.

— Il en sera fait comme tu me l'as demandé, mais permets moi de te demander ce qui t'agite quand tu parles de ton époux. Tu penses qu'il est menacé ? ou...

— Non, non c'est juste une réflexion mais parle-moi plutôt de Kia...

Tout s'éclaire. Kysen se jure de se montrer moins naïf. Bien sûr, il n'est pas dupe et l'attitude de Nana est celle d'une femme blessée, même si elle affecte de ne rien en montrer. Il sent que son devoir est d'aider sa souveraine et il n'est pas peu fier d'être devenu en quelque sorte son confident.

— Je l'ai aperçue à plusieurs reprises se dirigeant vers les appartements de Pharaon mais c'est tout juste si elle daigne nous remarquer. D'ailleurs des proches soulignent que son caractère a changé...

— Ah ?

— Oui, s'empresse-t-il d'ajouter, elle se donne des airs dominateurs. Elle n'est pas comme toi, maîtresse. Mais j'ai appris aussi une nouvelle importante qui demande néanmoins à être vérifiée.

Nana retient sa respiration. Serait-ce ?...

Encouragé par le silence attentif de Nana, il poursuit

— Elle est enceinte de Pharaon...

— Pourquoi ne m'en parles-tu que maintenant ?

— Je ne l'ai appris qu'hier, mais majesté, cela demande à être vérifié.

Nana sait qu'il n'y a pas besoin de preuves. Elle est pensive, tout va très vite dans sa tête, d'un coup elle se sent vraiment vulnérable.

— Kysen ? Que dois-je faire ?

— Oh ma Reine, je ne sais pas, peut-être rester celle que tu es avant tout, ne rien changer, voir la situation d'un plan supérieur ?

— C'est ça ! Tu as raison. Il ne faut pas que je change, il faut que je sois heureuse de la venue de cet enfant.

— Mais il va falloir que tu le sois dans ton cœur aussi, tu sais que Pharaon sent tout !

— Je sais.

***

Dans la chambre de Pharaon, Kia se réveille tôt et va sur la terrasse, revêtue simplement d'une étoffe de gaze qui ne cache rien de ses formes opulentes. Elle regrette juste que son ventre ne soit pas déjà rond. Cela viendra rapidement se dit-elle avec un sourire de conquérante. Elle étire son corps et fait quelques mouvements en espérant être vue par Nana qui pourrait se promener sur sa terrasse. Pendant ce temps, Younou ouvre les yeux et aperçoit le manège de Kia, le regard toujours en direction de la chambre de la reine. Il se tourne sur le dos et soupire profondément en fermant les yeux, puis s'assoit sur le bord du lit et se frotte le visage avec les mains. D'un pas nonchalant il va rejoindre Kia sur la terrasse. Mais elle est tellement occupée à regarder de l'autre côté, qu'elle ne l'entend pas. Il l'entoure de ses bras par derrière et elle sursaute.

— As-tu bien dormi ? lui demande-t-il.

— Ah ! Tu m'as surprise ! J'ai fait un rêve merveilleux, veux-tu que je te le raconte ?

Mais Younou élude sa question et se contente de lui chuchoter tout en lui mordillant le lobe de l'oreille.

— Je n'aurais pas su mieux dormir et c'est grâce à toi.

Elle se retourne et passe ses bras autour du cou de Younou, il la gratifie d'un langoureux baiser, que Néfertiti pourrait voir, si elle se décidait enfin à sortir sur sa terrasse. Cependant du haut de son petit nuage, Kia est heureuse, car le comportement de Pharaon a vraiment changé. Elle décide alors d'être magnanime.

— Ce n'est rien, ne t'en fais pas, elle sera calmée aujourd'hui…

Il dépose un second baiser sur les lèvres de Kia qui goûte cet instant avec volupté. Il semble que Pharaon soit indifférent au risque d'être vu par sa grande épouse. Elle devine qu'il est enclin à lui faire plaisir, elle décide donc de pousser un peu plus loin son intervention.

— Je t'accompagne à la cérémonie aujourd'hui ?

— Pourquoi cette question ? Tu viens comme d'habitude, non ? répond-il en déposant un autre baiser dans le cou.

Mais Kia veut participer à la cérémonie, remplacer Néfertiti.

— Ah ! dit-elle en s'écartant un peu de lui.

— Quoi ? Que se passe-t-il ?

— Je parlais de l'office, précise Kia.

— Mais… Nana va venir !

La secondaire est surprise de constater, qu'il tient toujours à ce que ce soit encore Néfertiti qui officie à son côté. Elle pensait naïvement qu'après cette nuit torride, elle aurait toutes ses chances d'être auprès de lui durant la cérémonie du matin. Aussi, elle reste méfiante et ajoute seulement.

— Et si elle ne vient pas ?

Younou lève la tête et regarde le ciel, puis ferme les yeux.

— Elle viendra, affirme-t-il en se détachant de Kia, il lui tourne le dos et va s'installer à la table pour le petit déjeuner.

Kia le rejoint timidement et tente de rattraper son manque de discernement.

— Tes filles seront là de toute façon pour palier son absence au cas où, insiste-t-elle.

— Kia ! Elle viendra, coupe Younou.

Il mange pour éviter une discussion qui commence à lui déplaire fortement. Mais comme il sent Kia contrariée.

— Il faut vraiment que tu comprennes. Si je change l'ordre des choses en te mettant à la place de Néfertiti, demain, il y aura une autre épouse secondaire, qui voudra te remplacer et les esprits deviendront mesquins, suspicieux et jaloux. Il y aura des complots et des médisances… Même si j'en avais envie, je ne le ferai pas.

— Est-ce que tu en as envie ? chuchote Kia.

Il continue de manger, pendant qu'elle grignote une galette, se rendant compte qu'elle avait été une fois de plus trop présomptueuse. Puis Younou lui prend la main, tout en la regardant droit dans les yeux et d'une voix douce la rassure.

— Tu es une belle personne que j'aime vraiment beaucoup… de plus en plus… et tu as ta place dans mon cœur.

Kia sourit et se contente, pour le moment, de cet aveu qui lui va droit au cœur.

C'est le moment de la toilette, Younou se lève pour se préparer à la cérémonie, Kia le suit. Les serviteurs les lavent et les habillent.

Ils sont prêts, quand Nana apparaît sur la terrasse. Immobile elle attend d'être remarquée et constate que la princesse mitannienne est encore au côté de son époux. Son cœur s'emballe, mais elle prend sur elle pour ne rien laisser paraître. Ne pas perdre la face en s'abaissant à une crise de jalousie. *Rester digne.* Younou l'aperçoit et ne peut empêcher ce merveilleux sourire de soulagement, éclairer son visage.

Nana est habillée pour la cérémonie et paraît plus belle que jamais. Elle entre dans la chambre d'un pas lent, salue Kia de la tête et toujours sans un mot, va prendre le bras de son époux. Ils sortent de la chambre, entourés des gardes. Kia suit comme un pantin. Nana se serre contre le bras de Younou pour mieux lui parler semble-t-il. Cependant, la grande épouse n'ignore pas que Kia ne les perd pas de vue. Elle pourrait même sentir son regard sur sa peau, mais elle a décidé que rien ne la toucherait.

— Je voulais te dire, que je suis désolée pour hier soir. Tu as raison, j'étais trop fatiguée.

Younou sent un changement en Nana, il cherche un moment les fragrances de ce nouveau parfum qui émane de son cœur, et oublie d'être complaisant. Alors se glisse dans ce parfum subtil qu'il peine à décrire, un autre qui lui est plus familier, celui de l'inquiétude. Il réalise alors qu'il n'a pas répliqué à son angoisse, ni même à son avance et à ses excuses.

— Tu travailles trop effectivement, confirme-t-il rapidement.

Younou regrette déjà sa réponse froide et directe, à laquelle Nana répond sur le même ton.

— Je sais et cela ne se reproduira plus, je te le jure.

Ils marchent d'un pas solennel dans le couloir longeant un magnifique jardin qu'embaument des fleurs au parfum suave. Younou ne supporte pas cette situation tendue entre eux, aussi malgré lui, il veut s'absoudre.

— Hier au soir, tu aurais pu venir me voir dans ma chambre, se hasarde-t-il.

— C'est ce que j'ai fait.

Younou la regarde surpris. Le beau visage de Nana reste impassible.

— Comme tu étais déjà occupé, continue-t-elle. J'ai préféré ne pas vous déranger, d'ailleurs j'avais à faire.

— Elle est enceinte, tente de se justifier Younou sans détour et en évitant de croiser son regard.

— Je sais. Elle doit être heureuse et moi aussi je suis très heureuse pour vous, dit-elle le plus sincèrement possible.

— Je ne l'ai pas convoquée, elle est venue d'elle-même m'annoncer la nouvelle… Mais tu n'aurais pas dû te sentir gênée, tu aurais pu entrer, tu sais que tu es ma déesse et que tu as toujours la priorité.

— À défaut d'exclusivité, je te remercie, mais je ne voulais pas lui enlever le bonheur de t'avoir à elle seule. Cela m'a fait comprendre que personne n'appartient à personne et que l'on doit respecter, certains moments d'intimité.

Younou regarde à nouveau Nana et reconnait alors ce parfum si subtil, qui lui échappait encore quelques instants auparavant et sur lequel il peut poser deux mots maintenant, *déception et détachement.* Son cœur se resserre dans un étau. Mais n'est-ce pourtant pas ce qu'il voulait ? N'a-t-il pas accepté les avances de Kia dans ce sens ?

— Le respect est une grandeur qui est essentielle dans le rapport humain, ajoute-t-il troublé par la tournure des évènements.

A ce moment, les filles rejoignent leurs parents. Nana se jette sur Ankhesen, la serre dans ses bras.

— Excuse-moi ma puce, je suis désolée pour hier, tu sais que je ne te veux aucun mal. C'est un vilain geste que je n'aurai plus jamais.

Ankhesen sourit et se serre contre sa mère.

— Je croyais que j'avais fait quelque chose de mal !

— Oh non ma puce ! Je ne t'avais pas vue, c'est quand je l'ai lancé, que j'ai réalisé… Et j'ai eu très peur !

— Moi aussi j'ai eu très peur !

Néfertiti serre très fort sa fille dans ses bras.

— Je sais ma petite vie, je sais ! C'est vilain !

— Je t'aime, mère, ne me laisse plus.

***

Comme tous les matins, le char remonte l'avenue royale avec les souverains à son bord. Mais ce matin, Nana est éloignée de son époux et toise indifférente la foule. Elle sourit tout de même, pour donner bonne apparence, cependant ses sourires sont vides. Younou ne supporte pas cette situation, c'est au-dessus de ses forces. Il ne peut se détacher de sa moitié, si elle encore physiquement à côté de lui. Nana elle de son côté, sent que son époux est fortement perturbé. Elle compte bien enfoncer le clou en continuant d'adopter un comportement froid et distant. Elle espère en agissant ainsi, que d'ici le soir, ce soit elle et pas Kia, qui ait les faveurs de Pharaon. Le connaissant parfaitement, elle sait qu'il n'acceptera pas qu'elle reste indifférente à lui et il fera tout pour changer cette situation. Enfin, elle espère fortement qu'il n'ait pas changé à ce point.

Comment a-t-on pu en arriver là ?

Le char s'arrête devant les pylônes et Younou demande aux filles de passer devant. Il fait signe de la tête pour que le cortège suive les princesses et le couple royal passe en dernier, ce qui n'est absolument pas dans le protocole habituel. Nana est intriguée par ce soudain changement, décision de Pharaon en dernière instance. Elle dévisage Younou, s'interrogeant sur ses intentions. Son regard droit devant lui est impénétrable.

Va-t-il me sermonner ? se demande-t-elle. *Suis-je allée trop loin ?* Elle voit une larme perler sur la joue de Younou. Quand soudain, il prend sa main et l'entraine derrière les piliers du temple qui séparent le sanctuaire du reste du bâtiment à l'abri des regards. Nana est inquiète, il ne dit rien, mais elle n'a d'autre choix que de le suivre. Il la pousse contre le mur…

Que se passe-t-il ? Jamais Younou n'a eu ce comportement. Elle commence à avoir peur. Il la fixe droit dans les yeux, son regard imperturbable, ne laisse rien transparaître de ses intentions. Il se penche tout doucement vers son visage qui frôle celui de Nana. Elle sent son souffle chaud et saccadé, son cœur bat vite. Younou se blottit contre elle et pose sa tête sur son épaule. Elle hésite à l'entourer de ses bras. Quand subitement, il entreprend de l'embrasser dans le cou, puis frénétiquement de partout sur son corps. En remontant lentement, il prend ses bras qu'il met autour de son cou et lui chuchote à l'oreille.

— J'ai oublié de te dire quelque chose de très important.

Il continue ses caresses avec insistance, l'embrasse dans le cou tout en soulevant lentement sa robe.

— Oui, je t'écoute, répond-t-elle complètement envoutée par l'exaltation de son époux.

— Je t'aime… pour toujours et à jamais !

Younou la prend dans ses bras, elle passe ses jambes autour de sa taille. Et à ce moment-là, dans le temple d'Aton, l'acte sexuel prend des proportions divines.

***

Dans tous les nomes de l'Empire, toute l'organisation pensée par Hatamon pour saper l'autorité de Pharaon se met en place. Des sortes de milices constituées de fidèles d'Hatamon, encadrant des hommes de main rémunérés par les caisses noires du clergé, s'organisent dans chaque ville principale. La date et l'heure ont été choisies ainsi que les cibles et quand le signal est donné, les villes sombrent dans l'anarchie la plus totale. Des dizaines de faux prêtres d'Aton à la tête d'individus fanatisés se répandent dans les quartiers, dans les rues et même dans les temples d'Amon. La population est d'autant plus horrifiée qu'elle se sent abandonnée par les forces de l'ordre. Pendant ce temps, les prêtres d'Amon s'agitent, haranguent la foule et appellent le peuple à constater l'impunité des profanateurs. En effet, dans les casernes des villes, les officiers ne comprennent pas ce qu'il se passe, ils hésitent à intervenir, ne sachant pas si c'est un ordre de Pharaon qui leur aurait échappé. Des messagers sont envoyés en urgence de la plupart des villes pratiquement en même temps. Ils prennent tous la direction d'Akhetaton pour avoir la confirmation que c'est bien Pharaon qui est à l'origine de cette débâcle.

La capitale est envahie de messagers venant de tous les horizons à chaque instant. Les nouvelles sont de plus en plus alarmantes. Tous se dirigent directement vers la caserne. Le hall du bâtiment militaire est spacieux, mais aujourd'hui il semble vraiment trop petit pour accueillir tous les messagers qui attendent des réponses. Horemheb alerté, est déjà avec Pharaon et l'informe de la gravité de la situation.

— NON ! NON ! Tu serais le premier avisé, si un tel acte avait été dicté par moi ! ATON ne veut et ne voudra jamais de cette violence ! Qui sont ces gens qui n'ont rien compris à mon enseignement !? Fais vite partir les messagers, qu'ils les arrêtent, qu'ils les enferment et qu'ils les questionnent.

Horemheb donne l'ordre aux scribes de graver les directives sur des tablettes avec le sceau royal et de les donner aux émissaires.

Pharaon est plié en deux sur son trône, il est désespéré, tenant sa tête à deux mains, ses coudes enfoncés dans ses cuisses, il se perd dans ses pensées.

Mon action est orientée vers un idéal humaniste et non un repli individualiste ou communautaire. Aujourd'hui mon peuple est divisé et le chaos de la discorde pointe sa lame. Je voulais que le clergé d'Amon s'étiole et disparaisse, mais la bête se relève toujours et n'acceptera pas de mourir sans entrainer la chute du pays dans la souffrance... Arrrh, humanité tu as encore besoin de temps... ce parcours initiatique dans l'incarnation n'est qu'un passage pour atteindre le vrai but qui est dans l'autre monde. Je ne veux pas être le bras qui vous fera souffrir, aussi le renoncement sera mon offrande. Tout mon être est voué à un idéal de paix et de liberté, un idéal pour le moment inatteignable... peut-être un jour... l'homme comprendra...

— Younou ! Younou ! interpelle Horemheb.

Pharaon se lève et se dirige vers la terrasse, il a besoin de respirer. Horemheb le suit.

— Il faut faire quelque chose, il y a de plus en plus de vandalisme dans la cité. Tous les délinquants que nous bannissons de la ville, reviennent sous un autre nom, une autre apparence et recommencent... Le bannissement ne suffit plus...

— Non Horemheb ne me demande pas de répondre à la violence par la violence.

— Mais le problème que nous rencontrons alors, est que les gens honnêtes quittent la cité, à cause de l'insécurité grandissante. Mes hommes ne peuvent pas être de partout.

Néfertiti et Ay entrent dans la salle du trône pour les rejoindre sur la terrasse.

— Que se passe-t-il ? Il paraît que des prêtres d'Aton ont blasphémé en martelant le nom d'Amon dans ses temples !

— Ils n'ont pas fait que ça ! précise Ay. A la tête de certains de leurs fidèles, ils s'en prennent aux habitants et principalement à ceux qui ont encore foi en Amon. Des pillages ont été rapportés, il y a des victimes parmi la population.

— C'est une abomination, d'où leur est venue cette idée ? interroge-t-elle.

— Pas de moi en tout cas, insiste Younou en se retournant.

— Je sais bien, rassure Nana en lui caressant le bras. Cela sent la machination et j'y vois la main du clergé d'Amon.

Pharaon fait face à ses amis, les bras le long du corps, paumes en avant.

— C'est ce que je pense depuis le début, mais faute de preuves, je ne peux pas incriminer Hatamon. Sont-ils des prêtres fanatiques qui n'ont rien compris à mes enseignements ou un clergé corrompu qui veut retrouver un pouvoir qu'il a perdu ? s'inquiète Younou.

— On nous rapporte que les incidents ont éclaté tous à peu près au même moment et je penser qu'il s'agit sans doute d'un complot, qui ne peut être mené que par Hatamon. De plus, ils ont des espions parmi les hauts fonctionnaires, ici même à Akhetaton, affirme Nana.

Elle sort les deux tablettes qu'elle avait trouvées dans le coffre caché et les tend à Younou.

Après lecture.

— Celles-là, je ne les ai jamais vues Nana, sinon j'aurais réagi avant, je te le jure.

— Elles sont de Touchrata, qui t'informe qu'il se sait en danger et supplie ton aide, des lunes avant que tu envoies tes troupes trop tard.

— Si j'avais eu connaissance de ces tablettes, j'aurais envoyé mes troupes plus tôt et aujourd'hui il serait en vie, constate tristement Younou.

— Je sais mon bien aimé. Mais là où elles étaient, c'est sûr qu'on ne te les a pas montrées. Elles sont certainement gardées dans un but de conspiration ou de chantage.

Younou prend Nana dans ses bras et la serre fort contre lui.

— Tu avais raison d'être en colère contre moi.

— Certainement pas, il y a toujours des moyens bien plus efficaces pour communiquer que la colère. C'est toi qui avais raison.

Il serre toujours Nana et lui chuchote à l'oreille.

— La violence vient de la pensée, comprendre son origine peut être libérateur, car elle entraine les victimes comme les agresseurs dans un néant insondable.

Nana embrasse tendrement Younou et répond.

— Comme tu as raison mon amour, et crois-moi cela m'a servi de leçon, je l'ai bien compris. Mais comment le faire comprendre aux hommes ? s'interroge-t-elle en se retournant vers Ay et Horemheb.

Younou répond alors.

— La violence a son nid dans chaque homme, ainsi que la cupidité et tout ce qui va avec. Il était illusoire de ma part de croire qu'un changement de système social ou politique pourrait mettre fin à cette violence ancrée dans ces hommes.

— Il faut que tu continues tes enseignements, insiste Ay.

Younou regarde Horemheb afin qu'il donne son avis.

— Ma solution ne va pas te plaire, je préfère ne rien dire.

— Ce qui est obtenu par la violence s'autodétruira tôt ou tard, Mheb.

Pharaon pensif, fait quelques pas, on devine que son esprit est encombré de réflexions contradictoires. Puis il pose ses mains sur la rambarde tout en regardant l'horizon.

— Contrecarrer la violence par des enseignements est bien le chemin le plus long ! soupire-t-il.

— Avons-nous le choix ? demande Ay

— Il faut se hâter pour trouver une solution et contrer les méfaits de ces prêtres. Qu'ils se revendiquent d'Aton ou qui qu'ils soient ! lance Horemheb, pour ramener tout le monde au problème du jour, l'heure n'est plus aux atermoiements !

***

Dans les villes principales des nomes, les nervis sous couvert d'Aton poursuivent leurs méfaits dans l'impunité la plus totale. Tout ce qui porte la marque d'Amon est la cible de leurs actions. Ici on brise des devantures et on fait main basse sur les biens des commerçants qui ne peuvent opposer aucune résistance. D'autres sont molestés ou pourchassés dans les ruelles. Des femmes sont violées devant leurs maris impuissants. Pendant ce temps d'autres profanent les temples d'Amon, des statues sont jetées bas et se brisent. Les murs sont martelés là où le nom d'Amon apparaît, même le nom du précédent Pharaon est effacé à l'endroit où le dieu proscrit est gravé. Certains habitants qui avaient embrassé la nouvelle foi sont eux-mêmes pris pour cible et sombrent dans la plus totale confusion. Qui viendra à leur secours ?

Du côté des instigateurs, on reste vigilant et si on se félicite du succès de l'opération, on surveille le retour des messagers qui ne vont pas tarder à revenir délivrer la réponse de Pharaon. Passé un certain délai, chaque chef de milice rappelle ses hommes de main. Une manœuvre de repli a été prévue.

— Tous le monde doit se replier aux points convenus. C'est un ordre !

A contrecœur, les pillards s'exécutent et ils s'éclipsent dans la ville par des itinéraires connus d'eux seuls, rejoignant des lieux de rassemblement où ils pourront se débarrasser de leur butin et se changer. Il ne leur restera plus qu'à se fondre dans la population. Certains enivrés par la facilité de leurs exactions s'étonnent.

— On aurait pu continuer car il y avait encore à faire...

— Le gouverneur va savoir que l'ordre ne vient pas de Pharaon. Nous n'allons pas prendre le risque qu'un de nous soit pris et parle sous la torture.

— Tu as raison, il est temps de disparaître.

Dans les rues, c'est le chaos tout le monde cherche à se mettre à l'abri et le temple d'Amon est le dernier endroit où les habitants iront.

Un cavalier surgit au galop et stoppe sa course effrénée devant l'entrée du temple. Il rentre rapidement et referme la porte derrière lui.

— Les escouades du gouverneur bloquent l'entrée de la ville ! Nous sommes bloqués à l'intérieur. Ils attendent le retour du messager.

Le chef panique.

— Il faut tout stopper tout de suite, enlevez vos habits de prêtres d'Aton et mettez nos habits de prêtres d'Amon.

— Attendez ! Il va y avoir une enquête et les gens de Pharaon ne vont pas comprendre que certains d'entre nous n'aient pas été molestés. Désolés mais il y va de notre sécurité.

Les nervis ne se le font pas dire deux fois et les prêtres reçoivent quelques horions qui parachèvent leur mission. Puis ils jettent leurs habits d'Aton dans un grand feu.

Le gouverneur devant les portes de la ville est inquiet, ses troupes sont prêtes à intervenir, mais le messager qui doit délivrer la réponse tarde à venir.

— Gouverneur, les soldats commencent à avoir soif, ils sont sous le soleil depuis trop longtemps et l'inaction leur pèse.

— Donne-leur à boire, mais il faut qu'ils restent là, je veux savoir qui sont ces hommes. Je ne veux pas qu'ils sortent.

— Pourquoi ne pas intervenir tout de suite ? Le peuple se fait massacrer pendant ce temps.

— Ce sont uniquement, ceux qui ont Amon sur eux ou chez eux qui se font violenter. Je ne veux pas prendre de risque.

— Mais gouverneur…

Il ne sait plus que penser. Comment un Pharaon aussi généreux avec le peuple, peut d'un coup prendre des décisions aussi radicales ?

— Gouverneur ! Gouverneur ! Le messager arrive !

Il voit sur le chemin un cavalier galoper vers eux à toute allure. Il délivre son message au chef d'escorte venu à sa rencontre.

— C'est un complot ! Pharaon n'a jamais donné cet ordre, arrêtez-les et questionnez-les !

— Que les escortes restent devant chaque porte de la ville. Les autres suivez-moi. Allons-y !

Le gouverneur part en tête, suivi de ses soldats. Ils pénètrent dans la ville, mais ne trouvent que des gens blessés, des étals renversés, des portes forcées. Dans le temple d'Amon des prêtres blessés gémissent, d'autres les soignent de façon ostensible. Sur les murs des signes de profanation sont visibles et le sol est jonché de débris.

— Où sont-ils passés ? demande le gouverneur. Ils n'ont pas pu sortir, nous sommes devant chaque porte de la cité.

Les gardes du gouverneur fouillent le temple de fond en comble, ainsi que les rues.

— Ils doivent se sentir fort, ils pensent bien faire et avoir la protection de Pharaon. Mais notre roi est juste, il a toujours dit qu'il respectait les croyances de tout le monde, affirme l'assistant du gouverneur.

— Sauf Amon ! s'exclame le prêtre du temple, qui s'avance vers eux.

— Jamais il n'aurait ordonné de tels excès, ce ne peut être que le fait de fanatiques, s'étonne le gouverneur.

A quelques pas, certains de ces *mécréants* ont pris l'aspect de fidèles ou d'assistants et s'empressent auprès des blessés.

— On voit ce qu'engendrent les enseignements de Pharaon… est-ce ainsi qu'un roi respecte notre religion ? cela ne peut durer ! clame un prêtre d'Amon.

Les gardes ont beau chercher, ils ne trouvent aucun criminel. Aucun indice de leur passage sinon le fruit de leurs méfaits, tout cela semble étrange. Ainsi, tout se passe comme l'avait prévu Hatamon, l'effet de surprise a bien fonctionné et aucun participant n'a été capturé. Dans les autres villes, le même scénario s'est reproduit et le grand prêtre se réjouit d'un succès sans faille. Les conséquences ne se font pas attendre et une partie de la population qui avait rejoint Aton reprend le chemin d'Amon. Les prêtres d'Aton reçoivent le plus souvent un accueil glacial ou au mieux de l'indifférence. Il est vrai qu'ils ne peuvent fournir d'explications plausibles aux évènements récents.

Chapitre 2

La déchirure

Les derniers évènements allant contre l'intégrité du dieu Amon, ne sont pas sans conséquences sur la population. Si une frange de celle-ci reste attachée au culte d'Aton en la personne de Pharaon, l'autre partie sombre dans le doute. Elle prend le parti des victimes et se rapproche d'Amon dont le clergé ne ménage pas sa peine pour apparaître comme la principale victime. Il se livre à une véritable propagande et va jusqu'à distribuer dans la population des scarabées qu'il a fait produire en masse afin que ce jour noir reste dans toutes les mémoires. Hatamon a compris que les esprits simples seraient frappés par des histoires où le souci de la vérité n'est pas primordial. Des prêtres mais aussi des comédiens colportent des histoires édifiantes qui sont rapportées par les témoins qui les dénaturent encore plus. Et le peuple se divise, des voisins, des amis de longue date, voire des familles se déchirent et parfois en viennent aux mains. Ce qui désoriente le plus la population et contribue en grande partie à son désarroi, c'est l'absence d'intervention de Pharaon. Bien sûr les prêtres d'Aton s'évertuent par tous les moyens de rétablir la réalité des faits. Tout ceci ne serait que les agissements d'éléments fanatisés qui auraient outrepassé les vœux de Pharaon. Mais il n'y a pour l'instant aucune déclaration officielle et la reprise en mains est surtout l'intervention d'Horemheb, qui agit de manière assez musclée avec son lot inévitable d'excès immédiatement montés en épingle par les relais d'Hatamon.

Nana voulait destituer Thoutouh de ses fonctions, mais Younou et Ay n'ont pas voulu, pensant que s'il était véritablement un espion à la solde du clergé d'Amon, il leur serait plus utile en gardant sa place. Il ne faut surtout pas dévoiler au clergé qu'ils sont au courant, ou tout du moins laisser planer le doute sur le double jeu du ministre. Cependant Nana a insisté pour qu'un nouveau service soit constitué, afin qu'il s'occupe de réceptionner tous les messages provenant de l'empire et de l'étranger, que seule la reine superviserait.

Néfertiti annonce à Younou qu'elle est de nouveau enceinte. Il est pleinement heureux à cette nouvelle et démontre son affection en l'enlaçant tendrement dans ses bras.

— Il est temps de dévoiler, que notre quatrième fille est un garçon et qu'il se nomme Toutankh-Aton, l'avise Younou.

— Déjà ! Ne crois-tu pas que ce soit dangereux de le divulguer à nos ennemis et le mettre ainsi en péril ?

— Non au contraire, ça les calmera un moment, s'ils savent qu'il y a un futur Roi, ils ne vont plus chercher à vouloir mettre quelqu'un de chez eux. Ils sont bien conscients que le peuple ne les suivra jamais dans cette voie.

Younou embrasse tendrement sa douce.

Pharaon semble conscient de l'effet produit par les évènements sur la population. Il décide de donner un nouveau faste aux cérémonies et ce d'autant qu'Akhetaton devient le point de ralliement des fidèles qui peinent à retrouver leurs marques dans le reste de l'empire.

***

À Men-nefer, Kamenré est promu capitaine, il a réussi tous ses examens. Il donne une fête pour la réussite de sa promotion. Tous ses amis sont bien sûr invités mais il a décidé de frapper fort et de montrer sa générosité et au final les invités se comptent par centaines. C'est promis, ce sera l'évènement qui marquera dans la vie de la caserne.

Les serviteurs sont dans les préparatifs, quand il reçoit un messager qui vient d'Ouasat. Il donne la missive à Kamenré.

— Ton père attend une réponse, dit-il en se courbant.

Kamenré marche en direction d'un coussin sur lequel il s'assied. Il déroule le papyrus et attrape une coupe sur un plateau que lui tend un serviteur.

— Tu vas avoir une réponse. Attends-moi, je serai de retour dans peu de temps.

Il se relève de son coussin, fait signe à un serviteur, d'apporter de l'eau au messager qu'il fait patienter dans son salon, sous la surveillance de son garde. Il revient un long moment après avec une tablette qui contient sa réponse.

— Tu lui remettras cette missive en main propre.

— Bien monseigneur.

— Pars maintenant.

Le messager prend congé dans un salut.

Kamenré est encore dans ses pensées quand son ami Hortep entre.

— Alors tu es prêt pour ce soir ?

— Tout à fait, on va faire la fête comme des fous ! Viens mon ami, dit Kamenré euphorique.

— J'ai croisé un messager, tu n'as pas de mauvaises nouvelles au moins ?

— Elles sont excellentes au contraire !

***

A Akhetaton, Thoutouh est dans son bureau, quand Mériré demande audience.

— Fais-le entrer !

— Bien à toi ministre, dit-il en baissant la tête.

— Que me vaut ta visite, grand prêtre ?

— Prendre de tes nouvelles en premier, ta santé et plus encore, tes affaires, me sont chères.

— Je goûte fort l'ironie de tes propos Mériré et je crains de te décevoir ! Tu sais très bien que la reine m'a enlevé certaines prérogatives. Je n'ai plus la main sur les communications donc sur les informations confidentielles. Ils ont créé un nouveau service et c'est le demi-frère de Pharaon, Smenkaré qui s'en occupe, supervisé par la reine bien sûr.

— Ce n'est pas grave, tu es toujours là !

— Pour combien de temps ? Je crains la prochaine réunion.

— Écoute même s'il te destitue, tu vas à Ouasat et tu auras un poste au grand temple. Tu as fait ce qu'il fallait, le plan est en marche, plus rien ne peut l'arrêter.

— Et pour mes émoluments ? C'est que... je bénéficie ici de nombreux avantages.

— Tout ce que je peux te dire c'est que tu n'y perdras pas au change. Hatamon sait récompenser ceux qui le servent avec fidélité et efficacité.

— J'espère...

— Mais avant de partir, il faut que tu te plonges dans un dernier travail. Il n'y a que toi qui puisses l'entreprendre... Il faut que tu te rapproches de Kia.

— La secondaire ? quel prétexte vais-je invoquer ?

— Elle-même, il s'agit bien de la princesse mitannienne ou la secondaire, peu importe et justement c'est là son point faible. Fais-lui savoir que sa rivale Néfertiti, la calomnie à la moindre occasion et sur un point bien précis. Elle pense en effet, que Kia profite de la tolérance de pharaon, pour se donner à d'autres hommes et que l'enfant qu'elle porte ne serait pas celui de notre souverain.

Thoutouh semble contrarié et se frotte la nuque.

— Je n'ai jamais rien entendu de tel, comment veux-tu que…

— Trouve un prétexte pour la rencontrer ou rencontre-la par hasard, ne lui avoue pas tout d'un coup. Comme elle est d'autant plus crédule qu'elle est orgueilleuse, tu ne devrais pas avoir beaucoup de mal pour allumer en elle un brasier.

— Si ça vient aux oreilles de Pharaon, il n'appréciera guère et ordonnera d'ouvrir une enquête… qui risque de remonter jusqu'à moi. Et Néfertiti ? Elle sera mise en porte à faux. Comment prévoir la réaction de Kia ?

Les propos plus que précautionneux de Thoutouh n'entament pas la détermination de Mériré.

Ce pleutre semble se ménager les bonnes grâces de Pharaon tout en affectant de travailler pour lui se dit-il. Mais j'ai plus d'un argument pour le convaincre. S'il devient dangereux, je pourrai toujours l'écarter. De façon définitive.

— Je t'ai déjà dit que Kia ne pensera même pas à prononcer ton nom. D'ailleurs tu ne lui rapportes tout ceci, que sur des conversations que tu as entendues, tes fonctions sont encore utiles. N'oublie pas que tes jours dans ton ministère sont en quelque sorte comptés. Alors pourquoi te soucies-tu de Néfertiti ?

— Excuse-moi, je… je suis encore un peu perturbé par tout ce remue-ménage. Ne t'inquiète pas, je vais agir le plus rapidement possible.

— J'y compte bien car notre grand prêtre mise beaucoup sur toi.

Thoutouh a l'impression d'avoir mis les doigts dans un engrenage qui risque fort de le broyer.

***

Dans les couloirs du palais d'Akhetaton, Horemheb rattrape Nana qui se dirige vers les jardins pour rejoindre ses enfants et Pharaon.

— Nana ! Attends-moi !

— Et alors ? Un grand général en chef des armées royales, ne peut pas rattraper une femme en train de marcher ?

— Pas quand cette femme est la souveraine d'un Empire, répond Horemheb tout sourire. Ça fait une éternité que je te cherche. Tu me fuis ?

— Ne dis pas, n'importe quoi Mheb, pourquoi te fuirais-je ? répond Nana tout en continuant d'avancer.

— Je ne sais pas, depuis que je t'ai fait ma dernière proposition que tu as refusée, je ne t'ai plus croisée.

Horemheb prend la main de Nana et la retient pour qu'elle s'arrête, ou du moins ralentisse son allure. Elle considère avec embarras les gardes qui se rapprochent, alors Horemheb leur ordonne de rester loin. Les sentinelles attendent la confirmation de leur reine. Elle acquiesce de la tête.

— Je t'aime beaucoup Nana, c'est vrai et tu le sais, je sais également que ton cœur est entier pour Younou, mais on prend beaucoup de plaisir ensemble. Pourquoi me fuir ?

Elle sourit en le regardant avec ses yeux de biche, qui le mettent une fois de plus en transes.

— J'aimerais te satisfaire, Mheb, mais...

Le général inspire profondément sentant que la suite de la phrase, va lui être très désagréable, aussi préfère-t-il prendre les devants.

— Tu ne veux plus de moi, parce que tu es enceinte ?

— Non... je sens que tu t'attaches trop à moi et que ce n'est pas qu'un simple divertissement pour toi.

Pendant qu'Horemheb et Néfertiti discutent, Pharaon est dans le jardin près du lac avec les enfants, attendant Nana qui doit les rejoindre. Des éclats de voix viennent à lui, il est intrigué et décide d'aller voir ce qui se passe. Il aperçoit de loin sa grande épouse et son général discuter d'une façon agitée. Il se rapproche voulant leur demander ce qu'il se passe. Mais il est encore derrière un bosquet, quand quelque chose en lui, l'empêche d'aller plus loin. Il ferme les yeux et écoute leur discussion.

— Pourquoi dis-tu que je m'attache trop à toi, je ne fais rien qui puisse le laisser deviner.

— Mheb toutes les femmes sentent ces choses et puis en ce moment Younou a besoin de moi. Le peu de temps libre que j'ai, je veux le consacrer à être avec lui.

La main du général qui tient encore celle de Nana, commence à trembler. Aussi la retire-t-il rapidement et baisse les yeux de façon à ce qu'elle ne voit pas sa déception.

— Distrais-toi un peu ailleurs et puis on se verra plus tard, c'est promis.

Pharaon en a assez entendu, il décide de rejoindre les enfants et les nourrices au bord du lac. Il pense alors à une terrible solution.

De l'autre côté du jardin, la reine prend congé de son général.

— Il faut que j'y aille Mheb, Younou m'attend avec les enfants.

Horemheb embrasse passionnément Nana, qui se laisse faire. Puis elle se détache délicatement de ses bras, leurs regards se croisent, il est triste. Elle rejoint son époux près du lac. Horemheb la contemple s'éloignant de lui. Younou tend la main à sa bien-aimée pour qu'elle s'assoit près de lui. Le général fait demi-tour, il a le cœur serré.

— Tout va bien, Nana ?

— Très bien, dit-elle en posant la tête sur la poitrine de son époux.

Il ne peut s'empêcher de la prendre dans ses bras et de l'embrasser tendrement. Pourtant il ne veut pas l'entrainer avec lui dans une irrémédiable décision qu'il a prise.

— Tu as l'air perturbé, ma douce.

— J'ai le sentiment que Mheb s'attache trop à moi et ça le rend malheureux.

Il caresse délicatement du revers de ses doigts la joue de Nana et regarde pensif l'horizon.

— Et toi tu ressens une grande tristesse aussi.

— Je n'aime pas rendre malheureux les gens que j'aime.

— Consacre-lui un peu plus de temps alors.

— Et on se verrait moins toi et moi ? Déjà que nous ne sommes pas souvent ensemble à cause de nos fonctions.

Les enfants se rapprochent joyeusement en courant. Les filles sautent sur leurs parents enlacés, pour avoir droit à leurs caresses. Cependant Younou reste songeur, tout en jouant avec les enfants, son regard se perd dans le vide où un choix accablant s'impose à lui.

***

Le jardin privé de Pharaon donne sur le Khekeret, sans pour cela y avoir accès, mais il est facile pour celui qui s'y intéresse, d'apercevoir au loin les membres de la famille royale se promener près du lac. Kia venue rendre visite à sa tante, entend alors les cris de joie des enfants. Sa curiosité l'entraine vers la terrasse, où elle découvre les effusions familiales de Pharaon. Un violent sentiment de jalousie prend place dans son cœur, quand elle perçoit ce bonheur intense qui les entoure et qui lui fait tant défaut. Giulepah, avertie de sa visite, rejoint Kia, mais ne réalise pas tout de suite, qu'elle observe la famille royale.

— Comment vas-tu ma nièce ?

Elle ne répond pas, c'est pourquoi elle décide de se rapprocher.

— Holà ! Tu te fais du mal en les regardant ! Viens par ici, dit-elle en tirant Kia loin du spectacle.

— J'avais réussi à passer une nuit avec lui, alors qu'elle était restée dans sa chambre. Et ce soir-là, il s'est montré vraiment amoureux, son comportement avait changé.

— Je t'avais prévenue Kia ! Ils venaient de se disputer, tu es arrivée au bon moment... et tu lui as servi de dérivatif. Les hommes sont comme ça. Tu lui as occupé l'esprit à quelque chose de plus voluptueux. Ses sentiments sont sincères, mais tu dois accepter, le fait qu'elle soit là. Néfertiti occupera toujours une place spéciale dans ses pensées et dans son cœur.

— Et moi, je devrais toujours me contenter des miettes, c'est ça ? dit-elle acerbe, les yeux humides.

Giulepah tend les bras à sa nièce qui vient s'y réfugier avec tristesse.

— Comment te sens-tu ? Pas trop de nausées ?

— Si ! Mais je ne sais pas ce qui me les provoque vraiment, l'enfant que j'attends ou la déception que j'éprouve vis à vis de tout ça.

— Kia, il faut que tu te reprennes, sinon tu vas souffrir et devenir amère et là après, c'est la descente dans la Douat (enfer).

— J'y suis déjà !

— Je peux t'assurer que non ! Pour le moment, tu es au bord, prête à plonger et ce que tu ressens n'est qu'un avant-goût de ce qui t'attend dans la Douat. Tu ne peux quand même pas te complaire dans ces émanations putrides ! Ressaisis-toi car si tu tombes... tu ne pourras plus remonter.

Mais la hargne est férocement ancrée dans l'esprit de Kia, qui se détache des bras protecteurs de sa tante.

— Elle m'a volé ma place, ma vie, mes enfants que j'aurais eus avec lui ! C'est moi qui devrais être là-bas, avec des enfants qui seraient nôtres !

— C'est le labeur des secondaires. Il faut que tu ailles te reposer dans ton beau palais, prends du bon temps et oublie la famille Royale pour un moment.

Kia semble accepter son sort et suivre les conseils de sa tante. Cette même femme qui s'est résignée, avec l'expérience mais aussi l'âge et à force d'avoir souffert. Mais Kia est encore jeune et séduisante et surtout elle est animée par un formidable appétit de pouvoir. Elle salue sa tante et sort du Khekeret.

Plongée dans ses pensées, elle se dirige vers la sortie. Quand tout à coup, à l'intersection du couloir, elle percute quelqu'un, qui sous le choc perd tous les papyrus qu'il avait dans ses bras. Au lieu de s'excuser, Kia laisse éclater sa colère.

— Maladroit ! Tu ne peux pas faire attention ! vocifère Kia.

— Ce n'est pas moi qui marche à toute vitesse dans les couloirs ! se défend Thoutouh.

Kia reprend sa marche.

— Eh bien, tu es aussi agréable que Néfertiti ! lui lance-t-il en ramassant ses papyrus.

L'épouse secondaire ralentit, puis revient sur ses pas. Elle examine l'homme accroupi ramassant ses rouleaux.

— Il me semble t'avoir déjà vu quelque part. Quel est ton nom et que fais-tu au palais ?

— Mon nom est Thoutouh comme le tien est Kia. Tu es l'épouse *secondaire* de Pharaon, n'est-ce pas ? questionne-t-il en insistant sur le titre. Je suis un de ses ministres et je m'occupe entre autres de tout ce qui concerne les relations étrangères.

— Je suis désolée, je ne suis pas au meilleur de ma forme, s'excuse Kia.

— Oh ! certainement ton sang te travaille à cause de l'enfant que tu portes.

— Tu me disais que Néfertiti n'est pas agréable, tu travailles avec elle si je ne me trompe pas ?

— Travaillais, je travaillais avec elle, puis un jour elle a décidé sans raison précise de m'écarter.

— Mais avant ce jour-là, tu avais de bonnes relations avec elle ?

— Excellentes même, j'étais devenu son confident, si tu vois ce que je veux dire !

— Ah bon ! Mais... que s'est-il passé pour qu'elle se sépare de tes compétences ?

Elle se baisse et aide le ministre à ramasser les papyrus éparpillés.

— La raison gouverne-t-elle l'esprit des femmes ? pardonne-moi majesté, je voulais dire, de femmes comme Néfertiti. Le plus simple serait de lui demander. Peut-être a-t-elle subi des pressions... elle est très proche de ce général en chef

— Horemheb !

— Je vois que tu es au courant, toi aussi. Peut-être qu'Horemheb a des choses à cacher et il ne voulait pas que je l'apprenne de la bouche de la grande épouse.

— Ah bon !? Tout le monde sait qu'elle voit Horemheb, mais de là à comploter ensemble !

— Ne me crois pas, cela m'indiffère. En tout cas j'ai eu le temps d'apprendre par elle, beaucoup de choses sur les dignitaires et…

— Sans doute sur moi alors ? feint de s'intéresser Kia.

Thoutouh fait mine d'être embarrassé, il jette un regard derrière lui, puis se penche sur Kia qui retient son souffle.

— Tu sais ce qu'elle dit sur toi ?

Les mains de Kia se crispent involontairement sur un papyrus qu'elle vient de ramasser.

— Il est de notoriété, qu'elle ne dit aucun mal sur moi.

Ses mots sont accueillis par un gloussement.

— Mais bien sûr, ça c'est le côté façade ! ironise le ministre en finissant de ranger ses papyrus.

— Je t'écoute, parle !

Il se redresse et elle l'imite.

— Elle dit que l'enfant que tu portes n'est pas celui de Pharaon…

— QUOI ?

Kia sent la colère remonter en elle.

— Chut ! ne crie pas, tu vas nous compromettre. D'ailleurs je t'en ai déjà trop dit. Tu risques de ne pas tenir ta langue… comme toutes les femmes de ta condition.

Kia agrippe le col de la tunique du ministre. Son visage est déformé par la haine et l'écume ourle ses lèvres.

— Dis-moi tout et je te jure de te récompenser. Je garderai le secret sur ce que tu me diras…

— Elle prétend que tu es une dévoyée comme la plupart des femmes de ton pays. Elle te traite de sale étrangère, sans éducation, que tu as appris les bonnes manières, grâce à eux, enfin tu veux que je te dise vraiment tout ?

— Non ce n'est pas la peine, réplique-t-elle en lâchant le col de sa tunique. Je vais voir de ce pas Pharaon, pour qu'il règle cette histoire tout de suite.

Thoutouh inquiet par sa réaction, la retient immédiatement par le bras.

— Holà ! Moi à ta place je ne ferais pas ça !

Kia dégage brutalement son bras de l'emprise du Ministre et le fixe sévèrement.

— Pourquoi ?

Thoutouh se calme et argumente à voix basse comme si elle était sa complice.

— Parce qu'elle va tout nier... et dire que c'est toi qui as tout inventé. Elle t'accusera alors de vouloir l'écarter une nouvelle fois afin de prendre sa place. As-tu pensé aux conséquences ? Et je finirai par être incriminé, non, il y a mieux à faire. Et comme nous avons un objectif en commun, je vais t'aider.

— Tu sais que Pharaon sent la vérité ?

— Es-tu certaine qu'il ne dirait pas le contraire pour protéger sa grande épouse ? Je peux te donner une occasion de te venger, sans que personne ne sache que ça vient de toi.

— C'est quoi ta vengeance ?

Le ministre sent la victoire approcher à grand pas, il jette un coup d'œil à droite puis à gauche.

— Écoute pour le moment, je ne peux pas t'en dire plus, pas ici... va à ton palais et je te recontacterai en temps voulu.

Thoutouh la salue et continue son chemin.

Sur le moment Kia reste interdite. Ce qui lui arrive est au-delà de ce qu'elle pouvait espérer. Serait-elle aux portes de son triomphe. Peut-elle avoir confiance dans ce ministre fourbe mais qui aspire comme elle, à prendre sa revanche sur le destin de Néfertiti.

***

À Ouasat.

Kamenré est rentré de Men-Nefer. Promu capitaine, il arbore fièrement ses nouveaux galons. Hatamon l'invite donc à une réunion organisée en son honneur. Le grand prêtre l'a informé de l'évolution de la situation en ne lui cachant pas que sa participation serait fortement appréciée. Hauts dignitaires et responsables du clergé, venus des quatre coins de l'empire sont présents et attendent avec impatience le discours d'Hatamon. Le grand prêtre prend la parole.

— Mes biens chers frères, nous voilà à un tournant de l'histoire Khemit, le bilan tient en deux mots : réussite totale. Nous n'avons pas ménagé notre peine et nos souffrances. Certes certains de nos édifices ont subi quelques dégradations du fait de certains profanateurs, dit-il d'un sourire sardonique. Les prêtres applaudissent.

— Il faudra réinscrire les noms d'Amon, coupe timidement un prêtre.

— Certainement pas pour l'instant ! La population doit voir ces marques comme autant des sévices infligés aux nôtres ! Il faut que le jour de sa gloire reste à jamais inscrit sur ces murs. C'est le but et Amon le sait. Nous n'aurons jamais sa colère, je peux vous l'affirmer.

— Et cette réussite, comment se traduit-elle ? demande Kamenré.

— Le peuple est remonté contre Pharaon, le peuple ne veut plus entendre parler d'Aton. Le peuple recommence à venir au temple d'Amon. Hier au soir, à la cérémonie, ils sont venus nombreux m'écouter et je sais qu'aujourd'hui, ils seront encore plus nombreux. Et ça ira de mieux en mieux. De plus, nous avons de hauts fonctionnaires à Akhetaton, qui travaillent pour nous.

Hatamon est radieux quand il prononce ces paroles.

— Nous porterons l'estocade très prochainement. Pharaon est sur sa fin, d'ailleurs il n'a rien fait jusqu'à maintenant pour se défendre. Il a ainsi montré sa très grande faiblesse, il est discrédité aux yeux des siens. Nous n'aurons qu'à nous baisser pour prendre le pouvoir.

— Comment peux-tu être certain qu'il ne fera rien ? demande Kamenré.

— Je viens de te le dire, j'ai des hauts fonctionnaires à Akhetaton qui travaillent pour nous. Des fidèles qui œuvrent pour Amon.

Les prêtres se mettent en rond pour prier et la réunion se termine.

Malgré où à cause de toute cette effervescence, Kamenré est heureux d'être de retour à Ouasat. Il se tient au courant des évènements et par-dessus tout, des derniers commérages du palais, auprès de son père.

— Alors qui sont tes espions auprès de Pharaon ?

— Je préfère ne pas te le dire mon fils.

— Tu crois que je vais te trahir ? dit-il vexé.

— Non, loin de moi cette idée, mais nos ennemis sont partout même dans les endroits les plus invraisemblables. On pourrait te faire boire un élixir qui te contraigne à parler lors de soirées bien arrosées. Non, je ne veux prendre, ni te faire prendre aucun risque. Moins nous sommes nombreux à connaître les noms, mieux c'est. Par contre, en temps voulu, tu seras informé de ce que tu dois savoir, uniquement à ce moment-là.

Un serviteur entre dans la salle pour annoncer qu'un messager est là.

— D'où vient-il ? demande le grand prêtre.

— D'Akhetaton.

— Fais-le entrer, dit Hatamon en se frottant les mains.

Il prend la tablette et commence à lire.

— Noooon !

— Quoi ! Que se passe-t-il ? demande Kamenré inquiet.

— Arrrrrg ! Il y a un prince Héritier !

— Comment ça ? Younou n'a que des filles !

— J'aurais dû m'en douter, ses parents avaient fait la même chose avec lui, ils avaient caché son existence jusqu'à l'âge de 8 ans. Et là ? c'est la quatrième ou plutôt le quatrième qui est un garçon, ils l'ont nommé Toutankh-Aton.

Hatamon jette violemment la tablette qui se brise au sol.

— Ce n'est pas grave, père, cela ne change rien.

— C'est là où tu te trompes, mon fils, l'annonce de ce prince risque de faire chavirer les sentiments du peuple. Pharaon ne pouvait rêver mieux pour détourner l'attention de la population qui va se pâmer devant cet enfant ! Enfant sacré qui deviendra à son tour Pharaon. Et finalement, tous nos efforts n'auront servi à rien !

— Fais savoir que tu proposes tes services au petit prince. Pharaon ne pourra refuser sous peine de s'attirer la désapprobation du peuple.

— Comment tu veux que je fasse une chose pareille ?

— Il est innocent de l'hérésie de son père, tu peux le prendre sous ta tutelle.

— Mais son père ne voudra jamais le laisser sous ma tutelle, qu'est-ce que tu racontes-là, mon fils !?

— Écoute-moi, tu n'as pas plusieurs solutions, soit tu laisses faire et le petit prince sera endoctriné par son père, soit tu trouves quelque chose pour le récupérer sous ta coupe.

— Ce n'est pas idiot dans le principe, mais je ne vois pas encore quelle solution employer pour que cela soit réalisable.

— Ou bien, tu réussis à le faire disparaître, peu importe la façon ! Et là on revient au point de départ. J'épouse une des filles de Younou et je légitime ma place de Pharaon.

— Et qu'est-ce que tu fais du roi et de sa grande épouse, d'Ay et d'Horemheb ?

— Ce sont des hérétiques non ? Tu ne viens pas de dire que le peuple était en colère contre eux ?

— Effectivement il l'est !

— À toi de parachever ton entreprise, convoque les grands de ce pays et...

— Attends, attends, jeune homme ! Tu oublies qu'Horemheb est un général en chef très aimé par son armée, et qu'il peut faire la pluie et le beau temps dans ce pays. Et surtout, ce général est très proche du couple royal...

— Tu ne m'as pas dit que tu avais des espions haut placés à Akhetaton ?

— C'est exact.

— D'après eux, il n'y a rien qui puisse être tenté pour le détourner ? Il faut chercher son point sensible.

— On peut toujours essayer, il faut juste être là au bon moment, mais ton idée n'est pas si incongrue que ça, mon fils. Tu n'as pas pris que du grade à Men-Nefer. Je peux t'avouer maintenant que pendant un certain temps tu m'avais inquiété...

— L'énergie d'Amour qu'il m'a transféré a été de courte durée sur moi, mais c'était une belle expérience, éclate de rire Kamenré.

***

Dans le bureau de son grand palais royal, Younou écrit un poème comme il aime en écrire souvent. Il attend Horemheb qu'il a convoqué pour une entrevue.

Le général en chef remonte le couloir, très intrigué par la soudaine demande de Pharaon, il ne sait absolument pas ce qu'il veut, mais il a peur que ce soit déjà pour repartir à Men-Nefer, comme il l'en avait préalablement avisé. Et rien que l'idée de se trouver loin de Nana, lui ronge le cœur.

Le garde annonce le général en chef des armées de l'Empire Khem à Pharaon.

— Entre !

Le garde referme les portes.

Après avoir salué son souverain comme il se doit, il demande inquiet.

— Que se passe-t-il Younou ?

Pharaon est assis sur un coussin entre le bureau et la terrasse. Il parle à Horemheb d'une voix monocorde sans le regarder.

— Il faut que tu emmènes Nana avec toi à Men-Nefer. Trouve une excuse, sa connaissance des dossiers, son sens de la diplomatie, que sais-je encore n'importe quoi, mais il faut qu'elle s'éloigne d'Akhetaton.

Horemheb a du mal à avaler sa salive, il est plus que surpris par l'ordre qu'il vient d'entendre. Younou étonné de son silence se retourne vers lui et demande.

— Y a-t-il un problème ?

— Non ! Non ! Pas du tout, mais c'est... tellement... enfin pourquoi ?

— Je sens un danger qui plane sur Akhetaton. Le clergé fomente quelque chose contre elle.

Horemheb s'assoit à côté de Younou. Il lui tend une coupe de vin, qu'il prend sans le remercier et la boit d'un trait.

— Il faut que tu m'en dises plus, je ne peux pas te laisser à Akhetaton si tu cours un danger.

— Je ne risque rien, tu le sais bien, mais je ne peux pas être toujours à côté de ma grande épouse. Le clergé sait qu'elle est mon point faible, et le pire qu'il puisse m'arriver serait de la perdre.

Dans l'esprit d'Horemheb les sentiments se bousculent, il ne sait plus s'il doit être heureux ou inquiet. Younou tourne la tête vers la terrasse et regarde le Soleil.

— Tu vas me dire que je pourrais doubler la garde autour d'elle, mais tu sais comme moi, que par moment elle est incontrôlable. Tu travailles avec elle sur des dossiers importants. Alors sois toujours près d'elle, ne la quitte pas des yeux. Pendant ce temps, avec Ay je vais essayer de déjouer le complot.

— Mais combien de temps doit-on rester à Men-Nefer ?

— Le temps qu'il faudra pour que je sécurise la situation ici, je vous enverrai un émissaire pour vous dire quand vous pourrez revenir sur Akhetaton.

— Mais et tes enfants ?

— Mes enfants sont plus faciles à garder que ma grande épouse.

— Et Nana va accoucher loin de toi ?

Younou se lève et lâche un grand soupir, qui laisse deviner à Horemheb que son Pharaon retient une grande tristesse en lui.

— Pourquoi ne m'as-tu rien dit à propos de ce complot ? Je pourrais peut-être agir avec mes hommes.

— Crois-moi, le mieux est de faire ce que je te dis.

Horemheb se lève à son tour pour se rapprocher de Younou. Il se tient debout face à lui et réalise alors qu'il fuit son regard.

— Comment réagit-elle fasse à cette décision ?

— Elle n'est pas au courant, je compte sur toi pour lui dire.

— Quoi ? Mais pourquoi moi ?

Pharaon tourne la tête et fixe Horemheb.

— Parce que c'est un ordre.

Le général contraint se courbe dans un salut et va pour se retirer. Puis en soulevant la tête regarde Younou qui s'appuie sur la rambarde et lui tourne le dos.

— Attends... le rappelle Pharaon.

Horemheb revient vers lui mais Younou ne retourne pas pour lui parler, il ne comprend rien au nouveau comportement de son ami.

— Si tu vois qu'elle ne veut pas partir avec toi... fais-lui comprendre que j'ai envie de rester avec Kia et que je lui impose ce départ.

Le général titube et reçoit cette révélation comme une douche froide, jamais il ne pourra dire une chose pareille à Nana. Aussi il insiste malgré lui.

— Mais ne peut-on pas l'informer du complot qui se trame plutôt, elle comprendrait...

— NON ! Surtout pas, tu la connais, son esprit frondeur fera qu'elle voudra rester avec moi.

Younou baisse la tête et dans un râle menaçant, ordonne.

— Emmène-la loin et vite, avant je ne change d'avis...

***

Horemheb longe le couloir des appartements Royaux, puis passe sur le pont, où il s'accoude sur la balustrade pour reprendre ses esprits. Devant lui s'étale la ville sainte. Elle brille par la blancheur de ses maisons et resplendit par la verdure qui court le long des rues et des enceintes. Elle miroite de ses milliers de fleurs respirant la joie et le bonheur. Jamais aucune ville n'a été aussi agréable à vivre. Horemheb se frotte le visage avec ses mains, comment va-t-il annoncer à Nana, la décision de son époux. Elle ne voudra pas le croire.

Horemheb décide de retourner à la caserne. Il ordonne une réunion avec ses capitaines pour préparer son départ avec Nana pour Men-Nefer. Il ignore encore quelle raison il va invoquer afin de la convaincre. Mais avant, il doit laisser des consignes pour conserver la sécurité nouvellement restaurée dans Akhétaton. Il entre dans son office et lit les dernières tablettes déposées sur son bureau.

— Mon général, les officiers sont prêts à entendre vos ordres ! prévient le capitaine en chef dans un salut.

Mais Horemheb ne réagit pas, il est plongé dans la lecture d'une tablette. Le militaire n'insiste pas et attend que son général relève les yeux. Puis ce dernier se redresse en mettant la missive dans sa ceinture et se dirige vers la salle de réunion, suivi de son capitaine en chef.

— Je veux que la garde dans la cité de Lumière soit renforcée. Je veux que les escadrons de surveillance soient doublés. Le moindre recoin de la ville doit être protégé. Et quand vous appréhendez un fauteur de troubles ou quelque autre délinquant, soyez intransigeant. Interrogatoire poussé s'il le faut, mais nous devons savoir s'il a des complices. Il nous faut connaître les réseaux. S'il accepte de collaborer, il faut qu'il nous donne des renseignements fiables. Une récompense appropriée peut être envisagée. S'il résiste ou s'il ne veut pas collaborer, vous le tuez. De préférence faîtes-le disparaître discrètement.

— Mais... Pharaon ne veut pas que nous agissions ainsi... il nous recommande toujours la discussion et le bannissement, mentionne un officier.

— Ce n'est pas le langage de ces gens-là, ils ne comprennent pas le message que Pharaon essaye de leur transmettre. C'est pour ça, que nous avons une recrudescence de délinquance. Aussi nous allons parler le même langage qu'eux et croyez-moi, ce coup-ci, ils vont comprendre.

— Mais ! Pharaon sait que nous…

— Pharaon ne doit pas être informé de notre nouvelle stratégie, c'est pour son bien et le bien de tous. Je vais prévenir Mahou le chef de la police Royale. C'est lui qui va me remplacer pendant que je serai à Men-Nefer, une affaire importante doit être réglée rapidement. Je compte sur votre efficacité, à mon retour il faut que le taux de criminalité soit plus bas que maintenant. Mahou vous donnera les directives.

Le général sort de la salle sans un autre mot. Il pense à Younou, qui se sacrifie pour une raison qui le dépasse, car il ne croit pas un seul instant à ce revirement vers Kia. Il pense à Nana, qui sera malheureuse, il ne sait pas comment elle vivra ce changement qu'elle ignore encore. Il va falloir qu'il déploie avec subtilité, une ruse qui la fera accepter de partir avec lui. Puis avec le temps, elle finira par s'habituer à sa présence, mais surtout à l'absence de son Pharaon. Son cœur bat dans sa poitrine, il bat si fort pour sa Reine des terres noires. Il décide d'aller l'informer de ce départ impromptu ordonné par Pharaon.

***

À Men-Nefer un messager venant du royaume de Kadesh, territoire vassal de l'Empire Khem, se fait intercepter par les gardes du clergé d'Amon. Il est amené par force dans le temple, où il doit donner sa besace avec les tablettes à l'intérieur.

— Que se passe-t-il ? Tu as l'air bien pressé ? À qui dois-tu donner tes missives ?

Le messager molesté ne répond pas. Il est emmené dans un des cachots du temple, pendant que le grand prêtre du temple de Men-Nefer prend connaissance du contenu des tablettes.

— Oh oh ! Les hittites ont enlevé le roi Etakama. Ils ont pris possession des terres du Kadesh. Voilà une nouvelle qui va bouleverser le monde politique des pays vassaux. Mais à qui devait-il donner cette missive ?

— Maître, le messager s'est donné la mort, nous ne pourrons pas savoir à qui étaient adressées ces tablettes.

— Il faut prévenir Ouasat.

Un prêtre caché derrière une colonne a tout entendu, il se dérobe discrètement. Une fois hors du temple, il va dans une auberge non loin de là.

— Donne-moi une tablette vierge s'il te plait.

La tenancière lui ramène une tablette fraichement faite.

— Tu m'as l'air bien préoccupé, que se passe-t-il ?

— Je ne peux pas te le dire, il faut que tu fasses venir un messager c'est urgent.

— Bien, je reviens.

Le prêtre écrit sa missive et prend soin d'attendre qu'elle sèche complètement. Entre temps, le messager entre dans l'auberge.

— Je peux compter sur sa discrétion, demande-t-il à la tenancière.

— Comme d'habitude, tu le sais bien ! J'en ai assez que ces goinfres prêtres qui viennent manger à l'œil sous prétexte qu'ils détiennent la parole d'Amon. Des parasites, oui qui nous sucent le sang ! Et puis Pharaon a rendu le champ à mon frère, depuis il vit correctement, s'est retrouvé une femme et elle attend un enfant, comme la reine ! Et nous, il a soulagé des taxes exorbitantes que l'on donnait au clergé. Alors oui, tu peux lui faire confiance je suis garante de cet Homme.

Le messager argumente également.

— Mon père est artisan potier, depuis que Pharaon est sur le trône, il peut vivre correctement lui aussi, les scribes d'Amon ne viennent plus lui demander quoi que ce soit. Je suis pour Pharaon et j'adore Aton, pas de souci.

— Amène à Pharaon cette tablette, le plus rapidement possible, en main propre, ne fais confiance à personne de son entourage, va et dépêche-toi.

Le messager sort de l'auberge et saute sur son cheval.

***

Horemheb rejoint Néfertiti, dans les bâtiments administratifs où elle donne ses directives.

— Tu t'en vas déjà ? demande Horemheb étonné.

— Je vais rejoindre Younou. Tu avais raison je suis plus souvent ici, qu'à ses côtés.

— Mais le travail que tu accomplis, personne ne peut mieux le faire que toi ! Il a toute confiance en tes compétences.

— Je sais, mais j'ai quand même envie d'être physiquement à côté de lui. Tu comprends ? dit-elle en le regardant droit dans les yeux.

— Je comprends bien sûr, répond-t-il embarrassé. Cependant, puis-je retenir ton attention sur un sujet urgent ? Je viens de recevoir cette information ce matin.

— Je t'écoute, s'il ne m'empêche pas d'aller voir Younou par la suite.

Horemheb sort de sa ceinture la tablette et la tend à Nana, qui lit consciencieusement.

— Le gouverneur de Men-Nefer est mort !

— Il a été assassiné l'enquête est à ses débuts. Mais le clergé risque de s'en mêler pour que l'on ne puisse pas remonter jusqu'à eux.

— Ce gouverneur nous était fidèle ! se remémore Nana. Tu vas y aller ?!

— Oui bien sûr ! Et avec toi !

— Ah non ! Cette fois-ci se sera sans moi, entoure-toi de gens fidèles et compétents, mais moi, je reste ici, à Akhetaton avec mon époux.

Néfertiti sort du bâtiment et passe sur le pont. Horemheb emboite le pas à côté d'elle. Ne trouvant pas les mots pour lui dire que c'est un ordre de celui auprès de qui elle veut rester.

— Nana, c'est certainement le clergé d'Amon qui a commandité le meurtre. Le gouverneur avait sûrement eu vent de quelque chose ou pire avait été témoin ! Je te protègerai, ne sois pas inquiète, mais il faut que tu viennes avec moi !

Elle stoppe sa marche et fait face au général.

— Je sais ! Ma présence serait importante pour beaucoup de choses Mheb, mais la tienne est assez influente pour tout gérer. Maintenant laisse-moi, si tu en as fini avec le travail !

Nana pivote sur ses talons et entre dans le palais

— Si tu changes d'avis, je serai à la caserne, crie Horemheb.

Elle fait signe *non* de la main, sans se retourner.

Néfertiti entre dans les appartements royaux où elle sait que Pharaon a un entretien, avec Nugart. La première chose qu'elle remarque en pénétrant dans la pièce, est Kia, une fois de plus contre Younou dans une position plus qu'équivoque. Le bras du souverain, ostensiblement posé sur l'épaule de la secondaire, laisse pendre sa main près de son sein et de l'autre, il tient une tablette qui occupe toute son attention. Kia se détache délicatement du roi, mais il la retient et la serre contre lui. Elle n'en revient pas et nargue la grande épouse du regard.

Néfertiti continue d'avancer. Nugart salue la Reine et Younou lui demande d'une voix détachée, sans un regard dans sa direction.

— Que me vaut ta visite ma belle ?

Nana reçoit une flèche en plein cœur. Elle n'a jamais eu besoin de donner une raison pour être auprès de son époux. Pourtant elle a bien remarqué qu'il avait resserré son étreinte sur Kia. Elle ne comprend pas ce revirement de situation. Elle veut en avoir le cœur net et se place face à lui.

— J'ai fini de donner mes directives et je voulais être auprès de toi, mon époux.

Younou continue de lire la tablette, que Nugart lui avait donnée peu de temps avant. Puis d'un geste lent, la pose sur la table, tout en caressant distraitement le cou de Kia, devant les yeux effarés de Nana.

Ne pas s'énerver ! pense très fort la grande épouse.

Cependant elle ne peut s'empêcher de lancer un regard noir à la secondaire.

— Très bien… ordonne Pharaon en resserrant un peu plus Kia contre lui, reviens dans un moment, quand j'aurai fini avec Nugart.

Même le grand prêtre d'Aton est gêné, jamais auparavant Akhenaton n'avait eu un tel comportement envers sa Reine. Elle encaisse mal le coup et regarde avec insistance Kia, qui elle, reste sous le bras protecteur de Pharaon et n'ose même plus lever les yeux vers la grande épouse. Nana pense faire un cauchemar, alors qu'elle s'apprête à sortir des appartements, le porte-parole annonce Horemheb.

— Fais-le entrer, somme Younou.

Le général salue son Roi, comme le protocole l'exige, ce qui surprend Nana, qui connaît le lien d'amitié qui les lie.

— Mon Divin Roi, je viens de recevoir une missive de la plus haute importance. Le gouverneur de Men-Nefer a été assassiné, on ne sait pas qui a commis le crime. Mais je te propose d'y aller pour mener ma propre enquête.

Younou est abasourdi par la nouvelle. Il se lève, encore sous le coup de l'émotion, fait quelques pas pour saisir la tablette tendue par Horemheb, pour en avoir le cœur net. Le sceau du bureau du gouverneur atteste de l'authenticité de la missive, aussi maintenant il sait que c'est une triste réalité. Doit-il envoyer Nana et pourtant il se dit que meilleur moment ne saurait être venu.

— Il faut y aller Mheb, c'est incontestable, il faut que vous y alliez tous les deux, dit-il en dirigeant son menton vers Nana.

— Ma présence à Men-nefer n'est pas indispensable Younou. Je préfère rester auprès de toi... à moins que tu n'en éprouves plus l'envie ?

L'étau dans lequel se trouve le cœur de Younou, se resserre d'un cran, il prend son courage à deux mains et d'une voix ferme exige.

— Il n'est pas question d'envie, mon épouse, mais tu es reine et en quelque sorte ton devoir est de me représenter dans ces circonstances tragiques. Nous devons révéler un front uni devant notre peuple mais aussi devant nos détracteurs. Le clergé a certainement fomenté cette attaque contre notre gouverneur. Il faut qu'Horemheb soit accompagné par la reine, je sais que tu seras à la hauteur de ta mission, conclut Younou d'un ton sec.

Nana a le sang qui ne fait qu'un tour, elle serre ses poings et va pour parler quand Horemheb la coupe.

— Nous allons nous préparer et partir le plus rapidement possible, Taureau puissant.

Il salue son Pharaon et se dirige vers la sortie. Nana reste droite devant le regard fuyant de Younou.

— Pourrais-je venir te dire au revoir au moins ?

Puis s'avance vers lui, essayant de lui prendre la main qu'il retire aussitôt.

— Que se passe-t-il ? demande-t-elle avec grande tristesse, au bord des larmes, sous les yeux avides de Kia.

Younou sent bien que ce n'est pas le moment de flancher. Aussi, il puise dans ses dernières ressources d'un courage très effrité et soutient le regard de Nana.

— Il ne se passe rien. Tu pourras venir me dire au revoir bien sûr, dit-il avec tiédeur.

Horemheb n'est jamais très loin et tous deux sortent des appartements du roi d'un pas raide. C'est le visage crispé et les yeux pleins de larmes que Nana se dirige vers ses appartements.

— Comment et surtout pourquoi ? Il n'a jamais été ainsi avec moi. Qu'ai-je fait ? Je ne comprends rien de ce qu'il se passe. Et de surcroit il garde auprès de lui… Kia. Il voudrait me faire souffrir, il ne s'y prendrait pas mieux.

— Nana, calme-toi, ne va pas dire des choses que tu regretterais par la suite. Et qui ferait le bonheur de Kia.

Néfertiti soulage comme elle peut sa douleur par l'exaspération et l'indignation, rehaussant le tout dans de grands gestes.

— Il veut rester seul avec elle ! Pas de problème, je vais à Men-Nefer et je resterai plus longtemps que prévu. Je vais le laisser tranquille vivre son histoire d'amour avec sa princesse qui va bientôt accoucher. Moi aussi je suis enceinte mais là, ce n'est pas son problème. C'est moins important ! Moi je peux partir loin de lui, ça ne le dérange pas ! poursuit-elle d'un ton amer.

Le général ne sait plus quel raisonnement aborder pour l'apaiser.

— Nana ! Tu te fais du mal pour rien. Tu sais très bien que c'est faux.

Elle s'arrête et fait face à Horemheb.

— Pourquoi m'envoie-t-il à Men-Nefer alors ?

Il tente de détourner la question.

— Tu... Tu es au début de ta grossesse, ton ventre ne te gêne pas trop et puis on prend le bateau.

Elle reprend sa marche infernale, le général la talonne.

— Je sais, je ne risque rien, mais je n'ai jamais vu Younou aussi indifférent, il faut absolument que je sache ce qu'il se passe, je ne peux pas partir comme ça.

Horemheb n'aime pas la voir ainsi, il voudrait tant que sa présence soit plus importante aux yeux de Nana, mais il peine à trouver les mots justes.

— Peut-être tente-t-il de soutenir Kia dans les derniers jours de sa grossesse. Le mental est important et elle demande certainement un peu plus d'affection...

Ils arrivent devant les appartements de la reine.

— Quoi ? Et ça doit signifier que je dois m'effacer ? Et puis, j'en ai trop entendu aujourd'hui !

— Ma reine, sache qu'il n'y aura jamais quelqu'un d'autre que toi dans mon cœur.

Horemheb prend la main de Nana, pour la calmer, mais elle le rejette aussitôt.

— Mheb, je vais préparer mes affaires et nous partons pour Men-Nefer le plus tôt possible.

Elle entre sans lui laisser le temps de répondre.

***

Sa grande épouse et son général viennent de sortir des appartements, laissant Younou debout, le regard triste tourné vers les portes. Nugart n'a nullement besoin qu'on lui explique la situation, il a tout compris. Kia n'en demande pas plus. Cette journée a été somme toute très positive et elle se laisse aller à une douce euphorie.

Pharaon demande à être seul, en se dirigeant vers la terrasse. Kia et Nugart saluent le souverain et sortent. Mais le grand prêtre d'Aton fait demi-tour et sollicite Younou.

— Je peux rester pour en discuter avec toi si tu veux.

Le roi baisse la tête et opine. Kia est déjà dans le couloir.

Il lui fait signe de le suivre et se dirigent tout deux vers les coussins où il l'invite à s'asseoir. Nugart s'exprime aussitôt.

— J'ai bien compris que tu ne laisses pas le choix à ta grande épouse. Partir pas seulement à Men-nefer, mais surtout loin de toi. Cela a-t-il un rapport avec les prêtres d'Aton qui ont dénigré l'enseignement d'Amon tout en se livrant à des dégradations au point d'effacer son nom des frondaisons des temples ? Est-ce que tu crois aux rumeurs qui courent à ce sujet ?

— Bien sûr, certains avancent que ce ne sont pas des fanatiques d'Aton...

— Je ne parle pas de ces rumeurs qui commencent à dater, mais de celles qui concerne Néfertiti.

Younou surpris fixe Nugart, il ignorait que des paroles diffamatoires couraient sur Nana.

— Je ne donne aucun crédit à ses lamentables commérages, je sais très bien qu'elle est incapable de me trahir !

— Quelle est la cause de ton détachement alors ?

— Je l'éloigne pour justement éviter ce genre de calomnies qui va la détruire, comprends-tu ? Je l'éloigne du jeu pervers des manigances politiques. Ainsi elle sera à l'abris de toutes attaques dirigées contre moi, qui pourrait l'éclabousser.

Nugart soupire, mais ne croit pas que ce soit la seule raison.

— Pourquoi l'humain doit subir cette évolution alors que nous sommes tout autre chose, nos âmes ne sont qu'Amour, l'Univers est inconditionnellement Amour. Alors pourquoi avons-nous besoin que nos âmes expérimentent ce passage douloureux le temps d'une incarnation.

— L'Univers a besoin de l'humain pour finaliser sa conscience, tu sais les choses sont si simples en fait. Regarde la nature et tu comprendras ce qu'il va se passer, elle nous le dit tous les jours.

— Il y a tellement de choses à regarder, par où dois-je commencer ? s'inquiète Nugart.

— Il n'y a pas de commencement, tout n'est que transformation. Ton œil se pose sur ce magnifique jardin, il est bien dans la matière, il est bien réel et pourtant n'existe que parce que nous le regardons. Et nous voyons quoi ? Il germe, pousse, fleurit, puis les fleurs tombent, pourrissent et donnent de l'engrais aux herbes qui meurent et donnent le compost à la terre, qui permet que le jardin refleurisse à nouveau. Il en est de même pour l'eau, le soleil permet que l'eau s'évapore vers le ciel, puis se condense dans les nuages, puis tombe sur la terre pour désaltérer toutes vies. C'est le même mouvement dans l'Univers tout ce qui est en haut est comme en bas. Nos âmes sont l'engrais de l'Univers, la nourriture spirituelle que nous ramenons avec nous pour qu'elles ne meurent jamais et soient toujours plus belles.

— Qu'adviendra-t-il de nous, si l'ombre finit par gagner l'humain dans ses incarnations terrestres ?

— Le Chaos pour retrouver la sérénité. L'humain se détruira, pour donner naissance à un nouvel homme avec l'expérience de ce qu'il aura vécu. C'est le mouvement de la vie éternelle.

— Arriverons-nous un jour à devenir lumière ?

Le visage de Younou s'éclaire d'un large sourire.

— Nous sommes déjà Lumière.

Le garde apparait sur la terrasse pour annoncer la reine.

— Déjà ! se consterne Younou. Fais-là entrer bien sûr.

Il se redresse et se rapproche avec Nugart qui le suit, de la balustrade. Nana les rejoint sur la terrasse. Elle porte ses habits de voyage. Sa beauté est rehaussée par un petit ventre proéminent, qui met en valeur sa frêle silhouette. Elle est plus belle que jamais. Ce qui est loin de le laisser indifférent.

— Je suis venue te saluer pour mon départ.

Nugart se courbe devant sa reine. Younou est distant, il cache dans son dos ses mains moites et tremblantes. Ce détail n'échappe pas au prêtre d'Aton. Nana de son côté, ne sait pas si elle doit se serrer contre lui ou bien tourner les talons et partir. Elle reste droite un moment sans bouger à observer son époux, dont le regard fuyant dénonce la gêne qu'il ressent.

— Tu ne dis rien ? dit-elle d'une voix étranglée.

— Bon voyage, lâche Younou, tout en lui tournant le dos.

— Bon voyage votre Altesse, enchérit Nugart dans un salut, pour adoucir la réponse de son roi.

Nana muette reste figée un moment, puis se retourne lentement en essuyant ses yeux et part.

Younou entend les portes se refermer… il ouvre la bouche, l'air lui manque, ses mains agrippent la balustrade, il sent le vide l'envahir. Alors il ferme les yeux et dans un long gémissement déchirant, s'effondre sur la rampe. Nugart est ému, il pose sa main sur le dos de son ami et le regard triste du prêtre vogue au-dessus du jardin. Il voit en bas, Horemheb qui assiste à la scène. Le général baisse la tête et se dirige vers l'escorte et les domestiques. Néfertiti le rejoint sur le char qui les mène à la cange.

***

Kia se précipite vers le Khekeret, où elle retrouve sa tante devant un métier à tisser, tramant un de ces tapis en laine qui font la fierté de son pays d'origine. Giulepah aperçoit sa nièce courir vers elle avec un grand sourire.

— Que se passe-t-il pour que tu aies un visage aussi radieux ?

Kia lève sa tante et la serre dans ses bras tout en sautant.

— Il m'a gardé tout contre lui alors qu'elle était làààà, devant nous !

— Mmmmm... C'est bien ! répond-elle avec un brin de scepticisme.

Giulepah se détache de sa nièce et va aller chercher une boule de laine puis revient s'assoir devant son métier à tisser, en observant de biais Kia faire les cents pas à côté d'elle.

— Et en plus, oh là là, en plus il l'a forcée à partir pour Men-Nefer, avec le Général Horemheb ce qui ne devrait pas lui déplaire pourtant. Soit disant pour des affaires administratives, et tu sais quoi ? elle ne voulait pas y aller ! D'ailleurs il s'est montré très autoritaire et il était très froid vis à vis d'elle.

— Ah bon !? Ils se sont encore disputés ?

— C'était encore mieux parce que pendant ce temps, il me gardait contre lui. En tout cas, elle avait l'air déçu de son comportement. Si tu avais vu comme elle me regardait ! jubile Kia.

La tante mitannienne installe la boule dans une cavité et passe le bout du fil de laine.

— Eh bien tu vois la roue tourne. Elle a peut-être fait quelque chose qui ne lui a pas plu. Et maintenant il se rapproche de toi. Sois prudente, ne fais rien qui enfonce la reine, au contraire plaide en sa faveur. Essaye de savoir ce qu'il s'est passé pour qu'il agisse ainsi.

— Peut-être n'a-t-elle rien fait, seulement je deviens plus attirante qu'elle et je ne lui fais pas de scènes, moi !

Giulepah reste silencieuse un moment tout en continuant de tisser. Elle essaye de comprendre, ce qui aurait pu provoquer ce changement.

— Que s'est-t-il passé quand elle est partie, tu étais encore avec lui ?

— Ouiiiii ! J'étais encore avec lui, quand elle est partie ! Tu imagines ?

— Quand elle a passé la porte, quel a été son comportement envers toi ?

— Heu ! Pourquoi tu me demandes ça ? Tu veux en venir où ?

Giulepah arrête de tisser et se retourne vers sa nièce.

— Kia, réponds-moi !

— Normal, il était normal, il y avait Nugart le prêtre instructeur qui était là lui aussi. Nous sommes sortis tous les deux, il voulait être seul… pour se changer je pense.

— Depuis quand il a besoin d'être seul pour se changer ?

— Je ne sais pas. Mais ça m'est égal, c'est quand même déjà bien ? C'est une belle avancée pour moi non ?

Giulepah très étonnée reprend son travail, et convient avec sa nièce pour la rassurer, qu'effectivement c'est une belle avancée. Cependant connaissant bien Younou pour avoir été sa seconde mère, elle sent que tout n'a pas dû se passer comme le décrit Kia.

— Bon je vais au temple pour le rejoindre, je te laisse à ton métier à tisser et je te tiens au courant de ce qu'il se passera entre lui et moi. Je suis trop heureuse !

— Sois prudente Kia, tu avances sur des œufs, fais attention à ne pas trop en faire.

— Oh ma tante ! Ne sois pas pessimiste, je pense qu'il se lasse de Néfertiti, c'est tout.

Kia sort du Khrekeret pour aller au temple, son cœur est léger comme une plume.

Sur le chemin, elle croise la reine dans un char avec Horemheb suivi d'une escouade de soldats pour leur protection, plus les serviteurs et les malles qui ferment la marche. Néfertiti préoccupée à discuter avec le général ne voit pas Kia. Cette dernière observe bien Nana, le flot de ses paroles et son comportement soulignent l'état de tristesse dans lequel elle se trouve. Horemheb à côté écoute consciencieusement, sans contredire aucune de ses paroles. La curiosité de Kia l'amène à suivre le char pour espionner tout ce qui peut être bon à entendre. Aussi elle décide de se faufiler dans les buissons au risque d'être confondue avec une maraudeuse. Elle s'accroupit, toujours cachée par des fourrés et se rapproche de la cange Royale. Elle entend la forte voix du général

— *Nana calme-toi, il faut que tu te concentres sur notre mission. Il s'agit quand même du meurtre d'un de nos plus hauts fonctionnaires.*

— *Mheb ! Ne me demande pas l'impossible, il faut que ça sorte, je n'en peux plus !*

— *Cette malle là, vous la mettez dans le salon privé, elle ne va pas avec les autres,* ordonne Horemheb aux porteurs.

— *Il était très bien avec moi, hier encore et puis ce matin... Pourquoi ? Je sentais bien qu'il ne voulait pas me prendre dans ses bras... je ne sais pas ce que j'ai pu faire qui ait pu le décevoir à ce point !*

— *Tout simplement parce qu'il n'y a rien.*

— *Rien ? Mais alors pourquoi ne pas avoir eu de gestes tendres pour me dire au revoir, pour me souhaiter un bon voyage, comme il l'a toujours fait, s'interroge Nana au bord des larmes. Et pourquoi me forcer à partir alors que je voulais rester avec lui ?*

— Nana ta présence est importante à Men-Nefer, tu le sais et il le sait.

— Mheb, sa façon d'être n'a pas été normale, je m'absente pour longtemps et il m'a à peine regardée. Penses-tu qu'il y ait autre chose qu'il ne peut pas me dire ?

— Nana arrête de tourmenter ton esprit, à ton retour il sera comme avant, ne sois pas inquiète et puis tu attends un enfant de lui. Tu sais combien c'est sacré pour lui les enfants.

La grande épouse calme sa respiration.

— J'ai peur Mheb ?

— Peur de quoi ?

— J'ai peur qu'il ne m'aime plus, peut-être à cause de la dispute que nous avons eue il y a quelques temps ?

Horemheb rit à pleines dents, quand le commandant du bateau apparaît pour les informer de l'appareillage imminent.

— Viens, arrête de dire des bêtises, le voyage va être long, conseille Horemheb.

Le général guide sa Reine sur la cange royale, qui largue les liens et prend le large. Kia reste un moment, assise dans les buissons, son cœur bat à se rompre. Pour elle c'est sûr, Younou se désintéresse de Nana parce qu'il commence à avoir plus d'Amour pour elle, la secondaire qui va devenir la grande épouse royale.

Elle s'extrait discrètement des fourrés, puis court vers le temple pour y rejoindre Younou. L'odeur des offrandes de nourritures lui parvient jusqu'aux papilles. Elle pique une figue sur une table d'offrande, passe la garde et pénètre dans le sanctuaire.

Younou est allongé devant Aton, face contre le sol, les bras en croix. Kia se mêle discrètement à la foule espérant que son retard n'a pas été trop remarqué et s'aplatit, elle aussi devant Aton.

La cérémonie finie, Younou se dirige vers Nugart les yeux encore rougis. Il lui demande de rassembler ses ministres pour une réunion. Kia se rapproche doucement de Younou et patiente. Il lui prend la main sans rien dire et l'emmène avec lui au palais.

***

Territoire du Hatti.

Artama arrive aux portes d'Hatousa, il est avec le roi de Kadesh, enfin ce qui fut un roi car l'homme est enfermé dans une cage roulante en bois.

Soupilouma l'accueille dans son grand salon. Les soldats mitanniens sortent le prisonnier de son cachot ambulant et le jettent aux pieds du souverain. Il reste prostré devant l'impressionnant Soupilouma 1er, qui regarde la scène d'un air amusé, sans bouger de son trône. Artama salue son beau-frère Hittite et annonce.

— Je pense que tu vas apprécier mon cadeau, mon frère ! C'est le roi de Kadesh, Etakama.

— Ton cadeau !?

Le souverain hittite fixe le prisonnier à terre, qui paralysé par la peur reste immobile. Soupilouma n'a pas un regard de gratitude envers son frère mitannien, qui commence à se poser des questions. Il finit par se lever de son trône et marche lentement vers l'homme entravé par les bras dans le dos. Il sort un poignard de sa ceinture. Artama reprend confiance, on ne pourra pas lui reprocher de s'être sali les mains. Mais Soupilouma se penche vers Etakama, coupe les liens qui retiennent ses bras, le libérant ainsi d'une position vraiment douloureuse.

— Qu'est-ce que tu fais ? s'exclame Artama.

— Je libère cet homme, qui n'est pas mon prisonnier, mais mon invité, relève-toi ! dit-il à Etakama.

Le roi de Kadesh ne comprend plus rien et Artama non plus. D'ailleurs ce dernier commence à se poser de sérieuses questions. Le souverain déchu se frotte les bras meurtris par les liens qui l'ont retenu prisonniers tout le long du trajet.

— Assis-toi sur ces coussins, tu seras mieux. Un médecin va venir te soigner.

— Tu peux m'expliquer ce que tu fais ? demande un Artama totalement décontenancé et qui a le sentiment fort déplaisant d'être pris pour un imbécile. Alors c'est pour de bon, tu es passé dans le camp des Khemits !

Soupilouma se dirige vers son confrère et l'entraine de manière assez vive dans son bureau, voisin au salon de réception.

— Pourquoi as-tu pris Kadesh ?! demande le hittite un peu énervé.

— C'est bien ce qui était prévu, non ? répond le mitannien étonné de sa question.

— Je ne t'ai rien demandé. Tu as fait une grave erreur, coupe-t-il froidement.

— Tu es vraiment passé dans le camp ennemi, constate Artama avec dégoût. Pharaon t'a acheté comme un vulgaire objet et maintenant il te possède.

Le roi hittite s'empare du mitannien par le col de sa veste.

— Tu penses ce que tu veux, mais sache que je ne suis pas corrompu, j'ai signé un traité de paix ! Pas une alliance !

— Ah il faudra que tu m'expliques la différence, objecte Artama en se dégageant des mains de Soupilouma.

— Pourquoi tu continues à vandaliser sous mon égide ?

— Parce que c'était notre accord à nous !

— C'est uniquement toi qui en a décidé ainsi, je n'ai jamais accepté d'envahir Kadesh. Et encore moins maintenant que j'ai signé le traité de paix. Je suis allé à Akhetaton et j'ai vu une partie de l'armée Khemit... Elle est impressionnante et Pharaon a su se montrer plus que généreux. Kadesh est un pays vassal de l'empire Khem, je ne peux pas manquer à ma parole.

Artama semble écœuré, il pose ses poings sur le bureau.

— En fait, il fait comme son père ! Il paye pour avoir la paix.

— Là, il a fait mieux que son père, c'est moi qui vais me servir à la source. Je n'ai pas besoin d'aller mendier son or régulièrement avec les soucis de transport que l'on connaît et éventuellement les humeurs changeantes de Pharaon. Nous avons, nous les hittites, le bénéfice des comptoirs de Byblos, Megiddo et Tyr jusqu'à la mort du souverain Khemit. Après l'avènement de cette dernière, je peux reprendre ma parole. Autant te dire que je ne suis pas pressé qu'il parte dans l'autre monde, celui-là.

— Mais ces comptoirs tu les avais gagnés de toutes les façons au combat ! Et sans contrat ! Pourquoi tenir une parole qui ne rime à rien ?

— Parce que les guerres successives avec mes chers voisins ont affaibli mon armée, vois-tu ! De plus maintenant qu'ils savent que je suis en accord avec Pharaon et les rois des territoires voisins me laissent tranquille. Je suis gagnant sur tous les fronts. Tant qu'il est en vie, mon armée se porte de mieux en mieux et s'agrandit. Je peux m'occuper un peu de mon peuple, ce qui n'est pas pour me déplaire aussi.

— Tu vas t'encroûter ! Crois-tu que Pharaon va tenir sa parole et te laisser en paix ?

— Non seulement je le crois, mais j'en suis certain... Enfin, tant qu'il tient son chien de garde en laisse, tout va bien.

Artama les bras croisés fixe Soupilouma.

— Son chien de garde ?

— Son Général en chef des armées, Horemheb ! Il a des dards à la place des yeux ! Et quand tu vois l'imposante armada de régiments derrière lui... Tu comprends, je préfère attendre encore un peu. Grâce à la paix qu'Akhenaton m'offre, mes soldats ont le temps de se refaire une santé et plus tard pourront rivaliser avec les grandes armées.

— Tu vas faire quoi de ce roi de Kadesh alors, tu vas lui dire quoi ?

Soupilouma les bras croisés lui aussi, soutient le regard d'Artama.

— La vérité. Que tu es un imbécile, qui n'était pas au courant des accords que j'ai passés avec Pharaon. Par conséquent, il peut partir quand il veut. Je lui laisserai une escorte pour le raccompagner chez lui.

— Chez lui ? Mais il va se faire tuer par ses voisins.

— Alors il restera ici, le temps que Pharaon mande quelqu'un pour venir le chercher.

Soupilouma retourne dans le salon rejoindre Etakama, le mitannien le suit. Le médecin est près du roi de Kadesh, des onguents et des baumes sont étalés sur les plaies laissées par les entraves.

— On m'informe que si tu retournes dans ton pays, tu seras assassiné par les rois des territoires adjacents au tien. Cela est-il correct ?

— C'est juste et j'ai envoyé plusieurs missives à Pharaon, pour qu'il envoie des troupes afin de me protéger, mais ces demandes sont restées sans réponse.

Soupilouma est surpris du désintéressement du souverain Khemit pour ses territoires vassaux, mais ne veut en aucun cas faire la police à sa place.

— Comme je te l'ai déjà dit tu restes mon invité. J'envoie un messager à Pharaon pour prévenir que tu es ici en tant qu'ami, en attendant qu'il envoie des troupes pour régler ton problème.

Le roi des Hittites tape dans ses mains et quatre femmes entrent dans le salon.

— Suis-les, elles vont te faire ta toilette, puis après tu viendras nous rejoindre à table.

— Tu es un grand roi Soupilouma, je te remercie de ta loyauté ! salue Etakama.

— Tu remercieras Akhenaton, c'est plutôt grâce à lui que tu as la vie sauve aujourd'hui, avoue le roi hittite.

Artama ne voulant pas que Pharaon soit informé, fait suivre le messager, qui ne parviendra jamais à sa destination.

***

Dans la salle des Ministres au palais d'Akhetaton, débute la réunion organisée par Younou. Kia est au côté de Pharaon, elle est fière de la nouvelle position que lui offre son roi, en l'absence de Néfertiti. Les ministres sont étonnés de la voir auprès de Younou, car nul ne peut remplacer la reine en déplacement. Ce qui implicitement équivaudrait à une répudiation. Cependant, ils restent discrets sur ce sujet et ne font pas mine de leurs sentiments. A leurs yeux Kia est toujours une étrangère.

Pharaon ouvre la réunion.

— Dans deux ans, je veux organiser une grande fête, que je vais dédier à la paix universelle. Il faut que tous les rois soient présents, absolument tous.

— Tu entends quoi, Taureau puissant par tous ? interroge Mahou qui remplace Horemheb en son absence.

— Tous, même ceux du Mitanni et au plus loin que nos messagers peuvent aller. Là où les rois connaissent mon nom. Cette grande fête montrera au monde que la paix doit s'installer et que l'Univers a besoin de cette paix.

— Comment veux-tu convaincre ces rois ? demande Ay.

— Ils viendront participer à nos cérémonies, Divin père, ils sentiront notre énergie, pas besoin de mots ou si peu. La force émanant de nos prières suffira à insuffler la sérénité dans leur âme. Sur les tablettes que les messagers donneront aux rois, il sera inscrit que seule la paix guidera leurs pas et qu'ils sont attendus ici pour préfigurer à un nouvel élan mondial basé sur une conciliation. La paix est un sujet d'harmonie universelle.

Les ministres perplexes, mais au fond de leur être, touchés, se regardent sans rien dire. Ils ne sont pas convaincus que tous les rois viendront. Certains ministres sont persuadés qu'Akhenaton organise cette immense fête pour répandre Aton sur le monde. Cependant ces pensées sont si fortes que Younou les entend.

— Pour les sceptiques, je vous rappelle qu'Aton répand déjà ses rayons et sa conscience sur le monde. Même s'il ne possède pas le même nom et la même reconnaissance dans certains pays, Il est déjà présent partout. Et cette célébration aura pour but, de réactiver la puissance d'Amour qui nous lie tous.

Sous l'ordre de Pharaon, les ministres, autour de la table ronde, se donnent la main et prient avec lui. Kia tient la main de Younou et celle de Mahou. La sensation de chaleur qui passe de la main de son roi, est intense au point de la faire pleurer de joie.

La Réunion se termine, Younou se lève, en gardant près de lui Kia. Ils marchent tout en discutant encore avec un de ses ministres. Elle pense alors que les choses auraient dû toujours être ainsi. Les notables la saluent sur son passage, avec un respect plus marqué et son cœur est léger. Ils se dirigent vers les appartements royaux, le ministre est parti et elle est seule avec lui… la garde royale les entoure.

— Cette fête va être grandiose, Younou. Mais tu veux vraiment inviter tout le monde ? dit-elle un peu inquiète en pensant à son frère et l'intention qu'il a de tuer Pharaon.

— Oui, je veux vraiment inviter tout le monde et surtout ton frère et ton oncle. C'est le seul moyen de les faire basculer dans le monde de la paix. Ils devront accepter d'avoir une négociation pacifique avec les Assyriens.

— Si tu en es convaincu, il en sera ainsi, dit-elle mais elle ne peut s'empêcher d'être sceptique.

— Ne t'en fais pas, il ne réussira pas à me tuer… pas sans ma permission.

— Quoi ! s'étonne-t-elle.

Elle oublie trop souvent qu'il ressent et entend toutes les pensées. Elle se promet de faire attention, en oubliant une fois de plus que même cette pensée a été captée par Younou.

***

Sur la cange en direction de Men-Nefer, Horemheb fait de son mieux pour distraire Nana plongée dans ses pensées tristes et noires. Il vient s'accouder à côté d'elle sur la balustrade et regardent ensemble défiler les rives du fleuve sans dire un mot. Un cavalier au galop longe la rive en sens inverse. Horemheb prend la main de Nana. Et à son grand étonnement, elle répond en la serrant fort, comme pour le remercier d'être là. Le cœur du Général s'envole, il dépose un baiser sur la main de sa reine.

— Je t'ai dit que je serai toujours là pour toi !

Néfertiti regarde son général, les yeux pleins de larmes. Il décide alors de la prendre dans ses bras, pour la consoler.

— Je suis sûr qu'il t'aime toujours, mais il est dans une phase délicate à laquelle je suis certain, il ne veut pas que tu participes. Il le fait pour te protéger.

— Tu es gentil Mheb, mais je ne suis pas convaincue que tu aies raison. Ce que je ressens venant de lui, est une grande indifférence rehaussée d'un bel éloignement. C'est la pire des choses qui pouvait m'arriver.

— Nous allons oublier tout ça pour un moment, nous allons nous plonger dans le travail. Et puis à notre retour, quand nous aurons réglé tous les problèmes que l'on rencontrera à Men-Nefer, il aura changé et sera heureux de te retrouver. Il aura résolu lui aussi ceux qui le préoccupent. Je suis certain que c'est ce qui le tourmente pour le moment.

Nana enfouit son visage dans le creux de l'épaule du général, qui reste volontairement silencieux sur la douleur de Pharaon aperçu du jardin.

— Heureusement que tu es là, Mehb.

Il regarde le ciel, ce moment de bonheur dans les bras de sa reine, est pleinement volé à Younou mais il l'assume pleinement.

***

Dans la cité de lumière, Pharaon est dans son bureau avec ses ministres et prêtres en chef pour prévoir l'organisation de la fête.

— Je veux tout connaître des rois qui vont venir, leurs coutumes, leurs habitudes, leurs protocoles, le nom de leurs femmes, celui de leurs enfants, le nom de la ville où se trouvent leurs palais, toutes les anecdotes à savoir sur eux ! Tout ce qui peut être intéressant à connaitre. Vous contactez vos espions sur place, interrogez les navigateurs, les commerçants, bref vous me préparez des dossiers complets sur chacun d'eux.

— Bien Taureau puissant.

Puis Younou continue de communiquer tout l'aménagement qu'il prévoit pour le protocole de la grande Fête des rois, quand un messager est annoncé.

— D'où vient-il ?

— De Men-Nefer, Horus des vivants.

— Déjà ! Ce ne peut pas être Horemheb ! Fais-le entrer.

Le messager se prosterne devant Pharaon, puis se lève et se dirige vers lui pour donner la tablette. Les gardes s'interposent, personne ne doit s'approcher de Pharaon.

— On m'a recommandé de la remettre en main propre à Akhenaton.

— Considérez que c'est fait, dit Mériré en voulant saisir la tablette des mains du coursier.

Mais ce dernier empêche le prêtre de lui prendre. Younou sent que l'émissaire n'est pas dangereux, mais il est intrigué par la détermination de ce dernier.

— Donne ta tablette au Divin père, ordonne Pharaon.

L'homme se courbe et donne sa tablette à Ay qui s'est avancé vers lui. Younou lit. Puis il range la tablette dans sa ceinture et se lève en leur faisant signe.

— Suivez-moi, leur ordonne Pharaon.

Younou suivi de Ay, du coursier et de sa garde passent devant Mériré qui regarde Thoutouh, d'un œil inquiet.

L'escorte royale pénètre dans le bureau privé d'Akhenaton avec Ay, vérifient qu'il n'y a personne, le messager un peu inquiet par l'ampleur de la réaction de Pharaon, va pour parler.

— Ne dis rien pour le moment, attends que nous soyons à l'intérieur.

Ay ressort du bureau privé.

— Tout est bon, vous pouvez entrer.

Une fois à l'intérieur, le messager pétrifié reste planté au milieu de la pièce, se demandant ce qu'il va lui arriver. Il est impressionné par la présence de Pharaon qu'il voit pour la première fois d'aussi près. Younou sort la tablette de sa ceinture et la tend à Ay, puis fait signe au coursier de s'asseoir sur un banc. Celui-ci s'exécute immédiatement et avec stupéfaction, il voit Pharaon approcher son visage tout près du sien, puis le sentir. Ce qu'il ignore c'est qu'il vient de se soumettre à son insu à un examen qui prouve le degré de sincérité qui émane de lui. La poussière et la sueur du cavalier ont quelque peu perturbé le sens olfactif de Younou, aussi a-t-il été obligé de se rapprocher de l'émissaire qui n'en mène pas large. L'examen concluant il opine affirmativement vers son Chambellan.

— Qui t'a donné cette tablette ? demande Ay.

— Un faux prêtre du clergé d'Amon.

— Tu connais son nom ?

— Pas du tout.

— A-t-il une cicatrice sur sa main droite ? questionne toujours Ay.

Le messager tente de rassembler ses souvenirs et voit effectivement une cicatrice sur la main du prêtre qui lui a tendu la tablette.

— C'est bon, c'est ton espion, confirme Younou, qui vient de lire dans la pensée du messager, il a vu la cicatrice sur la main qui lui a tendu la tablette.

— Mais... je n'ai rien dit, co... comment tu peux savoir ? s'étonne le coursier.

— Écoute-moi bien, tu vas retourner à Men-Nefer avec une réponse et une escorte pour te protéger. Puis là-bas, tu iras la donner au Général Horemheb en main propre, ordonne Younou.

— Très bien, dit le messager, un peu plus rassuré.

— Connais-tu le contenu de cette tablette ?

— Je ne sais pas lire.

— Mais on aurait pu te la lire ?

— J'ignore le contenu de cette tablette, affirme avec honnêteté le coursier.

— Quand tu auras la réponse, je te conseille de partir rapidement, le général t'aidera. Suis ces domestiques, ils vont te montrer un endroit pour te laver, des vêtements te seront fournis, puis ils t'offriront à boire et à manger. Va maintenant !

Le messager se prosterne devant Pharaon et suit les domestiques.

Ay et Younou se retrouvent seuls dans le bureau.

— Je me doutais que l'on ne pourrait pas faire confiance à Soupilouma, avoue le Divin père.

Pharaon arpente son bureau à grand pas, tout en se frottant le menton.

— Je ne crois pas que cela vienne du hittite, le message indique bien que c'est Artama le mitannien qui était à la tête de l'armée.

— Oui, mais sous l'égide hittite !

Younou s'arrête devant Ay tout en se frottant la nuque.

— Pour moi cela ne représente pas grand-chose, n'importe qui peut aller envahir un pays sous mon nom, pour faire peur, sans que je sois au courant. Le procédé a été utilisé plus d'une fois dans l'histoire.

— Je ne vois qu'un endroit où tu as pu apprendre ce genre de récits, s'amuse Ay.

— Bien sûr, Divin père, cela fait partie de mon instruction, surtout celle que j'ai eue à Men-Nefer justement.

Ay tire un fauteuil et s'assoit.

— Et si c'était vrai, Etakama a bien été enlevé et emmené à Hatousa. Que lui est-il arrivé ? Je ne donne pas cher de sa tête mais qui sait ?

— Ce qui me dérange le plus, est que le messager venant de Kadesh ait été intercepté par le clergé d'Amon. Et que ce pauvre homme se soit donné la mort pour ne pas dire à qui, il devait donner sa missive.

— Ce qui veut dire que le clergé d'Amon est toujours très actif, malgré son apparence tranquille, poursuit Ay.

Younou s'assoit également à côté de son beau-père.

— Ces conspirateurs vont faire diversion en déstabilisant les pays vassaux, en fomentant des troubles qui vont se généraliser aux pays voisins. Et là, je ne réponds plus de rien. Il se trame quelque chose dans mon dos, il faut absolument savoir quoi, Ay !

— À qui peut-on vraiment faire confiance ?

— On va bien voir, pour le moment il faut préparer la réponse pour Horemheb, le prévenir. Le message que nous allons transmettre au général évoquera le problème posé par Etakama. Dans un premier temps il nous importe de savoir ce qu'est advenu ce roi et connaître les intentions de Soupilouma. Respecte-t-il le traité ? Traduis tout ça en langage codé que seul Mheb pourra lire.

Puis Younou broie la tablette dans sa main et en fait de la poussière d'argile.

Chapitre 3

La dévolution

À Akhetaton, la cérémonie du soir prend fin. Mérit-Aton seconde très bien Pharaon et le peuple qui se presse chaque jour au temple, retrouve dans les traits de la princesse celui de leur reine absente.

Plus tard au palais, Younou reçoit une missive codée de son général à Men-Nefer, lui indiquant qu'il a fait partir des espions pour connaître le sort du roi Etakama prisonnier au Hatti et si le roi hittite respecte le traité de paix.

Un peu plus de trois mois s'écoulent ainsi.

Kia travaille toujours d'arrache pieds au côté de son souverain bien-aimé. Cependant les filles se sont aussi rapprochées de leur père et conservent aux yeux de tout le monde l'image de Néfertiti. C'est pendant les repas que Kia doit faire bonne figure car elles sont présentes et ne bouderaient pour rien au monde leur plaisir d'être avec lui. Leur ressemblance maternelle est une épreuve que Kia doit subir quotidiennement aussi se hâte-t-elle d'écourter ces repas, mais père et enfants ne semblent pas partager son impatience. C'est pourquoi elle doit prendre son mal en patience et se composer une mine enjouée devant ce tableau familial. Le petit prince, rarement présent, est pris en main par Nugart qui lui dispense son instruction religieuse lors de ses nombreux retours sur Akhetaton. Quand les repas sont terminés, elle peut enfin se retrouver seule avec Younou, pour son plus grand bonheur. Mais Pharaon n'a pas toujours envie de parler, il arrive parfois qu'il reste silencieux, car l'absence de Nana lui pèse trop dans ces moment-là. Par ailleurs la bienséance voudrait que le statut de Kia change pour officier en l'absence de la grande épouse. Mais il ne peut s'y résoudre, inconsciemment il attend le retour de Nana, que pourtant il ne réclame pas. Et puis les discussions qu'il a avec Kia, sont tellement plus ennuyantes que celles qu'ils avaient avec Néfertiti. Il doit bien s'avouer que la princesse mitannienne n'a rien en commun avec sa reine. Avec celle-ci il était en osmose, une douce complicité les unissait et il a en quelque sorte rompu ce pacte pour cette princesse sensuelle certes, mais ô combien futile. Pourtant Kia lui manifeste un attachement qui semble sans faille. Des proches, plus cyniques sans doute traduisent cela comme un sentiment de propriété ou d'exclusivité. Pour quels desseins ? Younou s'efforce de respecter du mieux qu'il peut, le bonheur que ressent Kia d'être auprès de lui. Ses journées sont occupées par les préparatifs de la grande fête et Kia le suit silencieusement. Une petite fille nait de leur accouplement. Younou la nomme Baket-Aton. Des scarabées sont envoyés dans tout le pays pour annoncer l'évènement. C'est ainsi que Nana apprend la naissance de la nouvelle fille d'Akhenaton. Son ventre à elle, est plus gros que d'ordinaire. Mais le médecin l'a informé que c'était normal. Il ne faut pas qu'elle soit inquiète, elle attend des jumeaux.

Horemheb s'impatiente d'avoir des nouvelles de ses espions envoyés sur le Hatti, devant lui ramener des informations sur le roi Etakama prisonnier des hittites. Inquiet, il renvoie d'autres hommes à la recherche des premiers.

Quelques mois passent encore et à Men-Nefer, Nana donne naissance à deux petites filles. Elle les nomme Neferouré et Setepenré. Horemheb s'étonne que la reine ne mette pas *Aton* dans le nom de ses jumelles. S'éloignerait-elle de son dieu aussi ? Mais le général comprend bien que c'est une rébellion contre l'ostracisme et l'indifférence de Younou qui a motivé son choix. Horemheb envoie une tablette à Akhetaton pour informer Pharaon, qu'il est de nouveau père et cette fois-ci de deux magnifiques jumelles. Kia pense que décidemment, il faut toujours qu'elle soit un cran au-dessus d'elle. À cette annonce Younou s'isole toute une journée entière au temple seul en prières avec Aton. Durant les trois saisons qui ont suivi le départ de Nana, c'est la seule tablette qui donne indirectement de ses nouvelles. Mais il en est de même pour lui. Il s'est borné à n'envoyer que des courriers officiels en réponse à ceux qu'il recevait et qui rendaient compte de la situation et des résultats de l'enquête sur la mort du gouverneur. L'enquête sur l'assassinat du gouverneur, a abouti dans une impasse. Tous les témoins plus ou moins impliqués dans l'affaire sont morts ou ont disparu fort à propos. Quant aux vivants, ils n'ont rien vu ni entendu. Horemheb soupçonne des pressions voire des subornations mais difficile d'établir des preuves. Le général a demandé des renforts et il les a obtenus mais pour l'instant, cela n'a rien donné de tangible. Il voudrait employer la manière forte lors des interrogatoires mais Nana s'y oppose car le crédit de Pharaon pourrait en pâtir et attiser les braises que le clergé d'Amon encouragerait au plus vite. Elle prône une approche plus subtile basée sur la quête de renseignements et d'informations avec des hommes immergés dans la population. Les militaires sont conviés à ouvrir les yeux mais aussi les oreilles. Nana se fait forte de recouper tous ces renseignements avec sa brigade et ne livrer à Horemheb que des noms dont elle est sûre. Ensuite ce sera au tour du général d'agir avec fermeté.

Concernant le roi du Kadesh, Horemheb finit par apprendre que ses premiers espions ont été tués dans une embuscade. Il envoie donc des hommes supplémentaires, afin qu'ils puissent retrouver et connaître la situation d'Etakama.

Un soir à Men-Nefer, alors que Nana est sur le chemin pour dîner avec Horemheb, son fidèle garde la rejoint essoufflé dans les couloirs.

— Tu étais où Kysen ? Je t'ai fait chercher partout.

— Pardon Majesté, mais lors de mon repos, je suis allé dans une taverne un peu plus éloignée, car celle du coin était fermée. Ce que j'y ai entendu m'a retenu...

La reine connaissant bien son garde, devine aussitôt qu'il s'agit de quelque chose de très important. Aussi elle le contraint à ne pas en dire plus en lui mettant sa main sur la bouche.

— Suis-moi, nous allons voir le Général.

Ils entrent dans les appartements royaux du palais de Men-Nefer. Horemheb est assis, buvant une bière en attendant Nana.

— Que fait ton garde avec toi ? interroge le général étonné.

— Fais sortir tout le monde, ordonne la reine.

— Que se passe-t-il ? demande-t-il tout en commandant aux serviteurs et gardes de sortir.

— Tu peux parler maintenant, somme-t-elle à son garde en chef.

— Voilà, pour ma pause, je suis allé boire une bière à la taverne qui jouxte le temple, car celle où je vais d'habitude est fermée. Sa bière est réputée être la meilleure de la cité. Et là j'étais tranquillement en train de boire derrière un paravent, quand deux prêtres sont venus s'installer de l'autre côté. Ils ont commencé à parler d'un message reçu le matin, qui avait mis en colère leur grand prêtre.

— Ont-ils parlé du contenu de ce message ? questionne Horemheb en se redressant sur son fauteuil.

— J'ai juste compris qu'il s'agissait d'une missive venant d'Hattousa et qui concernait Etakama. Apparemment il serait toujours en vie…

— En soi, c'est une bonne nouvelle, coupe Nana.

— Il y a mieux, poursuit son garde, non seulement il est encore en vie mais il n'est plus prisonnier !

— Comment en as-tu déduit ça ? demande Nana toujours debout devant lui.

— C'est ce qui aurait déclenché la colère de leur prêtre en chef car Soupilouma le laisse retourner dans son pays librement. Il pensait que les hittites l'avaient tué depuis longtemps.

— Moi, j'en déduis qu'Etakama s'est vendu aux hittites pour sauver sa peau ! conclut Horemheb en buvant sa coupe de bière.

Mais Nana n'est pas du même avis et rejoint Horemheb en s'asseyant à côté de lui.

— Si le grand prêtre d'Amon de Men-Nefer a cette réaction, c'est que cela contrarie leurs plans, suppose nana, et j'y verrais plutôt un gage de bonne volonté de Soupilouma envers nous. N'oublie pas que le roi hittite était notre hôte et que c'est le propre oncle de Kia qui s'est emparé d'Etakama pour le livrer ensuite aux hittites.

Elle subtilise la coupe de bière des mains de son général, en boit quelques gorgées, avant de lui rendre.

— J'apprécie ton analyse mais de toutes façons, le clergé d'Amon ne va pas rester les bras croisés et va trouver une parade, constate Horemheb, en tout cas, ils sont mieux renseignés que nous. J'envoie mes hommes sur Kadesh afin de voir s'il est bien rentré dans son palais. Et Il faut dépêcher un coursier discret pour informer personnellement Pharaon.

***

À Akhetaton les rues sont devenues plus sûres, grâce au plan mis en place par le général avant son départ et Mahou fidèle aux directives d'Horemheb, l'applique avec ardeur et minutie. Chaque voyageur qui se présente aux portes de la ville est contrôlé et c'est ainsi qu'on amène dans les bureaux administratifs un messager guidé par deux gardes. Thoutouh, seul responsable à ce moment-là, l'accueille personnellement.

— J'arrive de Men-Nefer et je veux voir Pharaon en personne ! vocifère le coursier.

— Je suis son ministre et tu me parles sur un autre ton.

— Mille pardon je ne t'avais pas reconnu mais j'ai des ordres formels, je dois remettre un message de la plus haute importance à pharaon en personne. Et là j'ai l'impression qu'on me retient de l'approcher.

— Malheureux ! Heureusement que les gardes t'ont retenu sinon tu aurais dérangé Taureau puissant en pleine méditation.

— Mais on m'a dit qu'il était avec sa famille.

— Raison de plus ! Les ordres sont stricts, quand Pharaon est dans son jardin avec sa famille, il ne peut pas être dérangé et personne ne l'approche.

— J'aurais pu attendre.

— Mais je suis là pour ça ! continue Thoutouh. Donne-moi cette tablette.

— Je suis désolé mais j'ai ordre de ne la remettre à personne d'autre que mon Pharaon...

Thoutouh ne peut s'empêcher de se montrer sarcastique.

— Cette tablette ne peut venir que de Néfertiti mais je doute fort qu'elle parle d'amour sans quoi je te l'aurais laissée. Par contre, et son ton se durcit, je t'ordonne de me remettre cette tablette car ce genre de message, c'est moi qui les remets personnellement.

Sur un geste du ministre et malgré sa résistance, l'homme est ceinturé et fouillé par les deux gardes. La tablette est remise à Thoutouh. Il la lit, pendant que le coursier tente vainement de se dégager de l'emprise des soldats.

— Personne n'a le droit de lire cette tablette, lui lance-t-il impuissant.

— Ne t'inquiète pas, nul n'en saura rien et d'ailleurs tu avais raison, il n'y a que des propos futiles et je pense qu'il s'agissait plutôt d'un prétexte, dit-il en glissant la tablette dans sa ceinture.

— Quel prétexte ? s'exclame le messager pendant que les gardes affichent une mine soupçonneuse.

— Dis-moi, plutôt que tu voulais l'approcher pour le tuer !

— Mais non ! Je n'ai même pas un poignard sur moi ! se défend-t-il.

Thoutouh se tourne vers le coursier toujours tenu par les deux gardes, il simule une brève fouille et discrètement glisse un poignard qu'il ressort aussitôt.

— Et ça, c'est quoi ? Je croyais que tu n'avais pas de poignard sur toi ! dit-il en lui enfonçant dans le ventre. Les gardes sont surpris par le geste rapide de Thoutouh et lâchent l'envoyé qui s'écroule.

— Vous avez vu comme moi, il avait un poignard sur lui. Il voulait tuer Pharaon c'est sûr, vu l'insistance à laquelle il demandait à le voir pour lui remettre une tablette qui n'avait aucun intérêt.

Les deux gardes se dévisagent et se préparent à enlever le cadavre. Mais à leur grande surprise, le ministre leur ordonne de le laisser sur place et de partir. Ils obtempèrent aussitôt. Ils sortent du bureau, quelque peu interloqués par les évènements.

— Tu ne l'avais pas fouillé avant d'entrer dans son bureau ? demande le premier tout en marchant.

— Tu sais très bien que oui, répond le second complètement traumatisé.

— Comment un poignard a pu t'échapper ?

— Il n'aurait pas pu m'échapper... il n'avait pas de poignard, ça sent pas bon !

— On fait quoi !?

— On prévient Mahou.

Les deux gardes avancent dans le couloir, sans rien dire, quand deux flèches tirées simultanément les abattent. Ils s'écroulent sur le sol. Des hommes avec une grande cape noire et un capuchon masquant le visage, se précipitent sur les corps et les égorgent. Ils les roulent dans des tapis et les emmènent jusqu'à un chariot. Une fois jetés à l'intérieur, ces mêmes hommes le poussent dans les ruelles et disparaissent dans le dédale des rues d'Akhetaton.

Thoutouh est sur la terrasse de son bureau et vérifie que tout se passe sans encombre. Mériré est juste derrière lui.

— Je viens de te sauver encore une fois la mise. Tu n'es pas assez prudent, ce messager n'aurait jamais dû parvenir jusqu'aux portes de la ville. Qu'ont fait tes hommes avant ? demande furieux Mériré.

— Je me renseignerai.

— J'ai déjà épargné ta place de ministre, profitant du départ de Néfertiti, pour te rendre indispensable aux yeux de Pharaon, et là... heureusement que je n'étais pas loin, avec mes prêtres. Sinon... pourquoi l'avoir tué devant les gardes ? Je t'avais déjà expliqué qu'il ne fallait aucun témoin !

— C'est toi qui me dit de faire toujours le plus vite possible, avant que ces gens-là parlent ! De plus ils l'auraient emmené vers Mahou.

Mériré affiche une moue réprobatrice, se sert une coupe de bière tout en s'asseyant sur le fauteuil du ministre.

— Que dit la tablette ? demande le prêtre.

Thoutouh la sort de sa ceinture et lui tend. Puis lui aussi va se servir une coupe de bière, tout en décrivant le message à son complice.

— Tu m'étonnes qu'il ne veuille la remettre qu'à Pharaon ! Ce message vient de Soupilouma, ce traitre avoue sa dévotion à l'Empire Khem. Il lui écrit qu'il a libéré le roi de Kadesh et qu'il n'a jamais donné crédit aux actes d'Artama, qu'il a complètement banni de son royaume…

— Il faut envoyer cette tablette à Hatamon, je m'en charge, annonce Mériré.

— Pharaon a réussi à endormir son pire ennemi, il est fort quand même !

— Soupilouma n'est pas son pire ennemi, Thoutouh ! C'est Amon et il n'est pas près de l'endormir.

Le ministre boit à grande gorgée dans la coupe.

— Je venais vers toi pour autre chose, continue le prêtre. Il faut contacter Kia.

— Depuis que Néfertiti est partie, Kia ne lâche pas Pharaon d'une semelle, nuit et jour elle est auprès de lui. Elle a ce qu'elle veut, elle ne voudra plus être avec nous.

Mériré rit à pleines dents, d'un rire glauque.

— Tu m'inquiètes Thoutouh, un rien te fait capituler ! C'est très bien au contraire qu'elle ait la confiance de Pharaon, elle pourra mieux agir ainsi. Mais toi ! Triple idiot, tu ne vas pas lui dire qu'il faut trahir son époux, tu vas lui dire que c'est grâce à nous que Néfertiti est loin et que tu peux lui demander de revenir si elle ne coopère pas.

— Vu sous cet angle… Mais comment lui parler sans la présence de Pharaon ?

— Elle rend régulièrement visite à sa tante Giulepah, elle y va toujours sans lui. Tu vas lui demander comment elle se sentirait sans la présence des filles, pour commencer. Et puis tu attends sa réponse.

— Je la connais sa réponse.

— C'est évident, moi aussi, mais tu attends quand même sa réponse. Il faut lui faire comprendre que pour avoir un amour identique à celui qu'il éprouve… pardon éprouvait pour sa grande épouse, il faut qu'elle soit complice avec les princesses.

Mériré boit dans la coupe de Thoutouh, puis la pose devant lui.

— Je ne sais pas moi… faire plus d'activités avec elles, les inviter à Marou-Aton dans son nouveau palais au sud de la cité. Les princesses doivent lui accorder une totale confiance ainsi que Pharaon pour garder ses filles avec elle. Pour le moment, il faut lui dire ça. Si tu la vois sceptique ou hésitante, il faut la menacer que Néfertiti pourrait revenir plus tôt que prévu. À elle de juger, si elle veut prendre le risque de voir débarquer la reine et se retrouver encore au second rang. Si cela ne suffit pas, tu peux lui parler de la fragilité de Baket-Aton sa fille…

***

Dans les appartements de Pharaon Kia se prépare pour aller voir sa tante. Younou lui sourit.

— Tu es très belle.

— Je ne vais pas être longue, je serai vite de retour auprès de toi.

— Prends ton temps, tu sais, je suis avec les ministres pour les préparatifs de la fête. Ce n'est pas très passionnant, je préfèrerai venir avec toi pour voir Giulepah. Mais ce sont des réunions importantes, il faut que tout soit prévu le plus vite possible.

— Tu es méticuleux mon Amour !

— Une autre fois, je viendrai avec toi, promis.

— C'est vrai !? Oh comme cela me ferait plaisir et je suis sûre qu'elle aussi !

Il lui dépose un baiser sur les lèvres et part, entouré de sa garde.

Kia attend son escorte et se dirige vers le Khekeret, le cœur léger. Pourquoi se poser des questions alors qu'elle peut goûter l'instant présent, elle est simplement heureuse, elle est une personne importante et respectée maintenant, elle pense qu'elle a réussi.

Sur le chemin, elle croise le ministre des affaires étrangères, Thoutouh, qui la salue et lui fait comprendre discrètement qu'il veut lui parler. Kia n'a guère l'intention de s'entretenir avec ce personnage qu'elle méprise et continue son chemin, non sans lui avoir adressé un vague salut. Mais Thoutouh semble bien décidé et elle comprend qu'elle ne pourra pas aisément s'en débarrasser. Elle décide donc de ralentir et de le laisser marcher à ses côtés.

— Comment vas-tu princesse ? la chance semble te sourire depuis notre dernière rencontre ?

— Reine ! Je suis ta reine Thoutouh, je te remercie de t'adresser dorénavant à moi en me nommant ainsi.

— Puis-je faire un bout de chemin avec toi ?

— Ma réponse va-t-elle changer ta décision ? Dis ce que tu as à dire, puisque tu veux me parler.

— Tu n'as pas oublié que si la reine est partie, c'est grâce à moi ?

Kia se retourne et entraine Thoutouh un peu à l'écart de son escorte.

— Grâce à toi !? s'étonne-t-elle en faisant face au ministre. Je ne le crois pas non. C'est la décision de Pharaon uniquement.

— Ah ! La décision de Pharaon uniquement ! Tu es bien naïve, princesse !

Mais Kia apprécie peu l'ironie du ministre.

— Thoutouh aujourd'hui je suis la Reine veux-tu ! C'est fini de me nommer *princesse*.

— Et tu fais quoi de Néfertiti ?

— Elle a été répudiée, éloignée par Pharaon ! dit-elle touchée dans son égo.

— Il n'a jamais dit qu'il l'avait répudiée.

— Parce qu'il attend le moment opportun et qu'il ne veut pas la blâmer plus. Mais c'est un fait, elle n'est plus là ! je pense que cet entretien est terminé et nous n'avons plus rien à nous dire.

Elle retourne vers ses gardes.

— Et si je la faisais revenir pour une affaire importante ! Après tout je travaille toujours pour elle. Je pourrais en parler avec Pharaon !

Kia revient vers Thoutouh.

— Et si tu me disais ce que tu veux exactement ?

— Je vois que tu n'es plus très sûre de tes atouts d'un coup.

— Je n'ai simplement plus envie de la revoir, c'est tout. Aujourd'hui, je suis très heureuse sans elle et je suis avec Pharaon dans toutes les occasions. Cela t'a sans doute échappé, ministre.

— Sauf aux cérémonies.

— C'est normal, il y a ses filles.

— Tu t'entends bien avec ses filles ?

— Elles m'ont acceptée comme l'épouse de leur père.

— À la place de leur mère ?

Kia fuit le regard du Ministre.

— Tu es bien tant qu'elle n'est pas là. Et durant la grande fête des rois. Tu seras où ?

— A la place qui me revient, bien sûr. A côté de mon époux et avec nos enfants, quelle question !

— Figure-toi que j'ai vu le plan des emplacements des hauts dignitaires et donc de pharaon. Derrière les deux trônes il y a six places réservées aux enfants.

— (...) Où veux-tu en venir ? Il s'agit peut-être d'une erreur ou alors tu as mal lu ? dit-elle d'une voix blanche

— Pharaon a combien d'enfants ? poursuit impitoyablement Thoutouh, avec Néfertiti, je précise.

— Quatre, répond Kia d'une voix faible

— Six car tu n'ignores pas qu'elle a eu des jumelles dernièrement. Et qui sera la mère de ces enfants sur le trône à côté de Pharaon durant la fête ?

Sa belle assurance l'a quittée, mais elle ne s'avoue pas vaincue

— Il ne peut ainsi rejeter Baket-Aton, non, il ne me ferait pas ça... puis elle relève la tête et comme par défi.

— Néfertiti ne viendra pas ! sinon sa place sera dans le Khekeret, avec les épouses secondaires !

Le ministre ne peut s'empêcher de sourire et mielleusement.

— Oh ! Si Pharaon te l'a dit, il est homme à ne jamais revenir sur sa parole.

— Il ne me l'a pas dit... mais cela me semble tellement évident.

— Pourtant, tu fais les préparatifs avec lui ! Non ?

Kia reste pensive, d'un coup tout lui semble suspect. Elle réalise qu'il ne lui a jamais montré le plan de la fête.

— Écoute Kia, continue à me faire confiance, quoi que tu en penses, je ne suis pas ton ennemi. Quand tu auras les réponses à tes questions et que tu seras sûre d'avoir la meilleure place sans Néfertiti, viens me voir à mon bureau. Je m'arrangerai pour qu'elle ne revienne pas pour la grande fête des rois.

Thoutouh salue Kia puis se retire. Elle continue son chemin vers le Khekeret, l'esprit plein de doutes. Elle entre dans les appartements de sa tante assise sur des coussins, près d'une table basse avec une tasse d'infusion à la main.

— Oh ma Chérie, que se passe-t-il ? Tu as l'air vraiment contrariée.

— Non, non, ça va, je suis juste un peu fatiguée, pas bien dormi, cette nuit.

Giulepah se lève et serre sa nièce dans ses bras, puis lui propose de s'assoir et de boire une infusion avec elle.

— Tu devrais être heureuse, tu as Pharaon pour toi toute seule depuis des saisons. La plus longue absence de Tiyi, était une lune.

— Tu penses qu'elle est répudiée ?

— L'a-t-il dit ?

Giulepah prend la carafe où se trouve l'infusion encore chaude et en sert une tasse à Kia qui soupire.

— Il n'a rien dit de tel, mais elle n'existe plus pour lui, il n'en parle jamais.

— Ne lui as-tu pas posé la question ?

Kia prend la tasse entre ses deux mains.

— Je n'ose pas.

— Tu as peur de la réponse.

— Peut être. En fait je suis tellement bien, il est gentil, calme, avenant, et cela me comble. Je suis la seule qu'il regarde… En dehors de ses enfants bien sûr.

Giulepah boit une gorgée, puis en posant la tasse regarde tendrement sa nièce.

— Ne pense pas que ce soit anodin.

— Ma tante ! Il a toujours adoré ses enfants…

— Qui ressemblent comme deux gouttes d'eau à leur mère. Mais tu as raison, il ne peut en être autrement, quoi qu'il en soit.

Kia songeuse boit lentement l'infusion.

— Même s'il ne le dit pas, comme il n'en parle jamais et que j'ai pris sa place de partout, sauf dans les cérémonies où ses filles la remplacent à tour de rôle. On peut dire qu'elle est répudiée aux yeux de tout le monde, implicitement ! Non ?

Giulepah fait la moue, soulève la carafe et laisse couler l'infusion dans la tasse vide de Kia, puis dans la sienne.

— Ce ne sont pas les yeux de tout le monde qui importent, ce sont les yeux de Pharaon. Et le fait qu'il n'en parle pas, n'est pas forcément l'expression d'une répudiation. Souviens-toi, elle est partie pour des raisons officielles.

— Oui, mais un travail, qui dure depuis trop longtemps. Des bruits courent qu'Horemheb n'est plus d'accord avec Pharaon ! Et Néfertiti est avec le général. Donc…

La tante approche la tasse de ses narines et en fermant les yeux, hume les parfums des herbes qui viennent de son pays.

— Fais attention aux rumeurs, ma chérie. Le mieux est que tu prennes ton courage à deux mains et que tu en discutes avec lui. Au moins tu en auras le cœur net. Mais suivant ses paroles je te conseille de rester calme et d'approuver sa décision, même si elle ne te convient pas.

— Tu as raison, toutes ces pensées risquent de me miner. Maintenant, il faut que je lui pose la question.

Kia pose sa tasse, se lève en même temps que sa tante et après l'avoir serrée dans ses bras, quitte le Khekeret suivie de son escorte.

Elle retrouve Younou dans ses appartements au palais, il est encore avec ses filles. Et chance pour elle, la discussion concerne la grande fête des rois. Les princesses parlent toilettes et robes bien sûr, mais Kia trouvera une opportunité pour amener Néfertiti au cœur du sujet.

***

À Ouasat.

De son côté, Hatamon ne reste pas inactif. La grande fête des rois lui donne l'opportunité de décrédibiliser Aton à travers Pharaon. Il a placé ses pions dans la cité et en premier lieu Mériré, sa pièce principale. Ce sera aussi l'occasion de sonder les monarques qui, pour la plupart connaissent mal cette nouvelle doctrine que veut répandre Pharaon au-delà de ses frontières. D'un naturel conservateur donc peu enclins à la modernité, ces dirigeants sont en outre assez jaloux de leurs prérogatives. Bien sûr ils connaissent Amon et s'accommodent de cette religion qui ne fait pas d'ombre sur leur pouvoir. La volonté expansionniste de Pharaon dans le domaine des idées, sera mise à mal si par malheur Aton se trouve ridiculisé. Cette réunion peut servir de cadre à ses fins et ne peut tomber mieux dans les circonstances actuelles.

Hatamon attend le messager qui vient tous les mois l'informer de ce qu'il se passe à Akhetaton. Le grand prêtre est dans ses appartements avec son fils Kamenré.

— Toujours pas de nouvelles d'Horemheb ?

— Pas de lui directement mais cela ne serait tarder, il semble que leurs divergences de vue entre Pharaon et lui s'accentuent de jour en jour. Sans doute que la présence de la reine qui incline de plus en plus vers son général, y soit pour quelque chose. On peut s'étonner d'une si longue absence et on jase beaucoup dans la ville. Cela fait quand même plus de trois saisons qu'elle a quitté Akhetaton, sans donner de ses nouvelles à Pharaon.

Ils se dirigent lentement vers la terrasse où les voilages flottent légèrement à la brise.

— Très curieux ! Quand on connaît les sentiments qui les lient ! s'étonne Kamenré.

— Kia a pris la place de grande épouse à Akhetaton mais a-t-il changé ses sentiments ? Préfère-t-il vraiment Kia maintenant ? Je voudrais en être sûr.

— N'as-tu pas moyen d'avoir plus de renseignements à ce sujet ?

— La consigne semble être de ne pas évoquer la reine, Pharaon ne parle jamais de Néfertiti. Même pas en compagnie d'Ay ! s'étonne Hatamon en s'appuyant contre la rambarde.

— Et tu ignores ce qu'il s'est passé entre eux ?

— Une fois ils se sont disputés très violemment, il a passé la nuit avec Kia, alors que la reine était dans sa chambre. Le lendemain, Néfertiti a fait la cérémonie avec son époux. Il semblait que les choses allaient mieux. Mais peu de temps plus tard, elle partait avec Horemheb à Men-Nefer et elle y est toujours. Et personne ne sait combien de temps cela va durer.

Hatamon regarde voler un couple d'ibis, non loin de la terrasse.

— Il semblerait qu'elle ne lui ait pas pardonné quelque chose ? tente de comprendre Kamenré.

— D'après mes sources, il paraîtrait que ce soit plutôt Pharaon qui ne lui ait pas pardonné quelque chose !

— Ce qu'on cherchait semble être arrivé et Younou est affaibli si Nana se détache de lui. Mais je veux en avoir le cœur net. D'abord vérifier si Néfertiti compte rester à Men-Nefer et ses relations avec son général. Ensuite sonder Horemheb sur Pharaon. Est-il susceptible de se rapprocher de nous ? En tant que militaire, deux choses peuvent l'intéresser : le pouvoir et l'intérêt de l'Empire. Si c'est le cas, nous pouvons intervenir et le manipuler.

Hatamon fait face à son fils et le fixe avec insistance.

— Je ne vois qu'une personne capable d'engager un dialogue direct avec le général ! Toi.

Kamenré s'accoude avec son père sur la rambarde et regardent tous deux l'horizon.

— Bien père, je vais devoir préparer mes affaires, je retourne à Men-Nefer alors.

Un prêtre annonce le messager attendu. Hatamon et Kamenré se retournent, le grand prêtre d'Amon ordonne qu'il entre, puis récupère avec empressement la tablette et la lit en marchant vers son fils.

— Mmmm, je ne sais pas trop quoi penser !

Sur la terrasse, Hatamon entraine son fils, loin des oreilles indiscrètes des gardes et du messager.

— Mériré me dit que le petit prince devait rejoindre sa mère à Men-nefer, mais que Pharaon n'a pas voulu. Un père qui contrarie une mère, voilà une décision qui risque d'aviver l'animosité de la reine envers son divin époux. Il me semble que le moment de les rencontrer ne saurait être mieux choisi. Amon nous donne sa bénédiction.

— Et pour Kia ? Il en est où Mériré ?

— Ne t'inquiète pas, mon fils, il avance ses pions.

***

À Akhetaton.

Kia vient d'entrer dans les appartements de Pharaon et affiche un grand sourire en se dirigeant vers Akhenaton pour se blottir dans ses bras. Il lui dépose un baiser sur le front.

— Les filles ont des idées pour les robes et accessoires qu'elles désirent porter pour la grande fête, mais ignore lesquelles choisir. Tu pourrais les conseiller.

Kia prend les mains des filles en signe de sympathie, puis propose.

— Pourquoi ne pas aller voir le couturier ?

Puis se tourne vers Pharaon.

— Elles sont déjà tellement belles, n'importe quelle robe sera une merveille sur leurs corps. Il les conseillera mieux que quiconque.

Younou sourit à cette remarque qu'il juge pertinente.

— C'est vrai, Kia a raison, allez-voir le couturier.

Les filles enchantées d'avoir la permission d'aller consulter le couturier royal, se lèvent, suivies de la garde et des nourrices.

Kia blottie dans les bras de Younou, ne sait comment aborder le sujet, si délicat pour elle.

— Younou ? Et moi comment dois-je m'habiller ?

— Toi aussi n'importe quelle robe te siéra à merveille, complimente-t-il en lui caressant la joue.

— Que suis-je pour toi exactement ?

Il stoppe sa caresse sur la joue et soulève ses sourcils.

— Pourquoi cette question ? N'est-ce pas assez évident ?

— J'ai tes faveurs Divin Pharaon… mais ai-je ton cœur ?

— Je vois que tu as des doutes, puisque tu me poses la question.

Younou reprend sa caresse sur la joue, mais son regard part dans le vague.

— Tu es chère à mon cœur, ne sois pas inquiète.

— Je ne sais toujours pas quelle place je dois avoir ?

— Comment, tu ne sais pas ! s'étonne-t-il en la fixant. Tu es toujours à mes côtés, n'est-ce pas assez clair ?

— Tu… tu ne me parles jamais… d'elle.

Younou sent le vent tourner et il en connaît le nom. Mais il reste calme, malgré les battements de son cœur en pensant à Nana. Sa respiration s'accélère. Il se détache délicatement de Kia, pour aller piquer un fruit sur la table.

— Parce que je n'ai rien à dire.

— T'a-t-elle trahi ?

— Ce n'est pas ce que tu imagines.

Younou tourne instinctivement le dos à Kia.

— Il s'est passé quelque chose entre vous et tu es déçu d'elle ? insiste-t-elle.

— Tu veux comprendre pourquoi elle ne rentre pas et pourquoi je n'ordonne pas qu'elle me rejoigne, c'est ça ?

Kia prend le bras de Pharaon et lentement le contraint à lui faire face.

— Eh bien oui, j'aimerais comprendre.

— C'est simple Kia, il y a une force d'Amour plus grande que j'éprouve et qui préfère qu'elle reste loin de moi.

Pour Kia c'est l'aveu, elle est stupéfaite et reste bouche-bée. Cette force d'Amour plus grande, ce ne peut être qu'elle ! Elle se jette dans les bras de Pharaon et le serre fort. Younou pose sa main sur la tête de Kia, lovée au creux de son épaule. Mais pour lui, il en est tout autrement et ne peut rien révéler encore.

— Elle ne viendra pas pour la grande fête des rois alors ? demande Kia.

— Non.

— C'est toi qui ne veux pas d'elle ? Ou bien, c'est elle qui ne veut pas venir ?

— Les deux.

Jusque-là les réponses satisfont Kia, aussi elle inspire profondément et pose LA question.

— Qui sera à tes côtés lors de la réception ? Mérit-Aton ?

— Non, ce sera toi.

Kia saute sur Younou et l'embrasse de toutes ses forces, son cœur est prêt à exploser de joie. Elle l'entraine sur le lit et commence à le déshabiller. Elle s'abandonne à l'Amour avec une ferveur dont elle ne se soupçonnait pas être capable. Pharaon se laisse tomber dans un plaisir facile, qui estompe quelque peu, l'amertume d'un cœur qui ne retrouve pas ses marques. Des images viennent à lui en boucles, toutes ces cérémonies, tous ces moments de bonheur simple aux côtés de Nana. Ce plaisir charnel qu'il ressentait dans ses entrailles. Rien ne sera plus jamais pareil, il faut faire sans elle maintenant. Il faut qu'il reste avec Kia, qui représente sa diversion, sinon Nana ne comprendrait pas et pourrait revenir. Et là, il ne pourrait plus la protéger, car il serait dans l'incapacité de lui cacher ses véritables sentiments.

***

A Men-Nefer les notables se préparent également pour la grande fête des rois à Akhetaton, tous les dignitaires des grandes villes étant conviés à venir à cet événement de grande ampleur.

Nana est furieuse, elle vient de recevoir la réponse de Pharaon qui empêche Toutankh-Aton de venir la voir. Horemheb tente de la calmer du mieux qu'il peut.

— Je ne comprends pas cet acharnement à me tenir éloignée de mes enfants. Il y a peu de temps c'était les filles qui pouvaient venir pour la fête de Ptah, il n'a pas voulu et maintenant c'est Toutankh ! Il devait venir avec Nugart et là encore il refuse. Pourquoi me hait-il au point de me priver de mes enfants ?

— Tu auras tout le privilège de les avoir avec toi… après.

— Non Mheb, je n'y crois plus, c'était un stratagème pour m'éloigner de lui, pour être avec elle.

— Comment peux-tu être aussi aveugle, dit-il tout bas.

Nana entend ses dernières paroles, même dites à voix basse. Elle se rapproche d'Horemheb et le fixe durement.

— C'est moi qui suis aveugle ?

— Non, non... je voulais dire comment... comment peut-il être aussi aveuglé par les charmes d'une opportuniste, telle que Kia.

— Tu as dit *TU,* l'aveuglement me concernait.

Horemheb prend les mains de Nana qu'il porte à ses lèvres pour déposer un baiser.

— Excuse-moi, de ton côté les choses sont tellement claires, qu'il ne peut y avoir d'aveuglement. Je parlais à Younou dans ma tête.

Nana retire ses mains et tourne le dos au général. Il soupire de soulagement et se promet d'être plus vigilant la prochaine fois.

— Elle aura réussi certes, à entrer dans ses faveurs. Mais elle ne pourra pas me remplacer auprès de mes enfants. Même s'il veut que je sois comme morte pour eux.

Nana marche de façon désordonnée à travers la pièce, sa déception est grande, elle ne pensait pas qu'il aurait la cruauté de la priver de ses enfants. Horemheb la prend délicatement par les épaules et elle vient poser sa tête sur son épaule.

— Que dis-tu de te changer les idées, si nous allions chez *Kha* ce soir, il donne une réception, c'est un ami fidèle qui sera enchanté de recevoir sa reine et son général ?

— Je n'ai pas envie de sortir. Et qui te dit que je représente toujours sa reine ?

— Parce que tu l'es ! Par Aton, Pharaon ne t'a pas répudiée que je sache ?

— Qui sait ? Ça va peut-être me parvenir par un coursier d'un instant à l'autre. De toute façon c'est tout comme.

Elle s'éloigne d'Horemheb pour prendre sa brosse et commence à démêler ses longs cheveux.

— Reste digne Nana, tu es la grande épouse royale en déplacement et tu as une mission officielle, je te le rappelle. Que je sache nous travaillons toujours, sur des enquêtes délicates et longues.

— Heureusement que je suis occupée avec ça, sinon je crois que je deviendrais folle.

Horemheb attrape Nana et l'attire doucement vers lui pour la serrer dans ses bras.

— Écoute, en cette fin de journée, tu devrais faire venir ton masseur, pour te détendre, puis après choisir ta plus belle robe pour la soirée. Et... tu auras l'immense privilège de tenir mon bras, dit-il ironiquement.

Nana le regarde et éclate de rire.

— Tu vois ! Je parviens encore à te distraire, c'est plutôt bon signe, avoue-t-il en lui déposant un baiser sur les lèvres.

— Tu as raison, il faut que je pense à autre chose. Tant que je suis reine, il faut que je reste digne.

Horemheb sort de la pièce, tout en ordonnant à un serviteur d'aller chercher le masseur de la reine.

Nana se promène sur sa terrasse et regarde le jardin du palais aux couleurs flamboyantes. Elle se retrouve seule et ses pensées s'évadent vers... Younou. Elle chuchote alors.

Je ne parviens pas à croire que tu m'aies oublié si vite, mon Amour. Je pense à toi, tous les jours et mon cœur saigne en t'imaginant avec cette princesse mitannienne. Quand je vois tous ces moments, qui nous restaient à vivre ensemble... perdus à jamais. Je dois comprendre que cette femme qui te rend si heureux, est plus importante à tes yeux, que je ne puis l'être ! Et si tu es comblé avec elle, tant mieux, ton bonheur est essentiel à mes yeux. Mais j'aimerais tant revoir mes enfants. Peux-tu m'accorder cette ultime faveur ?

Elle pose ses coudes sur la balustrade et met son menton sur ses deux mains, son regard est dirigé dans la direction d'Akhetaton. Un long soupir sort de sa poitrine, en même temps que perlent des larmes qui s'écrasent sur la rampe.

— Ma Reine, j'installe la table de massage sur la terrasse ?

— Ah ! Non je préfère à l'intérieur, répond-t-elle en s'essuyant les joues rapidement du revers de la main.

Le masseur est d'origine Nubienne et pratique son savoir-faire avec Nana depuis qu'elle est devenue l'épouse de Younou. Il est habile, pas seulement avec ses mains, son esprit ouvert et honnête l'est tout autant, accompagné d'une grande générosité de cœur. Les serviteurs déposent la table agrémentée d'un fin coussin dans la chambre et Nana s'y allonge nue dessus. Il commence son massage.

— Ton cœur n'est pas le même, ma Reine ! ose le Nubien en huilant ses mains.

— Que veux-tu dire par là ? demande Nana allongée sur le ventre.

— Je te connais tu sais, peut-être mieux que toi-même.

— Ah ! Et ?

— Et tu n'es pas heureuse loin de ton époux, même si tu travailles beaucoup et que tu t'entends bien avec le général.

— Horemheb fait de son mieux pour me divertir.

— Le général est très amoureux de toi, ma Reine et il se rend compte que ton cœur est resté à Akhetaton.

— Tu vois... je ne suis même pas capable de rendre heureuse un général... Je suis vraiment nulle... incapable.

— Ne dis pas ça ma Reine. Tu as mis au monde de merveilleux enfants dont les deux dernières réclament toute ton attention.

— Pourquoi me dis-tu ça ? demande-t-elle en se soulevant à moitié sur les coudes. Je suis souvent avec elles.

— Ta vibration ma Reine, c'est le premier langage des bébés et ta vibration est très faible, dit-il en appuyant doucement dans le dos pour qu'elle se rallonge.

— Que veux-tu que je te dise, pourtant je les aime profondément. C'est vrai que je me sens bloquée. Ton art peut-il résoudre ce problème ?

— Si je pouvais, ce serait trop facile. Même si cela te calme. Mais il y a aussi un travail que tu dois faire sur toi-même

— Je sais, ce qui m'obsède est la raison pour laquelle je suis tenue à l'écart. Pourquoi ai-je perdu l'amour de mon époux ? Sans doute est-ce là mon problème ? C'est peut-être pour cela que je n'arrive plus à éprouver de compassion et d'empathie pour les autres... en premier lieu mes proches.

Il masse profondément et consciencieusement le dos de sa reine et soudain avoue une chose qu'il rumine depuis trop longtemps en lui.

— Tu n'as jamais perdu l'Amour de Pharaon.

Elle sursaute puis réprimande le Nubien.

— Ne sois pas stupide, tu vois bien comme moi, que nous ne sommes plus ensemble et qu'il ne réclame pas ma présence... Et mieux encore, sa secondaire avec qui il vit a pris ma place.

Nana se rallonge un tantinet contrarié. Le Nubien continue de masser avec application le dos de Nana tout crispé, sans rien dire, puis insiste.

— Pourquoi alors, quand il t'a vue pour la dernière fois, juste après que tu sois sortie de la terrasse, il s'est effondré sur la rambarde en pleurant ?

Nana abasourdie par l'aveu de son masseur, relève la tête le regard droit devant elle, puis lentement elle se tourne vers son masseur.

***

A Akhetaton, des pontons supplémentaires sont construits en prévision du nombre de bateaux étrangers qui accosteront avec à leur bord les Rois accompagnés de leurs dignitaires, gardes et serviteurs. Aux abords de la ville, Pharaon fait bâtir de grandes villas pour recevoir ses invités de marque. Une immense enceinte est aussi construite avec une estrade centrale en pierre et des tribunes luxueuses, où les invités pourront s'installer dans un faste que la plupart ne connaisse pas. Akhenaton conscient de l'importance de l'évènement veut que cette fête soit parfaite. Ce qu'il a à transmettre est capital, il faut que tout le monde soit bien installé et émerveillé par la grandeur de la réception.

Le messager de Men-Nefer envoyé par Horemheb arrive alors que la ville est en pleine effervescence, partout des ouvriers s'affairent mais les commerçants ne sont pas en reste et comptent sur cette fête pour garnir leur bourse mise à mal ces derniers mois. Le messager constate que la ville pullule de gardes qui gardent un œil vigilant sur les allées et venues de la population encore plus cosmopolite que d'habitude.

Sans doute, des éléments nuisibles se sont glissés parmi elle, se dit-il, *raison de plus pour se méfier.*

La recommandation du général est formelle, éviter tous les gardes et encore plus les ministres. Le coursier doit trouver un moyen d'approcher Pharaon, en évitant tous ces écueils. Il se pose un moment dans une taverne, il est habillé en marchand, il est venu de Men-Nefer en cange avec des tissus, comme le font tous les commerçants.

— Une bière mon bon Marchand ? demande la serveuse.

— Oui, jeune fille comment as-tu deviné ?

— Oh, c'est souvent le cas à cette heure-ci ! dévoile-t-elle avec un sourire charmeur.

— Il y a des changements ici, la fête va être grandiose, on en parle dans tout le pays.

— Eh oui, c'est bon pour les affaires, mon patron est heureux.

La serveuse se retire pour aller chercher la bière. Le messager observe les allées et venues devant lui et se demande comment atteindre rapidement le roi sans éveiller les soupçons. Elle revient avec sa bière, la dépose sur la table devant lui.

— Un deben s'il te plait.

— Tu ne sais pas qui je peux contacter pour vendre mes étoffes au palais ?

— Il faut voir avec l'intendant, mais ce n'est pas lui qui prendra la décision, c'est le bras droit de Pharaon, Ay ! Mais il est souvent débordé, tu vas avoir du mal. Tous les sept jours, le palais organise une vente pour les marchands dans la cour du palais, suivant les corps de métier. Là, il n'y pas besoin de permission spéciale. Attends, je vais me renseigner.

La serveuse retourne à l'intérieur puis ressort avec son patron.

— Tu veux vendre des étoffes ? Quel genre d'étoffes possèdes-tu ? je cherche à changer mes tentures pour la fête, questionne le patron.

— Je ne pense pas que cela soit intéressant pour toi, mon brave, c'est de la soie.

— Ah non ! Tu ne pourras le vendre qu'au palais ou alors à certains notables bien plus riches que moi. Tu as de la chance une vente publique doit se faire ce matin. Par contre je ne sais pas le corps de métier, mais demande aux gardes, ils te le diront.

Le messager laisse deux debens sur la table et remercie le patron de la taverne. Puis se dirige vers le palais avec ses rouleaux d'étoffes sur les épaules. L'entrée est effectivement bien surveillée, il pose sa marchandise devant lui et s'adresse à un garde.

— Il paraît qu'une vente publique se fait ce matin, tu peux me dire quel corps de métier est choisi, s'il te plait ?

— Celui des tisserands. Montre ta marchandise.

Le messager ouvre un bout de son emballage et laisse dépasser les tissus de soie. Puis le garde commence une fouille minutieuse de la marchandise et du messager déguisé en marchand et comme il ne trouve aucune arme, seulement une tablette rangée dans sa ceinture, qu'il lui rend aussitôt sans commentaire.

— Tu peux y aller, tu verras il y a d'autres marchands comme toi, tu attendras avec eux.

— Merci mon brave.

Le messager entre et se dirige vers un attroupement de marchands qui commencent à exposer leurs tissus sur des étals mis à disposition à cet effet. Le coursier les imite, en calant sa tablette dans les tissus, la faisant passer ainsi pour une facture.

— On m'a dit que c'est le Chambellan qui choisit ? demande le messager à un autre marchand près de lui.

— Ay sélectionne mon brave. C'est Pharaon qui choisit.

— Ah ! Mais notre marchandise part sans qu'on soit payé ?

— Mais non ! rit à pleines dents le marchand. Si tu n'es pas sélectionné, tu sors du palais et ne reste que ceux qui sont sélectionnés ensuite Pharaon vient faire son choix.

— Pharaon en personne ! fait semblant de s'étonner le messager.

— Oui, Akhenaton, n'a pas peur de se rapprocher de son peuple. C'est la première fois que tu viens ?

— Oui, la route de la soie est un voyage long et périlleux.

— Je comprends, tu as dû en voir des choses là-bas. Je connais quelqu'un qui…

Des trompettes sonnent l'arrivée du bras droit de Pharaon, des gardes s'installent autour des marchands. Ay apparaît dans toute sa dignité et commence son tour. Il soulève les tissus et tâte la qualité avec ses mains, arrive le tour du messager.

— De la soie ! s'exclame Ay.

— Oui, Divin père ! De la pure soie venant des pays du levant.

Il tâte la soie et constate que la qualité est parfaite, il le sélectionne et continue.

— Tu dois être le seul ce matin à présenter de la soie, tu vas voir, Pharaon est un homme charitable, il t'en donnera un bon prix.

— Ce serait bien. Il vient longtemps après son bras droit ?

— Patience, généralement il n'est pas très long, le temps que les autres marchands remballent et sortent. Après ça dépend.

— C'est déjà bien d'avoir été sélectionné, non ? Tu as quoi comme tissus toi ?

— Du lin finement tressé, mais en plus, je vends aussi de vrais cheveux pour les perruques. Ils en sont toujours friands.

Les marchands qui n'ont pas été sélectionnés sont sortis. L'attente est un peu longue, ceux encore présents tournent en rond. Quand les trompettes retentissent, de nombreux gardes viennent entourer les marchands. Trois jeunes filles approchent en premier, suivies d'une élégante femme.

— Tiens on a droit à la famille aujourd'hui ! constate le vrai marchand.

— C'est Néfertiti avec ses filles ?

— Non ! Elle, c'est Kia la secondaire. Ça se voit que tu es parti depuis longtemps. Néfertiti est à Men-Nefer, depuis plusieurs lunes.

— Elle a été répudiée par Pharaon ?

— Il n'en a fait aucune annonce officielle, en tout cas.

— C'est dommage qu'ils ne soient plus ensemble, ils donnaient une image du couple parfait.

— Elle reviendra, assure le vrai marchand.

— Qu'est ce qui te fait affirmer qu'elle reviendra ?

— Pharaon a beau être gentil avec cette secondaire, il n'est pas le même qu'avec Néfertiti, la lumière dans ses yeux n'est pas la même. Moi une fois, j'ai vu Néfertiti de près et…

Les jeunes princesses approchent en sautillant et s'arrêtent devant l'étale du marchand.

— Kia ! Regarde comme ils sont beaux ces cheveux ! Ils sont longs ! s'émerveille Mérit-Aton.

Mais pendant que Mérit-Aton reste subjuguée par la qualité des cheveux, Maket-Aton et Ankhesenpa-Aton touchent les tissus de soie du messager.

— Ton père ne vient pas ce matin ? demande le coursier, d'une voix enfantine.

— Dada, ne va pas tarder, il discutait avec Ay. Il est beau ce tissu, il brille, il vient d'où ? interroge Ankhesen.

— Des pays du levant, là-bas des élevages de vers à soie sont faits et on tire le tissu de leur cocon, qu'ils fabriquent avec un seul fil.

— Ah c'est vraiment beau, je peux voir les autres en dessous.

La princesse soulève les tissus et déloge la tablette, qui glisse. Elle la rattrape au passage. Puis la tend au messager.

— Excuse-moi ! J'ai failli faire tomber tes comptes.

C'est alors que Pharaon se présente derrière sa fille et s'agenouille à son niveau. Le coursier se prosterne, puis se relève.

— Ah Dada, tu es là, regarde comme il est beau ce tissu, il brille comme Aton.

— Tu sais comment il est fait ? demande Younou.

Le messager n'a pas repris sa tablette qui est toujours entre les mains d'Ankhesen.

— Oui, le marchand m'a expliqué que ce sont des vers qui font des cocons avec un seul fil.

Younou regarde le messager, qui se courbe une nouvelle fois devant Pharaon.

— Ta soie est superbe de quelle région vient-elle ?

— Au-delà des montagnes dans une contrée où les gens ont les yeux bridés.

— Je suppose que tu les payes en or.

— C'est exact, Divin Pharaon.

Younou voit la tablette que tient toujours Ankhesen dans ses mains.

— C'est quoi ce que tu tiens là ?

— Ah c'est la tablette des comptes du marchand, répond la princesse.

Elle tend la tablette au coursier, mais Younou reconnaît le sceau d'Horemheb. Il prend la main de sa fille et récupère la tablette. Le regard de Younou croise celui du messager.

— C'est la facture de la totalité de ma marchandise Divin Pharaon, insiste-t-il en se courbant.

— Très bien mon brave, je la garde alors, je ferai personnellement en sorte que tu sois payé et ton prix sera le mien, informe-t-il en plaçant la tablette dans sa ceinture, au lieu de la donner à l'intendant comme les autres factures.

Puis il s'éloigne en continuant son marché.

Kia est intriguée par cette tablette et se demande bien pourquoi il l'a placée dans sa ceinture. Elle se rapproche de son époux et se love dans ses bras. Puis glisse sa main dans sa ceinture, mais il lui bloque.

— Qu'est-ce que tu fais ! demande-t-il.

— Je voulais voir la valeur de cette soie.

— Oh non, c'est un cadeau et tu ne regarderas pas, la taquine Younou.

***

Nana est effondrée sur un coussin, elle boit de la bière pour se remettre de l'aveu de son masseur.

— Pourquoi ne m'as-tu jamais avoué ça avant ?

— Je pensais que tu le savais et que tu avais provoqué volontairement la réaction de Pharaon.

— Tu l'as vu de tes propres yeux, ou on te l'a raconté ?

— Je l'ai vu de mes propres yeux, ma reine, mais je ne suis pas le seul. Je ne vois pas l'intérêt de Pharaon à simuler une telle détresse.

— Qui d'autre l'a vu ?

— Ton général.

— Mheb !

Nana se lève et commence à arpenter la terrasse. Les pensées sont embrouillées dans sa tête, puis s'éclaircissent.

— Je comprends mieux certaines choses maintenant, mais Nugart, était-il toujours en sa présence ?

— Oui.

— En voilà un autre dans la confidence.

— Je réalise que je viens de faire une bien grosse erreur ma reine, je ne pensais pas te dévoiler quelque chose que tu ignorais. Sinon je te l'aurais dit avant et j'y aurais mis les formes. Maintenant, je vais avoir les foudres du général.

— Pas du tout mon brave, pas du tout, tu ne m'as rien dit d'accord ? Je ne sais rien ! Je suis la même qu'avant ce massage.

— Peut-on le finir alors ?

— Avec grande joie.

***

Younou se rapproche de son homme de confiance Ay, avec Kia toujours accroché à son bras. Il glisse en langage codé, qu'il veut le voir à son bureau, juste après le marché. Kia sent quelque chose en Younou, qui vient de se réveiller, aussi elle décide de ne pas le lâcher. Seulement Younou ne le voit pas de la même façon.

— Je dois m'entretenir avec Ay, ma bien aimée va avec les filles, demander au couturier la robe que tu veux pour être à mon côté lors de la grande fête.

La proposition est alléchante, mais son instinct lui dicte de rester avec Younou et elle n'en démord pas.

— Pourquoi ne puis-je pas venir ?

— On va parler préparatifs, rien de plus ennuyant,

— Je n'ai jamais participé aux préparatifs, je voudrais voir le programme et…

— Bon, si tu veux venir !

Et il entraine Kia dans son bureau où l'attend Ay. Younou explique à son beau-père que sa charmante épouse ne veut pas le quitter car elle aspire à connaître le déroulement de la fête. Il met ça sur le compte de la curiosité et peut-être une certaine angoisse vu l'importance de l'événement. Ay sourit en coin mais fronce les sourcils, car il se doute que ce n'est pas pour ça que Younou a pris des précautions en l'invitant à le rejoindre. Il y a juste cette contrariété, Pharaon n'a pas pu se débarrasser de l'arapède.

Le roi sort de vieux plans désuets et commence à les étaler sur la table ronde. Kia s'assoit et regarde les papyrus. Elle voit des formules mathématiques et des sommes entourées. Puis des plans dont elle ne reconnaît pas l'endroit. Younou parle en employant des termes techniques dont Kia ne comprend rien… même Ay d'ailleurs.

— Il faut employer la tangente de Pi pour arriver à la racine carrée de l'oméga, explique Pharaon à Ay.

Le Divin père comprend et rentre dans le jeu.

— Oui ! Mais si l'oméga tient Pi par sa tangente, la racine carrée ne pourra pas s'exprimer dans la triangulaire.

— Non regarde ce n'est pas possible.

Ay manque de s'esclaffer en pensant ; *Ça c'est sûr ! Ce n'est pas possible !*

Younou prend un calame et commence à griffonner des formules sur le plan. Kia sourit mais ne comprend rien et encore moins qu'ils disent n'importe quoi. Elle est vite prise par l'ennui et avoue à Younou, qu'il avait raison, qu'elle ne croyait pas que ce soit aussi fastidieux.

— Je vais rejoindre les filles, je serai plus utile, lui concède-t-elle.

Younou la raccompagne à la porte et ordonne aux gardes de ne pas être dérangé, sous aucun prétexte.

Ay affiche un large sourire moqueur.

— J'ai cru que je ne m'en débarrasserai pas, confesse Younou à son beau-père.

— J'ai bien compris quand je t'ai vu entrer, avec elle pendue à ton bras.

Younou glisse sa main dans la ceinture pour en ressortir la tablette et se rapproche d'Ay pour qu'il lise en même temps que lui.

— Cette tablette vient d'Horemheb, avise Younou.

Tous deux la lisent, dans un grand silence, elle est gravée sur les deux faces.

Il tend la tablette à Ay pour qu'il finisse de la lire et fait quelques pas dans la pièce.

— Tu t'en doutais, intervient Ay.

— Je l'ai senti sincère dès le début. Bon après il peut changer d'avis sous l'influence de certaines circonstances qui ne seraient pas de notre ressort, mais à la base il est fidèle à sa parole.

— Donc pour résumer la situation, Soupilouma respecte le traité de paix et il a libéré Etakama, après l'avoir gardé un long moment en son palais. De ce côté tout va bien. Enfin de bonnes nouvelles.

— Encore une fois ce qui me dérange, ce sont les prêtres du clergé d'Amon qui ont toujours une longueur d'avance sur nous ! Et ça ! Ça me perturbe vraiment !

Ay reste silencieux un moment en regardant la tablette dans ses mains, puis ose parler du sujet que Pharaon n'aborde plus même avec lui… son père.

— Tu as vu à la fin, il donne des nouvelles de Nana et de tes deux filles.

— Oui, j'ai lu, ce passage ne m'a pas échappé. J'aimerais vraiment connaître ces deux petits bouts.

— Mheb dit qu'elle s'étiole sans toi et qu'il se sent impuissant pour lui redonner la joie de vivre. Il a peur qu'elle se laisse aller à une dépression profonde. Que comptes-tu faire, Younou ?

— Que veux-tu que je fasse ?

— Ce n'est pas toi qui dis tout le temps, qu'il vaut mieux vivre moins, mais plus intensément sa vie, profiter de chaque instant comme si c'était le dernier !

— Oui, ce sont bien les paroles d'Aton, qui passent par ma bouche.

Younou se frotte le menton.

— Tu sais que si je la fais revenir, je signe son arrêt de mort. Le clergé d'Amon sera sans pitié et ne lui a jamais pardonné son intrusion dans leurs archives.

Ay baisse la tête et dépose la tablette sur la table.

— C'est un vrai dilemme, je comprends. Peut-être pourrais-tu lui donner le choix ? propose Ay.

Younou continue de se frotter le menton.

— Il faut bien sûr, que tu aies envie de la revoir, insiste Ay.

Sidéré par cette dernière phrase, il arrête son geste et regarde son beau-père.

— Parce que tu crois un seul instant que j'ai pu cesser de l'aimer ! Parce que tu crois un seul instant que les atouts de Kia ont pu surpasser ceux de Nana... Tu veux savoir si j'ai envie de la revoir !

Younou porte ses mains à sa tête et enlève son Khepresh bleu, puis la coiffe qui retient ses longs cheveux noirs qui descendent jusqu'au milieu de son dos. Il se frotte le crâne pour aider le sang à circuler. Puis se dirige vers un coffre qu'il ouvre et en sort une longue pipe. Il prend l'opium qui se trouve à côté, le mélange à de petits morceaux de feuilles sèches de papyrus et tasse le tout dans la pipe. Il prend une tige, en fait bruler le bout à un chandelier et l'allume. Après quelques bouffées, il tend la pipe à Ay qui l'imite. Tous les deux ne voient pas alors, une petite silhouette se faufilant derrière la tenture de la terrasse.

— Il ne se passe pas un jour où j'ai envie de faire affréter *la Resplendissante d'Aton* pour aller à Men-Nefer. Tous les matins, je cherche inconsciemment son ombre, le souffle de sa respiration, le regard de ses magnifiques yeux, l'odeur de sa peau, le goût de ses lèvres...

Ay tend la pipe à Younou, il prend une profonde bouffée, qu'il garde un moment et souffle.

— Alors oui Ay, ta fille me manque et je n'ai qu'une envie c'est de courir vers elle... mais... j'ai un sentiment plus fort ! C'est celui de la maintenir en vie et si elle revient auprès de moi, je ne pourrai pas résister, je le sais. Et je la condamnerai à une mort certaine.

— Mais pourquoi une mort certaine ? Elle serait avec toi... sous ta protection. C'est ce qu'elle veut...

— Tu sais très bien que les prêtres ne sont pas tendres avec nous, ils rechercheront par tous les moyens à attenter à sa vie. Eliminer Nana c'est aussi m'abattre et ils le savent.

— Je sais, dit Ay en baissant à nouveau la tête.

— Alors, il est hors de question qu'elle revienne et qu'elle subisse le même sort que moi.

— Tu ne pourras pas l'empêcher de venir à la grande fête des rois.

— Non je sais, mais je ne l'ai pas invitée, Mheb est au courant.

Ay réalise combien la situation devient critique malgré la confiance qu'il a dans le jugement de son gendre.

— Et si elle vient malgré tout ? C'est normal, car elle est toujours la grande épouse !

— Je vais faire annoncer que Kia sera avec moi, elle ne viendra pas.

La petite silhouette profite qu'ils ont le dos tournés pour repartir vers la terrasse.

— Tu vas le faire annoncer comment ?

— Par une missive officielle à Mheb, il lui montrera.

Ay s'assoit.

— Ça va l'achever !

Pharaon se tourne droit face à la terrasse.

— Mais elle restera en vie.

— Comme une morte vivante.

Younou tire à nouveau une bouffée de la pipe.

— Ay ! Ma décision est prise. Je ne me suis pas privé de sa douce présence jusqu'ici, pour craquer au dernier moment. Quand je ne serai plus là, elle prendra le relai avec Mheb.

— Comment ça, quand tu ne seras plus là ? Que comptes-tu faire ?

— Je te le dirai en temps voulu, fais-moi confiance.

Ay inquiet porte ses mains à son visage, puis insiste.

— Mais tu n'as pas répondu à ma question, si elle vient quand même ? Quelle place lui réserves-tu ?

Younou tape la pipe dans une céramique pour en faire sortir les cendres et la range dans le coffre.

— Elle ne viendra pas.

***

À Men-Nefer.

Les domestiques finissent d'habiller Nana, quand Horemheb se présente. La robe qu'elle a choisie, met en valeur sa ligne fine que les grossesses n'ont pas affectée. Il aurait préféré qu'elle garde ses rondeurs, mais finalement il ne s'en plaint pas car sa beauté est resplendissante et le général tombe sous le charme de son regard pétillant.

— Je crois avoir trouvé, ce qu'il te manquait ! Tu es ravissante ce soir, constate Horemheb heureux de la voir si éblouissante.

Il s'approche, lui donne un baiser, auquel elle répond par un sourire et s'accroche à son bras.

— Le massage m'a fait beaucoup de bien.

— Je vois ça ! Ton palanquin est prêt, allons-y !

— Je préfère monter avec toi sur ton char, si tu veux bien.

— Vraiment ? Tu me fais beaucoup d'honneur, badine Horemheb visiblement heureux de ce choix.

L'escorte se met en place autour du char du général, Nana descend les marches du palais, les gens qui passent dans la rue, s'arrêtent pour regarder Néfertiti et reconnaissent en elle, leur reine. Ils se prosternent tous en murmurant un *mmmm* profond, en signe de respect. Elle baisse la tête pour les remercier et monte sur le char. Ce soir, Néfertiti a toutes les raisons de se sentir fière, elle a son cœur rempli d'espoir, elle sait que son époux l'aime toujours profondément et cherchera plus tard à savoir pourquoi il l'a éloigné de lui.

Devant la grande villa de Kha, des chars sont devant l'entrée et certains invités discutent entre eux. Quand l'escorte royale s'engage et protège les abords, les domestiques de Kha emmènent les chars qui gênent, un peu plus loin. Les invités se poussent pour laisser la place à la reine et au général. Tous se courbent pour saluer Néfertiti. Le maître de maison sort en courant pour accueillir son invitée royale. Il se courbe la main sur le cœur, ému devant une telle beauté et lui tend l'autre main. Nana pose sa main sur la sienne et pénètre dans les lieux. Les autres invités applaudissent et crient *Vive la Reine* !

— Que d'honneur Majesté, dans mon humble demeure.

— Ta demeure est magnifique Kha, je suis très heureuse d'être parmi vous.

Au fur et à mesure qu'elle marche les invités se courbent devant leur souveraine.

Horemheb se rapproche de Nana et lui glisse dans l'oreille.

— Tu vois le peuple t'aime toujours autant et ce malgré l'éloignement d'Akhetaton.

— Je suis ici pour résoudre des énigmes que nous allons bientôt parvenir à dénouer, non ?

Horemheb surpris, opine de la tête.

Néfertiti est installée sur un grand fauteuil qui pourrait faire office de trône, les autres à côté étant plus petits. Cependant sa frêle physionomie attire le respect et la sympathie autour d'elle. Elle reconnaît alors certains notables d'Akhetaton, qui viennent spontanément vers elle, pour la saluer et lui communiquer tout leur soutien. Nana feint d'apprécier et consent à les laisser s'exprimer en toute liberté. Elle assure à tout le monde que son vœu le plus cher est de regagner cette capitale qu'elle chérit, mais les charges dues à sa fonction qui pèsent sur elle, l'empêchent de revenir avant quelque temps. Elle les rassure et les félicite sur leur dévouement à l'Empire. En un mot, elle les flatte et rapidement ils se laissent aller aux confidences. Bien entendu Kia arrive au premier rang de leurs conversations.

— Cette intrigante n'a pas ta classe Majesté, elle est balourde à coté de Pharaon, elle ne brille pas comme toi, dit l'un.

La reine sourit timidement et cache un long soupir en détournant son regard sur un autre notable, qui poursuit.

— Que peut-il bien lui trouver à cette étrangère dont le frère a bien failli nous mettre dans une fâcheuse situation ?

Un troisième qui écoutait mais n'avait encore dit mot.

— Pour moi, je te demande par avance pardon ma Reine, c'est une intrigante, mais je ne peux quand même pas mettre en garde Pharaon qui n'a d'yeux que pour elle.

— C'est elle qui s'agrippe au pouvoir mais elle ne pèsera pas lourd si notre reine revient…

Nana décide de mettre fin à ce concert de louanges et de commérages, tout en les assurant de sa reconnaissance et de son soutien. Visiblement enchantés, les courtisans se prosternent non sans avoir réitéré leur vœu de la voir rentrer dans la capitale. Ils incluent le général qui a permis le retour au calme par son action ferme.

Horemheb assis à côté de Nana, écoute avec attention les remarques des uns et des autres en se demandant quelle part de sincérité contient tout cela. A la fin, il sent néanmoins le malaise de sa reine et décide de lui venir en aide.

— Il est encore trop tôt pour avancer une date car nous avons un travail à terminer ici.

— Mais tu seras de retour pour la grande fête des rois ?

Nana lance un regard implorant à Horemheb. Le général se lève et tend la main à la reine pour l'inviter à danser. Les notables se poussent pour laisser passer la souveraine. Néfertiti pose sa main sur celle d'Horemheb et se dirige vers le milieu de la salle où elle entame une danse lente dans les bras de son général.

— Ça va ? Tu tiens le coup ?

— Oui, je suis heureuse de voir que tous ces gens sont encore contents de me voir et sont curieux de savoir ce que je vais faire par la suite.

— Ils veulent tous que tu retrouves les faveurs de Pharaon.

— Oui mais Pharaon est-il encore disposé à me les donner ? A les entendre Kia exerce un certain pouvoir sur Younou, réel ou supposé mais les faits sont là.

— C'est ce qu'ils pensent effectivement.

— Et toi, Mheb, tu penses quoi ?

Le général se serre contre Nana et lui susurre à l'oreille.

— Moi, je ne veux que ton bonheur.

— Je le sais Mheb et je t'en suis infiniment reconnaissante, mais est-ce que tu es complètement sincère avec moi ? Attends, ne réponds pas tout de suite, je veux simplement savoir ce que tu penses du comportement de Younou ? Est ce qu'il ne m'aime plus et c'est pour cela qu'il a choisi de rester avec Kia ?

Horemheb se sent acculé, il serre un peu plus fort Nana contre lui, au désespoir de la perdre encore. C'est à cet instant qu'un invité non prévu lui tape sur l'épaule. Il se retourne vers l'importun et c'est Kamenré en personne qui entre dans son champ de vision. Un Kamenré dans ses plus beaux habits, tout sourire aux lèvres et une belle assurance. Horemheb ne peut que constater que les heures d'entraînement ont forgé un homme nouveau. Il n'est pas encore remis de sa surprise qu'il l'entend demander.

— Pourrais-tu partager ta partenaire de danse ? Et sans attendre la réponse, il tend la main à Néfertiti.

Elle lance un regard interrogateur à Horemheb, mais celui-ci est partagé entre la désapprobation et l'opportunité de ne pas avoir à répondre à Nana. Le général sourit à Nana, lui indique qu'il ne sera pas loin et recule pour laisser la place au fils du grand prêtre d'Amon. Elle se raidit un peu, mais elle se doit d'accepter et Kamenré reste charmant. De son côté celui-ci ne peut s'empêcher tout en admirant sa beauté, d'évoquer le temps où elle n'était encore qu'une gamine qu'il aurait pu subjuguer. Il aurait dû suivre les conseils de son père mais d'une part il manquait de motivation et d'autre part, il y avait Younou. Les temps ont bien changé et aujourd'hui c'est lui qui tient Nana, la reine Néfertiti, la chrysalide qui s'est faite papillon.

— Est-ce un pas vers la paix ? demande-t-elle en le sortant de ses rêveries.

— Avons-nous été en guerre ?

— Pas de faux semblant Kamenré, s'il te plait.

— C'est ton époux qui nous veut du mal. Avant l'avènement de son couronnement nous étions en paix avec la royauté. C'est lui qui a déclenché les hostilités. Avons-nous riposté pour autant ? Non, nous nous contentons de panser nos plaies et nous comptons sur la sagesse de Pharaon qui pourra apprécier l'aide d'Amon.

Nana cherche du regard Horemheb, mais elle ne le trouve pas. Sans doute s'est-il lassé pour rejoindre ensuite ses hôtes.

— Une telle hérésie ne peut pas continuer, elle va tomber toute seule, insiste-t-il.

Néfertiti a envie de partir après ces paroles, qui la blessent au plus profond de son être. Elle s'écarte en le repoussant doucement, mais il résiste en la retenant.

— Excuse-moi, je ne voulais pas te froisser, tu n'es pas responsable des actes de Pharaon. Tu lui as toujours été fidèle et il n'a pas le droit de te traiter ainsi.

— De me traiter comment ?

— N'est-ce pas toi qui viens de me dire, pas de faux semblant ?

Nana sent les regards des nobles fixés sur eux, à l'affut du moindre manquement de sa part. Kamenré tente de la rassurer.

— Je ne te veux pas de mal, bien au contraire. Je suis là pour te dire que le clergé ne t'en veut pas personnellement. Nous devons penser à l'Empire en premier et la situation se dégrade de jour en jour entre les croyants d'Aton et d'Amon. Veux-tu d'une guerre civile ? Il faut trouver une solution et je pense que tu es la seule personne qui peut ramener la paix. Le clergé, mais surtout le peuple a suffisamment souffert de la rivalité entre Amon et Aton.

Elle cherche une réponse qui pourrait le satisfaire, sans s'impliquer dans une action irrémédiable.

— Le clergé d'Amon avait un peu trop profité de sa situation. Il ne pouvait pas devenir plus puissant que Pharaon. Tu conviendras avec moi, que c'est votre avidité du pouvoir qui a entrainé cette situation.

— Pourquoi ? C'est le prix à payer des services du clergé. Il travaille dur pour l'empire, pour sa stabilité. C'est lui qui fait toutes les corvées, c'est lui qui détient les secrets de la vie et qui instruit ceux qui sont méritants.

— Certes mais…

— Ton époux s'est octroyé le droit Divin d'en répandre la lumière sur le peuple qui ne sait pas quoi en faire. Ces secrets sont souillés et utilisés à mauvais escient. On ne peut pas lui faire confiance et tu en payes le prix fort.

— Comment ça ?

Kamenré se rapproche de Nana pour que ses paroles ne soient entendues que par elle.

— Tu es à Men-Nefer depuis des saisons entières, loin de lui. Pendant ce temps il profite du corps de Kia. Il l'a mise à ta place et ne te rappelle pas à Akhetaton. Cela ne te gêne pas ?

Elle accuse le choc, meurtrie par une vérité évidente. Mais bien heureusement l'aveu de son masseur, lui donne de l'espoir.

— Pharaon possède plusieurs épouses et en mon absence il est normal qu'il me remplace, dit-elle toujours en gardant son calme.

— En tout cas moi, si tu étais mon épouse, je ne te traiterais pas de la sorte. Kia n'a rien avoir avec ta prestance et ta beauté. De plus, tu es intelligente, honnête et gentille.

Nana sourit pour donner le change. Elle balance entre scepticisme et charme ce qui donne à son regard un éclat qui ne laisse pas Kamenré indifférent.

— Tu n'as pas l'air d'être touchée par le traitement que te fait subir Pharaon.

Nana continue de sourire et regarde Horemheb, enfin revenu à la place indiquée en la quittant.

— C'est le Général qui est dans ton cœur maintenant ! Est-ce ça ?

— J'ai dans mon cœur une lumière qui m'inspire le bonheur.

Puis délicatement elle se détache des bras de Kamenré, complètement envoûté par le charme de Néfertiti. Elle rejoint Horemheb, suivi du fils du grand prêtre.

— Je viens te rendre ta Reine, général. J'espère qu'elle a passé un moment aussi agréable que moi.

Horemheb est assis dans le fauteuil où se trouvait Nana avant d'aller danser. Remis de sa surprise, il accueille Kamenré avec une certaine froideur, avant de céder sa place à Néfertiti.

— Ma Reine provoque toujours cet effet-là sur la gente masculine.

Nana s'assoit tout en saluant des invités qui la félicitent. Kamenré reste à côté du Général. Les gens autour d'eux ne sont pas avares de commentaires en les regardant tant leur rencontre semblait improbable.

— Je suis encore à la recherche d'une affectation et je me suis dit qu'il y avait sans doute quelque chose à faire ici. Ta présence ici le confirme et...

— J'ai un second qui est très efficace, pourquoi ? Te gênerais-je ici ?

— Pas du tout ! Si tu règles des affaires qui doivent être résolues à Men-Nefer, je comprends que ta présence soit nécessaire. Je suis juste étonné que tu ne sois pas retourné depuis quelque temps sur Akhetaton pour vérifier que tout est normal.

— Pharaon est apte à le vérifier tout seul. Comme je te l'ai dit, j'ai là-bas un second très efficace.

— Mais la présence de la Reine, est-elle aussi indispensable à Men-Nefer ?

— Comme tu le vois, elle est ici et heureuse de l'être.

— Il semblerait qu'elle soit bien en ta compagnie... mais Pharaon ne lui manque-t-il pas ? Et pardessus tout, les deux filles qu'elle a mises au monde, ne manquent-elles pas à

Pharaon ? Tu comprends que je puisse me poser légitimement toutes ces questions.

— Pour un militaire tu te poses un peu trop de questions Kamenré.

— Oui certainement, cependant, il est évident qu'il y a un fossé qui s'est creusé entre Pharaon et Néfertiti... d'aucuns prétendent même que tu as pris son parti.

Horemheb fixe d'un regard noir Kamenré et attend.

— Je ne veux pas t'importuner général, mais le clergé d'Amon peut t'apporter son aide, si tu le désires.

— De quelle aide crois-tu que j'ai besoin ?

— Aton est en fin de gloire, le peuple va bientôt revenir vers Amon... et Pharaon sera alors un hérétique avec toutes les conséquences... sous-entend-il et le ton se fait plus inquiétant aux oreilles d'Horemheb.

— Depuis quand adorer un dieu différent d'Amon est-il synonyme d'hérésie !?

— Comment général, tu sembles déjà avoir oublié les malheureux évènements qui ont marqué notre pays. Au nom de qui ont-ils été perpétré ? Quelles ont été les principales victimes ? Tu connais aussi bien que moi les raisons de ce déchaînement de violence. Et qui en a été l'initiateur ?

— Stop c'est d'un Dieu sur terre que tu es en train de parler là, pas d'un vulgaire conspirateur !

— Oui, je sais, il a fait fonctionner le Ouas... il y a longtemps. Ne s'en est-il jamais resservi depuis ?

Horemheb fulmine mais Nana décide que ce n'est ni l'endroit ni le moment de provoquer un esclandre. La violence encore une fois ne pourrait que les desservir. Elle pose sa main sur celle d'Horemheb pour l'inciter au calme. Le général semble reprendre ses esprits et repart affronter Kamenré.

Laisse l'ennemi avancer se dit-il *et porte tes coups sur son point faible.*

— Toute la puissance qu'il peut avoir ne lui sert à rien, face à la volonté du peuple, continue Kamenré.

Horemheb serre ses lèvres pour ne pas sortir des mots qui stopperaient net l'entrevue.

— C'est pourquoi, je suis en face de toi ce soir, je sais que tes compétences de militaire sont évidentes, mais nous avons le peuple derrière nous. Nous rétablirons la stabilité, avec ou sans toi, se déchaine Kamenré.

— Comment comptes-tu effectuer cette prouesse, sans moi ?

— Sans toi ce sera la guerre civile, une guerre fratricide où le peuple qui a foi en Aton se battra contre ceux qui ont foi en Amon.

— Et pourquoi ils feraient une chose pareille, de tous temps le peuple a eu des dieux différents sans qu'ils se battent entre eux ?

Kamenré relève sa tête et regarde Horemheb droit dans les yeux.

— Les choses sont allées trop loin cette fois-ci, il est trop tard pour arrêter les forces qui se mettent en place. Il faudra choisir ton camp.

Le général serre ses mains sur les accoudoirs du fauteuil, pour ne pas mettre son poing sur la figure de Kamenré. Il se tourne vers Nana, qui entend toute la conversation. Il voit alors couler des larmes sur ses joues. Puis elle se lève et se dirige vers la sortie. Horemheb veut la retenir mais elle rejette sa main. La garde royale suit la reine.

Il se lève à son tour pour la suivre, mais il est rattrapé par Kamenré.

— Écoute Horemheb, comprends-la, elle est encore sous l'emprise d'Aton, mais ça lui passera. Elle sera la bienvenue parmi nous. Aton l'a trahie et nous serons généreux vis à vis d'elle et de toi. Va la voir et convaincs-là. Je reste à ta disposition…

Horemheb repousse la main de Kamenré qui tient son bras et sort. À l'entrée de la villa, il ne la voit pas, un garde lui montre le petit temple où l'escorte fait corps à l'endroit où elle se trouve. Il court vers l'édifice.

— Nana !

Il entend des sanglots, se rapproche et la trouve assise sur le petit muret la tête contre ses genoux, les mains croisées.

— Nana.

Il se penche vers elle, pour la prendre dans ses bras. Elle se jette contre sa poitrine et pleure de plus belle.

— N'a-t-on vraiment que cette issue ?!

— Viens nous rentrons au palais, nous nous sommes assez donnés en spectacle. Reprends-toi mon cœur, nous allons prendre le char. Je t'en supplie reste fière.

Il essuie les yeux de Nana, complètement effondrée, la serrant très fort dans ses bras.

— Je suis là, je ne te laisserai pas tomber, je suis là ma belle, reprends-toi.

Kamenré les regarde s'éloigner sur leur char.

— C'est ça général, profite tant que tu le peux, bientôt elle sera mienne.

Chapitre 4

Le rapatriement

Akhetaton.

Dans les couloirs du palais, Kia se rend aux ateliers du couturier, pour rejoindre les filles qui virevoltent en jouant parmi les robes et les tissus plus luxueux les uns que les autres.

— Kia tu es là ! Regarde le dessin qu'il a fait de ma robe, elle va être superbe ! s'exclame Mérit-Aton.

— Superbe en effet ! s'émerveille Kia. Tu vas être trop belle dans cette robe ! Et toi Maket, elle sera comment la tienne ?

Maket-Aton lui montre le dessin.

— J'ai une ceinture pour toi qui ira vraiment bien avec, elle est sertie de lapis lazuli et de turquoises.

— Elle doit être magnifique. C'est très gentil de ta part. Je pourrai donc la porter le jour de la fête ?

— Bien sûr, ne me remercie pas ma chérie c'est normal qu'entre femmes on se passe des choses. Et toi la puce, elle est comment ta robe.

Ankhesen est sur un banc, la mine boudeuse.

— Que se passe-t-il ? Tu ne trouves pas de robe qui te plaise ?

— Non ce n'est pas ça, répond Mérit-Aton. Elle veut sa Nana !

Kia s'assoit à côté d'Ankhesen et reste un moment sans rien dire. Cet aveu ravive les craintes enfouies au plus profond de son être. Elle se ressaisit car elle estime légitime qu'une enfant de cet âge cherche à retrouver les bras de sa mère. Elle prend une grande inspiration et pour écarter ses angoisses, pose une main maladroite sur son épaule.

— Elle te manque.

Ankhesen continue de faire la moue et ne dit rien.

— Tu m'en veux ?

La troisième fille d'Akhenaton hésite mais finit par secouer un *non* de la tête.

— Tu voudrais qu'elle revienne.

La princesse se rapproche et se laisse tomber sur son bras. Kia ne peut s'empêcher de se raidir et la jeune fille perçoit la gêne de la secondaire. Dans son for intérieur, Kia reste une usurpatrice même si elle ne connaît pas ce mot.

— Dada dit qu'elle ne viendra pas.

— Où ça ?

— À la grande fête des rois !

— Oh ma puce, ce n'est pas grave, elle reviendra après, tu sais elle a beaucoup de travail.

— Mais pourquoi, il ne veut pas qu'on aille la voir ?

À ce moment-là, Nugart entre dans la pièce avec le petit prince, qui court vers Mérit-Aton et lui saute dans les bras.

— Toutankh, viens voir ta tenue pour la grande fête, elle va te plaire, dit Ankhesen qui s'égaye d'un coup à la vue de son petit frère et court vers lui.

Nugart se dirige vers Kia pour la saluer.

— Est-ce toi qui récupère Toutankh ?

— C'est sa nourrice normalement, elle ne devrait pas tarder.

Mais les personnes qui rentrent, sont Baket-Aton et sa gouvernante, elles filent droit vers Kia.

— Elle voulait te voir ma Reine.

À l'énoncé de *ma Reine* les princesses tournent toutes les trois la tête en même temps vers la gouvernante. Kia récupère son petit bout de chou et l'enlace dans un gros câlin. De ses petits bras potelés, elle serre le cou de sa mère. La nourrice sourit et le tableau serait touchant si Kia ne s'apercevait pas que trois paires d'yeux sont braquées sur la mère et l'enfant. La *reine* par intérim se sent prise en flagrant délit car il n'y a aucun attendrissement dans les prunelles des princesses. Kia se retourne vers la gouvernante à qui elle tend sa fille mais celle-ci ne l'entend pas de cette oreille et s'agrippe à sa mère qui perd peu à peu patience.

— Tu ne vois pas qu'elle veut profiter de toi ! intervient Mérit-Aton. Elle est comme Ankhesen sa mère lui manque.

— Moi aussi, elle me manque, ajoute Maket-Aton.

Kia de plus en plus mal à l'aise tente des paroles d'apaisement.

— Écoutez les filles, c'est normal que votre mère vous manque, elle a beaucoup de travail à Men-Nefer, mais elle reviendra.

— Oui mais quand ? demande Mérit-Aton.

— Mais comment voulez-vous que je le sache ? demandez-lui !

Nugart, témoin de la scène juge plus prudent d'intervenir.

— Celui qui peut le mieux vous répondre, est votre père, vous devriez lui demander.

Kia voit d'un mauvais œil ce qui est en train de se tramer.

— Mais Dada ne veut pas qu'elle revienne, insiste Ankhesen en levant ses grands yeux pleins de larmes.

— C'est lui qui te l'a dit ? s'étonne Nugart.

— Il l'a dit à grand père Ay.

— Comment tu sais ça coquine ?

— Parce que j'étais cachée et ils ne m'ont pas vu.

— Pharaon ne veut pas que ma mère revienne ? répète Mérit-Aton choquée. Mais pourquoi ?

De son côté Kia apprécie cet intermède qui lui permet de reprendre ses esprits mais cela ne va pas durer longtemps. Ce témoignage confirme donc ce que Younou lui avait confié, Nana ne reviendra pas de sitôt. Pourtant ce sentiment de bien-être vole en éclats, quelques secondes plus tard.

— Parce qu'il l'aime trop ! enchérit Ankhesen en baissant la tête.

— Quoi ! Laisse échapper Kia.

Nugart réalise alors que la situation est en train de lui échapper, il intervient aussitôt.

— Kia, il ne faisait que s'entretenir avec le père de Néfertiti ! lui dit-il en haussant les épaules, rien d'étonnant à cela.

— Tu as sans doute raison Nugart, se rassure Kia en se levant et elle s'éloigne des filles.

— Tu voudrais avoir Père que pour toi c'est ça ?

Ces mots sonnent comme un coup de fouet dans le dos de Kia, elle se retourne et voit Mérit-Aton, les poings sur les hanches, la provoquer. Nugart commence à paniquer, il ne sait plus où donner de la tête et pis, il doit se tourner maintenant vers Ankhesen qui continue de raconter la scène à laquelle elle avait assisté.

— On ne doit pas écouter aux portes, cela ne se fait pas. Et encore moins raconter ce qu'on a vu ou entendu. Tais-toi s'il te plaît.

Ankhesen ne l'entend pas comme ça.

— Dans ce cas dis-moi pourquoi Dada ne veut pas qu'elle revienne !

Nugart plonge dans un certain embarras. Comment expliquer à ces enfants, qui sont beaucoup plus éveillés qu'il le pensait, les raisons de l'absence de leur mère. Il n'a guère le temps de se pencher sur le sujet car un autre problème requiert son attention. Mérit-Aton, loin de se calmer invective Kia qui visiblement semble dépassée par les évènements.

— C'est toi la méchante ! tu veux prendre la place de notre mère ! C'est à cause de toi que notre père ne veut pas qu'elle revienne. Pars d'ici !

Kia baisse la tête en se bouchant les oreilles ce qui avive encore plus les ressentiments de la petite princesse. Nugart intervient encore.

— Voyons, Princesse, pourquoi accuser votre belle-mère qui n'y est sans doute pour rien...

— Elle, c'est un aspic ! Elle a donné son venin à Père.

— Une hypocrite qui est toujours collée à lui. On ne peut même plus embrasser notre père.

— Il ne s'occupe plus de nous !

— Qu'elle parte ! Nous ce qu'on veut c'est que notre mère revienne !

Pendant ce temps Kia reste tétanisée et Nugart comprend vite qu'elle ne lui sera d'aucune aide, d'ailleurs c'est déjà trop tard vu la teneur des propos. Nugart faute de calmer les enfants qui rivalisent d'ardeur pour conspuer Kia, réquisitionne les nourrices qui s'avancent timidement vers le groupe. Il voit alors à son grand étonnement Ankhesen monter sur la table et prendre une pose théâtrale. Elle jette un regard courroucé vers Kia, puis prend l'inspiration et scrute l'horizon. Et d'une voix forte articule très clairement.

— C'est l'ombre de ma mère que mon père cherche tous les matins, quand il ferme les yeux, ce sont ses lèvres qu'il sent, son souffle, l'odeur de sa peau...

Kia lève lentement la tête, reste bouche bée et saisit que les paroles prononcées par Ankhesen ne peuvent pas être de son invention, mais bien des mots qu'elle a entendus. L'effet produit chez les autres enfants qui s'étaient tus pendant le discours d'Ankhesen, agit comme une rafale d'éclairs. Les princesses reprennent leur sarabande infernale, renversent les tables et les chaises, bousculent Kia et esquivent les mains des nourrices qui n'en peuvent plus. Même Toutankh-Aton participe à cette ambiance un peu folle en courant et sautant au-dessus des obstacles comme une gazelle.

***

Un garde court à toute allure dans le couloir, les sentinelles ont juste le temps de se ressaisir avant de l'arrêter devant le bureau du souverain.

— Halte ! pourquoi es-tu si pressé ? On dirait que tu cours depuis des lunes.

— C'est que... c'est que, c'est la révolution ! Il n'y a que pharaon qui peut les calmer, dit-il en haletant. Les gardes se regardent perplexes.

— Une révolution, où ça ?

— Ici même, pas le temps d'expliquer... les enfants !

— Mais, il a dit qu'il ne voulait pas être dérangé ! Il est avec le Divin père.

— Je te dis que c'est urgent !

Les portent s'ouvrent Pharaon apparaît.

— C'est quoi ce vacarme ? Qu'est-ce que c'est que cette histoire de révolution ? En quoi mes enfants sont-ils impliqués ? dit-il avec une pointe d'inquiétude dans la voix.

— Chez le couturier, avec les princesses et Kia.

— Quoi !

Younou marche d'un bon pas, le garde doit courir derrière pour ne pas être distancé.

— Reprends tes esprits ! que s'est-il passé ? j'espère pour toi qu'il n'y a rien de grave.

— Non Taureau Puissant, enfin si... les princesses sont très en colère contre leur belle-mère.

— Kia ? Mais pourquoi ? Que lui reprochent-elles ?

— Il semble que ce soit en rapport avec leur mère, votre grande épouse.

Younou stoppe net sa marche. Dans son élan, le garde manque de le heurter. Pour l'éviter, il se jette sur le côté, trébuche et s'étale par terre. Il se relève aussitôt confus. Pharaon s'impatiente.

— Sois plus précis ! Que lui reprochent-elles ?

— C'est encore un peu confus, Taureau Puissant, mais une de tes filles semble avoir entendu à ton insu une conversation. Mais surtout elles l'accusent de faire pression sur toi pour que leur mère ne revienne plus au palais.

— Ce sont leurs mots, tu es sûr ?

— Heu, oui et puis d'autres qui n'étaient pas tendres pour ton épouse secondaire. Par contre une de tes filles a fait un joli discours

Younou ne peut s'empêcher d'esquisser sourire. Elles ont vraiment de qui tenir.

— C'était quoi ce discours ?

— En fait c'est plutôt un poème mais je l'ai retenu... *Le matin quand mon père se lève, il cherche l'ombre de ma mère, quand il ferme les yeux il sent ses lèvres, son souffle, l'odeur de sa peau...*

Younou se tape le front avec sa main.

— C'est très poétique, cette enfant a plein d'imagination, continue de commenter le garde.

Il regarde son soldat droit dans les yeux, soupire puis repart aussitôt. Le garde reprend sa course derrière. Ils arrivent devant la porte du couturier, les gardes sont autour de l'entrebâillement de la porte et regardent ce qui se passe à l'intérieur, les éclats de voix des princesses se font entendre.

— Hum hum ! tousse younou.

Les gardes se retournent et se prosternent devant Pharaon, un garde va pour l'annoncer quand Younou le retient par le bras et lui fait signe *non.* Ils ouvrent grandes les portes. Le spectacle est saisissant, les princesses sautent dans tous les sens en poussant des cris d'orfraie où il est question de Nana, mais aussi de Kia. Des étoffes précieuses ont été déchirées pour entraver les pieds de Kia, toujours au milieu de la pièce et qui semble absente. Nugart essaie de calmer tout ce monde mais il paraît bien isolé. Les nourrices ont battu en retraite et d'ailleurs elles n'ont pu maîtriser aucune d'entre elles. Le couturier se désole de l'état de ses tissus. Younou après avoir fait l'examen de la situation se dit qu'il est temps d'intervenir. Il s'avance dans la pièce, le premier qui le remarque est le couturier, qui se met à plat ventre, puis les nourrices l'imitent. Les filles à la vue de Pharaon se calment immédiatement et restent pétrifiées sur place, elles n'avaient encore jamais déçu leur père. Quant à Kia, elle tombe sur ses genoux en pleurant.

— Ah ça y est, elle pleure uniquement devant lui ! raille Mérit-Aton.

— Tais-toi ! ordonne Pharaon.

Mérit-Aton baisse la tête, Maket copie sa sœur. Seule Ankhesen soutient le regard de son père. Il lui fait signe avec son doigt de le suivre sur la terrasse.

— Vous ne bougez pas ! commande Younou aux autres.

Il a les mains dans son dos et se dirige vers la terrasse suivit d'Ankhesen. Il regarde droit devant lui, sans tourner la tête vers sa fille.

— Comment as-tu pris connaissance des paroles que j'ai dites à grand-père ?

— Je jouais sur la terrasse, quand tu es entré dans ton bureau avec grand-père Ay. J'ai juste entendu votre conversation.

— Tu étais seule sur la terrasse ?

— Oui.

— Et ta nourrice ? Elle était où ?

— Partie aux toilettes.

— Et les gardes ?

— Ils m'ont laissé jouer sur la terrasse, je devais rester devant, mais j'ai suivi l'oiseau bleu.

— L'oiseau bleu ! dit-il en se tournant vers elle.

— Oui Dada, un magnifique oiseau bleu est venu sur la terrasse, puis il s'est envolé vers ton bureau et s'est mis à marcher vers moi. Alors je suis allée à sa rencontre et c'est là que j'ai entendu grand-père Ay te parler. Je me suis rapprochée pour écouter et j'ai entendu toutes ces belles paroles que tu as dit sur notre mère.

— Et l'oiseau bleu ? lui demande-t-il d'un ton ironique

— Je ne sais pas, je ne l'ai pas vu s'envoler.

Younou se remet droit face au jardin.

— Premièrement Ankhesen, tu ne dois JAMAIS t'éloigner des gardes, deuxièmement tu ne dois pas écouter les discussions des grands quand ils discutent entre eux, et troisièmement tu ne dois pas répéter ce que tu as entendu et qui peut être confidentiel. Tu comprends ?

— Mais Dada, c'est confidentiel que tu aimes Nana ?

Younou s'accroupit face à sa fille et la tient par les épaules.

— Ma puce sans le savoir tu viens de... Comment te dire ça... tu es la digne fille de ta mère pour mettre les pieds dans le plat et me placer dans l'embarras vis à vis de Kia.

— Mais pourquoi ? Kia n'est pas ta grande épouse, alors pourquoi elle est à la place de ma mère ?

— Est-ce qu'elle est méchante avec vous, pour que vous soyez aussi irrespectueuses envers elle ?

— Elle n'est pas méchante en face de toi, elle est juste méchante dans son cœur.

— Qu'est ce qui te fait dire ça ?

— Je le sens c'est tout et c'est une odeur désagréable.

— Comment ça, une odeur désagréable ?

— Tu veux que je te dise, ça pue Dada ! Ça ne sent vraiment pas bon.

— Donc tu peux vraiment sentir les sentiments des gens comme si c'était des parfums, des senteurs… ?

— Bien sûr, et mes sœurs aussi ! Notre frère sans doute mais il est encore un peu petit, pour vraiment savoir.

Younou prend sa fille par la main, entre dans la salle du couturier où tout le monde attend, sans bouger. Il se dirige vers Nugart.

— Je suis désolé, mon frère que tu aies été embarqué dans cette galère. Merci pour avoir fait ce que tu as pu pour calmer mes furies. Je te verrai plus tard, tu peux y aller.

Nugart salue Pharaon et pas mécontent se retire.

Younou s'avance vers les nourrices, les regarde un moment, il sent bien la peur qui émane de leur corps.

— Je ne vous félicite pas, je pensais que vous auriez plus d'autorité. Cette situation n'aurait jamais dû avoir lieu. Il est clair qu'il ne faut plus que ça recommence. Retirez-vous, les gardes vous amèneront les filles et Toutankh, plus tard.

Puis il se dirige vers les soldats, qui s'aplatissent devant Divin Pharaon.

— Relevez-vous je veux voir vos yeux et surtout je veux que vous voyiez les miens.

Les soldats se relèvent, mais ont du mal à fixer le regard de Pharaon.

— Regardez-moi ! ordonne-t-il d'un ton élevé et sec.

Les soldats au garde à vous regardent Younou.

— Vous avez devant vous un père et il se trouve que ce père est Pharaon, Ma fille Ankhesen s'est retrouvée seule sur la terrasse…

Les gardes baissent la tête.

— Regardez-moi ! Je ne veux pas de gardes qui soient pleutres, je veux des gardes qui assument leurs erreurs ! Votre responsabilité est grande… énorme même ! Vous avez la vie de mes enfants entre vos mains et je vous fais confiance.

Les gardes soutiennent le regard de Pharaon tant bien que mal, mais endurent avec respect la réprimande méritée.

— Plus jamais vous n'aurez de moment de faiblesse ou d'inattention. C'est toujours à ce moment-là que les malheurs arrivent.

Younou passe devant chacun en articulant lentement *C'est bien compris.* Et chacun de répondre *Oui ! Divin Pharaon !* Tout en soutenant le regard d'Akhenaton.

— Allez à vos postes !

Les gardes se mettent en place.

Reste dans la pièce le couturier tremblotant, Kia pleurant à genoux son visage dans les mains, les filles comme des statues ne quittant pas des yeux leur père et Toutankh-Aton en train de jouer avec un char miniature en bois. Il fait signe au couturier de venir, ce dernier accourt en se courbant tous les deux pas.

— Je suis désolé, je vais vous demander d'attendre dehors. Vous récupèrerez votre atelier dans un moment, mes domestiques viendront pour vous aider à tout ranger. Vous estimerez les frais et le palais pourvoira à vos dépenses.

Le couturier sort à reculons tout en se courbant. Les gardes referment la porte derrière lui. Younou se dirige vers Kia effrayée, elle n'avait encore jamais vu Pharaon en colère de la sorte. Il se baisse, la prend par les épaules, pour la relever en même temps que lui.

— Je suis désolée Younou, je n'ai pas compris ce qu'il s'est passé, j'ai… Je n'ai pas voulu ça, j'aurais dû être à la hauteur et les calmer, mais j'ai été dépassée par les évènements.

— Regarde-moi, toi aussi, dit-il plus gentiment qu'aux autres.

Kia le regarde dans les yeux.

— C'est vrai que Nana aurait géré cette situation, mais elle est leur mère, elle a l'autorité que tu n'as pas et n'auras jamais. Cependant tu aurais dû faire quelque chose, au lieu de t'écrouler et laisser faire. La situation n'aurait pas autant dégénérée.

— Je suis désolée, je n'ai pas été à la hauteur.

— Non. Tu ne l'as pas été.

— Pardonne-moi Younou, supplie-t-elle en se jetant dans ses bras et le serrant très fort.

— Va dans ta villa, je passerai te voir, dit-il en s'écartant d'elle.

— Dans… dans ma villa ? Tu ne veux plus de moi. Ce sont elles qui sont fautives et c'est moi qui suis punie ?

— Ai-je dit une chose pareille ? J'ai juste besoin de retrouver mes esprits, je te répète, je passerai te voir. N'est-ce pas suffisant pour toi ? dit-il d'un ton sec.

Kia en pleurs baisse la tête et sort de l'atelier.

Younou observe ses filles qui soutiennent toutes les trois son regard. Elles ont retenu la leçon. Il ordonne aux gardes présents de sortir également, il veut être seul avec ses enfants.

***

A Hatousa, Soupilouma reçoit Artama et son neveu Shatti. Ils ont demandé une audience en arguant qu'ils souhaitaient lui communiquer des informations de la plus haute importance. La diplomatie et les liens de parenté ont forcé le roi à accepter, mais aussi sa curiosité.

Les mitanniens sont dans le salon du palais et attendent Soupilouma.

— Tu crois qu'il va nous suivre ?

— Il a été invité à la grande fête et pas nous.

— Justement, on ne sait pas jusqu'où va sa loyauté envers Pharaon.

— Le souverain Khemit a su calmer son ardeur en lui donnant Megiddo Byblos et Tyr, mais je sais qu'il voit plus grand. Il est en train de se faire une grande armée, ce n'est pas pour la regarder s'encrouter.

— J'espère !

Les gardes ouvrent les deux grandes portes et le roi entre d'un bon pas dans la salle de réception.

— Comment allez-vous, mitanniens ? dit-il joyeusement.

Artama et shatti sont courbés dans un salut.

— Relevez-vous.

— On te remercie de nous accueillir chez toi.

— Comment vont ma sœur et ma nièce ?

— Elles vont bien, elles sont venues avec nous, tu pourras les voir après.

— Après quoi ?

— Ce que nous avons à te dire est d'une grande importance, Soupilouma.

— Je vous écoute.

— Nous avons eu contact avec le clergé d'Amon.

— Je vois, ces prêtres hostiles à Aton et par la même à pharaon. Pas mal de bruits courent sur des incidents graves dont ils seraient à l'origine. Ils vous ont confirmé leur participation ? semble se moquer Soupilouma qui poursuit.

— Je connais Hatamon et je le sais capable de tout pour préserver ses privilèges et de transformer ses prêtres en soldats si l'occasion se présente. De quoi voulez-vous m'entretenir ?

— Il est vrai que le clergé d'Amon représente une force non négligeable et qu'il dispose de milices armées. Mais ce qui fait aussi leur force, c'est leur réseau d'indicateurs, d'espions disséminés dans tout l'empire et aussi dans les pays vassaux. Grâce à cela, la plupart des messages à destination de Pharaon ont été interceptés. Dans l'entourage même de pharaon, il y a des dignitaires qui travaillent pour Hatamon. Bien entendu tout ce qui part du palais est intercepté et transmis à qui de droit.

— Eh bien ! Donc Pharaon n'est pas au courant de la moitié de ce qui se passe dans ses territoires occupés ? De plus les informations confidentielles qu'il pourrait faire passer sont lues par d'autres que leurs destinataires officiels. Joli travail.

— C'est exact mais le mieux, c'est qu'à son tour le clergé rédige de faux messages destinés à tromper les uns comme les autres.

— Comme ?

— C'est un peu délicat à raconter mais certains nous ont appris qu'ils avaient entre autres envoyé des notes soi-disant écrites par Pharaon qui critiquaient des rois vassaux. D'autres où il refusait d'envoyer de l'aide en les traitant d'incapables. On peut imaginer la réaction des intéressés en lisant ces tablettes.

— D'accord ! venez-en au fait car j'imagine que vous n'êtes pas venus pour me raconter les manigances d'Hatamon

— On y vient, certains rois particulièrement remontés contre pharaon se sont alliés entre eux pour en finir avec l'empire. Mais ils ont besoin d'un vrai chef et ils sont tous d'accord pour que ce soit toi, Soupilouma.

— Ils veulent se rallier à toi, ajoute Shatti.

— Ils ne peuvent pas se rallier à moi, je suis en paix avec Pharaon.

— Pour le moment, Soupilouma, pour le moment. D'autre part, le sort de pharaon semble scellé car l'opposition de l'intérieur menée par Hatamon lui sera fatale. Il ne peut pas résister à cette coalition, surtout si elle est menée par toi.

Soupilouma ne peut s'empêcher de rire aux éclats

— Vous êtes naïfs ! C'est impossible qu'il tue Pharaon, je vous le dis tout net, c'est une peine perdue. Il a des pouvoirs que vous ne soupçonnez même pas.

— Qui parle de le tuer lui ?

— Je ne comprends pas, mais Je vous écoute.

— Avant, on veut avoir la certitude que tu nous suivras dans toutes nos démarches.

— La seule parole que je peux vous donner est que si Pharaon doit disparaître, je ne fais plus allégeance avec l'Empire Khem.

— Après ce qui s'est passé, une partie du peuple qui avait rejoint Aton s'est montrée déçue de l'attitude de pharaon. Elle fréquente de nouveau les temples d'Amon. Pharaon donne l'illusion qu'Aton rayonne sur l'empire en organisant de grandes cérémonies mais personne n'est dupe.

Soupilouma donne néanmoins quelques signes d'impatience. Où veut en venir ce beau-frère qu'il soupçonne de mener son propre jeu ?

— Hatamon ne va pas tarder à frapper un grand coup. Quand ? comment ? Où ? Cela reste encore un secret mais il a un objectif, c'est certain. Bien sûr il aimerait compter sur des alliés extérieurs…

— C'est une anguille et je ne pense pas que je m'allierai un jour avec lui. On ne peut pas lui faire confiance…

— S'il ne peut compter sur des gens de l'extérieur, il pourrait faire alliance avec Horemheb et peut-être Néfertiti.

— Ce cobra ! il faudra s'attendre alors à des choses plus musclées mais que devient pharaon dans tout ceci ?

— Abandonné de tous, Pharaon se retire. Et on installe un autre pharaon et j'ai ma petite idée sur ce nouveau pharaon…

— Qui serait ?

— Kamenré, le propre fils d'Hatamon !

— Décidément c'est du délire ! Il n'en a pas l'autorité. Tu penses sérieusement que le peuple va suivre ?

— On chuchote qu'Hatamon a une idée bien précise pour résoudre ce problème. On peut lui faire confiance.

Soupilouma rit à pleines dents.

— Ça ne marchera jamais. Finalement je me demande en quoi nous devrions intervenir car il me semble qu'Hatamon se suffit à lui-même…

Artama se gratte la tête et prend un air réfléchi.

— Tu as autre chose à me dire ? demande Soupilouma.

— En fait oui, mais je ne sais pas trop comment aborder le sujet. Tu sais qu'Assur Uballit, le roi d'Assyrie, a décidé d'envahir l'autre partie de notre territoire.

— Je ne le sais que depuis peu. Que veux-tu que je fasse ?

— Je voulais savoir si je pouvais compter sur ton aide. Mon armée n'est pas aussi puissante que la leur, mais avec la tienne, nous pourrions repousser facilement les assyriens et qui sait les pourchasser… Et puis ce serait un excellent test pour ton armée.

— Tu es venu pour ça en fait !

— Pas que pour ça, Soupilouma. Je suis ton frère et je suis là pour toi, tu as pu t'en rendre compte avec Etakama. Même si c'était un coup d'épée dans l'eau.

— J'apprécie à sa juste valeur ton sens de la famille Artama, mais tu es quelqu'un d'impulsif et j'aurais aimé que tu agisses en concertation avec moi. Je n'apprécie guère d'être devant le fait accompli et tu en as déjà payé les conséquences.

— Je me suis assagi depuis, mon cher beau-frère mais si tu évoques ton amitié pour pharaon, dans ce cas-ci, tu ne le trahis pas, tu défends mon territoire contre les attaques des Assyriens. D'ailleurs Akhenaton n'est même pas au courant qu'Assur Uballit lance ses troupes sur le Mitanni.

— Comment peux-tu en être certain ?

— Tu peux faire confiance au grand prêtre du clergé d'Amon, pour que Pharaon ne le sache jamais.

***

À Akhetaton, au palais.

Younou est droit devant ses filles, il les observe l'une après l'autre. Aucune d'elles n'ose parler.

— Vous réalisez ce que vous avez provoqué ? Il fixe la plus grande pour lui donner la parole.

— Je suis désolée père, je ne sais pas comment tout ça a débuté et ensuite on n'arrivait plus à se contrôler. En fait je crois qu'on ne la supporte plus. Elle se mêle de tout, on a l'impression qu'elle veut qu'on sache que c'est elle qui remplace notre mère. Dans un premier temps, on l'a tolérée mais quand on a compris qu'elle t'influençait pour que notre mère ne revienne plus…

— Continue.

— Notre mère nous manque, elle est absente depuis trop longtemps, j'ai le sentiment que je ne vais jamais la revoir.

— C'est pareil pour moi ! coupe Maket-Aton.

Younou sent le désespoir provenant de ses filles, il est profondément affecté par la tournure des évènements, mais ne montre rien. Il fixe Ankhesen qui continue de soutenir son regard.

— Et toi ?

— Si tu cherches son ombre et que tu sens ses lèvres, ça veut dire que tu l'aimes si fort, que même Aton cherche son ombre avec toi.

Les filles se mettent à rire, mais se reprennent aussitôt devant le regard sérieux de leur père. Alors qu'intérieurement il a autant envie de rire qu'elles. Mais la situation ne le permet pas. Il prend conscience que sa décision entraine ses filles dans un grand chagrin, dont il est responsable. Younou a toujours ses mains dans son dos, il se tourne sur le côté et fait quelques pas pour se libérer de la tension qui l'empêche d'être lui-même.

— Bon, donc si je comprends bien, Vous avez envie que votre mère revienne !

— OUIIIIII !! entonnent-elles toutes les trois en chœur.

Younou s'assoit sur le fauteuil du couturier et il ressent toujours le même conflit intérieur. Doit-il accéder aux demandes de ses filles ou leur imposer une situation qu'elles ne peuvent comprendre. Il baisse la tête. Les filles sentent la tristesse s'emparer de leur père. Aussi elles se rapprochent doucement de lui. Il leur tend ses bras dans lesquels elles se précipitent toutes les trois.

— Dans la vie, tout n'est pas toujours simple, tout blanc ou tout noir. Des fois certaines situations sont compliquées… et vous avez fini par comprendre que ce n'était pas normal que votre mère soit absente aussi longtemps.

— Pourquoi ne peut-elle pas revenir ? demande Maket-Aton d'une petite voix.

Younou ne veut pas leurs enlever le peu d'insouciance qu'il leur reste, en leur exposant la situation compliquée qui les attend. Comment les mettre dans la confidence sans pour cela tout divulguer. Il les embrasse à tour de rôle pour se donner du courage.

— Des hommes méchants cherchent à faire du mal à votre mère, si elle reste près de moi. Car ils cherchent à m'atteindre à travers elle.

— Mais... et nous aussi les hommes méchants peuvent nous faire du mal ! en déduit Ankhesen.

— C'est pour ça qu'il est très important que vous restiez toujours sous les yeux vigilants des gardes.

— Mais Nana aussi peut rester sous les yeux vigilants des gardes ! continue Ankhesen, décidée à démonter l'explication de son père.

Younou se frotte le menton.

— Malheureusement ce n'est qu'une partie du problème mais je ne peux pas l'évoquer maintenant. Est-ce que vous me comprenez ?

Les filles émettent un *oui* peu convaincant. Younou poursuit donc.

— Le temps viendra où je pourrai vous dévoiler ce secret. Je vous demande en attendant de me faire confiance et votre mère serait d'accord avec moi.

— Mais alors, Mère va revenir ou pas ? demande Mérit-Aton.

Younou soupire profondément et observe ses enfants, car Toutankh-Aton est venu se joindre aux filles sentant certainement, que quelque chose d'important se déroule.

Il se lève, fait quelques pas vers la terrasse. Il se remémore tous ces moments de bonheur qu'il a pu vivre auprès de Nana, et imagine la fin qui pourrait attendre Néfertiti, une fois qu'il ne serait plus là. Elle ne voudra jamais se plier à Amon, ça il le sait. Elle n'acceptera jamais de laisser enterrer Aton, non plus. Son espérance de vie après son départ reste mince. Alors pourquoi ne pas la laisser choisir, comme le préconise Ay depuis le début ?

— Dada ! Tu l'aimes toujours ? insiste Ankhesen.

L'ainée et la cadette se rapprochent de leur père et lui caressent le bras. Toutankh-Aton met ses mains devant la bouche et ricane. Quant à Ankhesen, elle fronce les sourcils et attend de pied ferme la réponse de son père.

— Oui ! Bien sûr que j'aime toujours votre mère, du plus profond de mon cœur. Mais...

— Alors, fais-la revenir, il faut qu'on soit tous réunis ! riposte Maket-Aton

— Oui, il ne pourra plus rien nous arriver. On veillera sur vous, promet Mérit-Aton.

Les résistances de Younou tombent les unes après les autres.

— Bon, vous avez gagné, mais il faut me promettre une chose.

— (...)

— Il ne faut plus importuner Kia même si elle me rejoint. En l'absence de votre mère elle a aussi des responsabilités.

Les enfants affichent une mine déconfite, mais la perspective de voir revenir leur mère l'emporte sur leur mauvaise humeur.

— Ensuite vous me laissez le temps de préparer son retour. Tout ça à condition qu'elle accepte de revenir.

— Ça fait beaucoup de conditions, remarque Ankhesen, mais on est sûr d'une chose, Nana reviendra si tu lui demandes gentiment.

***

Au palais de Men-Nefer, le jour se lève à peine. Horemheb se réveille, à côté de Nana qui dort encore. Une grande partie de la nuit, il a tout tenté pour la consoler. Il n'a pas été avare de baisers, de caresses. Il l'a étreint avec passion une bonne partie de la nuit. Maintenant il caresse ses cheveux, du bout des doigts. Il lui semble que sa reine a fini par s'abandonner à son amour, mais pour combien de temps. Le jour ne va-t-il pas raviver ses blessures ? Il s'étire en se levant, puis va sur la terrasse, fait signe de la tête à ses gardes en faction. Il regarde Nana dormir, il est heureux d'être avec elle, tout serait parfait, si seulement elle pouvait oublier Younou dans son cœur. Mais il n'y a pas que pharaon, ses enfants qui lui manquent aussi. Horemheb comprend et respecte, mais il ne sait plus comment contenter Nana. Il se rallonge à côté d'elle et l'admire dans son sommeil. Au bout d'un moment, elle gémit puis elle ouvre les yeux. Elle tend une main fine vers Horemheb.

— Tu es réveillé depuis longtemps général ? chuchote-t-elle en souriant.

— Non pas longtemps, lui répond-t-il en lui déposant un baiser sur les lèvres.

Elle glisse vers lui et se blottit dans ses bras.

— Ça va mieux ?

— Oui grâce à toi, Mheb.

Néfertiti se lève, les domestiques s'occupent de sa toilette. Horemheb prend le repas du matin face à la terrasse. Un garde vient l'informer qu'un messager d'Akhetaton est là. C'est avec une certaine appréhension, qu'il le fait entrer. Nana s'assoit auprès d'Horemheb.

— Un messager de la capitale.

— C'est bien, dit-elle d'un air détaché tout en commençant à manger.

Le messager se présente, se prosterne devant Néfertiti et salue le général, à qui il remet la tablette.

— Merci, tu peux y aller.

Une fois le coursier parti, Horemheb poursuit son repas tout en jetant un œil sur la tablette. Soudain il s'arrête de manger et fixe Nana sans dire un mot.

— De mauvaises nouvelles ? demande-t-elle.

— Ordre de Pharaon, je dois quitter Men-nefer le plus tôt possible pour Kadesh et ramener l'ordre car une coalition de roitelets menace de renverser notre vassal.

Nana se fige.

— Je viens avec toi !

— Il en est hors de question !

— Pourquoi ?

— C'est trop risqué ! On ne sait pas ce qui nous attend là-bas.

— Ce n'est pas grave au point où l'on en est. Je risque plus en restant ici, sans toi. Par contre, avant d'y aller, il faut emmener Neferouré et Setepenré à Akhetaton.

— Et tu resteras à Akhetaton avec elles.

— Non ! Je viens avec toi… et c'est un ordre général, je suis ta reine.

— Nana, tu n'es pas sérieuse ?

— Écoute Mheb, je ne risque pas grand-chose auprès de toi et puis tu sais très bien que je suis bonne au combat, s'il le faut.

— Il est hors de question que tu te battes !

— Mheb ma décision est prise, je viens avec toi.

Nana recommence à manger ce qui clôt la discussion, Horemheb se résigne à poursuivre sa lecture. Au dos de la tablette, il apprend que leur présence à la fête des rois n'est plus requise. Kia officiera en tant que reine à côté de Pharaon.

— Il dit quelque chose à mon sujet ? demande d'une petite voix Nana.

— Non, cependant je ne crois pas qu'il veuille que je t'emmène avec moi à Kadesh.

— Il n'avait qu'à ordonner mon retour à Akhetaton.

***

Marou-Aton, palais de Kia à Akhetaton.

Dès son retour de l'atelier de couture, Kia s'est jetée sur son lit où elle laisse libre cours à ses sanglots, mais aussi la colère et surtout l'amertume que lui a laissée le traitement infligé par Younou. Elle finit par se promener dans le jardin en fleurs de sa villa et s'assoie sur le gazon.

— Majesté, votre Tante Giulepah demande à vous voir, annonce une domestique.

— Fais-la entrer.

Giulepah avance dans le jardin, elle a été informée par les rumeurs qui se sont propagées à grande vitesse dans le palais royal.

— Que s'est-il passé ? demande Giulepah en s'agenouillant à côté de sa nièce.

Celle-ci tente d'essuyer quelques larmes qui perlent encore et ne peut que bredouiller

— C'est allé si vite, je n'ai pas compris sur le coup…

— On m'a rapporté que tu t'étais disputé avec les filles !

— On a encore médit sur moi ! J'étais au mieux avec elles chez ce couturier. J'avais même proposé ma ceinture, celle qui est incrustée de pierres à Maket et tout d'un coup, elles s'en sont prises à moi. Comme ça sans raison. Des injures ! Pour un peu elles me frappaient. Ce sont de sales petites pestes !

Giulepah se hâte de calmer sa nièce.

— Leur mère leur manque ! Kia je t'avais prévenue que tu marchais sur des œufs. Tu as dû faire ou dire quelque chose qui a déclenché cette agression !

— Je ne sais pas, je me repasse ce moment dans ma tête depuis que je suis ici, mais je ne vois pas où j'ai fauté.

— Pharaon est en colère contre toi ?

— Je n'en sais rien, il va sans doute prendre leur parti. En attendant, Il m'a reléguée ici et m'a dit qu'il viendrait me voir, le temps que les esprits s'apaisent.

— Tu as bien fait de ne pas t'énerver, cela aurait été pire de crier sur les princesses.

— J'aurais dû maitriser…

— Tu n'aurais pas pu. Tu n'es pas leur mère.

— C'est ce que m'a dit Pharaon. Mais dans sa bouche cela ressemblait à un reproche.

— Mais non, ne sois pas inquiète. Il viendra, il connaît ses filles, elles sont un peu excessives.

— C'est des pestes et elles me détestent.

— Elles sont jalouses de la place que tu as prise, c'est tout. Mais ça leur passera.

— Je ne crois pas, elles vont tout faire pour que leur mère revienne. Et puis…

— Et puis quoi ?

— Il y a cette phrase qu'a dit Ankhesen…

— Quelle phrase ?

— Une phrase que Pharaon aurait dite au sujet de Néfertiti, que *quand il ferme les yeux il sent ses lèvres, l'odeur de sa peau…* ce n'est pas une phrase inventée par une petite fille ça, elle l'a bien entendue.

— Pharaon t'a bien dit qu'elle ne viendrait pas et que ce serait toi qui serais présente à ses côtés, lors de la grande fête !

— Oui, mais c'était avant le drame.

— Ne sois pas inquiète, les choses vont se calmer, tant que Néfertiti est à Men-Nefer tu n'as rien à craindre. Et pour le moment, aucune rumeur n'évoque son retour à Akhetaton.

Giulepah embrasse sa nièce et se retire, la laissant avec un peu plus d'espoir que les choses s'arrangent. Alors que Kia est dans ses pensées, elle voit non sans agacement Thoutouh s'avancer vers elle. Très étonnée qu'il ne soit pas annoncé par son domestique, elle se lève un peu inquiète.

— Que fais-tu ici Thoutouh ?

— Je suis venu te soutenir Kia !

— Comment ça me soutenir, je n'ai pas besoin de ton soutien !

— En es-tu certaine ? dit-il près d'elle et la saluant.

— Pourquoi ? Tu sais des choses qui me seraient utiles ?

— Bien sûr ! M'offres-tu à boire ?

Kia appelle sa servante, elle aussi est étonnée de voir Thoutouh.

— Majesté j'appelle les gardes ?

— Non ! Apporte-nous à boire.

La servante salue et se retire.

— Il est venu te voir ? questionne le ministre.

— Tu devrais être pourtant bien renseigné et savoir qu'il n'est pas encore venu, si tu parles de Pharaon, bien sûr.

— Tu es encore choquée de ce qui est arrivé. Comment as-tu ressenti l'agression des princesses ?

— Beaucoup mieux que ce que tu peux penser, Thoutouh. Au moins les choses sont claires, plus besoin de faire des faux-semblants. Mais dis-moi, tu n'es quand même pas venu t'apitoyer sur mon sort. Peut-être as-tu des informations à me communiquer. Je te prie de faire vite car je me sens épuisée et comme tu le sais j'attends quelqu'un qui ne sera peut-être pas content de te trouver ici.

— Certes, mais Kia, nous avons tout fait pour que tu sois près de lui, sans elle ! Et toi tu te disputes avec les filles, tu ne pourras pas éloigner les princesses, il faut que tu fasses avec.

— Je n'ai jamais eu l'intention d'éloigner les princesses, j'ai toujours été très gentille avec elles.

— Sincèrement ?

— Ça me regarde.

— Ton erreur est peut-être là !

La domestique pose les boissons sur une petite table. Kia et le ministre viennent s'asseoir.

— Quelles sont tes informations Thoutouh ?

— Es-tu au courant que Pharaon envoie Horemheb dans les territoires pour remettre de l'ordre ?

— Non !

— Il y a peu de gens qui le savent, tu gardes cette confidence pour toi.

— Et Néfertiti ? Elle fait quoi ?

— Je ne sais pas, elle va surement revenir à Akhetaton.

Kia s'assombrit.

— Ce n'est vraiment pas le moment, avoue-t-elle.

— On peut faire quelque chose pour toi, si en échange, tu es avec nous ! Tu remarqueras que nous sommes patients depuis le temps que nous t'aidons.

— C'est qui nous ?

— Tu le sais très bien, je ne vais pas te faire un dessin.

— Vous allez faire quoi pour qu'elle reste là-bas ?

— Ne sois pas inquiète moins tu en sais, mieux c'est pour toi.

— Je dois faire quoi ?

— Le jour de la grande fête, tu es censée amener les enfants à la cérémonie d'ouverture.

— C'est ce qui était prévu, oui.

— Ton frère Shatti sera là, il veut enlever les princesses qui te pourrissent la vie.

— Shatti ? Mais comment va-t-il entrer dans l'Empire sans se faire remarquer ?

— C'est notre affaire et comment veux-tu que les gardes vérifient tout le monde ? C'est impossible ce jour-là, ils seront astreints à la surveillance royale et à ce que tout se passe comme Pharaon l'a prévu.

— Les princesses vont être surveillées de près et compte-tenu des évènements, j'imagine que ça va grouiller de soldats attachés à leur protection. Plus je réfléchis et plus je me dis qu'un enlèvement ce jour-là me paraît impossible.

— Pas si tu nous aides.

— Quel est votre plan ?

— Seras-tu vraiment de notre côté ?

— Je n'ai plus envie de me retrouver en face de ces pestes ! Pourquoi ne pas le faire avant ?

— Tu veux que la grande fête soit annulée et que Néfertiti revienne ?

— Non !

— Alors laisse-nous organiser les choses et contente toi d'obéir à ce que l'on te dira de faire.

***

Nana embrasse ses deux petits bouts de filles. Elles sont dans les bras de leurs nourrices. Elles vont partir pour Akhetaton. Aucune missive n'a été envoyée pour prévenir Pharaon, elles partent dans l'anonymat le plus complet, avec un bataillon de soldats déguisés en marchands qui voyagent avec leurs femmes et enfants comme ça se fait souvent. De fausses nourrices restent aux palais avec des bébés qui ne sont pas les princesses Setepenré et Neferouré, mais le font croire.

Horemheb entre dans la chambre.

— Ils sont prêts à partir.

— C'est bon nous aussi.

Nana embrasse encore ses filles et serre le bras des nourrices.

— Soyez prudentes.

— Tout se passera bien Majesté, c'est un simple voyage par cange et de plus nous ne sommes pas seules, nous sommes avec votre garde et personne ne connaît la vérité.

Les nourrices descendent par un tunnel, suivies par les gardes de Néfertiti, habillés en civil, pour ressortir dans une maison qui se trouve en plein centre de Men-nefer.

Horemheb part avec son armée vers les territoires occupés, accompagné de la reine des Khemits. Le voyage va être long.

***

Akhenaton est affairé à son bureau, il doit terminer de vérifier et boucler des dossiers en instance avec ses ministres. Le Divin père le seconde.

— La cange est-elle prête ? demande Younou discrètement à Ay.

— Oui elle est prête, elle n'attend que toi.

— Bon ça va être une surprise pour elle ?

— Ça c'est sûr ! Horemheb doit être loin maintenant.

— Tu crois qu'elle va être heureuse que je vienne la chercher à Men-Nefer ?

— Nous en avons déjà parlé Younou ! Je pense qu'elle va te sauter dans les bras, c'est quelque chose qu'elle doit attendre depuis longtemps.

— Je suis comme un adolescent à son premier rendez-vous impatient d'être là-bas déjà.

Un garde se glisse jusqu'au divin père et lui parle à l'oreille, alors que Younou fait les cent pas devant ses ministres pour leur donner les dernières instructions. Ay relève la tête de stupeur à l'annonce qu'on vient de lui faire.

— Taureau puissant !

Mais Pharaon est tellement concentré qu'il n'entend rien.

— YOUNOU !

Il dévisage Ay, comprend que quelque chose d'anormal vient d'arriver, il s'arrête et reste suspendu aux lèvres de son chambellan.

— Que se passe-t-il ?

Son beau-père l'invite à le suivre.

— Que se passe-t-il Ay ?

— Des marchands…

— Quoi des marchands !

Ils pénètrent dans la salle de réception. Younou voit des marchands prosternés devant lui et deux femmes avec un bébé dans les bras. Pharaon descend les marches, les marchands se relèvent, c'est alors qu'il reconnaît les gardes de Néfertiti, il se précipite vers les nourrices et soulève le voile qui recouvre les enfants.

— Oh par Aton ! Ce sont mes filles ! s'exclame Younou fou de joie.

Il les prend dans ses bras et les embrasse, puis les serre contre lui.

— Et la Reine !? Où est-elle ?

Kysen le fidèle garde de Nana, lui tend une tablette tout en se courbant. Younou rend les bébés aux nourrices et prend la missive d'une main hésitante. Après lecture, il laisse tomber la tablette qui se casse en deux. Ay la ramasse et la lit.

Younou se sent dévasté, il ne sait plus, ce qu'il doit faire. Ay reprend les choses en mains.

— Ne reste pas ici, je te fais amener tes bébés dans tes appartements.

Quand soudain les princesses entrent dans la salle en courant.

— Elle est où ? Elle est où ? On nous a dit que sa garde est là ! demande Mérit-Aton et Maket-Aton.

— Elle est où Nana ? enchérit Ankhesen.

Les gardes des princesses n'ayant pu les retenir, se prosternent devant Pharaon. Younou tend les bras à ses filles et tente de garder un semblant d'aplomb. Elles viennent se blottir dans les bras de leur père, mais sentent bien qu'il est malheureux.

— Elle n'est pas là, mes chéries, venez que je vous présente vos deux petites sœurs.

Du coup les princesses se tournent vers les bébés et s'exclament ravies.

— On va pouvoir enfin les pouponner jusqu'à ce que notre mère revienne.

Seule Ankhesen reste en retrait, elle observe son père et retourne vers lui, ses yeux sont humides. On voit qu'elle se retient de verser des larmes.

— Elle va bien ?

Younou s'accroupit, la serre contre lui et dit à l'oreille.

— Oui, elle va bien.

— Mais pourquoi n'est-elle pas avec mes sœurs ? sanglote la princesse, elle ne nous aime plus ?

— Elle fait un voyage où il n'est pas possible de les emmener.

— Elle revient quand ?

— Je ne sais pas mon Amour, mais je te jure qu'elle nous reviendra un jour.

***

Kia est rapidement informée des évènements qui se déroulent au palais. Elle court demander conseil à sa tante, qui tisse tranquillement sur son métier. Kia vient s'asseoir à côté d'elle.

— Je dois faire quoi ?

— Oh ma grande, il paraît qu'il est dévasté.

Kia baisse la tête et croise ses mains, elle sent l'âme de Néfertiti rôder autour d'elle, même loin, elle impose sa présence.

— Crois-tu qu'il serait judicieux d'aller le voir pour… le consoler ?

— Non, laisse-le venir à toi.

— Et s'il ne vient pas ?

Giulepah perçoit le grand désespoir de sa nièce.

— Ne fais pas de bêtises, ta place est respectable, reste lui fidèle, c'est là où tu as le plus à gagner.

— Toi tu le connais bien, tu as vécu son enfance avec lui, tu l'as vu grandir. Est ce qu'il va revenir comme il était avant que les pestes…

— Kia, ne traite pas les princesses de mots inconvenants, il faut que tu restes patiente.

— Réponds-moi s'il te plait.

— Je… je ne sais pas, s'il t'a dit qu'il viendrait te voir, normalement il fait toujours ce qu'il dit, tente-t-elle de la rassurer tout en continuant de tisser.

Le soleil passe à travers les lattes de bois et les rayons font danser la poussière au-dessus du métier à tisser.

— Tu le connais bien, il faut que tu ailles le voir pour moi. Dis-lui que je l'aime et que je ferai tout pour conserver son Amour, mais qu'il me garde auprès de lui.

— Ne me demande pas ça, Kia.

— Pourquoi, il te respecte, il ne va rien te dire à toi ! Tu es sa seconde mère.

— Et toi sa seconde épouse.

Kia furieuse se lève.

— Non plus maintenant, je ne laisserai pas tomber aussi facilement.

— Kia !

Mais elle est déjà loin. Giulepah laisse tomber sa pelote de laine et s'effondre sur le métier à tisser.

***

Sur le chemin de Kadesh.

Même si la tente d'Horemheb a tout le confort et que l'armée a toute l'eau et la nourriture qu'il faut, le voyage est long et fatiguant. Mais Néfertiti est resplendissante, comme si elle était dans son élément. Un palanquin est à sa disposition, mais elle chevauche à côté d'Horemheb. Ce qui d'ailleurs est loin de déplaire au général. Les soldats qui pour le moins sont étonnés de la présence de la reine, ne s'en plaignent pas, non plus. On pourrait même dire, que cela ajoute un peu de piquant à l'expédition. Tous les soldats se sentent investis d'une mission, qui ne doit pas faillir. De plus Nana a le sens des priorités et des compliments. Elle ne manque pas de parler directement avec un soldat si la situation le nécessite, ce qui amuse le général et renforce l'attirance qu'il a pour elle.

L'éclaireur revient au galop.

— Mon général, l'armée hittite est derrière la colline.

— L'armée hittite ? Tu es sûr de toi !?

— Oui mon général !

Horemheb lève le bras, les soldats qui répètent les ordres se mettent en place.

— Les tambours sur les côtés, les chars et la cavalerie en premier et les autres, vous vous montrez mais vous restez en retrait.

Horemheb descend de son cheval et grimpe sur un char.

— Nana, va dans le palanquin, lui ordonne le général, tout en partant au galop.

Elle descend de son cheval et saute sur un autre char, le soldat reste un moment indécis en admirant la beauté et la bravoure de sa reine, qu'il n'a jamais vue d'aussi près.

— Mais le général a dit…

— Avance et suis-le ! ordonne-t-elle.

Le soldat claque les rênes sur les chevaux pour les faire démarrer au galop, et rattrape l'escadron. L'éclaireur ne s'est pas trompé, il s'agit bien d'éléments hittites. Eux aussi ont été informés et l'alerte a été donnée car ils se sont mis en position de combat. Les armées sont encore à une distance respectable l'une de l'autre et les observateurs peuvent évaluer les forces en présence. Si les hittites sont nombreux, les Khemits le sont encore plus. Néfertiti se place à côté du char d'Horemheb qui les observe.

— Où se dirigent-ils ? En tout cas, Ils ne sont pas dans la bonne direction pour aller à Kadesh ! annonce-t-elle.

— Qu'est-ce que tu fais là ? Retourne au Palanquin. Tu ne dois pas mettre ta vie en danger !

— Général, je suis ta reine et je n'ai pas d'ordre à recevoir de toi ! Est-ce bien Soupilouma ?

— Oui, c'est bien lui, répond Horemheb résigné. On dirait qu'il veut parlementer. Il s'avance vers nous avec une escorte réduite.

— Allons à sa rencontre ! s'exclame Nana.

— Non tu rest…

Mais le regard de Néfertiti est assez éloquent pour que le général n'insiste pas. Le char de Soupilouma s'avance vers eux. Horemheb et Néfertiti l'imitent. Le général fait signe aux conducteurs de stopper les chars, la distance pour discuter est atteinte.

— Salut à toi, Soupilouma. Quelles sont tes intentions ? demande Horemheb. Remettrais-tu en question le traité de paix conclu avec pharaon ?

Soupilouma feint d'ignorer la question pour ne s'adresser qu'à Néfertiti qu'il a immédiatement reconnue.

— Je m'incline devant toi grande épouse royale, ta vaillance égale ta beauté, je suis à tes pieds. Les temps sont incertains et ces territoires sont dangereux pour qui s'y aventure sans une bonne escorte et je serais prêt à t'accorder ma protection si tu me le demandais.

Nana voit Horemheb s'empourprer malgré son hâle.

— Je veux bien néanmoins répondre à la question de ton général. Loin de moi l'idée de briser ce pacte qui m'honore ou de profiter de la mésentente entre vos vassaux.

— Tu vas où ? demande Horemheb d'un ton sec.

— Ton arrogance est toujours la même Khemit !

— Mon général t'a posé une question, j'aimerais que tu y répondes Soupilouma.

— À toi, je te le dirai grande épouse Impériale, j'effectue une visite d'ordre privé. Tu sais que je suis marié avec la sœur d'Artama. Je me rends tout simplement dans ma belle-famille qui s'étonnait de ma longue absence.

— Tant de forces pour simplement un voyage familial ? continue Néfertiti.

— Comme je te le disais Ô Reine, les temps sont troubles et je dois m'assurer de ma sécurité et de celle de mes proches. Certains rêveraient de me voir à terre, dit-il avec un regard en coin vers Horemheb mais il poursuit impitoyablement, cependant tu m'offusques grande Reine, car je ne suis pas avec toute mon armée, seulement quelques bataillons, tu vois bien que nous sommes en nombre inférieur par rapport à la tienne qui n'est pas au complet non plus. Cependant je peux te dire qu'elle sera largement suffisante pour remettre de l'ordre dans Kadesh.

Néfertiti se surprend à sourire, ce qui n'est guère du goût d'Horemheb. *Les nouvelles vont vite mais Soupilouma est beaucoup plus avisé qu'il n'y paraît*, se dit-elle. Il poursuit

— Ils n'ont plus vraiment d'armée là-bas, la défense est assurée par des marchands et des paysans tout au plus, qui auront peur dès qu'ils sauront que vous arrivez.

Horemheb scrute le roi hittite pour déceler s'il ment ou dit la vérité.

— Et maintenant, si tu n'y vois pas d'inconvénient, je dois poursuivre ma route. Je n'aimerais pas que Pharaon apprenne que son vaillant général a engagé les hostilités contre son ami. Et si tu doutes de ma parole, tes éclaireurs te confirmeront que je me rends bien dans le Mitanni et non à Kadesh.

Nana pose un regard interrogateur sur Horemheb, qui baisse légèrement la tête pour approuver.

— Tu peux y aller Soupilouma.

— On se reverra à la grande fête des rois, Majesté ! Il baisse la tête dans un salut respectueux et effectue un demi-tour avec son char.

Horemheb regarde Néfertiti d'un air étonné et admiratif.

— Alors toi !

— Quoi, ai-je fauté ?

— Non, je dois reconnaître que tu as su l'amadouer ! Il veut te revoir à la grande fête des rois ! ironise Horemheb un tantinet jaloux.

— Allez viens on a encore du chemin, indique Nana.

***

À Akhetaton.

Dans les appartements royaux, Younou est assis sur le fauteuil de son bureau, les yeux dans le vague. Les évènements passent et repassent dans sa tête et il en vient à la conclusion que le comportement de Néfertiti est fidèle à ce qu'il attendait d'elle. Elle ira jusqu'au bout quitte à se sacrifier. Il aurait dû s'en douter. Un garde s'avance pour annoncer que quelqu'un lui demande audience, mais il n'a pas le temps de prononcer le nom du requérant, que Younou lui répond qu'il ne veut voir personne. Le garde sort à reculons dans un salut. Il ferme les portes et se retourne.

— Je suis désolé Giulepah, il ne veut voir personne.

— Lui as-tu donné mon nom ?

— Je n'ai pas eu le temps, il ne veut vraiment voir personne.

— Et il est seul ?

— Complètement.

— Ouvre la porte, il faut que je le voie.

— Non ! Ses ordres sont formels.

— Younou ! C'est Giulepah, je veux te parler ! hurle-t-elle.

— Tais-toi, pars ! Tu ne dois pas crier, devant les appartements de Pharaon comme ça !

Les portes s'ouvrent, Akhenaton apparaît.

— Entre, ordonne Younou.

Le garde referme derrière, elle.

— Tu sais, ce n'est pas vraiment le moment de venir me parler de Kia.

Giulepah suit Pharaon.

— Qui te dit que c'est d'elle que je viens te parler ? Je viens prendre de tes nouvelles. Tu es comme mon fils, elle n'est que ma nièce. Mais je ne trahirai ni l'un, ni l'autre et tu le sais.

— Je l'ai toujours senti.

— Ta grande épouse royale Néfertiti te manque, ça saute aux yeux de tous ceux qui te connaissent bien. Tu n'as plus cette même flamme dans le regard depuis son départ.

Giulepah est embarrassée, elle se dirige vers Younou, les mains croisées devant elle.

— Younou ! Kia t'aime sincèrement mais d'une façon exclusive, j'ai eu beau la prévenir, elle a toujours le secret espoir de prendre la place de Nana dans ton cœur.

Younou fixe Giulepah.

— Mais c'est impossible, même si ce que j'éprouve pour elle est sincère et profond, cela ne peut se comparer à ce que j'éprouve pour Nana.

— Je lui ai dit maintes fois qu'elle est la secondaire, pour en avoir eu l'expérience personnelle, la vie m'a appris à partager tout en ne reniant rien de mon amour.

Pharaon serre le bras de Giulepah par compassion.

— La vie fera peut-être pareil pour elle.

— Je ne crois pas Younou, son Amour pour toi est dirigé par un égo surdimensionné. Elle en est restée au moment où elle a été promise à Diouti pour être la grande épouse royale. Et le pire…

— C'est quoi le pire ?

— C'est qu'elle n'était pas amoureuse de Diouti, mais de toi.

— Elle n'est pour rien dans la mort de mon frère ? s'affole Younou.

— Oh non ! Tu lui prêtes un pouvoir qu'elle n'a pas. Elle passe sa vie à attendre quelque chose qu'elle n'aura jamais, et ne survit que dans cet espoir, avec les écueils que cela comporte.

— J'ai pourtant été clair dès le début.

— Non seulement nous n'avons pas été éduqués dans la même culture mais cette passion qui la dévore la rend sourde à tout conseil. Elle ne l'a toujours pas compris. Malgré tous les cours qu'elle a suivi avec Nugart, son obsession l'aveugle et elle ne voit rien d'autre. Cependant, si je peux me permettre un conseil, ne tarde pas à aller la voir car elle pourrait céder à d'autres forces. La passion est toujours voisine de la haine et certains pourraient être tentés de l'instrumentaliser.

Younou propose une coupe de fruits à Giulepah, mais elle refuse poliment.

— Si cela devait arriver, je le sentirais, cependant tu as raison, je vais me reprendre, je vais aller lui rendre visite comme promis, pour avoir une grande discussion avec elle et la rassurer sur notre avenir.

— Elle voulait venir te consoler, mais je lui ai conseillé d'attendre ta venue.

— Tu as bien fait.

Younou ouvre la tenture pour laisser passer l'air qu'il respire à pleins poumons.

— Et toi ? Tu as récupéré tes deux petites dernières ? demande-t-elle.

— Oui, elles sont tout aussi magnifiques que les quatre autres. J'ai vraiment des enfants merveilleux... Baket-Aton en fait partie bien sûr. Les filles la protègent comme leur sœur, c'est impressionnant cet instinct maternel qu'elles ont toutes les trois.

— Et Nana ?

Younou ferme les yeux et inspire profondément.

— Tout ce qui arrive est de ma faute, j'ai pensé qu'il serait mieux de l'éloigner de moi, pour des raisons politiques et surtout pour prévenir un complot. Elle s'est mise à dos le clergé qui en l'éliminant ferait d'une pierre deux coups mais ne me demande pas plus de précisions, je dois garder ces choses secrètes. Je l'avais fait au départ pour elle, pas pour moi. Je sais qu'elle l'a très mal vécue, je ne pouvais pas lui dire la vérité, sinon elle serait restée.

Giulepah tourne le dos à Younou.

— Tu t'es servie de Kia pour la convaincre !

Il la rattrape par l'épaule, pour qu'elle soit face à lui.

— Ça s'est fait tout seul, tu sais. Je ne serais pas aller la chercher, mais elle est venue à chaque fois au bon moment.

— Tu m'étonnes elle guettait tes moindres mouvements... Mais pourquoi Nana n'est pas revenue avec ses filles ?

— Certainement parce que je ne l'ai pas invitée à le faire. Nana est une personne qui ne force pas les évènements. Elle fait ce qu'elle pense être juste, elle travaille dur pour l'Empire, sans elle je n'aurais pas réussi.

— Le résultat ne serait pas le même c'est sûr, mais...

— En même temps, c'est ce qui a alimenté nos différends, elle a été beaucoup plus consciente des problèmes logistiques que moi. J'étais trop focalisé sur l'enseignement d'Aton, je pouvais difficilement m'occuper de tout, elle l'a fait pour moi avec brio. Mais le clergé l'attend au tournant...

— Elle est où aujourd'hui ? Toujours à Men-Nefer ?

— Non, elle est partie en campagne avec Horemheb sur les territoires vassaux.

— Elle est partie se battre ? s'étonne la mitannienne.

— J'espère qu'Horemheb va l'empêcher de se jeter à corps perdu dans une bataille, elle est capable du meilleur comme du pire.

Pharaon pousse la tenture sur le côté, afin que la lumière pénètre pleinement dans la pièce.

— Je comprends mieux ton angoisse, Younou. Mais je pense que tu peux faire confiance au général Horemheb, il est vaillant et compétent, il prendra soin d'elle.

— Je sais, c'est moi qui l'ai jetée dans ses bras, en affirmant au général qu'elle ne m'abandonnerait jamais pour lui. Mais... pour moi le principal est qu'elle soit heureuse. C'est juste ça dont je voudrais avoir la certitude.

— Si j'ai vent de quelque chose à ce sujet Younou, je ne manquerai pas de venir te le dire.

— Je te remercie Giulepah.

Il la serre dans ses bras.

***

Dans les territoires de l'Empire Khem.

— On voit les remparts de Kadesh, indique Horemheb sur son cheval.

— Ils doivent savoir que nous sommes là, affirme Nana chevauchant toujours aux côtés du général.

— Oh oui ! Et même que la grande épouse royale est présente !

Ils galopent pour retrouver la tête de l'armée. Puis se mettent aux pas du régiment.

— Comment vas-tu procéder ? demande-t-elle curieuse.

— Ah ! Parce que ce n'est pas toi qui vas parler cette fois ?

— Mheb ! Si je suis là, ce n'est pas pour être une potiche !

— Je sais, tu es la reine et je suis ton subalterne.

— Serais-tu jaloux ?

Horemheb sourit et lance un regard amoureux à Nana.

— Très jaloux !

Elle lui rend son sourire.

— Younou veut que l'on découvre ce qu'il se trame ici, il a une confiance très limitée en Etakama depuis son retour d'Hatousa. Et puis on va convoquer les rois Ribadda et

Azirou, ceux qui se plaignent tout le temps, informe Horemheb.

La colonne Khemit se présente devant les remparts de la cité. Elle est plutôt bien accueillie par les autorités de la ville et on lui ouvre les portes sans difficulté. Horemheb note qu'effectivement les éléments de cette garnison ont plutôt une tenue disparate. Le général et la reine sont sur un même char, entourés d'une garde très rapprochée qui surveille les alentours.

Ils arrivent devant le palais, Etakama les attend avec ses gardes.

— Soyez les bienvenus en ma demeure, longue vie à Pharaon.

Ils descendent de leur char, pour s'avancer vers le roi de Kadesh, qui pose un genou à terre et salue la grande épouse royale de l'empire Khem.

— Que me vaut l'honneur de ta présence ma Reine, je n'en ai point été informé, j'aurais organisé une grande réception si je l'avais été !

— Je ne suis pas là pour des festivités, roi de Kadesh. Je suis là pour parlementer avec toi.

— Mes requêtes à ton époux ont fini par être entendues, alors ?

— Quelles requêtes ? demande-t-elle surprise.

— J'ai envoyé je ne sais combien de tablettes, qui n'ont eu aucune réponse de la part de ton époux.

— C'est qu'elles ont été interceptées et je veux éclaircir tout ceci. Sinon, Pharaon t'aurait répondu. Tes messagers ne sont jamais parvenus jusqu'à nous. Qu'est-il advenu de ceux que tu as envoyés ? S'ils sont revenus, convoque-les. Nous les interrogerons. Nous avons les mêmes ennemis qui agissent dans l'ombre pour compromettre nos bonnes relations.

Le roi invite la reine et le général à le suivre dans son palais. Il les prie de s'asseoir et leur propose des boissons rafraichissantes.

— Les raisons de ton déplacement ma reine doivent être de toute première importance, pour avoir ta royale personne parmi nous !

— Je suis là pour ramener la paix entre les rois de vos contrées. Qu'as-tu à me dire à ce sujet ?

— Il y aurait plusieurs choses à dire, pour résoudre ces soucis. Mais le mieux serait que les rois en question soient présents.

— Invite-les sans tarder que nous puissions régler rapidement vos différents.

— Laissez-moi le temps de vous préparer des chambres pour vous en attendant, je vous invite à vous rafraichir dans le bassin.

Nana regarde Horemheb qui affiche un *non* discret de la tête.

— Ton invitation est plaisante, mais nous attendrons dans le camp que nous allons monter aux portes de ta cité.

— Mais vous serez mieux ici, j'ai tout le confort qu'il faut. Douteriez-vous de mon hospitalité ?

— Nous ne doutons de personne, nous restons vigilants.

***

À Akhetaton.

Younou est sur son char et se dirige vers la villa de Kia dans le sud de la cité. Il est entouré de sa garde personnelle. Il ne sait pas encore comment il va aborder le sujet avec elle. Il ne sait même pas ce qu'il va lui dire. Son âme vagabonde, toutes ses pensées sont pour Nana. Il est inquiet de la savoir en territoire étranger même s'il s'agit d'un vassal et même sous la protection d'Horemheb. Il aimerait être à sa place mais c'est trop tard. Sa présence serait mal interprétée, il pourrait s'y rendre rapidement s'il voulait, mais son absence serait remarquée. Il est prisonnier dans Akhetaton.

Les portes de Marou-Aton sont grandes ouvertes. Le char de Younou pénètre dans la cour. Kia est debout, les bras en croix sur sa poitrine, le regard rivé sur son Pharaon. Il descend du char en ordonnant à ses gardes de fermer les grandes portes. Kia les yeux toujours rivés sur ceux de Younou, attend un signe de sa part. Il finit par lui offrir un timide sourire et c'est suffisant pour qu'elle se jette dans ses bras et cherche à l'embrasser.

— Attends, Kia.

Il la prend par la main et l'emmène dans le salon qui donne sur une cour intérieure, avec un bassin et une fontaine en son milieu. Elle se blottit une fois de plus dans ses bras.

— Ne me laisse plus loin de toi, dit-elle avec angoisse.

— Kia, ton Amour envers moi m'honore…

— Je n'ai pas changé, tu sais, je ne suis rien sans toi. Ne me laisse plus.

— Mes sentiments pour toi, sont également les mêmes…

— Pourquoi, ne veux-tu pas m'embrasser alors ?

— Kia, tu précipites les choses, il faut que je te parle avant.

Elle commence alors ce qu'elle a toujours su faire et qui a si souvent fonctionné. Elle le caresse, son ventre se colle au sien, elle halète puis sa main reprend son long cheminement. Mais il la bloque. Son regard est éloquent et calme tout de suite les ardeurs de Kia.

— Tu es mon épouse favorite chère à mon cœur… mais Néfertiti est ma moitié, ma déesse. Je crois que tu l'as oublié ces derniers temps.

— Mais tu l'as éloigné d'Akhetaton, c'est toi qui l'as envoyé à Men-Nefer, plutôt froidement même !

— Pour des raisons politiques que je ne débattrai pas avec toi.

— Mais... vous ne vous êtes pas envoyés de courrier, pas de nouvelles pendant des saisons entières !

— Toujours pour les mêmes raisons politiques.

— Tu m'as élevée à son rang, je l'ai remplacée dans toutes les réunions et réceptions.

— Quand la grande épouse royale est absente, c'est le rôle de la favorite de la remplacer, si elle le désire.

— Alors je ne serai pas à tes côtés pour la grande fête des rois ?

— Tu le seras, sauf si elle revient avant.

— Mais tu m'as dit, que tu ne l'inviterais pas et qu'elle ne viendrait pas.

— C'était avant que les filles réclament leur mère. Je lui demanderai de venir et elle décidera d'accepter ou pas, ce ne sera plus de mon ressort.

Kia est effondrée.

— Mais Younou, tu n'as qu'une parole !

— Et je la tiendrai, mais si elle vient...

Il pousse un soupir et reprend.

— Si elle est là, où veux-tu que sa place soit ? Avec les autres femmes du Khekeret ?

— Eh bien...

— C'est inconcevable ! N'y pense même pas.

Kia tourne en rond pour trouver d'autres arguments qui pourraient le faire changer d'avis.

— Tu vas l'inviter à cause des filles qui veulent leur mère c'est ça ?

— Il est où ton problème Kia ? Je suis en train de te dire que mes sentiments pour toi n'ont pas changé et cela n'a pas l'air de te rassurer. Tu veux quoi ? La place de Néfertiti ?

— Je voudrais que tu m'aimes plus qu'elle !

— Ce que je t'offre ne te suffit pas.

Kia se met à pleurer, ses mains tremblent, elle s'essuie les yeux d'un bref mouvement. Son regard devient fuyant. Revient alors en mémoire à Younou, les paroles de Giulepah.

La passion est toujours voisine de la haine et certains pourraient être tentés de l'instrumentaliser.

Younou se rapproche d'elle, l'entoure de ses bras et l'embrasse tendrement sur ses lèvres mouillées. Elle répond passionnément à son baiser. Il la porte et l'emmène dans sa chambre.

***

Dans la tente d'Horemheb, grande de plusieurs pièces et au luxe comparable à celles des chefs Bédouins, Nana et Horemheb sont toujours en attente de la venue des roitelets. Ils décident d'en profiter pour visiter les alentours de Kadesh, habillés en marchands phéniciens pour se promener dans l'anonymat le plus complet. C'est à cheval qu'ils partent discrètement du camp.

Horemheb contemple Nana galoper devant lui, il est heureux d'être avec elle, loin des terres noires, il a le sentiment qu'elle lui appartient toute entière. Il voudrait que ces instants ne cessent jamais.

Ils arrivent dans une ville voisine à Kadesh du nom d'Argan, elle est située sur une colline qui domine la vallée.

— Il est temps d'aller nous rafraichir comme de simples marchands, propose Horemheb.

À l'ombre des peupliers, des tables avec des bancs sont installés pour les clients. Nana et Horemheb descendent de leurs chevaux et s'installent. Une brise vient rafraichir l'air environnant. Nana a détaché ses cheveux pour avoir une apparence moins sophistiquée, mais Horemheb avec son crâne rasé, doit garder une coiffe de lin, afin d'être plus authentique.

— Bière, vin, ou jus de grenade, je n'ai rien d'autre, propose le tavernier.

Horemheb admire Nana cheveux au vent.

— Tu veux boire quoi, mon cœur ! demande-t-il.

— Un jus de grenade m'ira très bien.

— Oh ! Des marchands phéniciens qui parlent Khémit ! s'exclame le patron.

— C'est mon époux qui est Khémit, il ne maitrise pas encore notre langue, dit-elle en parfait Akkadien.

— Et pour vous l'époux, vous voulez boire quoi ? le taquine-t-il en simulant le geste.

— Bière.

Le patron de la taverne repart. Nana rit de bon cœur.

— Je passe pour l'idiot du village si je comprends bien ! avoue piteusement *l'époux*

— Mais non, tu es parfait dans ton rôle. Bien sûr tu pourrais passer difficilement pour quelqu'un d'autre qu'un Khemit mais tu restes séduisant quand même.

Horemheb se prend au jeu et se rapproche d'elle pour faire taire cette impertinente. Puis la serre dans ses bras.

— Ai-je bien entendu ? Tu as dit… mon époux ! susurre-t-il à son oreille.

Le regard de Nana est brillant, pour la première fois depuis longtemps, elle se sent bien. D'autres personnes viennent s'asseoir à une table à côté de la leur, les regardant d'un air amusé, car ils rient comme des enfants. Le patron revient avec les boissons, qu'il dépose sur la table, il se fait payer, puis se retourne pour prendre la commande des nouveaux arrivants. Nana se sent légère, un rien la fait rire, elle décompresse vraiment loin de tout et apprécie la compagnie de son général. Et puis, ne plus avoir de gardes autour d'elle, lui donne un sentiment de liberté incroyable. Elle se glisse vers Horemheb et l'embrasse passionnément.

Horemheb est agréablement surpris.

— Pour une fois, c'est toi qui viens vers moi !

Mais l'attention de Nana est brusquement attirée par des bribes de conversation provenant de la table voisine.

— Écoute les gens à coté, ils parlent de nous, lui chuchote-t-elle à son oreille.

Elle recommence langoureusement à l'embrasser, pour écouter la conversation, mais le général lui n'entend rien, ses lèvres sont comme scellées sur celles de Nana.

L'homme qui s'exprime, met un doigt sur sa bouche et désigne le couple qui non loin de là continue ses ébats. Visiblement ils n'ont cure de ce qui se passe autour d'eux. Le patron revient avec la commande qu'il dépose sur la table des cavaliers, puis repart.

— Ces deux-là vont se donner du bon temps d'ici peu, ajoute un autre dans un rire un peu gras.

Celui qui semble leur chef poursuit.

— Les deux autres rois ont prévu de se débarrasser de Ribadda mais en faisant endosser le crime à Soupilouma.

— Et comment ? tu crois qu'il suffit d'accuser le roi hittite pour en faire un coupable ?

— Soupilouma va bientôt rentrer chez lui, on laisse des indices qui l'accusent et lors de son retour on provoque une confrontation entre les deux armées. Leur belle alliance vole en éclats et nous voici débarrassés des khémits. On a du travail qui nous attend ; on y va, les gars.

Un dernier coup d'œil, les amants n'ont pas cessé leur manège et ne lèvent même pas la tête à leur départ. Les hommes ricanent et grimpent sur leur monture. Le bruit des chevaux n'est pas encore dissipé que Nana s'extrait de l'étreinte d'Horemheb.

— Oh Nana ! Mon cœur, c'était sublime !

— Mheb !? Tu le fais exprès ou bien tu n'as vraiment rien entendu ?

— Entendre quoi ?

— Rrrrrr ! viens... maintenant !

Ils montent sur leurs chevaux et Nana lui explique ce qu'elle a entendu durant leur baiser.

***

Younou ne croit pas au hasard. Nana est partie avec Horemheb, alors qu'il revenait le cœur léger vers elle, pour la ramener à Akhetaton. Pour lui c'est Aton qui l'a rappelé à l'ordre. Il ne doit pas céder à ses sentiments et ce moment d'égarement ne doit plus recommencer. Il doit rester dans la conduite qu'il s'est donné et ne plus en déroger. Il était pourtant si heureux à l'idée de retrouver Nana, mais le destin a éloigné sa bien aimé avant son départ, c'est le genre de signe, que Younou ne néglige pas. Cependant, il a promis à ses filles d'inviter leur mère. Il faudra qu'il soit fort et qu'il prenne sur lui. La grande épouse gardera sa place et le soir retrouvera son général et Pharaon sa secondaire.

Ainsi le clergé d'Amon sera convaincu que Nana n'est plus sous mon influence.

Il autorise Kia à revenir au palais et ce malgré l'hostilité à peine voilée de ses filles. Il est primordial que tout le monde soit en paix. Alors Il organise une rencontre de réconciliation.

— Tu crois que c'est une bonne chose ? s'interroge Kia. Elles sont encore en colère contre moi !

— Il faut que ça leur passe et elles reviendront vite à de meilleurs sentiments car j'ai un plan. Je leur ai promis d'inviter leur mère, en leur précisant bien que si elle ne vient pas, ce ne sera pas de ma faute.

Kia le retient par le bras.

— Et toi… Veux-tu qu'elle revienne ?

Younou préfère ne pas éluder cette question ambiguë et lui répond sans détours.

— Non, je ne veux pas qu'elle revienne. Mais… si elle est là, sa place est à côté de moi.

La réponse de Pharaon ne lui apporte guère d'apaisement, elle ne sait plus trop quoi penser. Néanmoins son cœur garde espoir. Les princesses entrent dans les appartements royaux, sans dire un mot, elles saluent Pharaon et Kia.

— Longue vie à mes petites princesses, si chères à mon cœur, vous savez pourquoi je vous ai conviées !

— Oui père ! prononcent-elles en chœur.

— Alors je compte sur vous pour vous excuser auprès de Kia.

Les princesses baissent la tête, se placent l'une derrière l'autre et lui demandent pardon d'une voix monocorde. Les apparences sont sauves.

Kia est néanmoins satisfaite de l'attitude des enfants qui ne devraient pas réitérer leur mauvaise humeur avant longtemps. En outre elle sait qu'elle doit manœuvrer pour garder de bonnes relations avec elles, afin de satisfaire l'entente tant désirée de Pharaon, c'est donc de bonne grâce qu'elle accepte leurs excuses et elle leur accorde son pardon.

— Je ne peux supporter que les gens autour de moi, ne s'entendent pas, tu peux comprendre, que ce soit une priorité dans ma vie. Mes filles sont ma chair, mon sang, je sais que tu en es consciente, c'est ma condition pour rester avec moi au palais.

Elle espère bien garder cette place pendant le reste de sa vie et ce, à n'importe quel prix. Elle ne peut s'empêcher de penser à la proposition de Thoutouh qu'elle relègue dans un coin obscur de son esprit. Pour l'instant les nuages noirs qui s'amoncelaient semblent s'être dissipés.

Le repas commence et Kia est invitée à manger avec la famille royale, comme avant. Néanmoins la discussion tourne autour de la promesse de Pharaon.

— Tu enverras une tablette à Nana pour l'inviter à la grande fête des rois, insiste Mérit-Aton.

— Je vous l'ai promis, je vous informe dès que c'est fait.

Les filles restent silencieuses et font de grands sourires à leur père. Le repas se termine dans la tranquillité. Les princesses se retirent dans leurs chambres, elles saluent Kia et se jettent dans les bras de leur père pour l'embrasser. Ankhesen chuchote à son oreille.

— Qui préfères-tu dans ton cœur, Kia ou Nana ?

Il la maintient contre lui et répond à voix basse tout en chahutant avec elle.

— Du plus profond de mon cœur, celle qui m'a donné six merveilleux enfants. Elle est ma préférée, mais chut, c'est un secret entre toi et moi.

Ravie, Ankhesen se dresse sur les jambes de son père et affiche une mine de conspiratrice. Tout le monde rit des mimiques du père et de la fille, mais nul n'a éventé le secret qui les lie. Les enfants se retirent avec des cris de joie.

Kia passera la nuit avec Pharaon.

Chapitre 5

Le piège

Les rois convoqués par la reine Néfertiti arrivent enfin devant les remparts de Kadesh. Ils se rendent immédiatement dans les appartements qui leur sont réservés. Nana et Horemheb ont pu suivre leur progression grâce à leurs informateurs disposés tout au long de leur parcours. Ils organisent aussitôt une réunion au palais d'Etakama et ce malgré les réticences d'Horemheb et surtout depuis les révélations de Néfertiti. Il aurait préféré les réunir dans le camp avec ses soldats qui seraient intervenus au moindre signe de menace, mais la reine en a décidé autrement. Elle ne voulait pas froisser leur hôte et surtout ne pas donner l'éveil.

Horemheb s'est incliné mais il a insisté pour définir une stratégie afin de neutraliser les projets d'Azirou et Etakama. Ils ont décidé d'un commun accord de ne pas informer Ribada de ce qui se tramait dans son dos mais ont délégué quelques hommes sûrs, afin de veiller de loin sur sa protection. Quant aux deux rois félons, ils vont les laisser avancer leurs pions et frapperont au moment opportun.

Ils ne leur laissent guère le temps de goûter un repos réparateur et quelques heures plus tard, tous se retrouvent autour d'une grande table. Nana présidera la réunion. Les rois se lèvent quand la reine fait son entrée. Horemheb est à sa droite et il a revêtu pour la circonstance sa tenue d'apparat, qui brille de tous ses feux sous les flambeaux accrochés aux murs. Nana est coiffée de sa couronne et est vêtue d'une longue robe blanche où scintillent les attributs de son pouvoir. Elle affiche un port hiératique et ne daigne même pas accorder un regard aux souverains qui se prosternent.

— Relevez-vous !

A ces mots, tous se relèvent et ne peuvent qu'être frappés par la beauté de cette femme qui est devant eux. Elle laisse passer quelques secondes avant de les inviter à s'asseoir. Comme convenu, Horemheb est à sa droite. Devant eux les rois et leurs premiers ministres. Ce choix restreint leur a été imposé par la reine. Horemheb y a souscrit d'autant plus qu'il y voyait une attitude plus sage en matière de sécurité. Néanmoins il a disposé des hommes à lui autour des lieux et le camp khemit est en état d'alerte.

— Seigneurs, je vous remercie d'avoir répondu favorablement à notre requête. Si je vous ai invités rapidement à cette table c'est que Pharaon entend ramener la paix dans cette région.

Un murmure fait écho à cette entrée en matière. Les rois et ministres se regardent les uns les autres et échangent parfois des remarques à voix basse. Nana d'un geste de la main impose le silence.

— Pharaon veut régler les différends qui opposent certains d'entre vous et qui sont un obstacle à la paix. Il a choisi son épouse royale pour non seulement vous apporter ce message, mais pour régler à l'amiable les problèmes qui ont pu naître ces derniers mois. Je vous demande donc d'exposer en toute sincérité vos motifs. Nous verrons ensuite comment les résoudre. Le général Horemheb qui m'accompagne veillera personnellement à ce que ces solutions soient appliquées si besoin avec le recours de l'armée.

Tous les regards se dirigent vers le militaire et un frisson parcourt l'assemblée. Horemheb reste de marbre.

Ribada demande la parole qui lui est accordée.

— Je te remercie, ma Reine, mon royaume est sans cesse envahi par des hordes de hittites qui se livrent à de véritables razzias. Mais ce que je ne comprends pas c'est que Pharaon reste sourd jusqu'à ce jour à mes appels à l'aide. Pourtant ce n'est pas faute de lui avoir envoyé des messages. Bon nombre de mes coursiers ne sont jamais revenus et certains ne m'ont rapporté que des réponses évasives. Pendant ce temps, les hittites redoublent d'audace, cela ne peut plus durer.

— C'est moi qui m'occupe des relations avec vos territoires et je n'ai jamais reçu une de tes tablettes. Aujourd'hui, je peux te garantir que ces incursions appartiennent maintenant au passé mais je reviendrai là-dessus plus tard. Si nous sommes ici, c'est que nous avons été informés que la discorde régnait entre vous. Or celle-ci risque d'entraîner des troubles graves et nous affaiblir vis-à-vis des puissances étrangères. Nous ne pouvons pas le permettre.

Ribada toujours debout se tourne vers les autres souverains mais Azirou se lève à son tour et l'invective

— C'est ton orgueil qui nous coûte cher. Nous aussi nous subissons ces incursions, mais Ribada veut faire cavalier seul. Il entend régler le problème à sa manière en canalisant pour lui seul, toute l'aide que pharaon enverrait. Le résultat est là.

— C'est parce que ton alliance est un piège, riposte Ribada.

— Comment ça un piège ? se défend Azirou, alors que c'est toi qui amènes l'empire à sa perte, à commencer par nous.

Nana lève le bras et restaure le calme.

— Ce n'est pas ainsi que vous allez réussir à vous entendre, leur garantit Néfertiti. Que voulez-vous exactement ?

— Vivre en paix, implore Ribada.

— Que nous soyons tous unis contre l'ennemi, ajoute Azirou.

Nana jette un œil interrogateur à Horemheb, qui l'encourage à continuer par un mouvement de la tête.

— De quel ennemi, parles-tu Azirou ?

— Celui que nous avons en commun, les hittites.

— Azirou ton protectorat est toujours effectif et tu es censé suivre les directives de l'Empire. Or il se trouve que

Pharaon a ratifié par un décret, un traité de paix qui a été conclu entre les Khémits et les hittites. Les termes du traité concernent le temps du règne d'Akhenaton et ce sont les hittites qui bénéficient des rentes que tu dois allouer à l'Empire. Tu en as d'ailleurs été officiellement informé.

— Oui Majesté, mais la réalité est qu'ils abusent de leur pouvoir. Ils ne respectent pas les termes du contrat et ils estiment que ce qui leur revient est insuffisant. Vos demandes à l'époque étaient jugées convenables et tout le monde était satisfait, mais ceux-là nous dépossèdent jour après jour. Et quand ils n'obtiennent pas ce qu'ils demandent, ils le prennent par force. Le peuple est à bout et désespéré car Pharaon semble se désintéresser de leur sort.

— Ton accusation est grave, Azirou car cela voudrait dire que Soupilouma outrepasse les termes du contrat, ce qui pourrait amener une révision du traité de paix avec des conséquences graves. Mais peut-être ne s'agit-il que de quelques abus opérés par des fonctionnaires peu scrupuleux. Nous allons vérifier. Tu dois certainement avoir des cahiers de comptes à nous présenter. Je serais curieuse de les consulter.

Azirou sent une sueur froide couler le long de son dos. Il n'en a pas fini pour autant avec Ribada qui une fois de plus le désigne ouvertement comme…

— Un voleur ! un affameur du peuple qui est complice avec des fonctionnaires hittites corrompus

— Et toi, un chacal qui se repaît des ragots colportés sur les uns et les autres…

— Silence ! Horemheb s'est levé et il impose sa carrure à tout ce petit monde qui commence à se lancer des noms d'oiseaux.

Le calme revient d'un coup, le général Khemit ne transige pas.

— Quels sont les autres griefs qui vous poussent les uns contre les autres ? poursuit la reine, Etakama, tu es resté silencieux jusqu'à maintenant et je suis curieuse d'entendre ton exposé.

Etakama est en effet resté muet tout au long de la joute qui a opposé les deux autres souverains. Azirou s'est mis dans une fâcheuse position car il est de notoriété publique que le roi trempe dans certains trafics. Ribada s'est contenté de gémir et son compte viendra assez vite.

— Nous aimerions ne plus rien avoir avec ces hittites, comprends-tu, ma reine ? plaide Etakama.

— Ceci est impossible, vous devez respecter les termes du traité !

— Ce sont des barbares sans foi ni loi, intervient Azirou.

— Donnes-tu vraiment, ce qui est convenu ? Soupilouma a le décompte de ce qu'il doit encaisser. Et il me semble que c'est largement raisonnable.

— Oui, ma Reine il a le décompte et je lui donne ce qui est convenu, mais leurs manières...

— J'irai voir Soupilouma et discuter avec lui, puis j'irai vérifier vos dires auprès de mes informateurs.

Les rois se regardent entre eux.

— Des espions ? s'étonne Azirou.

— Je croyais qu'entre pays amis nous n'avions pas d'espions, rajoute Etakama.

Nana sourit.

— Je n'ai pas prononcé ce mot car nous sommes alliés. Il ne s'agit que d'informateurs et je n'ignore pas que vous agissez de même dans l'empire. Il est tout à fait normal que nous puissions avoir de nombreuses sources d'information car il semble que les sources officielles aient eu quelques ratés dans le passé.

L'assemblée baisse la tête en faisant mine de n'avoir rien entendu. Néfertiti poursuit implacablement.

— Ce n'est pas tout, nous avons eu, de source fiable, un projet de ralliement de vassaux au roi Soupilouma. Prélude à une attaque contre l'empire.

La stupéfaction se lit sur le visage des participants.

— Ce n'est qu'un projet, poursuit-elle, car il faut encore l'approbation de Soupilouma. Et celle-ci pourrait être acquise s'il tombait dans le piège d'une provocation ourdie pas certains.

Les propos de la reine provoquent un concert d'exclamations. Les mines sont consternées, les souverains se regardent avec circonspection. C'est à qui fera assaut de loyauté.

— Quoi ? s'exclame Ribada.

— C'est quoi cette histoire ? Qui nous accuse ? lance Azirou.

— Ce sont des accusations sans fondement ! s'emporte Etakama, nous protestons de notre bonne foi qui ne saurait être mise en doute.

— Vous mettez en doute la parole de votre Reine ? tonne Horemheb qui de nouveau se lève et leur impose le silence.

— Non ! Non ! Pardonnez-nous si nos paroles ont été mal interprétées. Loin de nous l'idée de mettre en doute vos paroles, mais les informations ont pu être déformées. Peut-être sont-elles sciemment faussées pour nous nuire ?

— Je suis d'accord avec Etakama, je serais même enclin à penser que ces commérages viennent du camp hittite ! reprend Azirou tout en jetant un regard peu amène à Ribada.

— Quant à moi, j'ai toujours été fidèle à l'Empire ! conclut Ribada sur un ton sincère qui lui attire des regards méprisants de la part des deux autres. Des regards qui ne passent pas inaperçus mais Néfertiti est sûre de son fait. Elle est en présence de deux traitres mais elle se doit de jouer serré.

Nana se lève à son tour, pour rejoindre Horemheb resté debout et observe les Roitelets rivalisant de profession de foi envers l'Empire. Elle les toise avant de leur confier.

— C'est étrange, tous les témoignages convergent et vous n'ignorez pas que j'ai une entière confiance en mes informateurs qui occupent parfois des fonctions officielles. Néanmoins je veux bien croire que j'ai peut-être été mal informée et mes hommes, abusés. Soit ! alors reprenons par le début. Et pour commencer, nous allons vérifier la véracité des accusations lancées contre les hittites chargés de recouvrer les taxes. Nous allons nous atteler à une besogne fastidieuse, mais je pense que vos registres sont bien tenus. Cela prendra peu de temps. Nous nous rendrons d'abord à Megiddo. Horemheb ? je compte sur toi pour que nous partions le plus vite possible.

Horemheb acquiesce et se retire sans même saluer les souverains qui restent médusés.

***

Au petit matin, Younou est réveillé par la lumière d'Aton, tout son être est gorgé d'espoir. Il déborde de vitalité, se lève sans même faire cas de sa seconde épouse qui dort à ses côtés. Il va directement sur la terrasse et laisse les rayons d'Aton caresser son corps nu. Il éprouve une grande félicité car Nana va revenir à Akhetaton. Il a rêvé toute la nuit du moment où il allait la revoir. Cette rencontre avec les rois est très importante. Elle va concrétiser la paix universelle. Tout a été prévu, pour l'accueil, les cérémonies et l'enseignement pacifiste d'Aton sera mis en avant. Les maisons pour accueillir les dignitaires seront bientôt terminées et les tribunes pour la réception également. Il ne reste qu'une saison, avant que les rois soient à Akhetaton. Discrètement Younou a déjà fait partir plusieurs invitations à Nana et Horemheb pour la grande fête des Rois. Ils les recevront dès leur retour de campagne, à Men-Nefer. Il a même fait partir un coursier à Kadesh pour être sûr que rien ne soit laissé au hasard. Cette fête va être grandiose. Il a vraiment besoin de Nana à ses côtés, elle sera indispensable.

Il est toujours dans ses pensées, quand Kia le rejoint sur la terrasse, lui amenant de l'eau pour se désaltérer.

— As-tu bien dormi mon époux ?

— Très bien, je te remercie, répond-t-il en lui déposant un baiser sur le front. Kia est rongée par la possibilité que Nana revienne et participe à la fête ce qui la relèguerait au second rang. Elle ignore cependant que les invitations sont déjà parties. Younou n'est donc pas étonné de l'entendre lui demander.

— Comment se passe la mission de Néfertiti et d'Horemheb ? et sans attendre la réponse de Younou, penses-tu que Nefertiti aura fini sa mission pour être présente à temps pour les festivités ?

— Je ne sais pas.

Younou boit l'eau qu'elle lui a donnée, puis continue.

— Si elle n'est pas là, tu sais que tu auras sa place.

Il pose la coupe et rentre dans la chambre. Elle le suit.

— Si elle est là, comment va-t-elle faire pour apprendre tout le cérémonial en si peu de temps ?

— Elle est habituée et connaît déjà la plupart des cérémonies.

— Et si elle arrive trop tard ?

— Kia, je te prie d'arrêter tes questions, si elle est là, elle sera à mes côtés. Même si elle arrive en plein milieu de la cérémonie !

Younou se prépare pour sa journée qui sera faite au pas de course, entre les architectes, les sculpteurs, les prêtres, les cuisiniers, et Ay qui met en place toute la logistique.

D'ailleurs le garde annonce qu'il est déjà là.

— Fais-le entrer !

Ay salue Pharaon, mais n'a pas un regard pour Kia.

— Père Divin, je suis prêt, nous allons pouvoir commencer.

— J'ai de mauvaises nouvelles d'Ouasat.

— Que se passe-t-il ? demande inquiet Younou.

— La Reine mère Tiyi n'est pas bien, elle est malade depuis plusieurs jours, elle a été victime de vomissements et ne pouvait plus se sustenter normalement.

— Sa vie n'est pas en danger ? Que font les médecins ?

— Il semblerait qu'ils l'aient soulagée, elle ne vomit plus. Mais elle est encore très faible et se remet lentement.

Younou pince ses lèvres et fronce les sourcils.

— Ça tombe mal ! Si je vais à Ouasat, les préparatifs vont prendre du retard. Il faut que tu y ailles et tu la rapatries à Akhetaton, le plus rapidement possible.

Younou se frotte le menton.

— Elle n'a pas été empoisonnée au moins ?

— Rien n'est dit de tel dans le message, je pense que si c'était le cas, les médecins l'auraient mentionné.

— Vas la chercher, que mes médecins la remettent vite sur pieds.

— Je pars immédiatement, Nugart me remplacera auprès de toi.

***

Dans les territoires vassaux.

Un soldat entre au galop dans le camp khemit à Kadesh, il est porteur d'un message pour la reine. Il se présente devant la tente du général.

— Entre ! ordonne Horemheb.

— Ta tablette vient de qui ?

— Pharaon.

Nana assise à une table à côté du général, relève la tête.

— Que dit la missive ? demande-t-elle à Horemheb.

— Tu peux sortir, s'adresse le général au coursier, nous répondrons par un autre messager, je te remercie.

— Pharaon me demande de lui rapporter une réponse en personne.

— Attends dehors alors, que j'en parle à ta Reine.

Le soldat salue et se retire.

— Nous sommes invités à la grande fête des rois, c'est officiel !

Nana ferme les yeux, elle a les tempes qui battent, son sang ne fait qu'un tour. Son cœur palpite, mais elle s'efforce de ne rien montrer à Horemheb. Ce dernier sait que si elle retourne à Akhetaton, il la perd.

— Tu ne dis rien ? insiste le général.

— Que veux-tu que je te dise ? Nous sommes invités par Pharaon, ce n'est pas un choix, c'est un ordre.

— On peut invoquer plusieurs raisons pour ne pas y aller, d'abord tu as dit aux roitelets que nous allions à Megiddo pour vérifier leurs dires. Ensuite cela peut nous prendre plus de temps que prévu.

Nana réfléchit, effectivement elle souhaite aller jusqu'au bout de sa mission et revenir avec un ordre rétabli dans les territoires occupés. Mais elle ne veut en aucun cas être absente lors de la grande fête des rois. Néfertiti se lève et se dirige vers l'entrée de la tente pour appeler le messager. La reine se fait apporter le nécessaire pour écrire et lui confie sa réponse.

— Tu diras à Pharaon que l'on doit se rendre à Megiddo, pour instaurer la paix, que nous allons faire le maximum pour être présents à la grande fête des rois.

— Bien ma Reine, répond le soldat en se courbant et il part aussitôt.

Horemheb observe Nana.

— Tu meurs d'envie d'y être, n'est-ce pas ? demande-t-il inquiet.

Elle prend les mains de son général, avec un regard qui le fait chavirer et lui affirme.

— Tu me connais bien, Mheb… mais je veux finir ce que nous avons commencé, nous avons une saison pour intercepter Soupilouma, aller à Megiddo pour mettre de l'ordre dans la cité et être présents pour la grande fête des rois.

***

Akhenaton est sur son char avec Kia, la population se presse déjà sur les rives. La cange royale accoste avec à son bord la reine mère Tiyi. Younou monte dans le palanquin où elle est transportée, laissant Kia rentrer avec un soldat qui conduit le char.

Dans la litière, Younou serre sa mère dans ses bras.

— Comment te sens-tu ?

— Encore un peu faible, mais ça va mieux. Je ne sais pas ce que j'ai eu.

— N'as-tu pas été victime d'un empoisonnement ?

— Le goûteur est toujours en pleine forme, il ne semble pas que ce soit ça, mon fils. Et puis tu l'aurais senti.

— Je ne sens pas tous les poisons hélas, mon côté humain ne me permet pas d'avoir accès à tout. Mais tu vas guérir, dit-il en serrant dans ses bras une fois de plus sa mère.

— Que se passe-t-il avec Nana ? demande Tiyi à l'oreille de son fils.

— La politiques encore une fois, mère.

— Younou tu parles à une reine qui en a fait autant que ton épouse, dit-elle en se reculant pour mieux le voir. C'est même moi qui lui ai appris la plupart de ce qu'elle sait. Jamais je n'ai été loin, aussi longtemps, de ton père. Et il ne s'est jamais affiché aussi intimement avec une autre. Je lui aurais arraché les yeux !

— C'est peut-être pour cette raison qu'elle ne rentre pas, elle sait qu'elle ne pourrait pas m'arracher les yeux.

— Younou, que se passe-t-il avec Nana, elle ne t'a pas trahi, sinon tu l'aurais répudié, as-tu perdu ton amour pour elle ?

— C'est ça Mère, j'ai perdu l'intensité de mon Amour. Et j'habitue le peuple à Kia. Elle est une princesse... Le peuple aime les princesses.

— Younou, essaye d'avoir un peu plus de conviction quand tu mens, sinon personne ne va te croire.

Elle pose sa main sur le bras de son fils.

— Vas-tu me dire ce qu'il y a eu entre vous, pour assombrir cet amour profond que vous aviez l'un pour l'autre ?

La litière arrive devant le palais. Une chaise porteuse se présente, Younou aide sa mère à s'asseoir dessus.

— Des appartements ont été conçus pour toi. Tu dois te reposer, je viendrai te voir plus tard.

Pharaon embrasse la main de la reine mère.

— Younou, je veux savoir, ne tarde pas.

— Non, je ne tarde pas, repose-toi.

Kia attend sagement un peu plus loin, que Pharaon ait terminé avec sa mère.

— Comment va-t-elle ?

— Elle est faible, elle va se reposer, je vais lui préparer une potion pour la remettre sur pieds.

— Je peux venir avec toi ?

Reviennent en mémoire les mots de sa mère.

Essaye d'avoir un peu plus de conviction quand tu mens…

— Bien sûr ma belle, tu peux m'accompagner, affirme-t-il avec un grand sourire.

***

Dans les territoires vassaux.

— C'est ici que nous allons monter le camp pour attendre Soupilouma, indique Nana.

Horemheb donne les ordres afin que soient exécutés les souhaits de la reine. Puis, il revient vers elle.

— Une saison, c'est peut-être un peu juste pour tout faire. Que se passera-t-il si nous ne pouvons être présents pour la grande fête des rois ?

— C'est que nous serons morts Mheb !

— Pardon ?

— Oui, tous les rois que nous allons voir, sont invités à la grande fête, donc nous ne pourrons qu'être présents, sinon cela voudra dire que nos affaires se sont mal passées.

— Elles ne pourront pas mal se passer, tu oublies que je suis là pour y veiller.

Horemheb prend la main de Nana, y dépose un baiser, elle lui caresse le visage.

— Il faut être certain que ces rois n'amèneront pas la discorde à Akhetaton, Mheb, que leurs intentions soient bienveillantes. Il faut régler leurs problèmes entre eux, quitte à les régler de la manière forte.

— C'est à dire ? demande Horemheb curieux.

— On imposera nos règles de façon musclée.

***

Kia contemple Younou préparer la potion pour sa mère. Ils sont seuls dans la salle d'Alchimie, elle se dirige tout doucement derrière lui, passe ses bras autour de son corps et commence à le caresser.

Younou ferme les yeux, une tempête s'abat dans son esprit. Pourquoi la présence de Kia ne suffit plus à combler le vide qu'il a en lui ? Il imagine la prochaine venue de Nana, sa beauté, son odeur suave, la douceur de sa peau. Comment va-t-il réussir à rester froid envers elle ? Il ne se sent pas capable d'avoir un tel comportement, et pourtant il faudra bien, les signes d'Aton ont été clairs. Quand il a voulu aller la chercher à Men-Nefer, elle était déjà partie. À moins qu'Aton voulait lui faire comprendre que la mission de la reine n'était pas terminée. Peut-être Ay a raison, proposer à Nana de choisir ?

Comment va-t-il réussir à rester de marbre, quand les enfants vont les réunir ? Comment résister à ses yeux implorants ou pire indifférents. Comment l'accueillir ? Autant de questions que Younou se pose et auxquelles il n'a aucune réponse, il sent son cœur battre fort et se surprend à languir ce moment où il va être en face de sa grande épouse.

Il serre la fiole qui contient la potion terminée, dans sa main. Tout l'Amour ressenti par Younou, est transmis dans la potion. Il la pose délicatement sur la table de travail.

Puis il se retourne, caresse le visage de Kia, mais ce n'est pas elle qu'il voit, ses yeux imaginent le visage de Nana. Il l'embrasse avec tout le ressenti qu'il a en lui. Kia est au comble du bonheur.

Elle s'offre à lui et reçoit pleinement un Amour d'une force déconcertante et inespérée. C'est lui qui mène la danse et elle s'abandonne à son étreinte. La douceur de Younou lui paraît irréelle, il finit par un long baiser langoureux qui la laisse pantoise.

Elle le suivra tout le reste de la journée et sera injoignable pour Thoutouh qui cherche à lui faire passer un message.

Le ministre se présente bredouille devant les portes du temple d'Aton.

— Que se passe-t-il pour que tu sois là si tard ? demande Mériré se dirigeant vers lui.

— Je n'ai pas réussi à lui parler. Elle a l'air plus collée à lui que d'habitude.

— Il lui fait encore croire, qu'il est amoureux d'elle. Il faut vite changer cette situation. Nous avons absolument besoin d'elle. Sinon cette fête va être une réussite totale et Hatamon va être furieux.

— Je sais, il n'a rien laissé au hasard, si nous n'arrivons pas à prendre ses enfants avec la complicité de Kia c'est l'échec.

— Il faut la mettre au pied du mur, j'ai une idée suis-moi.

***

Au loin, un gros nuage de poussière indique qu'une troupe de cavaliers arrivent au galop.

— C'est eux ! affirme Horemheb. Tu es sûre que tu veux mener la discussion ?

— C'est bien moi qui ai commencé ? Alors laisse-moi continuer.

L'armée khemit attend les hittites, les chars du général et de la reine sont placés devant. Soupilouma donne l'ordre à son général de l'attendre en retrait et il avance tout seul vers les khemits.

— Il vient seul ! s'étonne Néfertiti. J'y vais seule !

— Non ! s'interpose Horemheb.

Le regard de Nana lancé à son Général impose une obéissance sans faille. Elle s'éloigne, aux commandes de son char, seule et s'arrête devant le roi hittite. Les yeux de Soupilouma sont admiratifs.

— Un jour j'ai croisé une Khemit comme toi, une magnifique marchande qui n'avait pas froid aux yeux. Je croyais au début qu'elle travaillait pour le compte de son époux, mais j'ai vite compris qu'elle agissait pour son propre compte. J'ai été très admiratif. Mais je dois dire… pas autant qu'aujourd'hui.

— J'apprécie tes remarques mais je viens vers toi pour mettre au clair certains faits.

— Ces faits doivent avoir une certaine importance à tes yeux si tu as fait tout ce chemin pour me rencontrer. Parle, je t'écoute et je verrai si je peux t'aider, répond-t-il tout en appréciant en connaisseur les charmes de Néfertiti.

— Pharaon a accédé à ta requête et a décidé d'aider ton peuple en te permettant de récupérer les taxes de nos vassaux. Ceci avait été consigné par écrit ainsi que le montant de ce qui t'était alloué.

— Où veux-tu en venir ? répond sobrement Soupilouma

— Les trois rois concernés se plaignent des exactions commises par des groupes hittites et surtout par les fonctionnaires qui imposent des prélèvements supérieurs à ce qui étaient convenu. Ils font état de violences envers ceux qui voudraient contester leurs demandes. Ces faits s'ils étaient avérés sont graves mais j'ai décidé d'écouter les deux parties. S'ils m'avaient menti, je prendrai des sanctions contre eux...

Soupilouma ne dit rien, il se contente de fixer la reine. Puis il descend de son char et se dirige vers elle. Horemheb dont tous les sens sont en alerte se met à galoper vers les chars.

— Reine de l'Empire de Khem, pourquoi ferais-je une chose pareille ? On tue uniquement pour avoir les terres, or que je sache, je bénéficie déjà des tributs de ces territoires !

— C'est bien ce qu'il me semble mais ils se plaignent que vous agissiez comme des barbares.

Soupilouma rit à pleines dents.

— Les barbares ne sont pas toujours ceux qui en ont le plus l'apparence ! Méfie-toi des apparences, Néfertiti.

— Si je ne m'en méfiais pas, je ne serai pas là devant toi en train de discuter. Mon jugement serait déjà fait.

Soupilouma prend la main de Néfertiti et dépose un baiser. Puis remonte sur son char avant que le général soit trop près.

— Écoute Reine de mon cœur, je veille à respecter les clauses de notre contrat entre Pharaon et moi. Et s'il y a eu des débordements je le saurais, je t'en donne ma parole.

Et il part au galop, il ne peut s'empêcher de sourire quand il entend Horemheb interpeler Néfertiti.

— Ne te laisse jamais t'approcher ainsi ! dit-t-il complètement affolé.

— De quel danger parles-tu, Horemheb ?

— Je vois ! Il a une grande attirance pour ta personne, mais il ignore combien tu es attachée à Pharaon !

Nana regarde le roi hittite galoper.

— Je pense qu'il le sait. Mais en attendant les preuves s'accumulent. On peut compter sur Soupilouma pour mettre le holà à quelques malversations faites à son insu. Des têtes vont sans doute tomber. De notre côté. Il faut que l'on aille rapidement voir ce qui se passe à Megiddo.

***

Tiyi finit de boire la potion de son fils, il vérifie qu'elle ne laisse pas une goutte s'échapper.

— Tu dois te reposer maintenant.

— Il faut que je te parle, Younou, dit-elle en jetant un œil sur Kia plantée derrière lui.

Pharaon se retourne et prend les mains de Kia.

— Veux-tu nous laisser seuls s'il te plait.

— Je t'attends dans le jardin.

Il acquiesce d'un signe de la tête.

— Comment te sens-tu maintenant, mère ?

— Beaucoup mieux depuis qu'elle est sortie, c'est gênant de la voir comme ton ombre. On peut aimer quelqu'un sans pour cela être dans ses pas tout le temps.

— Je sais mère. Mais ma question concerne ton état de santé.

— Ah ! Beaucoup mieux, grâce ta potion. Pourquoi les médecins à Ouasat ne me l'ont-ils pas donnée ?

— Je crois qu'Amenhotep, fils de Hapou, n'a donné la formule qu'à une ou deux personnes dont je fais partie.

— Bien ! Je vais vivre à tes côtés pour le reste de mes jours alors !

— J'en serai le plus heureux, approuve-t-il avec un grand sourire. Que voulais-tu me dire ?

— Qu'à Ouasat un vent de colère se lève contre toi. Le temple d'Amon qui jusqu'à maintenant était presque vide se remplit de plus en plus.

— J'imagine que cela se produit depuis les débordements des prêtres d'Aton !

— Il me semble, mais je pense qu'il n'y pas que ça. J'ai appris que des réunions s'organisaient un peu partout et les discours devenaient de plus en plus hostiles envers Aton.

Mais je sais qu'à travers Lui, c'est toi qu'on vise. En outre on note de plus en plus d'éléments étrangers en ville. Quelque chose se trame et j'ai bien peur que cela ait un rapport avec la grande fête des rois. Ces gens vont me rendre folle d'angoisse et je crains quelque traitrise même dans ton entourage...

— Tout est prévu, ne sois pas inquiète, mère.

— As-tu pris toutes les mesures de précaution au moins ?

— Oui mère, tout est prévu. J'ai même fait doubler les effectifs de sécurité. Ne sois pas inquiète.

Tiyi sourit à son fils.

— Tu m'as manqué tu sais !

Younou caresse le visage de sa mère et lui dépose affectueusement un baiser sur les lèvres.

— Moi aussi tu m'as manqué.

— As-tu eu une réponse de Nana, pour la fête des rois ? sera-t-elle là ?

— Je n'ai eu aucune réponse, de toute façon, je ne veux pas qu'elle vienne et... pourtant j'espère de tout mon cœur qu'elle sera là !

Tiyi considère son fils en même temps qu'elle intègre ses paroles.

— Tu peux être plus explicite ?

Younou soupire et se frotte le menton.

— Maintenant je veux tout savoir. Que se passe-t-il ? insiste-t-elle.

Pharaon lance à sa mère un regard de désespoir et ne sait pas par où commencer.

Derrière la porte, assise sur un banc dans le jardin, Kia attend impatiemment que Younou sorte des appartements de la reine mère.

Soudain elle entend un *pssst,* elle se retourne et voit Thoutouh caché derrière une colonne à l'abri des regards. Il lui fait signe de venir vers lui. Elle décide discrètement de le rejoindre.

— Écoute, finalement j'ai bien réfléchi et je ne veux pas entrer dans vos manigances. J'ai tout à perdre alors que je suis au mieux avec Pharaon.

— Tu me déçois, Kia. Voilà une décision qui ne va pas du tout convenir à ma hiérarchie. Ces hommes sont puissants et vont chercher à se venger. Bien sûr ils ne vont pas s'en prendre directement à toi mais je sais qui va payer pour ta trahison. Pharaon sera-t-il enclin alors à te donner un autre enfant ?

— Vous êtes des monstres ! Ma fille est très bien protégée et elle est intouchable. Vous ne pourrez pas lui faire de mal !

Mais sa confiance est ébranlée et sa voix se brise.

— Tu en es sûre ! Moi personnellement, je ne lui ferai rien, mais je ne peux pas en dire autant des autres qui comptaient sur toi. Tiens, d'ailleurs voilà Mériré.

Thoutouh disparaît dans le jardin sans rien dire. Elle décide de rejoindre Mériré.

— Salut Kia, tu te fais rare ces derniers temps, connais-tu quelques désagréments ?

— Non, tout va bien, dit-elle d'une voix troublée, mais je ne peux plus vous rencontrer car j'ai décidé de ne plus vous suivre.

— Ttt, ttt, c'est fort déplaisant, répond-il tout en l'entraînant loin des oreilles des gardes, ceci peut entraîner des risques graves pour des êtres chers. Je pense à quelqu'un en particulier.

Kia se détache d'un mouvement brusque, de la main qui lui enserrait le bras.

— Des menaces ! Des menaces que vous ne pourrez pas mettre à exécution…

Mériré se contente de sourire ironiquement.

— Veux-tu prendre ce risque ? lui assène-t-il avec un regard lourd de menaces. Surtout pour un homme qui aime plus que tout, sa grande épouse.

— C'est faux ! c'est moi qu'il aime plus que tout !

— Ainsi donc, tu prendras la place de Néfertiti pendant cette fête des rois ?

— Ça va de soi ! Mais détrompe-toi, ce ne sont pas les honneurs que je recherche mais son amour exclusif et je pense l'avoir mérité.

— Je suis touché par la noblesse de tes sentiments et te souhaite mille ans de bonheur mais pense, Kia, à tout ce que tu as appris aujourd'hui. Si tu changes d'avis et je te le conseille pour ton bien et celui de ta fille, nous t'attendrons à la porte Sud-est des tribunes. Juste avant de les conduire à la cérémonie, viens avec les princesses. Encore une fois, réfléchis bien, Kia, l'époque de ton Pharaon se termine.

Les portes des appartements de la reine mère s'ouvrent et Younou sort.

— Mériré ? quelle surprise ! Un souci ?

— Une inquiétude Divin Pharaon.

— Laquelle ?

Le prêtre s'agite feignant d'hésiter.

— Ta bien aimée reine doit passer devant moi lors de la cérémonie et elle n'a pas la robe adéquate, tu sais celle où Aton doit se voir dedans.

Kia allait parler quand Mériré lui tapote discrètement le bras pour lui faire comprendre de laisser parler Younou.

— La robe est prête Mériré, tu ne le savais pas ? répond Pharaon.

— Très bien alors, quand est ce que sa majesté va passer pour l'essayer et venir à la répétition générale ?

Kia sûre d'elle, commence tout sourire à se diriger vers Younou.

— Quand elle sera revenue de sa campagne, je ne connais pas la date, répond Younou.

Le sourire de Kia se fige, elle baisse la tête et se place derrière Pharaon. Elle lance un regard désespéré au bord des larmes, vers Mériré. Elle se raccroche à tout ce qu'elle peut, une fois de plus ses pires craintes risquent de devenir réalité sauf... cette robe, Kia en a suivi la confection du début jusqu'à la fin. Elle se voyait dans cette robe, devant les rois, dans la cérémonie à côté de Younou. Cette robe existe grâce à elle. Et là, elle apprend que pharaon n'a toujours pas changer d'avis sur les places à tenir et en plus il veut que ce soit Néfertiti qui la porte. Sa déception est immense. Mériré fixe Kia, qui se décompose sur place. Alors avec un sourire malin, il conclut.

— Très bien, nous attendrons donc le retour de Ta Grande Épouse Royale bien aimée.

Il salue le couple royal et se retire, sans oublier de jeter un œil sur une Kia déchirée.

***

L'armée Khemit entre sur les territoires du Pays de Canaan, quand un éclaireur galope jusqu'à Horemheb.

— Général ! des éléments armés sont en vue. Quels sont les ordres ?

— Peux-tu me les décrire ? combien sont-ils ?

— Tout au plus une centaine mais la poussière de leurs chevaux m'empêche de les identifier. J'ai pu repérer certains de leurs étendards et je pense qu'il s'agit de hittites

— Curieux ! je pencherais plutôt pour des soldats d'Azirou venus à notre rencontre mais pas de hittites. Et dans ce cas, ils sont trop nombreux alors pour avoir des intentions pacifiques ! Formez les rangs, position de combat !

A cet instant un autre éclaireur arrive sur un cheval en nage.

— Un autre bataillon arrive sur nous pour nous prendre à revers. Et ils sont nombreux !

— Cette fois, leurs intentions sont claires, hittites ou pas, on va devoir livrer bataille ! ma reine, je te demande sans t'offenser de bien vouloir rester en retrait.

— Je te promets de rester en retrait mais pas tout de suite, je veux voir qui sont ces hommes qui viennent nous défier.

— Je pourrai te le dire après !

Horemheb fait signe à deux de ses soldats, qui s'empressent de monter sur le char où se trouve Néfertiti et de lui prendre les rênes. Ils conduisent le char sur les côtés rejoindre celui du tambour.

Au loin on voit le nuage de poussière que soulèvent les cavaliers.

Le bataillon est ridiculement inférieur en nombre face aux Khemits. Ces hommes ne seraient-ils que la partie avancée d'une force autrement plus imposante qui les prendrait en étau en ne leur laissant aucune chance ? Ne cherchent-ils pas à les attirer vers une souricière ?

Finalement Horemheb décide de les attendre de pied ferme, le site lui semble stratégique. Il regroupe ses soldats, y compris le tambour et Néfertiti, et leur demande de se placer en rond de façon à se prémunir des attaques arrière. Les fantassins au milieu, protégeant leur reine et le tambour qui transmet les ordres, les cavaliers formant une protection en avant et les chars alternent avec les cavaliers. Tout le monde se met en position d'attente. Le tambour donnant les ordres est devenu silencieux. Seul le bruit des sabots retentit sur le sol comme le roulement du tonnerre. Horemheb se tient prêt à toute éventualité même celle d'une estafette qui serait venue engager des pourparlers mais les intentions des nouveaux venus se concrétisent rapidement.

Ces derniers ne ralentissent pas et foncent sur les Khemits. Horemheb ordonne aux archers de tirer. Une pluie de flèches fond sur les *hittites*, qui tombent comme des mouches mais cela ne ralentit pas l'ardeur des assaillants qui se heurtent alors à la cavalerie et aux chars qui les culbutent. Les ennemis sont taillés en pièces par des khemits trop heureux de rompre de longs mois d'inaction. La bataille est rude mais courte, le nombre et l'équipement font vite pencher la balance côté khemit. Leurs pertes sont d'ailleurs insignifiantes. Horemheb reste néanmoins soucieux car le deuxième groupe qui devait les prendre à revers n'est pas intervenu. Il a même disparu, d'après les rapports de ses éclaireurs. Il rejoint Nana.

— Tout va bien mon cœur ? Pas trop bousculée ?

— Non ça va. Mais je ne comprends pas ce que veut Soupilouma, ce n'est pas du tout son intérêt et il en est conscient puisqu'il me l'a dit. Je ne comprends pas sa stratégie.

— C'est un être sans foi ni loi ! un barbare ! comment pharaon peut-il lui accorder son crédit ?

Néfertiti baisse la tête mais elle ne peut se résigner.

— Mheb, ce n'est pas son intérêt et il en est conscient, il y a autre chose !

Les soldats récupèrent tout ce qu'ils peuvent sur les cadavres, quand un capitaine revient vers Horemheb.

— Mon général, il y a quelque chose d'étrange parmi ces attaquants. La plupart ne sont pas des hittites mais des habirous qui portent des tenues hittites.

Nana affiche une moue victorieuse, en fixant sans rien dire Horemheb.

— À quoi jouent-ils ?

— Celui qui a manigancé cela a tenté de nous induire en erreur. Il nous a tout simplement sous-estimés. Je pense même qu'il n'avait pas l'intention de nous prendre à revers. Une chose est sûre, il n'en restera pas là, ajoute Nana.

— Je ne le crois pas aussi idiot que ça mais je pense que nous aurons la réponse à Megiddo.

Il fait partir néanmoins un émissaire pour prévenir Pharaon.

***

Younou ne comprend pas la réaction de Kia, depuis la discussion de la robe avec Mériré, elle ne lui parle plus et le boude. Cependant elle continue de le suivre et à chaque fois qu'il s'approche pour être affectueux, elle le repousse. Il finit par sentir le problème.

— Je ne sais que penser de ta réaction, si tu es déçue de ne pas porter cette robe, je ne suis pas directement concerné. Il y a un protocole à respecter. Tu sais que c'est la robe de la cérémonie, cette robe va refléter la lumière d'Aton sur le peuple, le symbole est sacré, tu ne peux la porter en étant à l'arrière de l'assemblée. Et j'ai été clair avec toi sur le fait que ce sera Néfertiti, qui se prosternera à mes côtés devant Aton. Elle est toujours la grande épouse royale.

Kia est rongée par la jalousie, qu'elle a du mal à maitriser. Pharaon se rapproche d'elle la fixant avec tendresse.

— Ce que je t'offre est honnête, cependant si tu n'en veux pas, je ne te forcerai pas. Te donner plus ? Je ne peux te donner que ce que j'ai.

— La dernière fois que nous avons fait l'amour, je me suis envolée dans les cieux, tu ne m'avais encore jamais aimée de la sorte… puis après tu continues de privilégier Néfertiti… Je ne comprends plus rien, je suis perdue.

Younou caresse le visage de Kia, essayant de calmer sa peine.

— Pourquoi te focalises-tu uniquement sur cette fête ?

— Je sais qu'elle représente beaucoup à tes yeux et je veux être à tes côtés.

Younou soupire tout en continuant de lui sourire.

— Je veux que tu comprennes vraiment la situation. Nana est ma moitié aux yeux du peuple et des rois étrangers. Elle est ma cousine, ma famille, mon sang. Elle était destinée depuis sa naissance à être à mes côtés. Toi non ! Et pourtant tu es là, par ma volonté, mon acceptation, mon choix, mon amour pour toi et cependant cela ne te suffit pas.

Elle ne peut s'empêcher d'être touchée par les mots de Younou.

C'est alors que dans un dernier effort de réconciliation, il prend les mains de Kia et plonge dans son regard. Mais soudain, un garde intervient. Ay demande une audience d'urgence.

Oh non ! se désole Kia, *décidément cette famille complote contre moi.*

Younou fixe Kia d'un air réprobateur.

— Fais-le entrer !

Ay est essoufflé visiblement, il a couru longtemps ou très vite, il reprend sa respiration en même temps qu'il parle.

— Younou ! L'escadron... où se trouvent Nana et Horemheb... s'est fait attaquer par des éléments supposés hittites.

Pharaon lâche les mains de Kia.

— Et Nana ?

— Elle va bien.

Il commence alors à se frotter le menton en faisant les cents pas.

— Attaqué par les hittites ? Mais où ?

— Sur la route qui les mène à Megiddo, des forces identifiées comme étant hittites ont tenté de les intercepter et leur ont livré bataille sans sommation.

Ce n'est pas tout, l'examen des cadavres révèle qu'il s'agit d'une autre peuplade. Pourtant on a aussi trouvé quelques hittites ou présumés tels. Tous portaient des tenues hittites.

— Je ne comprends pas ! Pourquoi nous attaquer ? Ce n'est pas logique !

Kia observe Younou se décomposer.

— Tout va bien pour le moment, continue Ay. Ils ont eu très peu de pertes mais cela présage des moments difficiles. Soupilouma est-il derrière tout ça ? doit-on lui déclarer la guerre ? C'est à toi de décider.

Pharaon continue de se frotter le menton.

— Il faut que j'y aille, je vais les ramener, conclut Younou.

— Et prendre le risque de ne pas être à la fête des rois, intervient Ay. Permets-moi d'y aller à ta place avec une armée complète.

— Non ! C'est moi qui vais y aller, je prendrai le commandement. Toi tu es au courant des derniers préparatifs pour la fête des rois, tu t'occupes que tout soit parfait, c'est dans tes compétences Divin père, nous serons de retour à temps ! Au pire des cas, tu sauras les faire patienter, un ou deux jours.

Kia fait demi-tour et sort énervée de la pièce.

Younou ne s'en aperçoit même pas.

***

Curieusement, les portes de Megiddo sont ouvertes et les hommes d'Horemheb entrent sans encombre. Des habitants accueillent les khemits avec étonnement et sans manifester d'enthousiasme. Toutefois leur attention est retenue par la présence de la reine et ils se pressent autour du cortège. Tous se courbent à son passage non sans avoir admiré sa beauté et sa prestance. Une chose frappe Néfertiti et Horemheb, personne à part quelques dignitaires sans importance sont venu les accueillir.

Le général s'en étonne et ordonne à deux de ses gardes de se rendre immédiatement au palais. Il commande aussi à ses hommes de renforcer leur surveillance autour de la reine.

Les gardes reviennent.

— Général, le roi de Megiddo Biridiya n'est pas là. Ils disent qu'il n'est pas rentré de sa dernière visite à Kadesh. Ils ne comprennent pas que nous soyons là avant lui !

— Biridiya à Kadesh ? Mais on ne l'a pas vue. Ça ne sent pas bon, il faut que nous nous repliions, tout de suite ! ordonne Horemheb.

Les chars font rapidement demi-tour mais il est déjà trop tard, des hommes apparaissent sur les remparts. Une pluie de flèches s'abat sur les khemits qui tentent de se protéger et de riposter mais avec difficulté à cause de l'affolement général. Les civils qui étaient venus hurlent, tombent, sont également transpercés par les flèches. La garde rapprochée de la reine place immédiatement des boucliers au-dessus d'elle pour la protéger. Le char de Nana et Horemheb sort à toute vitesse de la place du palais. Un des gardes qui tient un bouclier au-dessus de la reine, meurt touché dans le dos. Il s'écroule en laissant à découvert Néfertiti qui reçoit une autre flèche dans l'abdomen.

— NOOON ! hurle Horemheb, il la protège de son corps pour qu'elle ne soit plus une cible.

***

L'armée de Pharaon sur le pied de guerre est déjà prête. Elle est composée uniquement de cavaliers et de chars, pour que le déplacement soit le plus rapide possible. Un effectif imposant part d'Akhetaton, qui sera rejoint par un autre identique venant de Men-Nefer. Les intentions de Pharaon sont surtout de dissuader tout adversaire de se confronter avec lui ce qui ralentirait inévitablement sa marche. La terre gronde sous le passage de cette immense armée au galop, cela prend une journée entière pour être sur Men-Nefer où ils passent la nuit. Le matin très tôt, ils partent pour une escale vers Gazza, toujours au galop. Les forteresses Khemit servent de relais et approvisionnent l'armée avec des chevaux frais, de la nourriture et de l'eau. Pharaon met trois jours pour être à Gazza.

Akhenaton se repose dans la chambre spécialement prévue pour lui dans une de ses forteresses destinées à surveiller le territoire occupé. Les gardes de ces citadelles sont surpris de voir Pharaon. Depuis longtemps, plus aucun souverain n'était venu leur rendre visite et encore moins avec une armée entière.

Younou a très envie de partir seul dans la nuit, pour voir Nana. Courir aussi vite que le vent, il en capable. Mais il juge que ce n'est pas raisonnable et décide de rester patient. Après tout la tablette disait qu'elle allait bien. La nuit est longue pour lui, mais il sait que demain il sera avec sa douce épouse. Il finit par s'endormir.

***

Kia n'a même pas eu droit à un regard de Younou lors de son départ. Après quelques jours de réflexion, elle décide de rendre visite à Thoutouh, résolue à ne pas laisser Néfertiti reprendre sa place sans rien faire.

— Alors, il est parti chercher sa bien-aimée ? l'accueille Thoutouh d'un air narquois.

— Il faut faire quelque chose contre elle ! Laissons les enfants de côté pour le moment, c'est elle qu'il faut viser.

— Si tout va bien, elle n'est déjà plus de ce monde.

— Co... comment ça, elle n'est déjà plus de ce monde ?

— Oui tu crois sans doute qu'elle fait une promenade de santé dans les territoires occupés et qu'on ne tente rien ?

— En êtes-vous sûr ?

— Le messager vient d'entrer à Akhetaton, Mériré va arriver d'un instant à l'autre avec LA nouvelle, dit-il tout sourire aux lèvres.

— Mais Pharaon ne risque rien au moins ?

— Je croyais que tu lui en voulais de t'avoir laissée, sans même un regard pour te dire au revoir ?

— Oui... oui bien sûr, mais si elle n'est plus là, il sera pour moi toute seule.

Les portes s'ouvrent avec fracas, interrompant leur discussion. Mériré entre à grand pas rejoindre Kia et Thoutouh.

— Tiens ma Reine tu es là ! s'étonne-t-il, puis reprend pour confirmer ce communiqué qui lui brûle les lèvres. Elle est touchée et d'après mes informateurs, dans le ventre, c'est une mort longue mais de toutes façons assurée.

— Pourquoi assurée ? demande Kia.

— Les flèches sont empoisonnées.

***

Nana a plein de sang sur le bas de son ventre, elle gémit et souffre. Le médecin lui enlève avec précaution la flèche encore plantée. Mais une fois soustraite, Nana saigne abondement. Il met une poudre sur la plaie pour stopper l'hémorragie et serre très fort une bande autour de son ventre. Puis lui donne une potion pour qu'elle s'endorme et ainsi souffre moins.

— Il faut attendre maintenant, indique le médecin.

Horemheb jette la flèche pleine de sang dans un coin de la tente.

— Elle va aller mieux ? demande le général qui passe par toutes les affres de l'angoisse.

— Si elle ne perd pas trop de sang, elle ira mieux mais il faut surveiller sa fièvre.

— Tu restes à côté d'elle.

— Mais il y a d'autres blessés à soigner ?

— Les autres médecins s'en occupent, tu restes à côté d'elle.

Horemheb sort de sa tente et retrouve ses capitaines.

— Il faut renforcer notre position car l'état de la reine ne permet pas son transport. Il faut retrouver ces meurtriers au plus vite. Ce sont les mêmes qui nous ont attaqués sur la route. Il faut en finir avec eux une bonne fois pour toutes. Le plus important est d'informer Pharaon. Nos effectifs ne seront sans doute pas suffisants.

A cet instant, ses recommandations sont confirmées par un messager qui est introduit par un garde.

— Mon général un messager en provenance de Kadesh est là, il veut te parler.

L'homme salue Horemheb et tend le sceau royal pour preuve de sa bonne foi.

— Je t'écoute, délivre ton message.

— Je dois le faire en confidence avec le général Horemheb.

— C'est moi, répond-t-il en faisant signe aux autres de s'écarter. Tu viens de la part de qui ?

— D'un espion khemit haut placé son nom de code est Pa-Aton. L'attaque que vous avez subie a été commanditée par la coalition des roitelets. Ce sont des habirous qui se sont chargés de cette besogne, il te fait dire aussi que Shattiwaza le mitannien a rallié leur cause et qu'ils ont décidé d'en finir avec vous. D'ailleurs, il se prévaut de l'accord de Soupilouma. Maintenant c'est toute une armée qui fait route vers toi et la reine.

— Ils sont à combien d'ici ?

— A moins d'une demi-journée.

— Je te remercie mais ta mission n'est pas terminée, reprends des forces et pars à Akhetaton prévenir Pharaon sans tarder. Voici mon sceau.

Le général rassemble tous ses hommes vaillants et les met en place, pour défendre le camp. Il voit au Nord un énorme nuage, annonçant une armée plus imposante, l'avantage du nombre ne jouera pas en sa faveur cette fois-ci. Mais il peut compter sur le professionnalisme de ses soldats et leur désir de revanche.

— Nous allons appliquer les théories mises au point à Men-Nefer et ensuite il faudra sans doute compter sur l'aide d'Aton.

Les capitaines filent donner les ordres à leurs bataillons. Horemheb pénètre dans la tente où se trouve Nana.

— Comment va-t-elle ? Elle dort toujours ?

— Oui mon Général, elle dort toujours. Par contre, il se passe quelque chose de pas normal. La couleur de sa peau devient marbrée et ça, ce n'est pas bon signe. La flèche devait être empoisonnée... Si c'est le cas, elle est en train de mourir.

Horemheb tombe sur ses genoux, devant le corps inanimé et porte la main de la reine à ses lèvres.

— Tu n'as rien contre les effets de ce poison ?

— Tous les soldats blessés par les mêmes flèches sont en train de mourir, les uns après les autres. Je n'ai aucun antidote contre ce poison.

— Il n'y a pas un alchimiste parmi vous, qui peut faire quelque chose ? Il faut trouver l'antidote de ce poison ! ordonne le général qui panique.

Il ramasse la flèche qu'il avait jetée dans un coin de la tente et la donne au médecin.

— Débrouille-toi, trouve l'antidote, sinon tu auras affaire directement à Pharaon et puis moi après.

Horemheb est sous le choc, Nana est en train de quitter ce monde. Mais un capitaine accourt vers lui, le ramenant au problème majeur du moment.

— Mon général, mon général ils sont là !

Horemheb grimpe sur son char et galope jusqu'au-devant de son armée. Les troupes adverses se sont mobilisées à quelques mille coudées de lui et restent un moment à s'observer. Les khemits commencent leurs grondements d'attaque, quand un cavalier venant du Sud hurle.

— PHARAON !! PHARAON !!

Les khemits arrêtent leur grondement et se retournent. Horemheb lui-même ne peut empêcher un cri de surprise. En effet, il distingue au loin un énorme nuage de poussière, des points noirs apparaissent et grandissent rapidement. Ça ne peut être que des chars et des cavaliers ! Les soldats khemits sur place, fous de joie, commencent à hurler PHARAON !

En face, il règne un sentiment d'incertitude puis un ordre est lancé et les troupes battent en retraite très rapidement. Les khemits agitent leurs lances au-dessus de leur tête. Un char se dégage des autres, Horemheb reconnaît à sa grande stupeur Younou qui poursuit sa route, au triple galop, en direction des adversaires. Les soldats le voient rouler devant eux et continuer son chemin tout seul vers l'armée adverse. Sur son passage les khemits battent en rythme leurs lances sur leurs boucliers. Horemheb soulagé de voir son ami intervenir au bon moment, s'interroge.

— Pourquoi continue-t-il son chemin ?

Mais il ralenti sa course effrénée et crie.

Horemheb claque les rênes sur ses chevaux et ordonne à ses hommes de suivre Pharaon. Seulement l'armée adverse qui bat retraite, galope encore plus vite et gagne l'abri des montagnes. Alors Younou ralentit et hurle très fort.

— Lâches ! je vous retrouverai !

Horemheb rejoint un Younou particulièrement énervé, il ne l'avait jamais vu dans cet état.

— Mon ami, je n'ai jamais été aussi heureux de te voir !

Pharaon a son regard encore porté sur le nuage de poussière laissé par les adversaires.

— Dis-moi, général, s'agissait-il de Soupilouma ?

— Malgré mon peu d'empathie pour lui, je peux t'assurer qu'il n'était pas à la tête de cette armée.

Younou ne peut s'empêcher de pousser un soupir de soulagement

— Je vois que j'avais raison de lui faire confiance. Mais alors qui était à la tête de ceux-ci ?

Pharaon se calme et écoute son Général.

— Ce n'est pas Soupilouma, comme on l'a cru au début. Nous nous sommes rendus compte que sous leurs habits de hittites, c'étaient des habirous !

— Des habirous !? répète Younou en fronçant les sourcils.

— Écoute, à Megiddo nous sommes tombés dans un piège ! Nous avons subi une pluie de flèches... empoisonnées... Nana a... elle a été blessée.

— QUOI !! Par une flèche empoisonnée ! Elle est où ?

Younou fait demi-tour et commence à galoper vers le camp suivi par Horemheb qui s'efforce de le mettre au courant de la situation.

— Elle est mal, le médecin dit qu'elle est en train de partir !

Soudain Horemheb voit les chevaux ralentir, il arrive au niveau du char pour constater qu'il est vide, le conducteur a disparu. Par quelle magie ? C'est alors qu'Horemheb aperçoit un nuage de poussière se soulevant en direction du camp. Il comprend tout de suite que Younou a décidé de continuer en courant, il va plus vite. Le général prend les rênes du char royal et remarque que le Ouas n'est plus dans son étui. Il tourne son regard en direction du camp et reprend espoir.

À l'entrée de la tente, Younou est debout avec son Ouas dans la main. Les soldats et médecins se prosternent devant Pharaon. Le médecin commence à balbutier des mots incompréhensibles, face contre terre.

— Elle est où ?

Le médecin se lève et trotte devant Pharaon, ouvre des rideaux. Younou le suit et voit Nana allongée, sa peau marbrée de traces bleuâtres. Le médecin continue de marmonner des mots d'excuses.

— Sors ! ordonne-t-il sans un regard pour lui.

Il avance lentement vers elle, sentant son âme encore là, mais prête à partir.

— Nana, nous avons encore besoin de toi, tu ne peux pas partir comme ça ! Je t'en supplie ! implore Younou les larmes aux yeux tout en se mettant à genoux, devant le corps de son épouse. Il plante le Ouas dans le sol.

— C'est pour te protéger de moi que je t'ai éloigné, car tu dois me survivre, alors ce n'est pas pour partir maintenant.

Younou gémit et pose son front sur ses mains qui tiennent le Ouas. Il commence à vibrer.

— Mon bonheur c'est toi ma douce, tu ne dois pas partir avant moi. Je t'aime du plus profond de mon être.

Younou sent l'âme de Nana partir.

— Noooonnn ! hurle Younou en pleurs.

Le Ouas vibre siffle et émet une lumière blanche autour de lui, soulevant les rideaux de la tente, plongeant dans la stupéfaction soldats et médecin. Pharaon dépose le Ouas sur le corps de Nana, qui commence à revenir à sa couleur dorée initiale. Tous ceux qui assistent à ce miracle, se prosternent devant le Dieu vivant. Horemheb entre à ce moment-là dans la tente, il met un genou à terre en baissant la tête, la main droite sur la poitrine, le poing gauche en l'air. Le Ouas baisse d'intensité pour reprendre sa forme originelle. Nana ouvre les yeux en mettant sa main devant, comme éblouie par la lumière. Younou lui prend l'autre main et la serre contre son cœur.

— Comment te sens-tu ma douce ?

— Younou tu es là !?

— Je suis là ma belle, j'ai encore besoin de ta présence, je ne pouvais pas te laisser partir… pas comme ça. Et puis tu dois vivre, les enfants et moi avons besoin de toi, de ton amour.

Néfertiti se redresse, tend les bras à Younou. En pleurs mais heureux, ils s'enlacent et s'embrassent fiévreusement.

Horemheb referme les rideaux.

***

La rumeur de la mort de Néfertiti court dans les couloirs du palais d'Akhetaton. Il semblerait que Mériré est volontairement laissé partir le commérage, qui grandit comme des nuages prêts à éclater en tempête.

Kia essaye la robe lumineuse d'Aton chez le couturier, celui-ci exécute les dernières retouches mais ne peut s'empêcher de lui demander si elle est certaine que ce soit bien elle qui va porter cette robe. Décidément, elle peine à faire reconnaître son rang vis-à-vis des inférieurs, aussi lui répond-elle sèchement.

— Que crains-tu ? Néfertiti est partie dans l'autre monde, elle ne pourra plus être présente à la fête des rois… plus jamais. Donc c'est à moi que revient cette place.

Le couturier baisse la tête, tout en portant sa main sur le front, en signe de deuil.

— Ça te dérange que je la remplace ? interroge-t-elle offensée.

— Non Maitresse.

— Majesté ! Je suis ta Reine maintenant.

— Ma… majesté.

Kia se regarde dans cette robe qui la comprime, qui est également trop longue et dans laquelle sa poitrine déborde.

— Il faut que tu rectifies tous ces défauts, je ne veux pas être ridicule.

Le couturier regarde son œuvre qui était parfaite pour les mensurations de Néfertiti.

— Bien Majesté, je vais reprendre ce qui est gênant pour toi.

— Je reviens l'essayer demain.

— De… demain !

— Oui, je veux être sure qu'elle me va à la perfection.

Elle se déshabille lentement et admire cette robe qui sera un couronnement pour elle. Ses gardes la suivent dans le couloir, quand elle croise Mériré.

— Ah ! on m'attend pour des essais de bijoux, tu sais, ceux que je vais porter pour le grand jour, veux-tu m'accompagner ? Tu pourras me conseiller.

— Kia ! Je voudrais te parler.

Elle demande à ses gardes de rester à l'écart. Et s'aperçoit que le prêtre n'a pas la tête des bons jours.

— Que se passe-t-il ?

— Un messager vient de nous porter des nouvelles...

— Bonnes j'espère mais à ta mine je pense qu'il y a un problème. C'est de Pharaon ? Quoi, il va bien au moins ?

— Oui ! Il va très bien, il a retrouvé Néfertiti qui était à l'agonie.

— Bon ! Il a supporté le choc ? De toutes façons, je vais lui faire oublier la mère de ses enfants, tu peux...

— Kia ! Il avait le Ouas avec lui.

— Et alors ?

— Il a fait revenir Néfertiti dans ce monde.

— Comment ça revenir, ce n'est pas possible, on ne revient pas, une fois qu'on est...

— Elle est vivante et en pleine forme.

Kia se dirige vers le muret pour s'asseoir.

— Mais elle n'était pas mourante alors ? Pourtant ton messager avait bien dit que c'était fini !

— Akhenaton sait utiliser les pouvoirs du Ouas, il l'a rappelée à lui, elle est revenue.

Kia est effondrée, ne sait plus quoi dire, aussi Mériré en profite pour insister.

— Nous devons en rester à notre plan initial, tu ne dois rien dire ou faire qui ne laisse soupçonner ton animosité envers Néfertiti. Et auprès de Pharaon, il faut même que tu fasses attention à ce que tu ressens, je ne te fais pas de dessin ! Rapproche-toi des filles !

Kia fait la moue.

— Je dois être heureuse et soulagée du retour de Néfertiti, articule-t-elle en détachant chaque mot, avec un regard vide.

Mériré tapote l'épaule de Kia pour approuver, s'éloigne puis revient.

— Au fait n'oublie pas, retourne voir le couturier pour annuler les retouches.

— Comment sais-tu qu'il y a des retouches ?

Mériré sourit et continue son chemin.

Mais Kia ne l'entend pas de la même oreille et ne va pas annuler les retouches auprès du couturier.

***

Younou a également ramené à la vie tous les soldats, qui n'étaient pas morts depuis trop longtemps, avec le pouvoir du Ouas. Le lendemain Nana se repose et ne doit pas quitter la tente sur ordre de Younou qui veille à ce qu'elle récupère des forces pour le retour. Horemheb en profite pour raconter en détails, tout ce qu'il s'est passé durant leur réunion avec les roitelets, y compris la discussion qu'ils avaient surprise à la taverne. Sans préciser trop les circonstances. Cependant Younou sent la gêne de son ami.

— Azirou semble mener la coalition, Ribada et lui ne s'apprécient guère. En tout cas Ribada semble plus sûr et penche plutôt de notre côté, précise Horemheb.

— Il faut que l'on règle cette histoire rapidement avant la grande fête, déjà il faut le convoquer. Où est-il en ce moment ?

— S'il est sincère, logiquement, il est retourné chez lui, sinon il est encore avec son ami et complice Etakama à Kadesh.

— Cela ne prouvera rien hélas, il va nous falloir du temps que nous n'avons pas.

— Sans compter Biridiya qui n'est pas de retour, en tout cas il est introuvable !

— Où alors c'était un piège dans lequel il a participé ! J'ai l'intuition qu'il se cache ici. Sans doute a-t-il tout organisé de son palais ou d'une quelconque cache. Avant que nos soldats ne s'engagent dans des fouilles méthodiques je vais privilégier le renseignement. Propose aussi une récompense importante à quiconque nous permettra d'arrêter les meneurs. Quant à moi je vais aller sur le terrain...

— Younou ce n'est pas prud...

Puis se rappelant ses performances, ne va pas plus loin.

— Ne sois pas inquiet, ce ne sera pas Pharaon qui va mener l'enquête, je vais m'habiller en civil. La barrière de la langue ne me fait pas peur, je les pratique toutes.

***

L'intuition de Younou ne l'avait pas trompé mais il aurait été heureux d'apprendre que non seulement le roi Biridiya s'y trouve mais deux autres connaissances et non des moindres partagent l'univers feutré de celui qu'il recherche. Les rois Etakama et Azirou affichent une mine inquiète car l'évolution de la situation n'a pas tourné à leur avantage et maintenant ils se retrouvent en quelque sorte prisonniers dans le palais de leur hôte et complice. Malgré tout ils continuent d'échafauder des plans.

— Il faut peut-être que l'on recontacte ce Shattiwasa, il ne peut nous laisser dans cette situation. Lui aussi a besoin de nous, nous avons le même ennemi, en plus c'est le beau-frère de Soupilouma dont il peut se prévaloir propose le roi de Megiddo.

— Biridiya le traité est déjà signé depuis longtemps ! Peut-on faire confiance à Shattiwasa ? Il n'a même pas combattu contre pharaon et s'est dépêché de se replier sans même avoir tiré une flèche, soupire Etakama.

— Je suis au pouvoir depuis peu de temps, pardonnez-moi si certaines choses m'échappent...

— Je me demande pourquoi ils ne partent pas ! s'inquiète Azirou.

— Ils sont toujours aux portes de la ville et ne donnent pas l'impression de lever le camp ! indique Etakama.

— Qu'est-ce qu'ils font, il y a des éclaireurs de partout dans la ville et dans les alentours de la cité. C'est vraiment trop risqué de partir au milieu de tout ça.

— Ils n'oseront pas venir jusqu'ici, d'ailleurs ces appartements sont cachés à la connaissance du public et nous pouvons y résider longtemps sans crainte de manquer de quoi que ce soit, les rassure Biridiya.

— Sauf de liberté d'aller et venir. Mon royaume commence à me manquer, rétorque Etakama.

— Et bien moi c'est là où je viendrai en premier après avoir subi une attaque, s'exclame Azirou.

— Tu parles d'une attaque ! Pharaon n'a eu qu'à pointer le bout de son nez, pfffuit ! Tout le monde est parti.

— Il a répandu sa lumière… constate Biridiya.

Etakama et Azirou se tournent vers lui l'air interloqué.

— Tu ne vas pas l'admirer tout de même !

Biridiya se rétracte.

— Euh, non bien sûr…

Azirou inquiet continue.

— Il ne faut pas que l'on reste ici, tu n'as pas des passages secrets qui mènent dehors.

— Si bien sûr ! s'exclame le roi de Megiddo. Mais ils donnent dans les environs de la cité, ce ne sera jamais assez loin, par rapport aux patrouilles qui tournent autour de la cité.

— Tu es sûr que nous ne risquons rien ici, je ne peux pas m'empêcher d'avoir une appréhension.

Leur hôte se met à rire et pour cacher sa gêne, se sert à nouveau une coupe de vin.

***

Nana est réveillé par la voix sonore d'Horemheb, elle se lève et entrouvre les rideaux. Elle aperçoit alors Horemheb haranguer la troupe. Son regard est attiré par un personnage curieux qui se tient en retrait, son cœur se met à battre et un large sourire illumine son visage. Elle reconnait Younou sous son déguisement. Nana sort de la tente et marche vers le groupe.

Ce n'était dont pas un rêve, il est là pour de bon !

— Soldats, l'occasion de venger votre reine et vos camarades va vous être enfin donnée et pas plus tard que ce soir. Vous avez été sélectionné pour mener une mission d'autant plus délicate que nous recherchons celui ou ceux qui sont derrière tout ça. Vous allez entrer dans la ville et voici vos objectifs.

Il leur indique toute une série de quartiers qui jouxtent le palais et certains édifices qui pourraient recéler des cachettes susceptibles d'accueillir des personnes.

— Je ne veux pas d'initiative personnelle et gardez-vous de tous débordements. Montrez-vous mais agissez avec discrétion et surtout restez en contact les uns avec les autres. Vous utiliserez des estafettes et ces sifflets. Je vous rappelle que votre mission doit rester secrète. Et maintenant voici votre chef, tous les regards convergent vers un homme qu'ils n'avaient jamais encore vu. Il est habillé avec des habits simples, à certains endroits ils sont usés jusqu'à la corde. Il est en tout point semblable aux milliers de colporteurs qui sillonnent les villes de l'empire et qui vendent leurs services pour quelques piécettes. Il pourrait inspirer un sentiment de pitié mais c'est l'indifférence qui prédomine dans ces cités où le quotidien est souvent un combat permanent.

Horemheb ne dit rien et prend un malin plaisir à observer ses hommes qui balancent entre incrédulité et effroi

— Cà ? un chef ? notre chef ?

Un soldat plus observateur que les autres s'exclame.

— Il ressemble à Pharaon ! tous éclatent de rire aux éclats sauf Horemheb. Leur hilarité est de courte durée et peu à peu une évidence s'impose. Ce gueux qui se tient debout, les yeux baissés, est bien Pharaon. Ils se jettent à terre et implorent son pardon.

— Bougres d'abrutis, comment voulez-vous arrêter nos fugitifs si vous ne savez même pas reconnaître Akhenaton !

— Au contraire Mheb, cela prouve que mon déguisement est parfait. Nous pouvons donc commencer notre plan.

— Je poursuis, reprend le général, votre chef va vous précéder en ville. Il va laisser des signes de reconnaissance sur son passage, je vous indiquerai lesquels. Ensuite le groupe va se scinder en deux. Ceux qui suivront Pharaon et ceux qui poursuivront les objectifs donnés tout à l'heure. Nous nous tiendrons en retrait prêt à intervenir si la situation le demande. Les patrouilles continuent leurs rondes comme si de rien n'était. Il ne faut pas éveiller les soupçons. Rompez !

Mais à ce moment les soldats se jettent à terre de nouveau. Horemheb et Younou se retournent surpris pour voir apparaître Nana qui semble revenir d'un autre monde.

Elle court vers Pharaon et se jette dans ses bras.

— Si tu savais combien je suis comblé de sentir battre ton cœur contre le mien.

À côté le général affiche un pâle sourire, Nana ouvre les yeux et s'aperçoit de la déception d'Horemheb à qui elle tend sa main que le général prend mollement. Nana la serre très fort.

— Je n'oublierai jamais.

***

C'est un jeu d'enfant pour Younou de se glisser dans la ville même sans éveiller l'attention des gardes khemits. Une fois dans la ville, il se mêle à la population qui profite de la fraîcheur de la soirée pour sortir, aller au marché ou simplement se retrouver aux terrasses des tavernes. Une odeur de viande grillée et d'épices vient chatouiller les narines de Younou. Visiblement la ville ne manque de rien et le ravitaillement est assuré.

Il s'approche du marché principal et aborde un marchand de fruits

— Dis donc patron, tu n'aurais pas du travail à m'offrir, je n'ai rien mangé de la journée.

— Tu n'as pas l'air très costaud alors je ne peux rien faire pour toi. Tu me coûterais plus que ce que tu me rapporterais et les temps sont difficiles, dit-il, provoquant l'hilarité de ses voisins.

Un autre commerçant lui lance une pomme à moitié pourrie

— Attrape !

Quelle ne fut pas leur surprise en voyant Younou se détendre et se saisir de la pomme en plein vol.

— Un *oh* de surprise arrondit la bouche des gaillards qui se mettent à lancer les fruits qui leur tombent sous la main. Ce n'est qu'un jeu d'enfant pour Younou de se saisir de cette manne qui tombe du ciel. Autre sujet de surprise pour les badauds, il distribue ces fruits aux enfants qui un instant plus tôt cherchaient une maigre nourriture dans les détritus.

Mais un vigile s'interpose, d'un côté il pose une main ferme sur l'épaule de Younou de l'autre chasse les enfants à l'aide d'un bâton noueux. Les enfants s'égaillent comme une volée de moineaux non sans avoir ramassé leur maigre butin.

— Pas de ça ici ! on ne gaspille pas la nourriture. Ordre du roi, sa main se resserre sur l'épaule du bienfaiteur, tu vas décamper sinon...

Younou se tourne vers la brute

— Sinon quoi ?

Le vigile lève son bâton mais à sa grande surprise il se sent projeté en l'air et malgré sa corpulence il effectue un élégant vol plané avant de s'écraser sur le tas de détritus où les enfants se tenaient quelques instants plus tôt. Les badauds qui ne portent guère l'homme en haute estime trouvent qu'ils en ont pour leur argent et attendent la suite. Elle ne tarde guère car l'homme se remet debout en proférant toute une série d'insultes et se lance poings en avant sur Younou. Celui-ci se contente de bloquer le coup avec sa main qui enserre le poing de son adversaire. Le gardien sent alors la pression devenir de plus en plus intolérable. Il s'effondre en gémissant, des larmes coulent et il reste prostré au sol. A ce moment apparaissent deux soldats khemits, la foule se recule presque instinctivement. L'un des soldats interpelle Younou.

— Trouble de l'ordre public, voies de fait. Ton compte est bon !

La soldatesque se remémorera longtemps cet incident. Younou s'empare de la lance de l'un deux et après avoir effectué un tour sur lui-même expédie lance et propriétaire au milieu des étals. L'autre soldat rejoint vite son compère car il avait eu l'idée incongrue de se ruer sur le mendiant. Younou s'éloigne calmement devant les regards médusés des badauds qui se débandent presque aussitôt de crainte des représailles.

Cette scène n'a pas échappé à un homme qui se met à suivre Younou. A peu de distance de là, alors que le *mendiant* s'adresse à un autre marchand, l'inconnu l'aborde.

— Tu cherches du travail à ce qu'il paraît. J'ai peut-être quelque chose qui pourrait t'intéresser. C'est bien payé en plus.

L'espion khemit jauge son interlocuteur. Ce qui émane de cet homme met ses sens en éveil. Se pourrait-il qu'il le mène à une piste intéressante ?

Il suit donc cet homme qui ne dit plus mot. Ils marchent dans un entrelacs de ruelles et Younou marque son passage d'un signe discret, un trait de khôl sur les murs. Ses hommes ne perdront pas sa trace et interviendront au moindre signe de sa part.

Ils arrivent enfin en vue d'une petite place sombre dominée par des remparts dont les créneaux se détachent lugubrement sur le ciel. Les deux hommes s'arrêtent devant une petite porte dérobée en partie dissimulée par des morceaux de bois et divers objets brisés.

— Attention, il faut enjamber, le prévient l'inconnu qui n'a pas desserré les dents depuis leur rencontre.

Ils longent ensuite un long couloir et arrivent devant une porte épaisse. Son guide frappe selon un code convenu que Younou retient immédiatement. La porte s'ouvre, un autre homme en armes se tient derrière.

— Bienvenue frère, nos maîtres t'attendaient avec impatience.

— Je sais. Préviens-les que je ne serai pas seul.

Le gardien s'efface et bientôt revient en faisant signe au personnage de le suivre. Younou doit rester dans une petite pièce vide et attendre qu'on vienne le chercher. Il n'éprouve aucune frayeur, au contraire il est tout excité de sentir qu'il est prêt du but. Non seulement il pourra mettre la main sur les instigateurs du complot mais sa reine sera vengée.

Pendant ce temps, l'homme est en grande discussion avec les trois rois. Azirou ne cache pas sa colère

— Pourquoi as-tu permis à cet inconnu de te suivre. Il connaît maintenant notre cachette. Qui te dit qu'il va tenir sa parole ? Il va peut-être courir jusqu'au camp khemit et nous dénoncer. Sans doute alléché par une récompense.

Les autres rois se montrent tout aussi circonspects.

— Calmez-vous ! je l'ai vu à l'œuvre. Non seulement il est d'une agilité extraordinaire mais sa force n'a pas d'égale. Il a mis à mal une sombre brute qui le menaçait et il est de notre côté car il s'est débarrassé de deux soldats khemits qui voulaient l'arrêter. Et tout ça, sans avoir l'air d'y toucher.

— Il ne t'est pas venu à l'idée que ça pouvait être un provocateur ?

— Bon, jetez un coup d'œil sur ma recrue et vous me donnerez votre impression.

Il entrouvre un petit soupirail qui donne sur la pièce où se trouve Younou. Celui-ci est accroupi, la tête affaissée sur sa poitrine, les bras ballants.

— Il ne paie pas de mine

— Justement et cela tombe à point nommé car c'est l'occasion rêvée de se débarrasser de Pharaon.

— Attendez, il y a quelque chose qui ne va pas ! tu as dit *sans avoir l'air d'y toucher* et je ne connais qu'une personne capable de pareils exploits. Pharaon !

Tous de se précipiter sur le soupirail ce qui occasionne quelques bosses et jurons.

— Impossible ! il ne serait quand même pas venu se jeter dans la gueule du loup.

— Et pourtant d'après ce que je sais, il y a une certaine ressemblance. Bien sûr ce n'est pas frappant mais il faut peut-être s'en assurer.

— C'est ça ! s'exclament les rois, il faut nous en assurer.

Pendant ce temps les soldats chargés de suivre la piste de Younou ont retrouvé non sans difficulté sa trace. Ils avancent alors lentement et prudemment. Les consignes de pharaon et d'Horemheb ont été claires. Pas d'intervention intempestive !

Les rois entrent dans la pièce où se tient Younou. Celui-ci ne peut s'empêcher de se dire qu'il a fait une belle prise. Trois rois d'un coup, tous traîtres car pourquoi se cacheraient-ils ? Mais pour l'instant il doit veiller à son anonymat. Pour combien de temps ? Les rois affichent une mine enjouée et ne montrent aucun signe de méfiance. Pourtant Younou perçoit une certaine agitation à l'intérieur et des effluves déplaisants. Se pourrait-il qu'ils aient découvert son stratagème ? pourtant son guide semblait lui avoir accordé une certaine confiance.

— Bienvenue parmi nous. Ton mentor ici présent nous a vanté tes qualités et surtout tes prouesses. Il a été sensible au fait que tu as partagé tes richesses avec des enfants pauvres et nous t'avons choisi pour devenir celui qui mènera notre combat contre celui qui nous affame depuis tant d'années.

— Puis-je savoir qui est ce méchant homme, Ô Seigneurs ?

— Tu le connais car il s'agit de pharaon ! ici même, en personne. Gardes ! De nombreux soldats font irruption dans la pièce et se jettent sur Younou. Les premiers en font les frais mais Pharaon voit qu'il va devoir capituler sous le nombre.

Soudain un cri déchire le vacarme.

— Les khemits arrivent !

— Mais comment ont-ils trouvé notre repaire ?

Un grand brouhaha se fait entendre, meubles renversés, portes enfoncées, jurons, Younou reconnaît les méthodes de choc de ses militaires spécialement entraînés par Horemheb. Les gardes font volte-face pour empêcher la progression des militaires, Younou en profite pour se débarrasser des gardes qui l'avaient ceinturé. Les rois complètement paniqués, cherchent une issue de secours. Pendant ce temps d'autres gardes khémits arrivent pour renforcer la première escouade.

Horemheb est sans doute déjà prévenu et ne devrait pas tarder.

Pendant que les gardes tentent de résister aux soldats khemits, les roitelets se précipitent vers une porte dérobée. Dans la mêlée, personne n'a remarqué leur fuite peu glorieuse sauf Younou qui ne les a jamais perdus de vue. La prise est trop belle et il s'en voudrait de la laisser échapper si près du but. Et puis la pensée de Nana... Il se précipite à leurs trousses et s'engouffre à la suite des rois dans un corridor suintant d'humidité. Des torches de résine brûlent de loin en loin. La fumée et la semi pénombre augmentent la possibilité d'un piège mais Younou n'en a cure. Il entend enfin le halètement d'une personne qui tente de reprendre son souffle et se dit qu'il s'agit sans doute d'un roi qui s'est laissé distancer par ses complices. Il accélère et parvient au niveau d'un des hommes qu'il reconnaît comme étant un membre du groupe qui l'avait démasqué. Il tient une épée qui fend l'air lorsque son bras l'abat sur Younou. Celui-ci l'évite de justesse au grand désarroi du roi. Une main puissante le saisit au cou. L'épée tombe en faisant un bruit qui résonne sur les dalles. Les yeux exorbités, Etakama manque de suffoquer et il ne reprend ses esprits que lorsque Pharaon le laisse tomber sur le sol.

— Pitié, ô seigneur Pharaon ou qui que tu sois, laisse-moi partir car je te jure que je n'ai jamais voulu attenter à tes jours.

— Dis-moi où sont les autres et je te laisserai la vie sauve.

— Je ne sais pas... il n'en dit pas plus car de nouveau il se retrouve suspendu en l'air, sur le point de suffoquer. C'est tout juste s'il a la force d'indiquer en remuant les lèvres qu'il désire parler. Younou relâche son étreinte en le déposant sur la pointe des pieds. Résigné il indique une niche située à quelque distance. Toujours accompagné de son prisonnier,

Younou inspecte son contenu et finit par trouver un levier qu'il actionne. Un roulement le fait sursauter et il fait un pas en arrière, juste à côté de cette niche un bloc de pierre de la taille d'un homme pivote sur lui-même. Derrière il y a un nouveau couloir, la poursuite continue. Ekatama est littéralement traîné par Younou et ce, malgré ses protestations mais il se tait car Younou le menace de le suspendre en l'air jusqu'à ce que mort s'ensuive.

Younou se demande s'il va finir par rejoindre les fuyards quand soudain il entend des cris et des bruits de lutte. Quelle n'est pas sa surprise en débouchant dans une pièce de trouver Horemheb et ses hommes en train de surveiller les deux fugitifs qui font grise mine.

— Enfin te voilà, l'accueille un Horemheb hilare rejoint par les applaudissements de ses hommes. Tu as réussi et quelle prise ! Trois rois d'un coup !

— Horemheb, je ne pensais pas te rencontrer ici en pareille compagnie, plaisante Younou, comment as-tu trouvé ce passage ?

— Nous avons reçu comme convenu un message qui nous demandait d'intervenir au plus vite. Le coursier nous a conduit directement devant la porte mais je me suis dit qu'il devait y avoir plusieurs entrées alors mes hommes et moi avons fait le tour de ce pâté de maisons. A un moment nous avons repéré dans l'ombre des chevaux sellés. J'ai eu des soupçons car ce n'étaient pas les nôtres. A ce moment, un homme est sorti d'une porte que nous n'avions pas repérée. A notre vue il s'est enfui et nous n'avons pas pu l'intercepter. Par contre tu devines la suite, nous sommes entrés et nous nous sommes retrouvés face à ces deux-là. Tu connais la suite.

— Je suis certain que l'homme qui s'est enfui était le même qui m'avait conduit jusqu'ici. Je me demande quel est son rôle…

L'intervention se termine donc par un large succès, les hommes se rassemblent encadrant leurs prisonniers qui ont vite cessé le combat quand leurs rois les ont abandonnés. A part quelques blessures légères, aucune victime n'est à déplorer mais les défenseurs ont subi quelques pertes et il y a des blessés qui sont transportés par leurs camarades sur des civières. Younou a donné des ordres formels pour éviter toutes exactions.

Une fois réunis, tous sortent en file de la bâtisse qui abritait il y a encore quelques heures les conspirateurs.

Pharaon a tenu à ce qu'ils sortent non entravés d'ailleurs les risques de fuite sont nuls car les forces Khemits ont pris position tout au long du parcours et la place grouille de forces qui tiennent la population à distance. En effet la nouvelle semble s'être répandue comme un feu de paille mais la sortie des rois ne provoque pas de mouvements hostiles. Aucun cri n'est lancé, le peuple médusé se contente de regarder leur roi qu'ils croyaient hors d'atteinte. La présence des deux autres souverains fait l'objet de nombreux commentaires mais c'est l'incompréhension qui domine. Sur les conseils de Pharaon, Horemheb monte sur une estrade improvisée et s'adresse à la foule qui grossit de plus en plus.

— Habitants de Kadesh, soyez sans crainte. Nous sommes intervenus car votre roi était menacé par des éléments hostiles. Or vos ennemis sont aussi nos ennemis. Certains d'entre eux sont encore dans ces murs et nous allons les pourchasser jusqu'à ce que l'ordre soit rétabli. En attendant et avec son accord, nous allons l'emmener jusque dans notre camp où il sera traité avec tous les égards qui lui sont dus.

Les souverains d'Amourou et de Kadesh seront témoins. Réjouissez-vous car demain vous serez invités sur l'esplanade par Pharaon qui a fait le voyage pour rétablir la paix et la bonne entente entre les royaumes. Votre roi s'adressera à vous ensuite car il a décidé de nous accompagner jusque dans notre capitale afin de participer à notre grande fête des rois. Sa présence sera de courte durée et son retour coïncidera avec une nouvelle ère de prospérité pour votre royaume.

Les habitants sont placés un peu trop loin des rois pour constater leur ahurissement. D'ailleurs ils ne peuvent proférer aucune remarque car ils sont solidement encadrés par les hommes d'Horemheb qui les a menacés d'en finir avec eux rapidement en cas de rébellion.

Pensant que leur roi est libre de ses mouvements, les habitants répondent au discours par des acclamations et des vivats. Younou est resté dans l'ombre et sur un signe discret il donne l'ordre aux khemits de prendre le chemin du camp. Lui-même ne tarde pas à se fondre dans la foule et disparaître.

Le retour au camp se fait sans encombre, la foule s'est massée le long du parcours et continue d'acclamer le cortège. Curieux cortège composé de soldats puissamment armés encadrant d'autres militaires dont certains semblent mal en point. Leur curiosité se porte surtout vers ce général à la carrure impressionnante et qui semble apporter une attention particulière à trois personnages au visage figé dont l'un est leur roi.

Arrivée au camp cette petite troupe se divise, les blessés sont emmenés à l'infirmerie tous sans exception et Horemheb convie les souverains sous sa tente. Une fois à l'intérieur, ils laissent éclater leur colère.

— Comment oses-tu nous traiter ainsi ? N'oublie pas que l'empire a des devoirs envers nous ! Nous sommes ses vassaux, certes mais cela ne justifie pas… se défend Biridiya.

— Vous avez attenté à la vie de nos troupes et de notre reine ! hurle Horemheb, estimez-vous heureux d'être encore en vie.

— Il s'agit d'une méprise, si nous étions dans cette retraite c'est justement parce que nous nous sentions menacés, semble s'étonner Azirou.

— D'ailleurs cela a été confirmé par cette attaque, ces flèches auraient pu tout aussi bien nous atteindre, surenchérit Etakama, nous ne pouvions…

— Assez ! coupe Horemheb en frappant du poing sur la table qui vacille, je ne veux plus vous entendre. D'ailleurs je vous réserve une surprise.

Cette fois les trois rois sont frappés de stupeur car apparaît à l'entrée de la tente Néfertiti en personne. Les trois hommes font un bond en arrière comme s'ils voyaient apparaître un revenant. Mais ce spectre sourit et il parle.

— Je n'ai pas eu l'honneur d'être présentée.

— Prosternez-vous devant la grande reine impériale, leur intime Horemheb.

Les trois rois se prosternent en tremblant. Par quelle magie ? on leur avait pourtant assuré que Néfertiti était partie… Quel est ce prodige ?

— Relevez-vous ! je veux vous regarder en face, dit Néfertiti.

Les trois hommes sont obligés de se lever mais leurs regards fuyants en disent long sur leurs états d'âme.

La reine se tient droite devant eux, aucune expression ne traduit ses sentiments pourtant elle sait que ces hommes sont coupables. Sans doute aucun d'entre eux n'a bandé l'arc qui lui a décoché cette flèche qui aurait pu être mortelle sans l'intervention de Younou, mais des hommes sont morts en voulant la protéger, des innocents ont payé de leur vie parce qu'ils étaient venus lui rendre hommage. En outre ces rois ont trahi leur parole envers leur suzerain. Quel doit être leur châtiment sinon la mort ? Pourtant elle sait qu'ils vivront car Akhenaton ne veut pas répandre le sang et ne veut pas répondre à la violence par la violence. Pharaon ne veut pas sentir l'odeur du sang sur ses mains.

— Je sais que vous avez souhaité ma mort et sans doute vous pensez que l'heure de la vengeance est venue. La voie que vous avez choisie est celle du chaos et votre aveuglement conduit vos peuples dans les ténèbres. Pour ma part je ne m'abaisserai pas à instruire le châtiment que vous méritez. Le fait que je sois là devant vous montre que Pharaon est symbole de vie. Aton en soit remercié car c'est grâce à lui que je suis vivante. Méditez ces paroles jusqu'à l'arrivée de pharaon car seul il pourra vous accorder si vous le méritez son royal pardon.

La reine se tait, elle accorde un regard condescendant aux trois hommes qui restent prostrés, puis elle quitte la tente.

Un long silence suit le départ de Néfertiti. Horemheb intime aux roitelets de le suivre.

— J'ai ordre de vous emmener.

— Général, que se passe-t-il ? sommes-nous traités comme des prisonniers ?

Horemheb leur ordonne de se taire. Il ne prend même pas la peine de répondre à leurs questions. Toujours encadrés par les soldats, les rois sont conduits au bord d'une esplanade et installés sur trois sièges. Le jour peine encore à poindre et le froid est vif en cette saison, les rois grelottent et les sièges sont inconfortables. Ils s'en plaignent à leurs geôliers.

— C'est une honte ! nous traiter comme de vulgaires scélérats ! apportez-nous à boire et à manger ainsi que des couvertures.

Pour toute réponse, on leur donne du pain sec et de l'eau mais en guise de couverture on leur amène une toile ayant déjà servi. Ils accueillent le tout avec une grimace de dégoût mais évitent de protester car le général les observe avec un rictus féroce.

S'ensuit une longue attente.

Les premiers rayons d'ATON inondent la plaine et réchauffent les rois qui grelottent sous leur toile. Ils n'ont pu fermer l'œil de la nuit et leur conversation s'est vite tarie car ils se savent épiés. On leur apporte de quoi se sustenter mais ils ont l'impression en observant que cela ne change guère de l'ordinaire du soldat khemit, ce qui les mortifie. Le général apparaît et comme d'habitude ne s'embarrasse pas de préliminaires.

— Pardonnez l'inconfort de ce camp mais nous n'étions pas préparés à recevoir des hôtes de marque. Ce matin vous allez recevoir la visite d'un personnage important qui va venir s'entretenir avec vous. Je vous conseille de lui prêter une oreille attentive sinon je serai obligé de prendre des sanctions sévères et croyez-le, ce ne serait pas sans déplaisir. Mais je suis certain que nous allons nous comprendre. En attendant nous allons nous occuper de votre garde-robe car il faudrait que vous accueilliez cet illustre personnage en étant présentables. Si vous voulez bien me suivre.

Les trois rois emboîtent le pas à Horemheb. Il leur indique une vaste tente qui a été dressée dans la nuit.

— A l'intérieur vous trouverez de quoi vous laver et changer. Nous avons récupéré des vêtements dans le palais et ramené quelques serviteurs. Ils vous aideront à passer vos tenues. Je viendrai vous chercher ensuite. Ne tardez pas car la journée risque d'être longue.

Les trois rois se regardent avec inquiétude, que signifie ce cérémonial ? Biridiya se met à transpirer

— C'est sans doute pour nous juger...

— Pleutre ! tu n'as pas entendu ce qu'a dit le général ? il a parlé qu'on pouvait s'entendre, rétorque Azirou, mais je crois qu'il va falloir passer par ses conditions.

— Ses conditions ? s'étonne Etakama, tu veux parler de Pharaon ? Je n'ai pas encore digéré que c'était ce type grimé en pouilleux qui a réussi à s'infiltrer jusqu'à nous. En tout cas il nous a donné du fil à retordre

— Et maintenant nous sommes ses prisonniers, ricane Azirou, pour un peu tu lui tisserais une couronne...

— Taisez-vous, intime Biridiya, on vient. Nous allons être rapidement fixés sur notre sort.

Les rideaux de la tente s'ouvrent sur le général et ses gardes, les serviteurs s'empressent de ranger vêtements sales, ustensiles et se retirent en se courbant. Les rois ont repris un peu de leur superbe mais il en faut plus pour intimider Horemheb.

— Suivez-moi !

— Général, dis-nous où tu nous emmènes car ton devoir est de ne pas nous laisser dans l'ignorance, l'apostrophe Biridiya. Il ne s'attire qu'une réponse laconique.

— Vous le saurez bien assez tôt. Maintenant, silence !

De nouveau ils se dirigent vers une tente aux riches atours. Celle-ci est la plus vaste du camp mais elle ne semble pas particulièrement gardée se dit Azirou. De toutes les façons c'est là qu'on nous attend mais à sa plus grande surprise, elle est vide. On a installé trois fauteuils luxueux devant une estrade tout aussi richement garnie. Sur cette estrade, un fauteuil ou plutôt un trône vu ses imposantes dimensions et l'extrême finesse de ses sculptures frappe l'imagination des souverains. Enfin un emblème d'Aton domine l'ensemble.

Les rois sont conviés à se placer à côté de chaque fauteuil. Les soldats semblent figés mais chaque roi sent leur regard sur leurs nuques. Horemheb se tient au bas de l'estrade. Personne ne dit mot.

Les tentures qui marquent le fond de la scène s'entrouvrent. Aussitôt des trompettes sonnent et Pharaon apparaît.

Pendant que le général et ses hommes repartaient au camp avec leur prise, Younou s'était de nouveau rendu dans les quartiers animés de Megiddo où les évènements récents y étaient commentés avec animation.

— Biridiya est allé trop loin et c'est nous qui allons payer pour lui !

— En tout cas il va y laisser sa tête car pharaon ne digérera jamais le piège dans lequel est tombée sa reine.

— Moi je serais vous et il s'adresse à des étrangers, je plierais bagage et je filerais loin d'ici car tout le monde va devenir suspect. D'ailleurs c'est ce que je vais faire tout de suite

— Et tu vas faire comment ? En t'envolant au-dessus des Khemits ? prends garde, eux aussi, ils ont des archers et tu fais une cible facile avec ton embonpoint ! Les badauds s'esclaffent.

— En tout cas, tout le monde est convoqué tout à l'heure sur l'esplanade. Je ne m'attends à rien de bon. Quand je pense que les vrais responsables sont sans doute bien au chaud, loin d'ici.

Younou juge qu'il en sait assez pour aujourd'hui. De nouveau il disparaît dans la nuit.

De retour au camp, et après s'être assuré que Nana se remet tout à fait normalement, il convoque des serviteurs qui s'empressent autour de lui. On le lave et ensuite on le masse avec des onguents. A la fin on le parfume et il choisit lui-même les habits qu'il revêtira pour la circonstance. Son premier rendez-vous sera consacré aux rois car tout dépendra de l'issue de l'entretien mais il sait qu'il a les cartes maîtresses en main. Son deuxième rendez-vous sera un peu plus tard avec la population.

L'heure est enfin arrivée, il sait qu'Horemheb est déjà avec les rois. Il ne peut s'empêcher de sourire en imaginant dans quel état ils doivent être sous la pression du général. Mais son sourire se fige en repensant à l'image de Nana, gisant sur sa couche, le corps ensanglanté luttant contre les effets du poison. A cette évocation son visage se crispe.

Les rois ont du mal à reconnaître en pharaon, celui qui les a confondus et qui a été l'artisan de leur arrestation. Ses guenilles ont fait place à un pagne blanc ceint d'une ceinture en or. Il porte également un collier en or. Il est coiffé de la couronne bleue Khepresh, celle que tous les pharaons portent durant les batailles. Il a également une longue cape épaisse qui le maintient au chaud.

— Sa majesté, Neferkhépéroura Ouarenra Akhenaton, roi de l'empire Khem, prosternez-vous !

Les rois finissent par se prosterner. Ont-ils une autre possibilité ? S'ils s'avisent de ne pas obtempérer, le général est là pour les remettre sur le droit chemin et ils ont encore le souvenir cuisant de leur rencontre avec celui qui se faisait passer pour un vulgaire colporteur.

Ils se soumettent.

Après un temps qui leur semble une éternité, pharaon leur accorde de se relever. Il les fixe de son regard perçant et tente de sonder leurs cœurs ce qui est un jeu d'enfant car leurs mines sont éloquentes : colère, peur, hypocrisie, angoisse se bousculent chez chacun d'entre eux.

— Asseyez-vous ! ce qu'ils font avec joie car cela fait des heures qu'ils se tiennent debout et ils se sentent épuisés. Il est vrai que la nuit ne leur a pas été favorable.

— Les circonstances qui m'amènent à vous rencontrer m'obligent à vous traiter comme tels et vous m'en voyez fort attristé. Je vous considérais comme mes frères et vous m'avez trahi…

— Pardon Majesté… le coupe Azirou, mais un geste du général l'interrompt aussitôt. Il poursuit avec un geste encore plus éloquent et Azirou et les autres semblent avoir compris l'avertissement.

Pharaon poursuit comme s'il n'avait rien entendu.

— Vous avez trahi notre confiance et celle de vos peuples que vous alliez entraîner dans une aventure qui ne pouvait déboucher que sur le chaos. Au lieu de respecter votre parole qui vous assurait protection et amitié de l'empire, vous nous avez apporté le désordre et la mort. Quels genres de rois êtes-vous donc ? Vous êtes des monstres d'orgueil et d'égoïsme. En outre vous avez commis un crime grave celui de lèse-majesté. La reine est comme Pharaon, une divinité sur terre et vous avez osé commettre l'irréparable…

— Je t'assure, Pharaon, je n'y suis pour rien, pardonne-moi, supplie Etakama en se jetant aux pieds de souverain. Deux gardes le relèvent sans ménagement pendant qu'il continue de sangloter et que les deux autres le regardent avec mépris. Etakama s'affaisse sur son fauteuil en se tenant la tête entre ses mains. Akhenaton poursuit son discours

— Ce n'est pas à vous que je pense mais à vos peuples qui n'aspirent qu'à vivre en paix sous la lumière d'Aton, c'est pourquoi…

A cet instant les rideaux frémissent puis finissent par s'ouvrir lentement. Azirou donne un coup de coude à Etakama qui relève la tête. L'apparition de Néfertiti va-t-elle décider du sort des souverains ? Ils en oublient le discours de Pharaon et ils sont suspendus à ses lèvres car ils savent que leur destin est en train de se jouer là.

— Prosternez-vous devant votre reine ! la voix du général les rappelle à l'usage. Les rois s'exécutent rapidement. Pharaon n'a pas bougé mais il sait que Néfertiti est là et que son intervention marquera durablement les esprits.

— Vous méritez mille fois la sentence suprême mais paradoxalement cela ferait de vous des victimes et Aton ne l'aurait pas permis. De plus la reine vous a accordé son royal pardon. C'est pourquoi nous vous accordons la vie sauve.

A ces mots Horemheb ne peut s'empêcher de se crisper, non seulement il a perdu dans l'affaire plusieurs hommes mais l'aspect géopolitique lui échappe encore un peu. Il ne peut que se résigner et attendre la suite. Les rois de leur côté laissent échapper un soupir de soulagement à l'exception d'Azirou qui plus maître de ses sentiments que les autres se demande ce que leur réserve la suite.

— Néanmoins cela impose des devoirs et des obligations envers nous et surtout envers vos peuples !

— *Nous y voilà*, se dit Azirou, *voyons ce que tu vas nous imposer...*

— Nous avons perdu ce lien de communication qui passe par le ressenti, par la compassion et l'amour. Regardez-vous ! Aujourd'hui vous êtes esclaves de la peur qui revêt plusieurs capes. Vous craignez la maladie, la vieillesse, la mort ! Plus que tout, vous avez peur de perdre votre pouvoir et ainsi vous craignez la colère des peuples que vous dirigez. Quelles réponses donnez-vous à cette peur aux visages multiples ? La jalousie, l'envie, les faux plaisirs, la prévarication, la traîtrise, la calomnie ! Tout cela n'est que le cortège de la mort. Il va falloir que ça cesse !

— Et comment veux-tu que ça cesse ? N'est-ce pas dans la nature de l'homme ? le provoque Etakama.

— L'ego ! voilà l'origine de cette peur. Mais on peut la vaincre, on peut l'affronter et ainsi constater qu'on peut vivre en paix avec soi et avec les autres. Rappelez-vous que la vie est une expérience parfois tragique mais qu'elle reste merveilleuse.

— Cela risque de prendre du temps, hasarde Biridiya.

— J'en suis conscient aussi devons-nous commencer dès maintenant et je compte sur vous dans cette tâche que j'ai commencée à Akhetaton.

A ces mots, Néfertiti rejoint Akhenaton. Elle lui prend la main pendant qu'il lève l'autre. Le Ouas s'élève en émettant un sifflement strident qui terrorise les souverains et ce, d'autant plus qu'il diffuse une lumière éclatante. Les serviteurs et les gardes se prosternent, les rois semblent affolés mais ne savent où aller d'autant plus que le Ouas se dirige vers eux avant de stationner au-dessus de leurs têtes. A ce moment ils ressentent une sorte de bien-être. Toute leur anxiété disparaît et un sentiment de bonheur les envahit. Mieux encore ils partagent de l'amour avec leurs voisins et reçoivent le leur avec joie. Tout devient clair et limpide. Le Ouas n'émet plus de sifflement strident mais une musique céleste à laquelle personne n'est insensible. Les oiseaux eux-mêmes participent. Puis le chant s'atténue, la lumière du Ouas baisse peu à peu et il rejoint la main de Pharaon. Tous affichent un sourire empreint de douceur.

— Comment fait-il cela ? marmonne Azirou, j'ai l'impression qu'il nous a hypnotisés

— Il s'agit de l'instrument des dieux. Ce que vous avez ressenti est à l'image de ce que vous pourriez vivre si vous changez votre existence. Je vous propose un autre monde, pas celui incertain comme celui dans lequel les hommes vivent ou plutôt, survivent. Je n'ai pas modifié votre nature, soyez sans crainte, mais il vous restera des réminiscences de ce que vous avez découvert ici. Peu à peu et si vous travaillez sincèrement, elles s'imposeront à vous et un homme nouveau naîtra. Maintenant je demande toute votre attention car ce qui va suivre va être le début…

Aton est à son zénith quand Pharaon se dirige en compagnie de Néfertiti vers l'esplanade qui grouille de monde. Cette fois Horemheb n'a rien laissé au hasard et il a garni les remparts de ses hommes. Aux portes de la ville, des soldats montent la garde au cas où une troupe s'élancerait surgissant de sous-sols ou de réduits. Cette tentative serait certainement vouée à l'échec mais elle produirait des mouvements de foule qui seraient sans doute difficiles à contenir. Une allée a été tracée entre le camp et l'esplanade sur laquelle les soldats ont dressé une estrade. Pharaon et Néfertiti sont assis sur un palanquin porté par une vingtaine d'hommes. Ils sont entourés de gardes triés sur le volet. Derrière pharaon et son épouse, à quelques pas du palanquin royal, les trois rois suivent sur des sortes de chaises porteuses moins imposantes mais tout aussi richement ornées. Des musiciens ouvrent la marche. Tout au long du parcours des barrières en bois ont été installées et les spectateurs s'écrasent sur celles-ci, tant ils sont impatients et curieux de découvrir Akhenaton et son épouse. Ils sont surtout avides de contempler celle qui est revenue dans le monde des vivants avec l'aide des dieux. Sa beauté est elle-même un signe et beaucoup se prosternent ce que ne manque pas de constater les rois. Le peuple de Megiddo serait-il déjà conquis ?

Nul cri, nul geste hostile à l'encontre des khemits, il est vrai que Pharaon a fait distribuer des boissons fraîches et de la nourriture dont une grande partie payée par ses soins. Les commerçants de la ville sont les premiers à avoir recouvré la confiance qu'ils avaient perdu ces dernières semaines.

Les souverains sont hissés sur l'estrade où les attendent deux sièges. Les rois devront rester debout. Etakama et Azirou se retrouvent ensemble flanqués par Horemheb en retrait derrière les trônes, tandis que Biridiya est à côté de Néfertiti.

Les trompettes sonnent, le silence se fait, Younou se lève et s'approche du bord de l'estrade. D'une voix sonore qui surprend la foule il s'adresse à celle-ci.

— Peuple de Megiddo mais aussi habitants des contrées voisines soyez sans crainte. Je sais que vous viviez dans la peur des représailles à cause de l'aveuglement de certains. Je sais aussi que votre peur alimentait votre colère et cette colère nourrissait un monstre qu'on appelle la haine. Que constatez-vous aujourd'hui ? Avons-nous exercé des exactions contre vous ? Avons-nous pillé, violé ? Regardez vos rois ! ont-ils été torturé, exécuté, traité comme des criminels ? Pourtant nous ne l'avons pas fait et nous ne le ferons pas, car nous ne répondons pas à la violence par la violence. Nous sommes venus avec un message de paix et de réconciliation. Nous n'ignorons pas non plus que des différends existent entre vous et l'empire, mais aussi entre vous et vos voisins et c'est pourquoi j'ai tenu à ce que les autres rois soient là aussi. Ils porteront aussi ce message de paix à leurs populations et à leurs voisins. Je veux que règne l'entente entre les peuples et cela commence ici à Megiddo comme cela a commencé à Akhetaton. Votre roi va maintenant s'exprimer car nous savons tous que la paix ne peut être assurée que si chacun vit dans la bonne entente et aussi que chaque homme puisse nourrir sa famille et vivre dignement. Je suis venu avec un message mais aussi avec des propositions concrètes, Younou se tourne alors vers Biridiya qui chancèle presque avant de s'avancer.

— Fidèles sujets, remercions les dieux et pharaon de nous avoir épargnés. Je le considère comme un frère car il s'est adressé à moi ainsi. Pharaon dieu sur terre ramène avec lui non seulement la paix mais aussi la prospérité. Nos ennemis ont conclu avec lui un traité qui nous garantit des taxes plus légères et pour beaucoup la suppression d'impôts qu'il a jugés trop lourds dans les circonstances actuelles. Il nous assure sa protection à tout moment, aussi pour le remercier, j'ai décidé de l'accompagner dans son voyage de retour avec son épouse bien-aimée, la reine Néfertiti qui a su toucher le cœur des dieux. Je participerai à la fête des rois qui sera le prélude de la paix universelle sous l'égide d'Aton.

Le discours de Biridiya se termine par un tonnerre d'applaudissements. Les spectateurs dansent et chantent sur place. Ils s'embrassent et ovationnent Pharaon et sa grande épouse.

Les trompettes sonnent de nouveau, Azirou et Etakama s'avancent eux aussi, la main sur le cœur.

— Nous jurons d'observer les mêmes règles que votre roi et nous envoyons dès aujourd'hui des messages à nos gouvernements pour mettre en place la nouvelle organisation qui ramènera paix et prospérité dans nos pays. Nous accompagnerons votre roi à Akhetaton. Une nouvelle ère peut enfin s'ouvrir.

Une ovation répond à ce discours. Les trompettes retentissent. C'est terminé. Pharaon jette un dernier regard circulaire sur la foule avant de sourire à Nana. Elle aussi affiche une expression joyeuse mais au fond des yeux se glisse une petite lueur de souffrance. Horemheb regarde le couple et pousse un soupir de soulagement. Tout s'est bien passé et les trois lascars comme il les désigne se sont conformés aux règles édictées par Pharaon. Il convient néanmoins de ne pas les quitter des yeux car il se doute bien que leur conversion risque d'être courte.

Chapitre 6

La robe

Le voyage de retour est plus tranquille, Ils mettent cinq jours pour atteindre Men-Nefer. Chaque roi a droit à un char équipé pour un long voyage avec un conducteur et un garde chargé de le servir mais aussi de parer à toute éventualité.

Akhenaton et Néfertiti sont accueillis dans la cité militaire comme des vainqueurs. Le peuple les acclame en claquant les mains en bois au-dessus de leurs têtes et entonne des chants religieux. Des pétales sont jetés en l'air sur leurs passages, par de grands soufflets en cuir. La ville est en liesse, de la nourriture et des boissons sont offertes par Pharaon. Pour cette occasion, une fête est organisée également au palais royal où sont conviés tous les dignitaires. Les roitelets sont installés dans de luxueuses chambres et sont invités à participer à la soirée. Des vêtements propres leur sont donnés et ils ont à leur disposition des serviteurs. A peine installé Etakama se présente devant la chambre d'Azirou, il est néanmoins accompagné par deux gardes chargés de sa protection. Devant la porte d'Azirou, deux autres gardes veillent. Après s'être fait annoncé, Etakama entre dans la chambre.

— Tu es prêt ?

— Oui. Je savais que tu allais venir. Nous devons discuter mais que fait Biridiya ? J'espère qu'il n'a pas changé d'avis.

— Il ne va pas tarder, de toutes les façons nous sommes embarqués sur le même bateau, puis discrètement il se penche vers lui

— Qu'est-ce que Pharaon va faire de nous ?

— On est en quelque sorte ses trophées et en plus, consentants. Je pense qu'il va nous garder en vie au moins jusqu'à la fête des rois. S'il nous exécutait avant, ça jetterait un froid chez ses invités et ça viendrait en contradiction avec ce qu'il professe.

— En conclusion, mieux vaut attendre le moment propice…

On frappe à la porte et un garde annonce l'arrivée de Biridiya. Il a revêtu ses habits d'apparat.

— Admirez ! Des serviteurs sont venus apporter mes habits de cérémonie. Vous devriez les avoir reçus également. En tout cas ce pharaon pense à tout et il est superbement bien organisé.

— Et c'est sûrement la raison pour laquelle nous sommes ici, raille Azirou. L'enthousiasme de Biridiya est quelque peu douché mais il n'a guère l'opportunité de répliquer car Etakama l'interpelle.

— D'après toi, que va-t-il nous arriver ? Azirou pense qu'on sera jugés et exécutés après la cérémonie ou au mieux, expédiés dans une de ses forteresses moisir le restant de nos jours.

— Ah ! Je n'avais pas vu les choses sous cet angle. Son discours et surtout l'expérience du Ouas m'avaient presque convaincu que nous ne risquions rien.

— Faut être vigilants alors mais pour l'instant comme il n'y a pas de danger immédiat, autant profiter de la générosité de Pharaon.

Azirou soupire et finit par se rallier à l'optimisme de Biridiya.

Dans la grande salle de réception, tous les notables et dignitaires de la cité sont là. Azirou et Etakama ont eu la bonne surprise de trouver eux aussi leurs habits de cérémonie. Ayant récupéré un peu de leur prestance, ils rejoignent Biridiya en pleine conversation avec une jeune femme khemit qui les intrigue pas sa beauté et son air hautain.

Biridiya pas peu fier d'être vu en galante compagnie, se tourne vers le roi d'Amourou.

— Cette jeune femme est sublime ! Sais-tu qui elle est ?

— Comment le saurais-je !

— Elle est la fille du grand prêtre d'Amon de Men-Nefer et la cousine de Pharaon. Son nom est Yalamon, ponctue Biridiya avec un sourire qui en dit long sur ses pensées. La princesse se tourne vers les rois leur accordant juste une attention polie.

Vivement intéressé, Azirou salue galamment.

— Mes hommages, princesse, nous aimerions rendre visite à ton père pour lui présenter nos respects mais les circonstances nous contraignent à rester ici. Le temps nous manque ensuite car nous devons accompagner Pharaon mais j'espère que tu lui transmettras notre message.

Yalamon incline la tête en signe d'acquiescement, saisit une coupe et après une brève révérence, se retire.

— Pas très causante, cette princesse, se désole Biridiya qui ne remarque pas les regards narquois de ses voisins.

— En tout cas, je pense que le message est passé, lui fait remarquer Azirou, que la fête commence !

Pharaon et sa grande épouse royale entrent dans la salle. Les dignitaires ovationnent le couple royal qui s'installe sur les trônes. Le porte-parole annonce que Pharaon va parler.

— Mon peuple bien aimé, dans peu de temps maintenant, ce sera la grande fête des rois… où vous êtes tous conviés. Il me reste à vous présenter les trois rois des pays, où l'ordre vient d'être rétabli, ils seront également présents à la fête, à Akhetaton.

Les dignitaires se tournent vers les rois et les saluent en se courbant légèrement. Pharaon continue.

— Nous aurons une longue discussion sur l'origine de la paix et ses bienfaits, mais en attendant c'est le moment de s'amuser.

Pharaon claque dans ses mains et l'orchestre joue une musique entrainante.

Younou se lève de son trône, un goûteur lui amène une coupe de vin. Pharaon prend la main de Nana et l'entraine vers la terrasse. Azirou les suit du regard. Près de la rambarde, il lâche la main de sa bien-aimée et pose la coupe, pour prendre appui face au jardin.

— Que se passe-t-il Younou ? On dirait que quelque chose ne va pas ?

— Rien ne se passe comme j'avais prévu et en même temps j'ai le sentiment, que c'est ce que je veux.

— Qu'essayes-tu de me dire ? l'interroge Nana en posant sa joue sur le dos de Younou et en le serrant très fort.

— Nous nous sommes retrouvés, mon Amour. Mais me pardonneras-tu mon comportement avec Kia ? Je me devais d'être froid avec toi, pour que tu partes à Men-Nefer. Pour que tu t'éloignes de moi, sinon tu ne l'aurais jamais fait.

Nana se détache de Younou et se place à côté de lui, pour regarder dans la même direction.

— J'ai beaucoup souffert de ton comportement, c'était horrible. Se sentir rejetée par toi, je ne le supporte pas. Mais pourquoi voulais-tu que je parte ?

— Je voulais t'éloigner du danger qui pèse sur nous par rapport au clergé d'Amon. S'ils pensent que tu ne représentes plus une menace pour eux ou si nos liens sont rompus, ils concentreront leurs attaques uniquement sur moi.

— Va droit au but ! Dis-moi où tu veux en venir ? demande-t-elle en se retournant pour lui faire face. Younou baisse la tête.

— Le peuple se divise entre Aton et Amon et une guerre interne éclatera tôt ou tard. Il faut que l'on se mette d'accord tous les deux, parce que moi tout seul, je n'en aurai plus la force.

— T'entendre dire que tu n'auras pas la force est assez singulier venant de ta part, pourrais-tu être plus précis, je t'en conjure.

— S'il te plait… implore Younou. Je veux que tu vives heureuse, il fallait ce temps pour voir si tu t'entendais bien avec Mheb.

— Gagné, je m'entends très bien avec lui.

— Et il est très amoureux de toi.

— Je sais.

— Et toi aussi.

Nana se redresse, se retourne vers le jardin et regarde un moment les flambeaux sans rien dire.

— Younou… tu es le seul homme qui compte vraiment dans ma vie et ce que j'éprouve pour Mheb, n'a rien à voir avec ce que je ressens pour toi.

— Je sais, je suis ta famille, ton cousin et ton destin par l'éducation que tu as reçue. Mais est-ce que cela ne se résume qu'à ça ? Peut-être te sens-tu prisonnière ?

Elle tourne légèrement la tête et observe son époux.

— Tu es plus, que tout ce que tu viens d'énumérer… bien plus… tu ne vas pas recommencer !

— Non.

— Tu es censé sentir la vérité ! Pourquoi ne la sens-tu pas, quand je l'exprime ? Pourquoi doutes-tu une fois de plus ?

Il glisse sur le côté et caresse sa main tout en la fixant.

— Nana, tu as du sang des Dieux et je ne sens rien venant de toi ! Tu peux me mentir autant que tu veux.

— As-tu vraiment besoin de tes pouvoirs pour te rendre compte que je suis sincère ? Younou quel est ton problème, avec moi ?

— Je… je t'aime beaucoup trop ! C'est ça mon problème.

Nana se jette dans ses bras.

— Mais moi aussi Younou, moi aussi, si tu pouvais le sentir… Oh, par Aton ! Si tu pouvais au moins le sentir.

— Il faut vraiment que nous cessions d'être amoureux l'un de l'autre… Où plutôt que nous fassions semblant d'être fâchés définitivement.

— Pourquoi ? s'inquiète-t-elle.

— Nana, partout le clergé à des informateurs, même ici en l'occurrence, ils nous espionnent certainement et il n'est pas bon, qu'ils sachent que nous sommes toujours amoureux. Et surtout que l'on s'entende bien. Je suis la cible et si tu veux continuer tranquillement de ton côté, il faut que nous apparaissions comme fâchés. Pas pour les cérémonies, non bien sûr il faut que tu gardes ton statut, ton autorité, pour pouvoir régner et je vais profiter de la fête pour faire de toi mon corégent.

Elle s'écarte de lui et le regarde.

— Ton corégent ? Attends…

— Je vais te donner le pouvoir, pour que le clergé, une fois de plus, ne parvienne pas à usurper le trône.

— Mais le trône sans toi, je n'en veux pas !

— Nana, tu es la seule à être capable de poursuivre notre dessein.

— Mais pourquoi tu ne restes pas avec moi ? Je ne comprends pas ?

— Mon départ va apaiser les pressions du clergé, ils vont penser avoir gagné, mais tu es aimée du peuple, tu es à l'abri.

— Younou le peuple t'adore aussi, tu veux partir où ? Il faut continuer… avec moi comme avant !

Pharaon baisse la tête, ses pensées se bousculent.

— Quoi ! Younou tu n'es pas sérieux ! Dis-moi quels sont tes projets d'abord ! Je veux connaître la façon dont tu envisages notre relation avant et après la fête.

— Nana, je ne veux plus que le clergé t'associe avec moi, je veux qu'il pense que tu es en désaccord avec mes idées et que quelque part, tu le fais par obéissance mais pas par conviction, tu comprends ?

— Non… tout le monde sait que je suis une adepte sincère d'Aton et que je connais, pour l'avoir intégré, le secret.

Younou prend le visage de Nana dans ses grandes mains fines.

— Ma douce, tu te condamnes avec moi en continuant dans ce chemin.

Elle écarte les mains de son époux.

— C'est là que tu ne veux pas m'entendre, je peux me sacrifier pour mes convictions et pour mon amour envers toi…

À ce moment précis, Nana comprend que le mot départ dans la bouche de younou est irréversible. Elle reste figée comme pétrifiée, réalisant que rien, ni personne ne le fera changer d'avis. Néanmoins elle ne peut accepter sans rien tenter. Sa voix devient fébrile et ses yeux humides.

— Mais je ne veux pas que tu partes pourquoi ? Tu dois rester encore ! Tu dois continuer, pour les enfants, pour Aton !

— Aton continuera d'exister et de répandre son Amour, alors que l'Empire Khem aura disparu.

— Ce qui m'importe aujourd'hui est d'être à tes côtés pour toujours et à jamais, profiter de vivre avec toi. Je ne veux pas avoir un semblant de vie. Je veux me battre jusqu'au bout à tes côtés et si partir nous devons… ce sera ensemble.

Younou serre Nana contre lui et des larmes perlent sur ses joues.

— Tu es une tête de mule, adorable mais une tête mule quand même. Que fais-tu des enfants ?

— Si tu ne pars pas, les enfants auront leur père et leur mère.

Younou contemple sa belle épouse, l'embrasse longuement. Il le savait déjà avant et constate qu'il ne la fera pas changer d'avis. Alors il envisage une autre tactique ou tout du moins lui fait croire.

— Très bien, nous allons essayer de déjouer tous les complots et rester la tête haute.

— Younou nous avons déjà gagner, l'enseignement d'Aton perdurera longtemps, même s'ils chassent les prêtres d'Aton et leurs adeptes de l'Empire, l'enseignement continuera au-delà des frontières, il est dans le cœur de l'homme… Alors autant continuer, mon Amour.

— Et Mheb ?

— Il suivra son destin, je n'en fais pas parti.

— Il sera effondré et risque de se retourner contre nous.

— Si ça doit sauver sa vie, pourquoi pas ?

Sans rien dire, Younou et Nana échangent de longs regards, remplis de l'émotion que seuls ils sont capables de ressentir l'un pour l'autre.

— Il faut qu'on mette en place une nouvelle stratégie, ma douce.

Younou serre Nana contre lui et lui parle à l'oreille.

De l'autre côté, au bord de la salle de réception, Azirou avec son acolyte Etakama regardent de loin le couple royal.

— Qu'est-ce qu'ils se disent tous les deux !

— Je ne sais pas mais j'ai l'impression que c'est assez tendu.

— Peut-être une dispute ? Si c'est le cas, ils ont une drôle façon de se disputer. Ils se sont plutôt mis d'accord sur quelque chose apparemment !

— Tu crois qu'ils parlent de nous ?

— Je ne crois pas que nous soyons leur sujet de discussion.

Biridiya les rejoint.

— Vous faites quoi mes frères ?

— Nous observons le couple royal. Tiens, tu n'es plus avec ta nouvelle amie ?

— Elle m'a dit des choses très intéressantes justement sur eux. Vous saviez que Pharaon et la grande épouse royale ont été séparés durant des saisons entières et que Pharaon a élevé son épouse secondaire au rang de reine.

— Au rang de reine, une secondaire ! s'étonne Etakama.

— Ça va être intéressant de vivre le retour de la grande épouse royale à Akhetaton ! constate Azirou. Tu vois, je crois que leur sujet de discussion était plutôt orienté sur ce problème-là !

— Quel était déjà le nom de ta nouvelle amie, Biridiya ? rappelle Etakama.

— Yalamon ! Dans sa jeunesse, elle a été promise à Akhenaton, mais répudiée finalement par Pharaon père, le prince à l'époque ne voulait que Néfertiti et personne d'autre.

— Bon en même temps, Biridiya ta nouvelle amie est très jolie, mais la reine est quand même bien plus belle. Je peux comprendre le choix d'Akhenaton.

— Vous n'y êtes pas du tout ! La famille de Néfertiti est très puissante et solidaire de la royauté, depuis plusieurs générations, ils sont cousins et cousines et ne se marient qu'entre eux.

— Comme quoi, même chez les khemits, c'est dur de faire confiance.

— Attention, voilà le général en chef.

Horemheb qui les observait depuis un moment, vient se mêler à leur conversation.

— Vous complotez quoi, tous les trois ?

— Rien général ! Nous nous disions que cette fête est particulièrement réussie et que vos femmes sont très belles.

— Nous attendons que Pharaon ait fini de discuter avec son épouse, avance Azirou.

— Oui, nous aimerions savoir ce qu'il veut faire de nous, renchérissent les autres.

— C'est Pharaon qui décidera quand il aura envie de vous parler.

— Il va nous garder longtemps ?

— Vous verrez çà avec lui. Je vous conseille en attendant de profiter de la soirée tant que vous le pouvez. Allons plutôt vers le buffet.

Il voit alors, Younou et Nana enlacés. Son cœur se resserre comme dans un étau. Il va pour partir quand il entend son nom et Younou lui faire signe de la main de venir. Le général obéit à contre cœur, il aurait préféré être ailleurs.

— Oui Taureau puissant.

— Je vais t'annoncer une grande nouvelle, je vais nommer Nana mon corégent.

— Pourquoi faire, je n'ai pas besoin d'être corégent ! s'exclame Néfertiti.

— Nous allons profiter de la grande fête des rois, pour l'annoncer.

— C'est une très belle preuve d'Amour, mais Nana a déjà tous les pouvoirs, affirme Horemheb.

— Je veux être sûr, qu'elle puisse me succéder en cas de problème avec le clergé.

— Je comprends… Mais je suis là pour te défendre du clergé.

— En étant corégent, elle sera vraiment mon égal, tu comprends ? insiste Younou.

Horemheb entrevoit alors une porte de sortie avec Néfertiti… sans Pharaon.

— Accepte Nana.

***

Le lendemain à Men-Nefer, l'armée prend la voie terrestre pour rentrer sur Akhetaton. Pendant que Pharaon fait affréter six bateaux pour remonter le fleuve, les vents venant de la mer verte sont favorables pour arriver plus vite dans la capitale. Les bateaux accostent aux quais de la cité d'Aton en milieu d'après-midi. Et comme à Men-Nefer, le peuple accueille son roi et sa reine avec des effusions de joie. Les bruits des claquoirs rythmés par les gros tambours et les trompettes retentissent dans toute la ville. Les danseuses ouvrent la route pour le couple royal et le général. Ay est là pour accueillir et serrer sa fille dans ses bras, il est heureux enfin de la retrouver.

— Il va falloir que tu reprennes ta place, lui dit-il à l'oreille.

Derrière les rois sont stupéfaits de la beauté de la ville.

— On m'avait parlé d'une capitale immensément belle, mais la voir en vrai est beaucoup mieux, s'extasie Biridiya.

— Oui, je dois reconnaître que ça en valait la peine, avoue Etakama.

— Tout ça existe en partie grâce nos ressources, boude Azirou.

Il est également prévu que la capitale soit en fête, des boissons et de la nourriture sont distribuées dans toute la cité. Le cortège arrive devant le palais royal. Ay a donné l'ordre à Kia d'attendre l'arrivée de Pharaon dans le grand salon, avec une grande partie des femmes du Kheheret. Elle se sent humiliée, elle qui était au rang de reine, peu de temps avant, se retrouve dégradée au rang de favorite qui gère les épouses secondaires. Les enfants royaux impatients de retrouver leur mère sont avec les nourrices, à côté de Kia.

Le couple royal entre dans le palais, avec la garde qui ouvre le chemin surveille les arrières et se positionne devant les dignitaires. Tout le monde sur leur passage se courbe et les acclame. Kia se plie au protocole khemit, mais n'a qu'une envie celle de courir dans les bras de Younou. Elle lance un regard noir en direction de Néfertiti, qui est sublime comme à son habitude. Les princesses n'en peuvent plus, elles crient le nom de leur mère et courent vers elle, pour lui sauter dans les bras. Younou en profite pour lever son regard vers Kia, qui heureuse de voir qu'il ne l'oublie pas, court vers lui et le serre dans ses bras.

Les rois derrière, regardent la scène d'un œil ironique.

— Ça sent le roussi ! raille Azirou.

— C'est elle, la secondaire qui a remplacé Néfertiti durant son absence ? demande Etakama.

— On dirait bien, suppose Biridiya.

— Je la connais, c'est Tadoukipa ! La fille de Touchrata, s'exclame Etakama.

— Aaaah, cela devient de plus en plus intéressant… remarque Azirou.

Nana est vraiment heureuse de retrouver ses filles, qu'elle serre très fort dans ses bras et les embrasse une à une. Puis, elle se décale et regarde le petit Toutankh-Aton qui n'ose pas bouger, car il découvre une inconnue. Nana se redresse et se dirige vers lui, pour le prendre dans ses bras. Les filles restent accrochées à la robe de leur mère, sauf Ankhesen qui se rapproche de son père pour lui faire un câlin. Elle constate avec animosité que la place est prise par Kia. Cependant Younou, voyant sa fille qui attend, se détache de Kia et s'accroupit pour prendre Ankhesen dans ses bras. Elle serre son père contre elle, l'embrasse puis lui dit à l'oreille.

— C'est bien Dada, tu as ramené notre mère.

Néfertiti revient vers son époux avec Toutankh-Aton. Elle voit Kia qui se trouve à côté de Younou et Ankhesen. Nana par complaisance protocolaire se positionne de l'autre côté de Pharaon, laissant ainsi Kia près de lui, mais Mérit et Makhet veulent être contre leur père. Alors elles se mettent devant Kia, l'obligeant à reculer. Ay quelque pas derrière la famille royale, la prend par le bras et lui ordonne de retourner avec les secondaires.

Reléguée parmi les femmes du khekeret, Kia cherche le regard de Pharaon, espérant pouvoir revenir près de lui, mais il est obnubilé par sa reine à qui il fait de grands sourires et lui donne des baisers en public. Kia voit alors Mérit-Aton se retourner et avec un regard pétillant la narguer. Il en est de même d'ailleurs pour Ankhesen qui pose sa tête dans le cou de son père et dans son dos fixe la secondaire avec un grand sourire jubilatoire. La famille royale regagne ses appartements et les nourrices apportent les jumelles dans les bras de Néfertiti.

— Oh ! mes bébés, comme elles ont grandi !

— Elles marchent maintenant, précise l'une des deux nourrices.

Elle les pose sur le sol et les petites boules d'amour marchent dans tous les sens pour retomber dans les bras de leur mère.

— Elles sont à l'image de leurs sœurs, merveilleuses !

— Tout le monde est heureux de te retrouver, mon amour, constate Younou.

Elle lui répond par un sourire atténué à la vue des affaires personnelles de Kia, disséminées un peu partout. Younou prend conscience de ce que regarde Nana.

— Tu comptes continuer avec elle ? demande Néfertiti en se relevant et donnant les jumelles aux nourrices.

Il se rapproche, la regarde droit dans les yeux.

— La raison voudrait que je continue avec elle, mais le cœur est différent, il est en lien avec l'âme et mon âme c'est toi.

Nana s'éloigne en soupirant profondément et lui demande à nouveau.

— Arrête de tergiverser et dis-moi qu'elle est ta décision vis-à-vis de nous ?

Younou enlace Nana alors qu'elle lui tourne le dos.

— Maintenant que tu es là, elle reprend sa place de secondaire et tu seras à côté de moi lors de la réception des rois.

— Et pour la nuit… on tire à la courte paille ? ironise Nana un peu amère, qui voit encore son époux se défiler comme une anguille.

Mais il se plante devant elle et la regarde droit dans les yeux, tout en lui caressant le visage d'une main.

— Tu ne crois pas un seul instant à mon histoire de clergé et que je t'ai éloigné de moi pour te protéger.

Nana pose sa main sur le poignet de Younou qui cesse son geste.

— Je pense qu'il y a autre chose de plus profond, mais pas forcément ton attirance pour Kia. Je pense que cette décision, tu l'as prise tout seul, alors que nous aurions dû en parler ensembles avant que tu ne m'éloigne de toi. Mais maintenant c'est fait et il va falloir en payer les conséquences.

Younou a un mouvement de recul.

— Que veux-tu dire ?

Nana se détache des bras de son époux et se dirige vers l'ouverture de la terrasse, puis pose sa main sur la tenture qui se soulève à la brise. Il souhaiterait tellement sentir ce qu'il se passe dans sa tête à ce moment-là.

— Et toi que veux-tu ? Être avec Mheb ou bien avec moi ?

— C'est toi qui m'a mise dans ses bras, combien de fois vais-je devoir te le répéter ?

Younou vient se placer à côté d'elle, il est droit avec les mains dans le dos.

— Ça ne répond pas à ma question.

— Il n'y a pas de choix pour moi, je suis ton épouse et si je peux être avec toi, c'est ce que je choisis. Cependant si tu préfères être avec elle…

Et là Nana marque un temps d'arrêt avant de dire la suite.

— Mais je ne comprends toujours pas le rapport entre mon bonheur, le clergé et le fait que je m'éloigne de toi avec Mheb. Même si une guerre interne éclate pourquoi m'éloigner de toi ?

Younou inspire profondément et continue de regarder l'horizon.

— C'était pour que tu continues de vivre après…

Nana lâche la tenture et attrape le bras de son époux pour qu'il la regarde… ce qu'il fait et elle articule avec insistance.

— Où que le destin nous mène… on y va ensemble.

Il l'enlace et l'embrasse langoureusement, Nana fond sous son baiser.

Les roitelets sont accompagnés dans des suites encore plus luxueuses qu'à Men-Nefer et d'autres serviteurs sont mis à leur disposition. Etakama rejoint Azirou dans sa suite.

— Nous y voilà ! s'exclame le roi de Kadesh.

— Nous sommes en plein cœur des terres khemit ! Dans le palais royal, surveillés par une garde super entrainée.

— Nous sommes dans le territoire des dieux.

— Il avait le Ouas avec lui, l'as-tu vu ?

— J'ai juste vu l'étui.

— J'aimerais bien qu'il le fasse fonctionner devant nous, rien qu'une fois pour voir.

— Tu es sûr de vouloir une chose pareille ? Il ne le fait jamais fonctionner pour rien.

— Dans quelles circonstances le fait-il fonctionner alors ? s'interroge Azirou

— Tu aimerais peut-être en faire l'expérience à tes dépens ? rit Etakama de bon cœur.

— Je ne sais pas si cela est possible.

— Tout est possible avec Pharaon.

Les deux roitelets regardent le jardin du palais, le soleil se couche.

***

Dans le Khekeret, Kia est en proie à une jalousie féroce. Giulepah tente de calmer sa nièce du mieux qu'elle peut.

— Ma chérie, tu es libre d'aller et venir comme bon te semble, tu as un palais rien que pour toi. Profite, tu peux être heureuse.

— C'est lui que je veux !

La tante invite sa nièce à s'asseoir.

— Tu l'as, il ne t'a pas oublié, il t'a avisé avec affection.

Kia le regard vide se pose sur un coussin.

— Son affection ne me suffit plus…

Giulepah prend la théière sur le brasero et deux tasses qu'elle pose sur la table basse.

— Oui, je sais, tu as vécu avec lui des moments que je n'ai jamais vécus avec Nebmatré. Mais le fait est là. Il est allé chercher Néfertiti et elle reprend sa place. Ne sois pas aigrie c'est normal.

Elle s'installe à côté de sa nièce et verse le thé dans les tasses.

— Il n'a pas voulu la laisser mourir, c'est tout. J'ai l'impression pourtant que ce n'est plus comme avant entre eux.

Elle pose la théière.

— Te l'a-t-il dit ?

— Non, pas avec des mots, mais ses gestes sont éloquents.

Giulepah tourne la tête, elle connaît très bien la façon de penser Khemit.

— C'est le cas dans la plupart des pays, mais chez les Khemits, le geste doit toujours être explicité. Que te disait-il ?

Elle pousse la tasse chaude devant sa nièce.

— Que je remplaçais Néfertiti !

Giulepah prend sa tasse dans ses deux mains et la porte à ses lèvres.

— Sois plus précise.

Kia se lève et se prend la tête.

— Que c'est normal pour une secondaire de remplacer la grande épouse royale quand elle n'est pas là !

— À chaque fois, tu t'es imposée à lui, il n'a pas été difficile de te posséder, tu t'es jetée dans ses bras. Tu n'as gardé aucun mystère pour lui. Il n'a jamais eu besoin de te conquérir, ou de te chercher, tu es toujours là à précéder son désir. Laisse-le respirer, fais-toi discrète, sois absente, laisse le mystère entourer votre relation. Il est avec sa grande épouse, retourne dans ton palais du Sud et laisse-le revenir à toi, il saura où te trouver s'il veut te voir... Et il viendra forcément.

Kia se laisse tomber sur le coussin à côté de sa tante.

— Tu en es sûre ?

— Ce qui est sûr, c'est que la première visite sera de convention. Après c'est à toi de faire le reste, pour en changer la nature.

***

Après la cérémonie du soir, le peuple commence à boire et manger. Au palais, les premiers convives s'engagent dans le grand salon de réception. Une musique douce est jouée en sourdine et entretient une ambiance feutrée. Les roitelets rejoignent les invités et cherchent à discuter avec certains notables présents.

— C'est dommage que Yalamon ne nous ait pas suivis ! regrette Biridiya.

— Oui, elle avait l'air d'être au courant de tous les potins royaux, remarque Azirou.

— Regardez, Tadoukipa est là, allons la voir.

Les rois se déplacent vers l'épouse secondaire et Etakama entame les présentations.

— Mes hommages Majesté, comment vas-tu ?

— Bien, je te remercie. Je n'ai pas eu l'honneur d'être présentée, répond-elle d'un ton froid.

— Tu ne me reconnais pas ?

— Ton visage ne me dit rien étranger !

— Je suis Etakama, roi de Kadesh, un ami de feu ton père.

— Ah oui ! Maintenant que tu me le dis, je te reconnais.

Elle se tourne vers les deux autres rois, afin qu'Etakama fasse les présentations.

— Mes amis sont Azirou, roi d'Amurru et Biridiya, roi de Megiddo.

— Ah oui vous êtes les rois de…

— De quoi ? interroge Azirou curieux de savoir ce qu'elle a pu apprendre depuis leur arrivé.

— Des territoires Khémit où se sont rendus Akhenaton et Néfertiti. Il s'y est passé des choses graves à ce que j'ai appris. Mais notre Pharaon y a mis bon ordre.

— On va dire ça ! dit Etakama pour calmer les esprits et surtout pour ne pas faire fuir l'épouse secondaire.

— Il paraît que tu as bien secondé Pharaon en l'absence de Néfertiti, Tadoukipa !

— Kia ! Mon nom ici est Kia. La coutume, veut que pour être intégré correctement les épouses prennent un nom Khemit.

— Ah bon ? On t'a contrainte ?

— Personne ne m'a forcée, c'est moi qui ai choisi mon nouveau nom. Ma tante elle, a gardé son nom Mitannien et personne ne lui reproche.

— Tu es près de Pharaon, maintenant.

— J'ai même un enfant de lui.

— Tu pourrais peut-être nous éclairer sur ses intentions à notre sujet ?

— Pourquoi ? Il ne vous l'a pas dit !

— Non, mais si tu nous le dis on t'en serait reconnaissants.

Kia trouve dans cette démarche, une excellente occasion pour se rapprocher de Pharaon.

— Bien sûr je le ferai en mémoire de mon père qui était un de tes amis.

— Je ne sais pas si c'est une bonne idée, intervient Biridiya.

— Pourquoi ? demande Kia. Il n'y a rien de méchant à vouloir savoir, ce que Pharaon compte faire de vous. Vous êtes ses sujets, vous lui êtes fidèles.

— Oh oui, nous sommes fidèles à Pharaon ton maître bien aimé, confirme Etakama avec un grand sourire.

— Nous lui sommes reconnaissants de nous avoir aidé, ajoute Biridiya.

— Peut-être faudrait-il s'adresser à Néfertiti, qu'en penses-tu, Kia ? demande perfidement Azirou.

Elle le fixe, trouvant sa question déplacée.

— Ce n'est pas la peine, je peux traiter cela directement avec mon époux.

Les trompettes retentissent, la famille royale entre dans la salle. Tout le monde se courbe, les roitelets et Kia compris. Mais très vite Horemheb, qui observe l'épouse secondaire depuis un petit moment, la rejoint et l'entraine dans un coin de la salle. Pendant ce temps les notables et dignitaires ovationnent le couple royal. Le porte-parole annonce que Pharaon va parler. Horemheb se tourne vers Kia.

— De quoi parles-tu avec les roitelets ?

— Que des choses sans importances, pourquoi ?

— Tu n'es pas apte pour juger ce qui est important ou pas. De quoi avez-vous parlé ?

— Oh la la, général ! Ne déverse pas ton mécontentement sur moi, je n'y suis pour rien, si Néfertiti est retournée avec Akhenaton. Je te rappelle que je suis tout autant concernée que toi !

— Certainement pas ! Et je te prie de ne pas confondre ta situation avec la mienne. Maintenant réponds à ma question.

— Je ne sais plus moi, des banalités. Etakama m'a reconnue, il était un ami de mon père, il m'a demandé si j'allais bien et qu'est-ce que je devenais.

— Et ?

— Et rien d'autre ! Ah oui, ils m'ont demandé, si j'étais au courant des intentions de Pharaon à leur sujet. Mais comme je l'ignore la discussion n'est pas allée plus loin et c'est à ce moment précis que tu es arrivé. Tu sais très bien que je ne suis animée d'aucunes mauvaises intentions envers Pharaon, bien au contraire.

— Le propre d'un militaire est de ne rien savoir d'avance, de se méfier et de tout vérifier. Donc sois prudente dans ce que tu dis, je t'ai à l'œil.

Le silence revient dans la salle, Pharaon va parler.

— Mes chers frères et sœurs, ce soir est un avènement, l'ordre est revenu grâce à l'obstination de notre reine à vouloir rétablir la paix dans nos territoires et c'est avec l'aide de notre général en chef Horemheb qu'elle y est parvenue. Nous allons finaliser tout ça avec les rois, de ces territoires, présents ce soir. Mais avant de vous laisser profiter de votre soirée, j'ai quelque chose à vous dire qui me tient à cœur. Néfertiti notre reine à tous, ma grande épouse royale va devenir mon corégent...

Kia pétrifiée ouvre grand les yeux et n'en croit pas ses oreilles.

— Elle mérite largement ce titre, avec tout le travail assidu qu'elle fournit avec amour au quotidien pour la gestion de notre Empire. Le couronnement se fera lors de la grande fête des rois.

Les dignitaires acclament la décision de Pharaon. Kia reste bouche bée, ses rêves s'effondrent définitivement. Horemheb voyant sa réaction s'inquiète.

— Tu as un souci avec cette décision ?

— Je... non... C'est que... Enfin, non je n'ai aucun souci... mais Ay doit y être pour quelque chose dans cette décision, non ?

— Ça ne te regarde pas.

— Elle ne va plus passer par Pharaon alors, puisqu'elle est son égale maintenant.

Horemheb sourit et rejoint le couple Royal.

La fête commence, des serviteurs les uns derrière les autres amènent des boissons et des plats avec des mets en abondance. La musique devient plus intense et plus rythmée. Kia fixe Pharaon, ne voyant pas qu'elle est observée par Néfertiti. La secondaire se courbe dans un salut devant son roi et maître.

— Comment vas-tu Kia ? demande tranquillement Akhenaton avec Nana à ses côtés.

Kia se tourne vers la Reine.

— Félicitation Néfertiti, tu auras eu la récompense que tu mérites.

Nana opine pour la remercier. Mais Kia oublie les conventions pour demander.

— Vais-je devenir la grande épouse royale alors, si la place est libre ?

Younou ne cache pas sa surprise, il regarde Nana qui est tout aussi étonnée.

— Néfertiti cumule sa place de grande épouse royale avec la corégence. Ce sont… deux choses différentes, je ne comprends pas que tu puisses me poser cette question, Kia… devant tout le monde de surcroit.

— Je suis désolée, dit-elle en se courbant. Je ne savais pas, ce n'est pas courant que la corégence soit assurée par la grande épouse, ni même que cela existait. Je croyais que c'était réservé uniquement pour les princes héritiers.

— La corégence peut être assurée par n'importe qui, du moment que c'est Pharaon qui le décide, intervient Ay.

Kia continue de regarder Pharaon et ignore l'importun.

— Elle attend une réponse, indique Nana à Younou.

Akhenaton se tourne vers Néfertiti, avec un regard plein de tendresse.

— Il n'y avait pas vraiment de question, les choses étaient pourtant claires dès le début.

Alors Nana se lève et descend les marches, pour rejoindre Kia, la prend amicalement par les épaules et tous sourires face aux dignitaires qui ne manquent pas de surveiller leurs faits et gestes, l'entraine sur la terrasse.

— Nous avons besoin de parler toutes les deux, affirme Nana.

Kia suit Néfertiti malgré elle. Sa plus grande adversaire est là tout près, la touche, l'entoure amicalement de son bras. Elle voudrait lui arracher ses magnifiques yeux qui font tant chavirer Younou ou bien défigurer son merveilleux visage avec ses ongles. Elles sont sur la terrasse, Nana fixe Kia, qui n'ose pas relever ses yeux pour la regarder en face.

— Il faut que tu me crois, vraiment je ne te veux pas de mal.

Mais moi oui, pense Kia.

Nana ne sait pas trop comment s'y prendre, elle sent bien son hostilité. Elle ne supporte plus cette situation qui les fait souffrir chacune leur tour.

— Je ne te forcerai pas à me regarder, tant pis. Je peux très bien comprendre ce que tu ressens et je veux que cela change. Nous devons nous unir pour Pharaon, il serait le plus heureux des hommes de voir que nous nous entendons bien... Enfin en tout cas, qu'on essaye.

— C'est facile pour toi, de dire ça ! Tu es la grande épouse, la principale et maintenant tu es l'égale de Pharaon. Ta générosité est bien trop grande ! Quand tu es là, tous les honneurs sont pour toi et moi je dois me contenter des miettes que tu daignes me laisser.

— Dois-je te rappeler que c'est toi qui as insisté pour avoir un enfant avec Pharaon. Au départ tu étais une épouse secondaire de Nebmatré, qui est devenue une épouse secondaire d'Akhenaton. Nous avons accepté ta demande pour avoir un enfant, ce qui implique forcément une certaine intimité. De là, tu as pris de l'assurance tous les jours, afin de pouvoir accéder à ma place, sans pour cela te soucier un seul instant de ce que je pouvais ressentir et devenir.

— Pourquoi, et toi, te soucies-tu de moi ? lui lance Kia en relevant ses yeux et fixant Néfertiti avec hargne. Quel jeu joues-tu ? Tu me crois assez naïve pour m'attendrir avec des promesses et me renvoyer au Khekeret me morfondre.

Kia lit dans le regard de Nana une compassion infinie, qui la touche malgré elle au plus profond de son cœur. La secondaire est déstabilisée. Néfertiti prend la parole.

— Même si tu ne me crois pas, même si plus jeune j'ai eu envie certaines fois, que tu sois loin de nous, j'ai fini par t'accepter. Mais toi, tu as toujours voulu que je n'existe pas. Dans tout ça tu oublies les sentiments de Pharaon. Quand j'ai cru que Younou ne voulait plus de moi, j'ai accepté sa décision de m'éloigner, je n'ai jamais rien tenté contre toi. C'est lui qui est revenu me chercher.

— Pourquoi as-tu accepté de revenir ? Tu n'étais pas bien avec Horemheb ? Tu avais tout le pouvoir que tu voulais à Men-nefer !

— Je ne suis pas revenue pour le pouvoir, Kia ! Je suis revenue parce que mon cœur préfère être aux côtés de Younou, parce que j'aime mon époux plus que tout au monde. Peux-tu le comprendre ?

— Je comprends, c'est pareil pour moi. Mais quand tu es là, je ne suis plus à ses côtés, je n'existe plus.

— Ce n'est pas moi qui décide, c'est lui qui fixe les règles. Il choisit en fonction de son cœur.

— Ce qui veut dire qu'il te préfère…

— Ça ne veut pas dire que tu n'es pas importante à ses yeux. Ta place est parmi nous, tu dois le ressentir ainsi. Tu es la bienvenue et si tu l'acceptes sincèrement, nous serons amies. La vie sera plus douce.

Le regard de Néfertiti lui semble tellement sincère, avec ses yeux émeraudes. La secondaire baisse la tête, pour résister à cette sensation d'abandon.

— Écoute Kia, nous allons essayer de nous entendre pour l'amour de notre époux. Il ne faut plus qu'il soit contraint de choisir entre nous deux.

— Tu veux dire que je pourrais être ton égale ?

— Dans le cœur de Younou, c'est le but, non ?

— Mais… Alors… Je pourrais être sur le même niveau que toi à la grande fête des rois ?

Nana se rend compte, que son intérêt pour le pouvoir est toujours aussi présent. Mais elle veut que les choses changent entre elle et Kia.

— Si tu veux être à mes côtés, tu le seras, si pour toi c'est une preuve de ma bonne foi.

— Oui, je le veux.

— Je le dirai à Pharaon, je pense qu'il acceptera si c'est ma volonté.

Kia serre Nana dans ses bras, elle est heureuse, elle va pouvoir paraître comme une vraie reine, qu'elle est.

Younou les observe de loin et s'inquiète de ce que Nana a bien pu lui dire pour que Kia la serre dans ses bras. Elle laisse Néfertiti et court vers le maître de son cœur. Elle dépose un baiser sur ses lèvres puis se pend à son bras. Nana souriante suit tranquillement, regardant son époux d'un air serein. Elle glisse son bras de l'autre côté de Younou et ils descendent. Tout semble rentrer dans l'ordre.

Cependant il reste curieux de connaître ce que sa grande épouse a bien pu promettre à sa secondaire, pour la rendre si aimable.

— Tu permets, Kia ! dit-il en enlevant son bras délicatement du sien.

Puis il entraine Nana un peu plus loin. Sous prétexte de danser, ils s'éloignent enlacés sur le rythme de la musique douce, il lui chuchote.

— Qu'est-ce que tu lui as dit pour qu'elle change d'attitude ainsi ?

— Je lui ai proposé que nous fassions la paix, mais comme ça ne suffisait pas, il lui fallait une preuve de ma bonne foi. Alors je lui ai promis qu'elle pourrait être à mes côtés pour la grande fête des rois.

Il recule sa tête d'un air surpris pour capter le regard de sa douce, il se rapproche de son oreille.

— Tu ne lui as pas promis ta place, quand même ?

— Juste être à mes côtés.

Younou sourit et serre très fort Nana.

— Tu as eu une excellente idée, mon amour, peut-être que ça va l'apaiser, même si pour le moment ce qui importe pour elle reste dans les apparences.

Comme beaucoup de dignitaires qui font mine de rien, mais observent les faits et gestes du couple royal, Horemheb a suivi ce qu'il vient de se passer avec une attention assidue. Mais à son grand désarroi, Nana ne le cherche jamais du regard, aussi il se sent abandonné malgré lui par celle qui occupe toutes ses pensées. Parmi les spectateurs, un homme observe avec grande attention les réactions d'Horemheb. Le général sort de la salle de réception, la tête basse. Il sent qu'il n'a pas sa place. Mériré le suit et se porte à sa hauteur dans le couloir.

— Pourquoi ne restes-tu pas à la fête, général ?

— Je dois rejoindre mes hommes, il se fait tard.

— Puis-je marcher un peu à tes côtés, je vais dans la même direction que toi…

Horemheb lance un regard sceptique sur le grand prêtre.

— Que veux-tu Mériré ?

— Oh, rien de spécial, je trouve qu'il y a de quoi être amer.

— De quoi parles-tu ?

Horemheb continue à marcher d'un bon pas, obligeant le prêtre à trotter pour rester à côté de lui.

— Tu passes des saisons entières avec une superbe créature, pensant qu'elle en a fini avec son époux qui lui de son côté, folâtre avec une épouse secondaire. Puis d'un coup, il joue le rédempteur en venant sauver sa belle d'une mort certaine...

— Il a des capacités que je n'ai pas.

— C'est pour ça qu'il est Pharaon et toi, un général !

Horemheb stoppe sa marche effrénée et fait face au prêtre.

— Que veux-tu ?

— Rien, rien, je veux juste que tu saches que je te comprends.

Et le religieux tourne les talons et laisse pantois le militaire.

***

Dans quelques jours, la grande fête des rois aura lieu, Younou court dans tous les sens avec Ay, pour vérifier que rien ne soit oublié. Il laisse un peu de côté sa famille et Nana. Le temps lui manque pour assurer sur tous les fronts. Mais Nana n'en prend pas ombrage car elle aussi, est très occupée. Younou lui confie un certain nombre de tâches dont elle doit s'acquitter. Ces dernières la ramènent vers Horemheb. Elle entre dans le bâtiment administratif, là-même où se trouve la caserne. Elle cherche le général et finit par le trouver, dans son bureau où il semble absorbé par l'étude de ses dossiers.

— Je te salue Mheb !

Le général surpris par la visite inattendue de Néfertiti se redresse d'un coup. Il a les yeux cernés et les traits creusés.

— Que me vaut ta visite ma Reine ?

— Dis donc tu as l'air épuisé, tu devrais prendre un peu de repos.

— Pour moi la grande fête des rois ne change rien à mon quotidien.

— Quand même la venue d'un grand nombre de visiteurs, doit te causer beaucoup de soucis. Assurer la sécurité des rois ne doit pas être une mince affaire !

— Ne sois pas inquiète, tout est passé en revue depuis longtemps, j'ai déjà vu ça avec ton époux et mes hommes sont en repos pour le moment. Ils reprendront du service la veille de la grande fête.

Nana laisse glisser ses doigts fins sur la table, en longeant le rebord, sans regarder Horemheb.

— Je ne m'inquiétais pas, je sais que je peux me reposer sur toi.

— Mais que me vaut ta visite Nana… au fait, puis-je encore te nommer ainsi ?

— Pourquoi ne le pourrais-tu plus ? dit-elle avec un grand sourire.

— Tu as retrouvé ton époux, tu deviens corégent du trône…

— Rien a changé, Mheb.

— Ce n'est pas… ce qu'avait l'air de dire Younou. Il me semblait que les choses étaient différentes.

— Viens, nous allons nous promener, il ne faut pas rester ici.

Ils sortent du bâtiment et se dirigent vers le jardin.

— Je voulais te voir pour une raison officielle que nous allons régler après, mais avant tout je voulais te voir pour te dire que Younou veut continuer à répandre l'enseignement d'Aton et cette fête va servir de prétexte pour le diffuser dans le monde. Le principe de tolérance envers les autres religions est respecté et les liens avec les pays seront renforcés pour assurer la paix.

— Mais… Il va faire quoi ? Donner de l'or ? Donner des cadeaux ? Ils vont demander une contrepartie.

— Avec la promesse d'une vraie paix réciproque, il veut rendre la liberté et l'autonomie aux pays vassaux. Il veut mettre en place un contrat dont les intérêts économiques vont être équitablement répartis. Un traité sera signé entre les différents pays pour assurer une défense mutuelle en cas d'agression extérieure.

— Quoi ! Non ! Il ne va pas faire ça. C'est de la folie ! Tu ne vas pas le laisser faire !

— Écoute, dit-elle calmement.

Horemheb regarde Nana, il sent qu'il y a autre chose derrière.

— Mheb, c'est une stratégie visionnaire.

— Je ne comprends pas. Où il veut en venir ?

Nana marche et Horemheb la suit.

— Il pense à l'avenir du double pays et à celui d'Aton, qui n'est qu'amour et paix. Le peuple a été conditionné pour une vie d'esclavage par des dirigeants avides qui ont fait en sorte que la population ait besoin d'un guide, leur indiquant où se trouve le bien et le mal. Aton est le dieu parfait pour celui qui n'a besoin de personne, parce qu'il est en chacun de nous, il est notre essence de vie, notre principe fondamental de l'existence. Le jour où l'homme comprendra qu'il a le pouvoir en lui-même et qu'il n'a pas besoin de conquérir, de paraître pour être, l'humanité changera et une nouvelle ère naitra et elle sera parfaite. Tout notre fonctionnement viendra de l'intérieur. Même si aujourd'hui cela semble utopique et égoïste. Nos dieux venus sur terre, en avaient presque réalisé l'ampleur, avant le cataclysme. Aujourd'hui nous repartons à zéro, avec le handicap d'un cerveau trop corrompu où l'accès à toutes ces données sont entravées.

Nana reprend son souffle pendant qu'Horemheb reste concentré sur ses paroles.

— Si j'ai bien compris, il veut accorder une large autonomie aux royaumes vassaux et en échange, ces pays resteront sous l'influence d'Aton et de ses principes. Mais est-ce que les rois continueront de payer leur tribut à l'empire ? s'inquiète Horemheb.

— Il établira un traité pour être le premier partenaire commercial, mais ils ne paieront plus de tribut, c'est le principe même de rendre leur autonomie.

Le général tourne sur lui-même, ne parvenant pas à comprendre la stratégie de son roi. Puis il prend les mains de Nana et fébrilement lui avoue.

— Ton époux devient dangereux pour l'économie des terres noires.

D'un geste brusque elle retire ses mains de l'emprise d'Horemheb, elle est contrariée.

— Non seulement notre empire est assez fort pour supporter ce changement, mais en plus cela va développer nos échanges commerciaux. Les terres noires n'étaient pas plus fortunées quand le clergé détournait une grosse partie de nos richesses. Les rois vassaux ne payaient plus leur tribut, tu l'as bien vu par toi-même. Cela ne pouvait plus continuer ainsi. Le fait que les hittites viennent les chercher à notre place, obligent les roitelets à payer. Ce traité de paix en échange de la rétribution des trois comptoirs est une excellente idée. Car ainsi il a réussi à négocier une trêve qui ne lui coûte rien. On ne peut obtenir une paix durable en opprimant les pays. Ces territoires connaissent une agitation croissante et nous avons notre part de responsabilité. Les nouvelles générations ne comprennent pas pourquoi ils ne sont pas libres.

Horemheb est inquiet et tente de la calmer en argumentant dans sa logique militaire.

— Et pour cause, nos ancêtres se sont battus pour ces territoires et le père de Pharaon a payé cher pour les conserver.

Néfertiti sait très bien qu'il ne sera jamais d'accord avec cette solution, mais elle continue malgré elle à revendiquer.

— Des cadeaux aux rois, il achetait les rois, mais ce sont les peuples qui en payent le prix fort, au détriment de leur travail personnel. Pourquoi y a-t-il des soulèvements dans ces territoires ? Parce que les peuples n'en peuvent plus de payer, de faire tourner une économie uniquement pour l'Empire Khemit et aussi pour engraisser leur roi et dignitaires. Tu comprends ? Ils n'ont plus rien à manger, ils veulent vivre dignement. Ils veulent leur indépendance.

Une pose silencieuse s'installe entre eux, mais le regard du général est triste, l'horizon qui se profile s'avère être plus sombre et compliqué que ses pires inquiétudes l'envisageaient. Pourtant il garde espoir et continue d'approfondir son raisonnement.

— Je ne suis pas le ministre du trésor, mais j'imagine, que le manque à gagner va être colossal !

Immuable et fidèle envers et contre tous à son époux, Néfertiti rejette tous les arguments de son ami en s'écartant de lui.

— Si les tributs continuaient d'être payés peut-être, mais la scène géopolitique n'est plus la même et il faut réfléchir avec les nouvelles données. Et c'est le prix de la paix, de la liberté pour continuer à évoluer et avoir des alliés et partenaires économiques.

— Une bonne guerre et ils seraient devenus des esclaves, c'est tout ! raille désespérément Horemheb.

— C'est justement ce que Younou veut éviter. La guerre et l'esclavage sous toutes ses formes détruiront l'humanité, rendront l'homme ignorant et asservi par une oligarchie dominante… comme le clergé d'Amon.

Horemheb se gratte la tête, son cœur sait qu'elle est humainement dans le vrai… mais tout ce changement lui fait peur.

— Tout ce que tu dis, je peux le comprendre, mais pour le moment penses-tu que…

— Ce soit raisonnable ? Mehb ! Quand est-ce que cela sera raisonnable ? Quand est-ce que cela sera le bon moment ?

— Alors il va quand même démanteler l'Empire ?

Nana fait quelques pas en avant et revient vers Horemheb.

— Il faut qu'il le fasse, je sais… nous savons que tu ne vas peut-être pas nous suivre dans cette voie. Et si tu décides de te réconcilier avec le clergé d'Amon, s'il te plait laisse passer la grande fête pour que Pharaon informe les rois de sa proposition. Tu diras alors aux prêtres que tu n'es pas d'accord avec cette réforme… et coopèrera avec eux si tu le désires.

Horemheb se laisse tomber sur ses genoux, puis s'assoit sur l'herbe. Il prend sa tête dans ses mains. *Ils vont le faire.*

— Sais-tu ce que cela entraine si vous suivez ce chemin ?

Mais Nana n'entend pas sa question… ou ne veut pas entendre.

— La proposition de paix universelle doit toucher le plus de pays possible. La guerre ne fait que diviser pour que le puissant règne en maître.

Horemheb se lève et tente de raisonner Nana qui reste sur une lancée universaliste.

— Ce que tu crains à mon sujet n'est même pas envisageable pour moi ! Cependant il y a de fortes chances qu'ils viennent me contacter pour que je les rejoigne et ainsi tenter d'entrainer une bonne partie de l'armée avec moi. Ne vous entêtez à suivre ce chemin par pitié. Les dignitaires vont un à un vous tourner le dos, ne comprenant pas votre stratégie un peu trop humanitaire... Nana c'est de la folie !

Mais Horemheb comprend qu'il est vain d'essayer de détourner la direction choisie par un homme *qui voit plus haut et plus loin pour le bien de l'humanité dans sa globalité,* et que pour rien au monde Pharaon abandonnera ce chemin dans lequel il s'est déjà engagé. Il tourne la tête de Nana vers lui.

— Tu es partagée n'est-ce pas ? Tu le soutiens parce que tu ressens la même chose que lui... mais tu sais que j'ai raison.

— Pourquoi ? Parce que tu passerais pour un sauveur, le sauveur de l'Empire.

Le général brusquement recule mais reste face à Nana qu'il fixe, un long moment sans rien dire.

— Pour cela il faudrait que je devienne Pharaon et tu sais comme moi que c'est impossible.

Les yeux de Nana se remplissent de larmes tout en fixant son ami. Il continue.

— C'est un rêveur comme toi et vous placez tous les deux vos espoirs dans un monde qui n'est et ne sera jamais que pure illusion, quand à la réalité elle risque bien de nous éclater en pleine figure.

Horemheb serre nerveusement les mains fines et languissantes de sa reine. Elle ne peut plus contenir ses sanglots. D'un geste sec elle se dégage de son ami et part en courant.

***

Dans le Khekeret, Kia regarde sa tante tissant tranquillement un merveilleux tapis persan et elle envie, l'espace de quelques instant, cette sérénité facilement lisible sur son visage. Elle se dirige lentement vers elle, cherchant dans son esprit, comment aborder le sujet de la robe que portera la reine à la réception. Elle sait maintenant que Pharaon dans sa grande bonté a accédé à la demande de Néfertiti, pour que Kia *la favorite* soit sur le même pied d'égalité que la grande épouse royale. Alors pour que cette faveur soit visible aux yeux du peuple, Kia a obtenu de sa souveraine l'autorisation de porter la même robe qu'elle. Seulement un problème se trame à l'horizon, le couturier n'a plus assez de tissu pour confectionner une seconde robe, et la première est aux dimension de Kia.

Comment va-t-elle expliquer à Néfertiti qu'on ne pourra pas réaliser une seconde robe pour la grande épouse royale ?

Elle trépigne devant sa tante espérant un soutien de sa part ou tout du moins une certaine compréhension.

— Que se passe-t-il encore ma nièce, je te vois impatiente devant moi et généralement quand tu es dans cet état, ce qui suit n'est jamais bon.

— La fête est dans trois jours et le tissu n'arrivera jamais ici à temps… ensuite il faudra la confectionner ! Les essayages, les retouches ! Le temps va nous manquer, débite Kia sans plus d'explications.

— De quel tissu me parles-tu ?

— Celui de la robe de la reine…

Giulepah lance un regard interrogateur à sa nièce pour qu'elle lui en dise plus, mais commence à comprendre.

— Quand Néfertiti était à l'agonie, j'ai ordonné au couturier de la faire à mes dimensions… et maintenant il n'a plus assez de tissu pour en faire une seconde.

— Qu'est-ce que tu as fait Kia ?

— C'est sans mauvaise intention de ma part, à l'époque elle était mourante, voire même morte. Et ce devait être moi qui…

— Kia, Pharaon a été très clair avec toi sur ce sujet, il me semble !

— Oui, mais souviens-toi, elle était soi-disant morte et…

— Écoute débrouille-toi, tu te mets toujours dans des situations impossibles, tu n'as qu'à aller voir la reine et t'arranger avec elle.

— En ce moment, elle est dans de bonnes dispositions, tu as raison je vais aller la voir.

Kia sort du Khekeret et se dirige vers le palais royal. En passant devant l'atelier de couture, elle voit Nana en train de parler avec le tailleur. Elle pense que c'est le bon moment pour intervenir.

— Néfertiti excuse-moi, mais c'est un mal entendu, c'est de ma faute je suis vraiment désolée.

Kia voit alors le visage de Nana tout gonflé par les larmes.

— Qu'est-ce que tu as ?

— Rien ! Ne sois pas inquiète, ça va passer, j'ai dû me faire piquer par un insecte dans la nuit.

Kia n'est pas dupe, Néfertiti s'est peut-être disputée avec Pharaon, elle a un petit pincement au cœur en se demandant si ce n'est pas à cause d'elle.

— Je suis confuse, j'ai complètement oublié de demander à ce que les retouches de la robe soient remises à tes dimensions. Le couturier n'y est pour rien, informe Kia.

— Ce n'est pas grave, indique le tailleur je vais me débrouiller pour rectifier la robe aux dimensions de la grande épouse royale, ça ne se verra pas.

— Ah ! déplore Kia en essayant vainement de cacher sa déception.

— Sinon, j'ai cette robe que vous aimez tant, elle brille aussi mais beaucoup moins que l'autre. En fait, elle est vaporeuse et dans la pénombre de petits soleils ressortent en scintillant. Vous aurez l'avantage d'être plus à l'aise que dans la première, propose le couturier.

Nana n'a vraiment pas l'esprit à ce qu'elle va mettre le jour de la grande fête et elle veut vite en finir avec ce détail.

— C'est très bien ainsi ! Laissez la robe qui reflète à Kia et moi la vaporeuse qui est déjà à mes dimensions. Vous avez encore plein de travail, il faut que vous soyez prêt pour la grande fête.

— Merci Majesté, je serai prêt sans souci.

— Merci à toi de m'avoir fait appeler, sinon j'aurais oublié de venir, dit Nana au couturier.

Kia n'en croit pas ses oreilles.

— Nana, je te suis reconnaissante de bien vouloir me laisser ta robe, mais es-tu sûre de l'accord de Pharaon ?

— Il sera très heureux de te voir briller dans cette robe à ses côtés. Excuse-moi, j'ai encore plein de choses à faire, je te laisse.

Kia est au septième ciel, Néfertiti lui a laissé sa robe, cette robe qui lui faisait tant envie, LA robe de la grande épouse royale. Bon c'est sûr, elle n'est pas très confortable, le tissu est serti de petits miroirs qui vont refléter le soleil. Mais ce n'est qu'un détail car elle va briller comme Aton. Ce qui était prévu pour Néfertiti, c'est elle Kia, la secondaire qui va l'incarner.

***

Au milieu de la nuit, dans les rues d'Akhetaton, un homme avec une cape de bédouin, marche à grands pas et se dirige vers une petite maison aux fenêtres étroites. Il tape trois fois à la porte, qui s'ouvre rapidement.

— Tu as le poison ? demande l'homme une fois entré.

L'alchimiste qui détient le poison est un Abyssinien, très versé dans la magie noire. Il est venu incognito à Akhetaton, pour une raison bien précise. L'Abyssinien donne à l'homme un pot avec un onguent translucide à l'intérieur.

— Il faut éviter tout contact avec la peau, tu ne sens rien, aucune souffrance. Tu meurs étouffé, le poison bloque les muscles des poumons et du cœur, il est indécelable.

— Totalement indécelable ? Même à l'odorat d'un dieu sur terre comme Pharaon ?

— J'ai bien étudié la chose, j'ai mis longtemps à le trouver, mais le poison est le même qui a tué bon nombre de minoens avant le cataclysme. Il est efficace même sur les demi-dieux. Il contient une plante endémique. Le Ouas cette fois, ne pourra pas faire revenir la victime.

— Qu'est-ce que tu en sais ?

— J'ai eu la chance de rencontrer des minoens qui m'ont expliqué ce qui s'était passé les derniers temps. Ils avaient des armes du même métal que le Ouas.

— La plupart des minoens avaient du sang des dieux !

— Oui, surtout l'élite. Et ce poison quand il était utilisé, le métal des dieux n'avait aucun effet sur la victime. Elle mourrait inexorablement.

— Et sur les fils de l'homme ?

— C'est la même chose, la plante ne fait pas la différence.

— Il est effectif combien de temps ?

— Quatre à cinq lunes dans le pot bien fermé, sinon une fois qu'il a pris l'air, le poison se détériore et perd de son efficacité au bout d'un jour, pour ne plus être qu'une crème inoffensive à partir de deux jours. Je te conseille de cibler un endroit bien précis où tu es sûr qu'il sera rapidement touché par ta victime.

— Combien de temps pour que la personne passe dans l'autre monde ?

— Il faut compter deux à trois jours, le temps d'incubation est lent.

— Tu l'as testé sur quelqu'un avant de me le vendre une petite fortune ?

— Je ne suis pas fou, je sais que tu veux des résultats, bien sûr qu'il a été testé et pas qu'une fois. Seulement ne le gaspille pas, car je t'ai donné tout ce que j'avais et je serai incapable de retrouver cette plante, d'où le prix un peu élevé.

L'homme à la capuche donne à l'Abyssinien un sac où l'on entend tinter du métal. L'alchimiste l'ouvre et voit une dizaine de colliers en or.

— Tu pars d'Akhetaton ce soir et je ne veux pas te voir à la fête, ordonne l'homme à l'Abyssinien.

— Eh ! Je ne suis pas fou, je ne veux pas prendre de risque. N'oublie pas la spatule pour passer l'onguent, aucun contact avec la peau.

L'homme à la cape ressort de la petite maison et discrètement se dirige vers… le grand temple d'Aton.

***

Les roitelets passent des moments très agréables à Akhetaton. Pharaon n'est toujours pas venu leur parler. En attendant, de séduisantes femmes sont venues tenir compagnie aux hommes.

— Une petite baignade Messires ?

Les rois sont déjà en train de festoyer.

— Si on peut manger dans le bassin, pourquoi pas ? demande Biridiya.

— Mmmmm mmmmm, acquiescent les deux autres, la bouche pleine.

La jeune femme claque des mains et les serviteurs prennent les plats un a un pour les mener sur le bord du bassin.

— Moi dès que je rentre, je faire creuser des bassins un peu partout dans mon palais, affirme Biridiya.

— Si on t'accorde la possibilité de rentrer, insiste Azirou.

— Sauf que les Khémits ont un fleuve pour alimenter leurs bassins, leurs plantations, indique Etakama.

— D'où ces jardins absolument incroyables ! Ils ont des fleurs que je n'avais jamais vues, s'exclame Biridiya.

— Moi, c'est leurs femmes que je trouve intéressante, ajoute Azirou.

— Tu crois qu'il va nous parler avant la grande fête ? demande Etakama.

— Pharaon ? interroge Biridiya les mains pleines de nourritures, tout en essayant d'attraper la coupe de vin.

— Non, Bastet, la déesse chatte !

Biridiya étonné par la réponse d'Etakama, lève les yeux pour regarder Azirou et voit derrière lui une sublime créature les observant se bâfrer. Il reconnaît tout de suite la reine Néfertiti. Il laisse tomber dans les plats les aliments qu'il tenait dans ses mains et les rince discrètement dans le bassin. Puis il secoue l'épaule d'Azirou et d'Etakama. Ils se lèvent tous les trois dans la confusion et se courbent devant la grande épouse royale.

— Majesté !

Nana se tient debout et ne dit aucun mot, son regard est froid et hautain. Les roitelets n'osent rien dire, le moment est énigmatique. Ne sachant plus si elle est réelle ou bien seulement un mirage. Cependant elle doit être bien réelle, car les serviteurs et les jeunes filles sont prosternés devant elle.

Les gardes se rapprochent de la reine, qui fait demi-tour puis va s'installer sur un fauteuil en haut de la terrasse. Les rois en profitent pour la regarder marcher avec une grâce féline et devine aisément les formes de son corps sous sa robe légère comme le vent. Ce qui n'est pas sans les troubler. Cette distance qu'elle met entre les rois, ce comportement hautain, ils l'attribuent à cette culture Khemit qui impose le respect. Les serviteurs lui amènent boissons et nourritures, mais elle n'y touche pas. Elle fait signe à un serviteur, qui descend aussitôt vers les rois.

— Le grande épouse royale vous demande de venir vous asseoir à sa table, dit le serviteur en mettant à leur disposition des pagnes.

Les rois s'empressent de s'en vêtir.

— Je n'ai vraiment pas le sentiment d'être habillé pour la circonstance ! peste Azirou.

— Tu devrais pourtant te sentir à l'aise ? s'amuse Biridiya.

— De toutes les façons nous n'avons pas le choix. Conformons-nous aux usages Khemits, conclue Etakama qui se dirige vers la table royale.

Pendant tout ce temps, Nana ne peut s'empêcher de laisser échapper un petit sourire amusé à leurs allures empruntées, elle fait un signe de la tête aux jeunes filles.

Revêtus de leur pagne, ils montent les escaliers et s'installent à la table en face de Néfertiti. Les serviteurs ramènent ce qui reste des plats devant les convives et déposent de nouvelles boissons. Curieusement ils n'ont plus faim, ni soif.

Nana fixe chacun des roitelets, toujours sans dire un mot. Même Azirou ne se sent pas le courage de parler le premier et attend comme ses amis. Soudain des claquements de sandales se font entendre, la garde royale arrive en courant et forme une allée pour le passage de Pharaon. Younou entre sur la terrasse couverte, il est habillé d'un pagne blanc avec une large ceinture dorée. Ses longs cheveux noirs sont retenus par un serre tête en or, avec un uraeus sur le front. Il tient dans sa main, le Ouas emblème de la puissance Khemit. Ce dernier détail fait frémir les rois et ils se demandent pourquoi il a amené cet artéfact avec lui. Tout le monde se prosterne devant Pharaon, les rois se lèvent et se courbent dans un salut.

Akhenaton s'assoit à la droite de Néfertiti et lâche le Ouas qui se tient seul en l'air, sans un bruit, sans osciller. Les rois regardent les serviteurs, les gardes et les jeunes filles, personne n'est étonné de voir l'objet. Younou se gratte la gorge pour attirer l'attention des rois vers lui.

— Asseyez-vous.

Les rois exécutent l'ordre de Pharaon instantanément.

— N'ayez pas peur du Ouas, il est guidé par moi.

Les rois baissent la tête et même Azirou regarde sous la table se demandant s'il n'y a pas une ruse pour le faire tenir en l'air.

— D'ailleurs il faut chasser cette peur. Et toi dont l'arrogance nourrit la plupart de tes discours, pourquoi as-tu peur ?

Azirou relève la tête d'un coup.

— Eh bien… je sais ce que peut faire ton Ouas, alors c'est normal d'avoir peur.

— Rien ne peut t'arriver tant que j'en ai le contrôle.

— Justement…

Younou se lève tranquillement et se dirige vers les rois. Etakama excédé en veut à Azirou.

— Bon sang Azirou calme-toi !

Pharaon se tient debout devant les roitelets, le Ouas l'ayant suivi sans aucun bruit.

— Qu'auriez-vous fait à ma place ?

Grand silence, le moment est important, Azirou pense que c'est une question piège.

— Personne ne répond ? Biridiya ?

— Oui, Taureau Puissant ! dit-il en fixant l'artefact.

— Tu es dans ton palais, la grande épouse royale se présente devant tes portes et tu ne viens pas l'accueillir ? Pourquoi ?

Biridiya pense qu'en feignant l'ignorance, cela pourrait peut-être passer. Mais le Ouas commence à vibrer. Le roi de Megiddo panique en posant son regard simultanément sur Pharaon et le Ouas.

— Ne me dis pas que tu n'étais pas au courant, puisque que le roi de Kadesh était déjà chez toi avec Azirou. Ils avaient participé à la réunion dans le palais d'Etakama. Ils t'ont donc prévenu de la visite de ma reine et mon général.

Comment vais-je me sortir de cette ornière ? Il a l'air d'en savoir plus que nous.

Le ouas vibre toujours.

— La vérité serait plus simple, insiste Younou dont le calme déconcerte les roitelets.

— Oui… c'est la vérité que je vais te dire Divin Pharaon…

Biridiya a du mal à trouver une explication qui puisse être plausible. Azirou voyant l'embarras de son voisin vient rapidement à sa rescousse. Le Ouas se rapproche du Roi d'Amurru, qui le regarde avec inquiétude.

— Nous sommes arrivés trop tard avec Etakama, Biridiya n'était pas au courant de la venue de votre reine. Quand il a vu ce bataillon sous ses murs il a paniqué. Il a été trop souvent trompé par des rebelles portant des uniformes amis. Ses troupes sont peu nombreuses et seule la surprise est son atout. C'est pourquoi, il a attaqué sans sommation, sans savoir que c'était vous. Le temps de réaliser sa méprise il nous a ordonné de nous cacher de crainte des représailles. La suite tu la connais.

Le Ouas se met à faire des aller et retour devant Azirou. Younou sent très bien le mensonge à plein-nez, mais feint de le croire. Son but est toujours de ramener la paix, quitte à composer avec ces roitelets, qui pourront l'aider à démasquer les auteurs de ces conspirations. Le Ouas s'arrête de vibrer. Azirou est soulagé, pensant que l'on pouvait gruger l'artéfact.

— J'irai droit au but, parmi vous il y avait un quatrième homme et c'est justement cet homme qui m'intéresse.

Les roitelets échangent des regards inquiets. Doivent-ils collaborer avec Pharaon ou trahir leur allié ? Quels seront les conséquences de leur revirement ? D'un autre côté force leur est de constater que Pharaon détient les cartes maitresses et en premier lieu leurs augustes personnes. Le duper leur paraît fort délicat d'autant plus que cette machine infernale semble tout deviner. Pourquoi ne pas en profiter pour arracher quelques avantages car Akhenaton semble vouloir négocier.

— Taureau puissant, nous te demandons l'autorisation de nous concerter avant de te répondre. Sache qu'il ne s'agit pas d'une dérobade de notre part, mais nous désirons parler d'une seule et même voix, demande Azirou.

Akhenaton après quelques instants de réflexions, leurs accorde de se retirer à l'écart.

Biridiya s'en prend tout de suite à Etakama.

— C'est à toi de parler car je n'y suis pour rien dans cette affaire.

— Je te rappelle qu'Artama est ton ami !

— Parle moins fort et ne cite pas de nom, tu vas encore nous compromettre d'avantage, répond Etakama.

— Au point où on en est, je me demande s'il ne vaut pas mieux tout avouer, il faut choisir son camp et je crains fort ce ne soit déjà fait. Espérons que Pharaon tiennent ses promesses car Artama va venir se venger et nous aurons fort à faire pour en venir à bout, constate Azirou.

— Alors que décide-t-on, je propose que ce soit Etakama qui prenne la parole. Il me paraît mieux qualifié.

Etakama maugrée mais se résout à parler devant Akhenaton qui est retourné s'asseoir auprès de son épouse.

— Divin Pharaon j'en appelle à ta générosité et ta mansuétude. Nous implorons ton pardon, nous réalisons que nous avons été abusé. Celui qui est à l'origine de tous nos maux, tu le connais. Mais avant de prononcer son nom, je voudrais t'expliquer les raisons qui nous ont poussés à commettre les actes qui t'on révulsés. Nous avons subi pendant des années des attaques de pillards qui ont pris de plus en plus d'assurance car nos effectifs ne pouvaient lutter à armes égales. Nos demandes d'aide auprès de toi sont restés sans réponses et nous nous sommes sentis abandonnés. C'est à ce moment-là, qu'Artama, nous pouvons le citer maintenant, nous a proposé son aide. Dans un premier temps il nous a offert de l'argent et des vivres car nos peuples criaient souvent famine. Il nous a proposé d'intervenir auprès de Soupilouma car il est aussi son beau-frère. En contrepartie, il nous a incité à couper les ponts avec l'empire, cet empire qui ne se souciait pas de nous, mais qui continuait à nous exploiter de façon éhonté.

Younou affecte d'être surpris et ne peut s'empêcher de penser à Kia. A-t-elle joué un rôle auprès de son oncle en lui livrant des informations confidentielles ? L'homme mystérieux qu'il a rencontré à Megiddo serait-il Artama ? Pour en avoir le cœur net, il décide de poser la question aux roitelets.

— J'ai bien entendu votre discours et je suis résolu à ouvrir une nouvelle ère de paix et de prospérité. Vos messages étaient interceptés par nos ennemis, et je ne les ai jamais reçus. Aussi ne soyez pas étonnés si aucune réponse ne vous parvenait. Ces éléments hostiles sont toujours en activité mais nous les débusqueront et je compte sur votre aide. Artama est un criminel qui non seulement a fait tuer son frère, le roi Touchrata, mais il sème le chaos dans toute la région. Dernière question, était-il à Megiddo le jour de l'attaque contre nos troupes ?

— Oui Divin Pharaon et il s'est même targué d'avoir tué Néfertiti.

À ces mots la reine semble défaillir mais elle se reprend rapidement. Devra-t-elle considérer Kia comme une ennemie ?

***

La nuit qui précède la grande fête, deux hommes enveloppés dans des habits noirs échappent à la vigilance des gardes et s'introduisent dans l'atelier du couturier du palais d'Akhenaton. Un des deux sort une boite à onguent et une spatule.

— Il y a plein de robes, c'est laquelle ?

— C'est la plus brillante celle aux petits miroirs, c'est cette robe que doit porter la reine Néfertiti.

— Je ne comprends pas, pourquoi ne pas empoisonner directement le pagne de Pharaon.

— Le pagne de Pharaon n'est pas là et puis on n'est pas venu pour empoisonner Pharaon, mais la reine. Aide-moi à la chercher plutôt. Tient elle est là… regarde comme ça va être facile. Donne-moi la boite et surtout la spatule, je vais l'appliquer moi-même à l'intérieur de façon à ce que ça touche directement la peau. Il faut l'étaler surtout sur les extrémités en haut et en bas.

L'homme laisse échapper un rire glauque. Le second regarde toutes les robes.

— Et si on empoisonnait toutes les robes ? Et tous les pagnes aussi, comme ça on fait le vide.

— Arrête de délirer, il y en a tout juste assez pour la robe. Allez viens j'ai vidé le pot.

Les hommes repartent en se faufilant à travers les habits de la cérémonie et disparaissent dans le dédale des couloirs.

***

Le grand jour est là, il fait encore nuit alors que des hommes et des femmes s'affairent à tout mettre en place. Les rois de tous les pays avoisinants et même éloignés sont arrivés la veille, avec des cadeaux de toutes sortes pour Pharaon. Ça va du tigre à des bijoux de grande valeur en passant par de riches soieries. Les rois sont venus avec des délégations composées de dignitaires mais aussi d'artistes.

Il est encore tôt Aton n'est même pas présent, alors que des danseuses s'entrainent et répètent leur chorégraphie. Les soldats d'Horemheb relèvent ceux qui sont déjà en place depuis la veille. Il fait bon, l'air est doux. Tout semble bien se dérouler.

Dans le palais, Younou est déjà debout en train de méditer sur la terrasse quand Nana le rejoint et s'assoit à côté de lui. Elle inspire de grandes bouffées d'air encore un peu frais. Elle lui dépose un baiser sur ses lèvres charnues tout en se serrant contre lui.

— C'est une journée qui va être longue ma douce, mais tout va bien se passer, la rassure Younou.

— Je l'espère. Les enfants ne vont pas tarder.

— On commence par la cérémonie de la salutation à Aton. Tu vas mettre ta robe qui reflète l'astre d'amour.

Nana a un mouvement d'hésitation et de recul.

— Il y a un petit problème… Kia avait fait cette robe à ses mensurations et le couturier avait déjà plein de travail, alors…

Le regard de Pharaon s'embrunit.

— Non ! C'est toi qui dois porter cette robe, tu le sais ! Aton doit refléter sur toi, pas sur Kia. C'est toi ma déesse.

Younou est vraiment déçu et Nana vraiment embarrassée de le voir ainsi.

— Elle avait vraiment envie de la porter et moi j'étais très occupée avec tous ces préparatifs, du coup j'ai dit au couturier de la laisser ainsi et je vais avoir une autre robe, qui sera scintillante aussi.

— Mais pas autant !

— Est-ce vraiment si grave ?

Nana ne veut pas décevoir Younou, ce jour est le sien et elle aspire à ce que tout soit suivant ses désirs.

— Tant pis, je la porterai quand même. Bon elle sera un peu plus courte et plus ample au niveau de la poitrine, mais cela ne se remarquera pas vraiment.

— Cette robe était pour toi, elle a réussi à te manipuler, je n'aime pas ça. Tu porteras cette robe, lui répond contrarié Younou qui se lève et fait quelques pas.

— C'est d'accord, c'est d'accord, capitule Nana, mais tu le diras à Kia toi-même alors !

— Très bien, mais il faut faire vite parce qu'Aton ne va pas tarder à se lever.

Le couple royal se dirige vers l'atelier du couturier, sur le chemin ils croisent les enfants avec leurs nourrices et leurs gardes. Younou demande à ce que tout le monde les suive. L'atelier est bondé de personnes venant réclamer leurs costumes. Quand la garde royale entre dans l'atelier, les dignitaires se mettent sur le côté pour laisser le passage au couple royal en se courbant pour le salut du matin, puis se retirent dans le couloir. Kia est déjà là et Younou se dirige directement vers elle.

— Je te salue Kia, Nana m'a dit qu'elle avait permis au couturier de laisser la robe à tes dimensions, mais cette robe est pour la grande épouse royale pas pour toi. Je pense avoir été très clair à ce sujet. Je suis désolé, mais c'est Néfertiti qui doit la porter. Prends-en une autre.

Le monde s'effondre autour de Kia.

— Je... je suis confuse Younou, j'étais d'accord pour que les retouches soient faites, mais Néfertiti m'a dit que ce n'était pas grave, qu'elle porterait une autre robe et qu'elle serait aussi bien pour elle.

Nugart présent dans le couloir, les bras chargés des habits de cérémonie, les donne à son second qui les remettra aux prêtres. Il se dirige vers le couple. Les bras croisés sur sa poitrine, il se courbe dans le salut du matin.

— Si je peux me permettre une remarque, s'immisce Nugart.

— Mon ami, je t'en prie, agrée Younou.

— Souviens-toi la place qu'aura Kia dans la cérémonie, elle sera dans l'ombre du mur de l'enceinte. Seuls toi et ton épouse, êtes sous les rayons d'Aton. De plus, j'ai toujours pensé, que la robe reflèterait trop les rayons et empêcherait le peuple de vous voir correctement.

Le couturier s'avance et se courbe également.

— Je suis désolé Divin Pharaon, la grande épouse royale a permise à la secondaire de porter cette robe. Mais je peux essayer de faire les rectifications, afin que la robe ne soit pas trop large et trop courte pour notre reine.

C'est alors que sortant de la cohue impatiente dans le couloir, Mériré s'avance devant Pharaon et le salue.

— Divin Pharaon, c'est inacceptable que l'on déroge à ce que tu as préparé. C'est Néfertiti qui doit porter cette robe. Si on commence à changer ce qui est prévu, c'est tout le reste qui va se trouver chamboulé.

Younou est désorienté, il voit le temps passer, certes Mériré à raison, pourquoi changer l'ordre des choses, tout est déjà bien compliqué comme ça. Nana se rapproche de Younou et pose sa main sur son bras.

— Mon bien aimé, ce n'est pas une robe qui va changer le cours de la cérémonie, nous perdons du temps, il faut que tout le monde s'habille, la robe que je dois porter est celle-là.

Nana montre à Younou, une magnifique robe vaporeuse et scintillante, que le couturier lui avait recommandée la veille. Elle se déshabille devant tout le monde et enfile la robe avec l'aide du tailleur. Et c'est vrai qu'une robe même simple, sur Nana prend tout de suite des proportions étonnamment élégantes.

Younou considère Kia qui est suspendue à sa décision, puis contemple la robe d'Aton étincelante avec ses milles petits miroirs et enfin Nana dans sa robe vaporeuse dont une brise vient soulever un pan de sa traine. Il est émerveillé par sa beauté.

— C'est bon, tu gardes cette robe, décide Pharaon.

Kia jubile. De son côté Mériré angoisse et ne veut pas en rester là.

— Divin Pharaon, on ne peut laisser les caprices d'une secondaire faire la loi, insiste-t-il lourdement.

— Nous avons assez perdu de temps, ce n'est pas une robe qui rendra Néfertiti moins belle et moins rayonnante, affirme Younou.

Mériré lance un regard noir à Kia, qui le nargue de son côté. Il se rapproche d'elle.

— Tu vas le regretter, menace le grand prêtre.

— Dis-toi bien qu'après la grande fête des rois, je dirai tout à Pharaon, je me moque des conséquences.

Mériré fixe Kia avec un sourire en coin.

— D'ici là on verra bien...

Puis il se retire de l'atelier.

Elle prend la robe, qu'elle avait failli perdre au dernier moment et l'enfile sans attendre l'aide des domestiques.

Makhet-Aton la rejoint.

— Tu m'avais proposé une ceinture, tu sais celle qui est bleue avec des turquoises, tu veux toujours me la prêter ?

— Oui bien sur ! répond Kia tellement heureuse d'avoir la robe de ses rêves.

Cependant c'est une tenue qui est trop ajustée et elle a du mal à l'enfiler.

— Attends, ne bouge pas, je vais t'aider, propose Makhet.

La princesse tire la robe en prenant les rebords mais comme elle est finement cousue, elle est obligée de passer sa main à l'intérieur et tirer en même temps pour ne pas découdre les petits miroirs entre eux.

***

Dans le grand temple d'Aton à ciel ouvert, le peuple tout habillé de blanc est déjà en place. De gros soufflets sont installés sur les murs des côtés, prêts à envoyer en l'air des pétales de fleurs. Tous les participants ont apporté leurs grandes mains en bois pour claquer en mesure avec les tambours, d'autres ont des sistres.

Un grand silence règne, les rois sont à l'extérieur du grand temple, en attente du signe qui leur permettra d'entrer dans l'enceinte sacrée. Suivant le protocole, le peuple débute le chant de la salutation d'Aton, en commençant tout doucement, comme une brise caressant le haut des papyrus. Les étrangers à l'extérieur sont sous le charme de cette mélodie, chantée d'une seule voix à l'unisson. Certains rois en ont même des frissons. Le ton de la mélodie monte, jusqu'au moment où tout le monde se tait et un grand silence prend place quelques secondes, puis les tambours entrent en jeu. Les musiciens battent en rythme avec le claquement des mains en bois et chacun peut ressentir les vibrations. On fait signe aux rois de pénétrer dans le temple. Les étrangers vivent une expérience qui touche le domaine mystique du Khemit. Le ciel rougeoyant illumine les habits blancs du peuple, donnant l'impression qu'ils changent de couleur au fur et à mesure que l'astre monte. Le peuple Khemit est disposé de part et d'autre du temple, laissant une grande allée au milieu. Les pas des rois et dignitaires étrangers sont rythmés en cadence par le peuple. Il danse dans un ordre irréprochable et de ses pas claqués en rythme sur le dallage, fait trembler le sol. La chorégraphie est parfaite et harmonieuse.

Soupilouma, venu avec son jeune fils Zananza, se trouve parmi les rois invités. Il reste définitivement admiratif devant le raffinement de cette société. Son fils qui découvre le spectacle pour la première fois s'émerveille tout autant que son père. Les étrangers sont installés au-devant du temple, tout près de l'autel. Des gardes attentifs sont postés sur les murs et veillent à ce que rien ne vienne déranger le cours de la cérémonie. Ce qui n'échappe pas à la vigilance du roi hittite.

Les habitants d'Akhetaton font silence, en même temps que les tambours et les sistres. Dehors les gens ovationnent sans doute un personnage important, le long de la route du palais.

— Que se passe-t-il ? demande le prince hittite à son père.

— J'imagine que c'est Pharaon qui arrive.

— Avons-nous le droit de le regarder ?

— Ils ont le sens du sensationnel et je crois que l'on n'est pas au bout de nos surprises.

Les ovations se rapprochent, Pharaon ne doit plus être très loin des pylônes du temple. Des oriflammes sont montées aux couleurs de la cité sacrée devant l'entrée et un peu partout.

Les chevaux du char royal sont agrémentés de plumes blanches sur leurs têtes et leurs crinières ont été coiffées pour l'événement. Le véhicule a également été paré pour la circonstance. Akhenaton conduit lui-même son char, avec à ses côtés Néfertiti enlacée, tout sourire aux lèvres et robe au vent. Derrière, un soldat Khemit conduit le char de la reine mère Tiyi, suivi par trois chars décorés de la même façon où les enfants du couple royal s'y trouvent. En fin de cortège on peut apercevoir le Divin père Ay avec le général Horemheb. Kia et quelques dirigeants importants viennent fermer la marche.

Des hommes costauds actionnent les gros soufflets dans lesquels des pétales sont lancés par de jeunes filles.

Soupilouma et son fils se retournent comme tout le monde pour ne pas rater l'arrivée de Pharaon. Les gros tambours reprennent leur cadence, puis les claquements des mains et le secouement des sistres suivent. Le peuple danse, le peuple est en transe.

Le roi hittite voit le char avancer au trot, avec Pharaon ceint de sa double couronne khemit, rouge et blanche et son épouse vêtue d'une robe scintillante dont la traine s'envole au vent. Elle porte une couronne à deux grandes plumes de paon, posée sur une perruque noire tressée, parsemée de fils d'or. Pendant ce temps une pluie de pétales de fleurs se dépose sur les chars et sur leurs passagers.

Akhenaton arrête son char au niveau des rois étrangers. Il descend et donne la main à Néfertiti pour l'aider. Puis ils remontent l'allée jusqu'à l'autel, toujours accompagnés par le rythme des gros tambours et du claquement des grandes mains. Le peuple continue de chanter la gloire de Pharaon et de son épouse. Les filles suivent fièrement leurs parents, la tête droite, sauf Mérit-Aton qui la tourne légèrement. Son attention est dirigée vers un jeune homme qui la fixe intensément. Leurs regards se croisent un moment qui semble passer au ralenti. Le cœur de la princesse s'emballe.

Tout le monde se met en place, prêt à faire la danse de salutation pour Aton. C'est en pleine prière, que l'astre vient caresser de sa lueur le monde d'en bas. Soupilouma sent la chaleur de son rayonnement sur son visage. Il n'avait encore jamais contemplé le soleil sous cet angle. Pour lui le soleil fait partie de l'ordre des choses. Et soudain, il prend conscience de son importance. La famille royale se prosterne face au soleil, se redresse, puis lève les mains en l'air. Le peuple les imite.

Des offrandes sont faites sur les autels en pierre réservées à cet effet. Des hommes et des femmes défilent pour déposer la nourriture. En fond musical on perçoit toujours les vibrations des instruments et des chants.

— C'est merveilleux ! jubile le fils de Soupilouma.

Le roi hittite reste silencieux, mais lui aussi est pris par cette magie qui enveloppe la cérémonie. Pharaon remonte sur son char, avec sa reine et en passant devant le roi hittite, Younou a un regard chaleureux envers lui, tout en affichant un large sourire.

— Tu as vu, père, Pharaon t'a souri, il te connait ? demande Zananza étonné.

— Je crois que nous allons personnellement être tous amenés à le connaître…

— Et ses filles seront avec lui ? questionne-t-il en recroisant le regard de Mérit-Aton.

— Ça, je l'ignore. Pourquoi ? demande-t-il surpris par la question de son fils.

Soupilouma aperçoit alors son fils échanger des regards avec l'ainée de Pharaon.

— Je sais, elles sont très belles, mais attention mon fils, les princesses Khemits, ne quittent jamais les terres noires. Alors oublie ça !

La cérémonie de la salutation est terminée et Akhenaton avec sa famille se dirigent vers son palais. L'étape suivante se passera à l'extérieur de la cité sainte, où ont été installées les tribunes pour la réception des cadeaux. Les rois sont conviés à retourner dans leur villa, le temps qu'Akhenaton et sa famille se restaurent. Des chars conduits par des soldats viennent les chercher. Un long cordon se forme, entouré de la garde royale, pour leur sécurité. Dans le grand temple d'Aton pratiquement vide, Thoutouh rejoint discrètement Mériré.

— Pourquoi Kia portait-elle la robe ? demande le Ministre.

— Nous avons un problème.

Chapitre 7

La grande fête des rois

Parmi les invités, Shattiwaza, l'assassin de Touchrata, déguisé en palefrenier est arrivé avec le prince mitannien, son cousin Shutarna. La ville étant sous haute surveillance il n'a guère été aisé de rentrer dans Akhetaton et encore moins d'aller et venir surtout pour un étranger.

— Comment vais-je faire pour rencontrer Tadoukipa ? demande Shatti à son cousin de retour du grand temple.

— Il va falloir ruser, la surveillance est très étroite.

Les serviteurs Khemits déposent les plats pour le repas du matin.

Shatti n'a pas faim et en profite pour se glisser hors de la villa. Il note les rondes des militaires affectés à la surveillance. Tout à coup il est interpellé par un soldat qu'il n'avait pas remarqué.

— Halte ! Où vas-tu ? As-tu un laissez-passer ?

— Je suis au service du prince Shutarna, qui vient du Mitanni, répond modestement Shatti.

— Tu ne dois pas être ici retourne auprès de ton prince, lui ordonne le soldat khemit.

Shattiwaza repart en longeant l'enceinte murale.

— Tu ne perds rien pour attendre, maugrée-t-il.

— Que dis-tu ? l'interpelle le soldat qui s'était rapproché à son insu.

— Je m'étonne que l'on ne puisse pas visiter cette ville et participer aux festivités.

— Non seulement il te faut un laissez-passer mais si tu veux pénétrer l'enceinte sacrée il te faudra une invitation. Je devrais même te mettre en état d'arrestation étranger ! Tu as de la chance pour cette fois. Maintenant dégage ! menace le garde, arc bandé avec une flèche prête à partir.

Shatti ne se le fait pas dire deux fois, il se hâte de regagner la villa. Il retrouve son cousin en plein repas.

— Tu en fais une tête, qu'est-ce que tu as ? demande Shutarna.

— On ne peut pas sortir comme on veut. J'ai été arrêté par un soldat Khemit et j'ai été à deux doigts d'être jeté en prison ou troué par une de ses flèches.

— Tu as eu de la chance ! Mais que voulais-tu tenter ?

— Je voulais avoir un aperçu des mesures de sécurité et je cherchais un moyen de contacter Tadoukipa.

— Te voilà instruit maintenant. Je te propose une autre solution : tu vas te présenter à Pharaon…

— Tu es fou ! Il va me jeter en prison et me faire exécuter !

— Attends, laisse-moi t'exposer mon plan. Tu vas demander à Pharaon son pardon, si tu veux je peux même dans un premier temps, intercéder en ta faveur. Connaissant Pharaon et vu les circonstances il ne pourra pas te le refuser. Ça te permettra non seulement d'avoir une liberté de mouvement et aussi de rencontrer ta sœur. Je compte même la voir avant Pharaon. Elle ignore sans doute que tu es là.

— J'espère qu'elle ne posera pas trop de problèmes, dit Shatti d'un ton sceptique. Je ne crois pas qu'elle va m'accueillir les bras ouverts.

— Pourquoi ? Je croyais que tu avais de l'ascendant sur elle.

— Quand elle était à Assur, oui ! Mais depuis, elle a sans doute changé…

— Je reste optimiste quand je vois les rois qui ont attenté à la vie de son épouse, être traités comme des hôtes de marque.

Rassuré par cette proposition, Shatti se retire dans ses appartements tandis que son cousin se prépare à rencontrer Kia et Pharaon.

***

Après la cérémonie, la famille royale a rejoint le palais pour prendre une collation. Kia souffre d'une migraine et demande à Younou de faire venir son médecin personnel.

— Pour une migraine tu peux aller le voir, il est dans ses appartements, occupé avec d'autres patients, indique Pharaon.

Kia est offusquée de devoir se déplacer elle-même, mais sa migraine est trop forte pour en prendre ombrage, aussi elle passe par la terrasse pour faire plus vite.

Tout le monde est à table et mange de bon cœur, mais l'esprit de Younou est préoccupé par la réception. Des petits bras viennent entourer son cou.

— Ankhesen ! Ma douce, tout va bien pour toi ?

Elle s'installe sur les genoux de son père et lui chipe des dattes dans son plat.

— Elle était belle ta cérémonie Dada, les rois avaient les yeux grands ouverts quand Aton est arrivé.

Younou dépose un tendre baiser dans le cou de sa fille. Nana caresse la main qui dérobe la nourriture de son père.

— C'est bien quand vous êtes tous les deux ensembles, dit Makhet le regard rêveur.

— Et toi Mérit ? Tu en penses quoi de la cérémonie ? demande Néfertiti.

Mérit-Aton a les yeux dans le vague et ne touche pas à la nourriture.

— Mange, tu vas avoir besoin de force, la journée va être longue, ordonne Younou à son ainée.

— Je n'ai pas faim.

— Pourquoi ?

— Tu crois père, qu'une princesse comme moi, peut un jour épouser un prince étranger ?

Younou manque de s'étrangler.

— Pourquoi me poses-tu cette question ?

— Comme ça, répond-elle d'un air rêveur.

Nana croise le regard interrogateur de Younou et elle soulève ses épaules. Un geste signifiant qu'elle ignore la réponse.

Makhet-Aton se frotte la main.

— Qu'est-ce que tu as ? demande Nana.

— Je ne sais pas, ça me démange.

Néfertiti regarde l'intérieur de la main de sa fille, mais en dehors d'une rougeur très modeste, ne voit rien d'autre.

— Tu n'as pas de piqure et tu es rouge, certainement parce que tu t'es grattée.

Elle retire sa main et se rapproche de sa mère comme pour lui confier un secret et en profite, comme sa sœur, pour se glisser sur ses genoux.

— Tu crois qu'elle est amoureuse d'un prince étranger, demande Makhet.

— Je ne sais pas, mais en tout cas tu as une très belle ceinture.

— C'est celle de Kia. Elle me l'a prêtée.

— C'est gentil de sa part.

— Elle peut ! Tu lui as bien prêté ta robe pour la fête, elle ne va pas passer inaperçue.

— Mais c'est ta mère que tout le monde regardera ! intervient Younou.

Pharaon intrigué par sa fille ainée, se lève, dépose Ankhesen sur son coussin et va s'asseoir à côté de Mérit. Surprise de le voir à ses côtés, elle fait semblant de regarder le jardin, pour finir par se jeter dans les bras de son père. Alors tout doucement dans le creux de l'oreille, il lui demande.

— Qui est, ce prince charmant qui te fait battre ton petit cœur ?

— Oh père ! Personne, c'était juste une question !

Younou vient déposer un baiser sur la joue de son ainée et lui dit dans le creux de l'oreille.

— Sais-tu ce que j'ai ressenti la première fois que j'ai vu ta mère ?

Mérit se retourne et regarde son père droit dans les yeux.

— Non ! Tu ne me l'as jamais dit.

— J'ai d'abord senti son bracelet que mon frère lui avait pris.

— Tu as senti quoi ?

— Tu sais que beaucoup de choses passent par l'odeur ?

— Oui père, je sais.

— L'odeur de sa peau était inscrite sur ce bracelet et ça sentait vraiment très bon. Il fallait absolument que je vois la personne à qui appartenait ce bracelet. Je savais qu'elle était dans la pièce, je savais également qu'elle était ma promise. Quand j'ai levé les yeux et que j'ai vu ta mère, qui devait avoir à peu près ton âge…

— Alors ?

Younou sourit à sa fille et la fait languir un peu.

— Mon cœur est venu battre jusque dans ma gorge… depuis, il est toujours au même endroit qu'elle soit présente ou dans mes pensées.

— Qu'est-ce qu'il s'est passé ensuite ? Qu'est-ce que tu as fait de son bracelet ?

— Je me suis approché tout doucement d'elle, la vision que j'avais de cette créature était tellement idyllique, je voulais que ce moment dure le plus longtemps possible. Elle, de son côté me regardait et fixait son bracelet, je sentais bien qu'elle voulait que je lui rende. Ses yeux… son regard…

Younou se pince les lèvres et ferme les yeux.

— Continue, père, raconte-moi !

— J'ai pris son bras pour remettre le bracelet à sa place, sa peau si douce a mis en effervescence tous mes sens, je ne voyais qu'elle. Le monde autour de nous avait disparu.

— Le cœur qui bat dans la gorge, c'est ça l'amour ? demande-t-elle rêveuse.

— L'amour est un sentiment bien plus profond encore, je ne peux que te souhaiter de le ressentir un jour, en espérant que la personne pour qui tu l'éprouves te le rende aussi sincèrement.

Mérit-Aton attrape son père par le cou, le serrant très fort, elle calle sa tête sur son épaule. C'est alors que Makhet s'insinue sur l'épaule libre de son père et pose sa tête dessus comme sa sœur.

— Moi aussi je veux être amoureuse !

— Arrête, Makhet, je ne suis pas amoureuse, je pose juste des questions à père.

— Allez les filles, on ne va pas tarder, la réception des rois nous attend.

Les filles se lèvent, les nourrices viennent remaquiller les princesses. Younou regarde Nana souriante. Il lui tend les bras, elle vient à son tour sur ses genoux.

— Je veux que tu saches que tu es pour moi, ce qui m'est arrivé de plus beau dans ma vie. Je t'aime du plus profond de mon cœur, ma douce.

Nana l'embrasse, son cœur bat pour son époux comme le jour où elle l'a vu pour la première fois. Il n'a pas besoin de mots, la sincérité de son baiser lui suffit.

C'est à ce moment-là, que Kia revenant de chez le médecin par la terrasse les surprend enlacés s'embrassant langoureusement.

Les gestes, le regard qu'ils ont l'un pour l'autre, tout transpire l'amour et l'harmonie. Cette vérité éclate à la figure de la secondaire comme une évidence à laquelle son espoir de la remplacer dans le cœur de Pharaon, se réduit en peau de chagrin.

***

Dans le grand temple d'Aton, Thoutouh est venu voir Mériré afin de comprendre pourquoi c'est Kia qui porte la robe de la reine.

— Que se passe-t-il ? interroge le ministre.

— Notre problème est que Kia a voulu mettre absolument la robe de Néfertiti et maintenant c'est elle qui va mourir à la place de la reine.

— Qu'allons-nous faire ?

— Il reste Shatti, il faut qu'on le rencontre absolument. Hatamon promet de lui donner le trône de son père et l'Assyrie en prime. Seulement il faut qu'il réussisse à neutraliser le couple royal avant la fin de la grande fête.

— Mais, les promesses faites à Artama ?

— Artama est absent et ne peut nous aider, donc la promesse est pour Shattiwaza.

— En admettant que Shatti arrive à ses fins, il faut compter aussi avec Ay et Horemheb dont la réaction risque d'être violente.

— Le général est entre deux eaux, quant à Ay c'est un traitre qui mérite la même fin que Pharaon et sa grande épouse. C'est pourquoi il faut agir vite car la mort de Kia pourrait remettre tout en question.

— On peut éventuellement profiter de ses dernières heures pour la manœuvrer à notre profit et se rapprocher plus facilement de Pharaon. De toutes les façons elle ignorera son état jusqu'à la fin, conclut-il cyniquement.

***

Construites au Nord-Est de la cité du Soleil et orientées face au coucher d'Aton, les tribunes permettront aux spectateurs de voir apparaître Pharaon dans un halo de lumière incandescent.

Quand la réception commence, Aton est au zénith. Les gens du peuple s'installent peu à peu, pendant que les rois et les dignitaires prennent place dans les grandes tribunes. Chaque roi déposera ses présents au pied de la tribune royale. Zananza scrute la famille royale et son regard ne quitte pas la plus grande des princesses et à ses yeux, la plus belle. Akhenaton a demandé à ce que le Mitanni et le Hatti soient mis à l'honneur et ils passeront en dernier.

Les tribunes entièrement construites en pierre, pour l'occasion, sont pleines à craquer. Des gardes sont postés tout le long du mur de l'enceinte et en bas sur le terre-plein. Des oriflammes aux couleurs de la cité claquent au vent tout autour de l'enceinte. Horemheb et Mahou sont omniprésents et leurs hommes sont déjà intervenus pour mettre fin à des altercations qui auraient pu dégénérer. Mahou est au rapport.

— On a appris la présence de Shattiwaza en ville, il accompagne son cousin qui veut plaider sa cause auprès de Pharaon.

— Que cache encore cette démarche ! s'étonne Horemheb.

— Il est suivi dans ses moindres faits et gestes même s'il est déguisé en palefrenier.

— Les entrées de la cité sont sous bonnes gardes ?

— Oui et des patrouilles tournent autour de la ville.

— Il faut également garnir les hauts des murs de soldats et renforcer les entrées de l'enceinte.

— C'est fait.

— Rapport au milieu de la présentation. Va tout vérifier.

Horemheb tourne la tête vers la tribune royale, il regarde Nana qui, assise sur son trône, tient la main de Pharaon avec un grand sourire. Il a un pincement au cœur, mais la raison reprend vite le dessus. Il observe les alentours avec acuité. Tout à l'air d'être normal et calme.

Le peuple applaudit avec les grandes mains en bois. Les danseuses du premier pays invité arrivent, suivies des musiciens et des domestiques portant les cadeaux.

***

Le grand prêtre d'Aton Mériré est dans sa chaise à porteurs qui l'amène à la tribune réservée aux dignitaires. Le spectacle des présentations a déjà commencé quand il gagne la place qui lui est réservée. Il est salué par les nobles qui le croisent et qui le flattent.

Ambitieux, Mériré compte sur l'échec de la fête des rois pour asseoir d'avantage son pouvoir sous le protectorat d'Amon. Il pense d'ailleurs s'affranchir de la tutelle de son mentor, Hatamon. Il trouve que celui-ci manque d'autorité, le rendant incapable maintenant d'entreprendre des actions d'envergure. L'âge sans doute mais aussi trop de compromissions ont ruiné son crédit. Or Mériré a la confiance de Pharaon et de la famille royale, il a ainsi beau jeu de mener à bien son entreprise contre le pouvoir en place. Il a déjà commencé à installer ses pions sur le Senet. Thoutouh se trouve deux rangées au-dessus de lui, sur la même tribune et n'attend qu'un signal de la part de son maitre.

Durant le long spectacle, Mériré observe Kia avec inquiétude. Pour le moment, elle ne montre aucun signe de faiblesse. Mais il cherche à capter son regard. Un domestique lui apporte une tablette, qu'il s'empresse de prendre, puis d'un geste discret ordonne au porteur de s'éloigner.

Coïncidence, la tablette vient de Kia, elle lui donne rendez-vous dans son palais après le spectacle. Elle lui demande de passer par l'entrée des domestiques. Mériré écrase avec son talon la tablette qui devient sable. Puis réalise qu'elle l'observe, il affiche alors un large sourire en direction de Kia, avec un signe de la tête pour répondre à l'affirmative.

***

La présentation des offrandes des rois à Pharaon, tire à sa fin, Younou ne manque pas d'observer du coin de l'œil son ainée chaque fois qu'un prince se présente à côté de son royal père. Mais il n'a rien remarqué de spécial dans le comportement de sa fille. Il est prêt à penser que c'est son imagination qui prend le dessus. Vient le tour des territoires du Mitanni. Le même rituel est effectué mais Shutarna qui accompagne la délégation interpelle Pharaon en se prosternant.

— Taureau puissant, accepte ces modestes présents en signe de ma reconnaissance et je voudrais que tu m'accordes quelques instants de ton précieux temps.

— Je t'écoute Shutarna.

— Mon cousin Shattiwaza implore ton pardon et ta mansuétude car nous savons tous que nous pouvons compter sur ta générosité. Il est prêt à se rendre immédiatement si tu le convoques.

Pharaon se raidit mais il sait que Kia ne peut rester indifférente à sa réaction. En outre il doit montrer aux souverains étrangers, qu'il a le sens de la justice et que Shattiwaza aurait droit à un procès équitable.

— Je sais que ton cousin s'est compromis dans des affaires graves qui nous touchent personnellement, néanmoins j'accède à ta demande et je le recevrai personnellement.

Kia ne peut s'empêcher de pousser un soupir de soulagement mais elle s'interroge sur la présence de son frère à Akhetaton et l'inquiétude la reprend.

— Il est présent, veux-tu que je le fasse venir ?

Pharaon ne peut se rétracter, en outre il sait que tous les regards sont braqués sur lui.

— Qu'il se présente !

Shutarna fait appeler Shattiwaza qui se dissimulait dans les tribunes populaires. Un grand brouhaha s'élève qui attire l'attention de Mahou qui envoie immédiatement ses gardes ouvrir un passage au prince mitannien. Shattiwaza se jette aux pieds de Pharaon et attend que celui-ci veuille bien l'autoriser à se relever.

— Tu es bien Shattiwaza, fils de Touchrata qui était un ami de mon père ?

Akhenaton marque une pause, le silence devient assourdissant, il inspire profondément et continue le regard plein de tristesse.

— Ce même Touchrata qui a été assassiné par son propre fils, qui s'est ensuite enfui à l'arrivée de nos troupes venues apporter assistance à notre ami.

L'assemblée est suspendue aux paroles de Pharaon. Younou se lève, descend les marches lentement sans dire un mot et de toute sa hauteur se place devant le prince mitannien encore prosterné.

— As-tu des regrets au moins ?

— Souverain des terres noires, je suis un mécréant indigne de ta mansuétude.

Pharaon se tourne et regarde Kia, les mains sur la poitrine attendant la sentence pour son frère. Il fait quelques pas autour de ce fils de roi à plat ventre les bras devant lui.

L'humiliation de cette position pour un homme de son rang, pourrait suffire à le punir, pense-t-il.

Le meurtre est un acte monstrueux qui ne peut rester impuni… seulement Younou est incapable de faire du mal à une mouche. Comment rendre la justice de façon équitable dans ces conditions sans passer pour un pleutre ?

— La chance que tu as Shattiwaza… est qu'aujourd'hui est un jour de fête, une fête dédiée à la paix… au pardon… seulement dis-toi bien que ce sursis est uniquement valable si tu te repends et comprends combien il est grave d'ôter la vie, afin de ne jamais… ô grand jamais… recommencer.

Le public reste silencieux. Younou retourne s'asseoir sur son trône.

— Relève-toi prince mais puis-je t'appeler ainsi, car je ne reconnais pas un homme de ton rang sous cet accoutrement !

Sur ces mots Younou tourne la tête vers Kia et l'invite à rejoindre son frère, qui vient de se mettre debout et secoue la poussière sur ses vêtements. C'est dans la robe de ses rêves qu'elle exécute l'ordre de Pharaon en descendant les marches et s'arrêtant devant les princes. Shutarna la salue en se courbant respectueusement, pendant que Shatti ne bouge pas et continue de s'épousseter.

— Tu dois te prosterner devant ta reine ! ordonne Kia.

— Pourquoi ? Tu es ma petite sœur !

— Prosterne-toi !

Shatti humilié une seconde fois, ne peut que se résigner. Tout en fixant sa sœur d'un regard noir il se courbe, d'autant plus que Pharaon l'observe et attend.

Des domestiques mitanniens déposent aux pieds de Kia des cadeaux spécialement pour elle. Elle baisse la tête pour remercier et retourne s'asseoir à côté de Néfertiti qui lui prend la main avec un grand sourire. Mais Kia reste froide. On vient ramasser les cadeaux.

La cérémonie se termine avec le Hatti, les danseuses traditionnelles ouvrent la procession. Leurs costumes sont épais et les danseuses transpirent abondamment même si le soleil décline. Soupilouma descend des tribunes avec son fils. Younou oublie un moment de regarder sa fille. Son attention est alors accaparée par ces pauvres danseuses en sueurs. La représentation se termine, le roi hittite et son fils se présente devant le couple royal. Nana s'aperçoit alors du regard et du sourire de sa fille ainée. Elle pose sa main discrètement sur le bras de Younou, celui-ci tourne aussitôt la tête vers sa grande épouse. Nana pointe son menton vers Mérit-Aton. Et Pharaon découvre avec stupéfaction le prince qui fait battre le cœur de sa fille. Il semblerait même que ce soit réciproque.

— Je suis heureux de vous accueillir dans ma ville sainte, vous êtes les bienvenus. Permets, Soupilouma que mes domestiques amènent de l'eau à tes danseuses et musiciens qui ont du mal à se faire à notre climat.

— Je te remercie pour eux.

— Mes enfants ont tenu personnellement à vous apporter des boissons rafraichissantes.

Younou fait signe aux filles de se lever et de prendre les coupes que tiennent les domestiques. Mérit-Aton se précipite vers le prince pour lui offrir la coupe, pendant que Makhet et Ankhesen se dirigent vers Soupilouma. Zananza touche par inadvertance ou pas, les mains de Mérit qui troublée laisse tomber la coupe. Le bruit attire l'attention de tous.

— Je ne te savais pas si maladroite ma fille, que va penser notre hôte ? dit Younou malicieusement.

— Ne la gronde pas Taureau puissant, ce n'est pas sa faute si j'ai heurté involontairement sa main, explique tant bien que mal Zananza.

Tous sourient car leur manège n'est pas passé inaperçu. Le cœur de Mérit s'est illuminé l'espace d'un instant. Younou se dit que sa fille a fait un bon choix. Ce jeune homme le ramène quelques années auparavant.

— Longue vie à l'Horus des vivants, je souhaite de tout cœur que nos deux pays, qui ont connu des hauts et des bas, restent en paix pour l'éternité, annonce Soupilouma.

— Longue vie à toi aussi et à nos enfants, lui répond Younou avec émotion.

La lumière d'Aton remplit l'espace de la tribune royale en passant entre les deux colonnes. De toutes les places on voit l'astre qui entoure la famille Royale d'un halo de lumière. Le peuple Khémit se met à chanter l'hymne à Aton. Pharaon se lève et tend ses bras en croix. Le public est transporté.

— Je suis heureux de tous vous accueillir dans ma cité de lumière, vous êtes les bienvenus.

Akhenaton baisse les bras et le soleil rougeoyant derrière lui, donne un aspect irréel à la scène.

— Le temps est un long fleuve d'énergie qui forme un cercle, nous voguons tous sur ce fleuve, où passé, présent et futur ne forment qu'une seule mouvance continue...

Dans les tribunes Mérirê se tord dans tous les sens sur ses coussins.

— Mais qu'est-ce qu'il dit ? Il ne va quand même pas dévoiler le secret ! chuchote-t-il.

— Et au milieu se trouve le voile d'Isis, qui permet quand on le soulève de découvrir la fontaine des souvenirs. Vous pourrez ainsi voir à travers l'infini et alors tout un chacun pourra prendre conscience de sa vrai nature Divine. Pourtant le chemin pour y parvenir n'est que souffrance…

Mériré commence à tousser de plus en plus fort, il veut attirer l'attention de Pharaon. Mais Younou poursuit.

— Nous sommes tous en lien avec cette nature Divine, nous sommes une partie de l'univers créateur et celui-ci est dans notre cœur. Nous avons le sentiment qu'elle nous est personnelle, mais il n'en est rien. Si nous pouvons exprimer et communiquer notre pensée par la parole, nous pouvons communiquer avec la divinité créatrice en passant par notre cœur.

Un soldat se présente devant Mériré.

— Grand Maitre vous êtes souffrant ? Voulez que je vous accompagne chez un médecin ?

— Non merci !

— Il ne faut plus tousser aussi fort, grand maitre, vous gênez le discours de Pharaon.

— Non c'est bon !

— Quand Aton brille sur nos têtes, nous sommes en lien direct avec lui. Parfois un nuage passe et nous nous alarmons parce que ses rayons ne semblent plus nous parvenir. Tout ça parce que nous ne le voyons plus. Nous ne ressentons plus sa chaleur et pourtant, il est toujours là. Il en est de même pour la pensée. Notre pensée est animée par l'énergie.

Le jour où nous quittons notre enveloppe corporelle, notre esprit et tout ce qu'il contient, rejoint l'Univers d'où nous venons tous. Nous sommes UN. Nous sommes en effet tous reliés mais nous ne savons plus communiquer. Nous avons oublié d'utiliser cette énergie que nous avons toujours en nous. Un chien loin de son maître parcourra des milliers de coudées pour le retrouver… Comment croyez-vous qu'il le retrouve ? Le chien communique avec son maître par l'énergie de l'amour…

Mériré prend sa tête dans ses mains et pose ses coudes sur ses genoux. À cet instant précis il se sent abattu.

— Nous avons perdu ce lien de communication, qui passe par le ressenti, par la compassion et l'amour. Il ne tient qu'à nous de le retrouver, tous ensemble nous pouvons le faire. Nos religions sont similaires, elles nous enseignent toutes la même chose, regardez comme elles ont un passé commun, juste les noms sont différents et l'humain en fait une désunion. Ces croyances dans lesquelles nous nous enfermons ne sont qu'illusions et divisions. Nous nous battons en leur nom alors qu'elles nous enseignent à aimer. Qu'apportent ces guerres sinon richesses et orgueil à une minorité, souffrances et mort aux peuples.

Certains rois intrigués commencent à se regarder entre eux. Younou ne se démonte pas il continue.

— L'humanité doit vivre dans l'harmonie. Comment y parvenir ? Nous devons tous penser et ressentir l'amour et l'univers mettra tout en œuvre pour que la paix et la bonté règnent sur cette terre. On est, ce que l'on pense, on le devient à force de l'imaginer. Et plus on est nombreux à vouloir à la paix et plus l'Univers mettra tout en place pour elle. Aussi devons-nous changer notre façon de considérer la vie. Sinon nous ne connaitrons que la souffrance et les choses iront de plus en plus mal autour de nous. Ce n'est pas ce que nous voulons…

Horemheb remarque l'agitation de Mériré pendant le discours de Pharaon. Le grand prêtre cherche du regard Thoutouh à qui il adresse un geste qui met les sens du général en alerte. Avec sa main il simule de trancher la gorge. Et ce d'autant plus qu'il montre la tribune royale avec sa tête. Thoutouh semble donner son accord d'un mouvement de la tête.

— Aton mon père, m'a dit que la haine ne peut attirer que la haine, seul l'amour peut stopper la spirale infernale qui nous attire vers la Douat. Seul l'amour peut nous sauver du chemin chaotique de la souffrance, que nous nous infligeons nous même. Alors, mes amis ensemble soyons heureux, ensemble prenons le chemin limpide de la conscience. Nous sommes l'univers. Le moment est venu de s'unir pour vivre la vérité ensemble, car elle ne peut être vécue autrement que tous unis. C'est maintenant qu'il va falloir faire très attention à nos pensées, elles font de nous, ce que nous sommes. Elles sont l'énergie qui fait fonctionner l'univers, car il est en nous avec la force créatrice. Alors ensemble vivons la vérité, celle de la paix et de la bonté. Nous sommes des dieux qui s'ignorent.

Un grand silence règne, il est seulement troublé par les répétiteurs qui font passer les dernières phrases de Pharaon au fond des tribunes. Le soleil distribue sa lumière sous des couleurs rougeâtres et ambres, laissant apparaître Akhenaton comme une créature divine.

Les applaudissements commencent timidement par quelques personnes puis le mouvement s'amplifie avec force très rapidement, des centaines de personnes se lèvent et font retentir leurs claquoirs. Des chants s'élèvent intenses faisant vibrer l'air. Les rois étrangers se regardent impressionnés par un discours hors du commun. Aucun n'est insensible à l'émotion qui règne à cet instant. C'est une ovation qui accueille Akhenaton lorsqu'il descend les escaliers pour serrer Soupilouma dans ses bras.

***

Mériré profite de l'agitation pour se lever, d'un signe discret de la tête il enjoint Thoutouh à le suivre. Le ministre rejoint le grand prêtre dans son bureau à l'arrière du petit temple d'Aton. Mériré arpente la pièce de long en large, quand il se fait annoncer.

— Cela ne peut pas durer, je ne sais pas ce qui se trame, mais ça ne sent pas bon. Déjà, inviter le pire ennemi du double pays à cette fête est une hérésie, mais en plus il est clair que les rois s'apprécient.

— J'ai vu ça comme toi Mériré.

— Tout le monde l'a vu ! Et puis c'est quoi ce discours ? Il cherche quoi Akhenaton ?

— De notre côté les choses ne semblent guère avancer, peut-on vraiment compter sur Kia, maintenant qu'elle porte une robe qui la condamne à brève échéance ? Shattiwaza a été gracié, mais sera étroitement surveillé. On revient à la case départ.

— Kia semble revenir à de meilleurs sentiments mais peut-on lui faire vraiment confiance ? Reste Pharaon et là j'ai un plan.

— Je croyais que Pharaon était inaccessible et qu'il valait mieux porter nos coups sur son entourage ?

Mériré entraine le ministre sur la terrasse où l'écho des paroles résonnent moins sur les murs.

— Il faut que nous lui volions un peu de son sang, affirme Mériré qui devant l'étonnement de Thoutouh poursuit, son pouvoir vient de son sang, si nous arrivons à nous en procurer quelques gouttes, nous pourrons nous en servir pour faire fonctionner les Ouas.

— Mais comment comptes-tu récupérer du sang de Pharaon ?

— J'y ai beaucoup réfléchi et je ne vois que Kia pour faire ça. Il ne faut pas qu'il se doute de quoi que ce soit. Et je la crois suffisamment habile pour réussir.

Thoutouh hausse les épaules.

— Elle ne voudra jamais, tu sais bien qu'elle est complètement entichée de son Younou.

— Détrompe-toi, j'ai reçu une tablette, qui m'indique le contraire, elle m'a donné rendez-vous chez elle après la réception des cadeaux.

— C'est peut-être un piège ? s'inquiète Thoutouh.

— C'est pour ça que je suis encore ici, j'ai envoyé deux de mes hommes pour vérifier.

— Mais comment comptes-tu te servir du sang de Pharaon, Mériré ?

— Nous verrons ça en temps voulu avec nos alchimistes.

— Ne crains-tu pas que Kia ne succombe plus tôt que prévu ? Il est fiable cet abyssinien ?

— C'est grâce à lui que Younou n'a jamais senti mes mensonges.

Le grand prêtre tend une fiole à Thoutouh avec un liquide jaunâtre à l'intérieur.

— Bois-en une gorgée, tu risques d'en avoir besoin, il ne faut pas que Pharaon sente que toi aussi, tu n'es pas sincère. Va voir rapidement Kia, débrouille-toi pour qu'elle collabore, il faut absolument qu'elle aussi en boive une gorgée et me ramène une goutte du sang de Pharaon qu'elle mettra immédiatement dans cette fiole pour qu'il soit conservé.

Mériré tend une autre fiole avec un liquide rougeâtre à l'intérieur.

— Tu lui diras que je n'ai pas pu venir à cause des préparatifs. Sois bien précis, il faut qu'elle trouve un moyen de soutirer quelques gouttes de son sang, avant la fin de la fête. Pas un mot sur le poison qu'elle a sous sa robe !

Sur la terrasse derrière une colonne, Horemheb caché a tout entendu. Il avait aperçu plusieurs fois Mériré et Thoutouh discuter ensemble et sur les tribunes avait remarqué leur manège. Aussi avait-il décidé de les suivre et se cacher pour les écouter.

***

Dans le palais les domestiques finissent les derniers préparatifs pour la soirée de réception. Les danseurs et danseuses Khémits s'entrainent encore. Les musiciens accordent leurs instruments et d'autres transportent les tambours pour les installer dans le fond de la grande salle. De la terrasse on a une très belle vue sur les jardins illuminés du palais et en arrière-plan on peut apercevoir les eaux scintillantes du Nil.

Certains rois sont retournés dans leurs villas pour se préparer, pendant que d'autres se promènent à pied dans la ville avec leur escorte. Les habitants d'Akhetaton accueillent chaleureusement les étrangers, les terrasses des tavernes sont pleines à craquer, des tables basses et des coussins ont été rajoutés sur des tapis. Des jarres de diverses boissons offertes par Pharaon, ont été livrées dans toutes les tavernes. D'immenses feux où l'on fait griller des viandes et des légumes sont répartis dans toute la cité. La boisson coule à flot. C'est également la fête pour tout le peuple. Une population cosmopolite déambule joyeusement parmi les étals et les tables. Au vu de l'affluence, les logements sont insuffisants, aussi Ay a fait dresser des tentes sur des emplacements réservés aux abords de la cité.

Younou médite sur sa terrasse. Nana assise en face de lui, ne parvient pas à se concentrer, tant de pensées la traversent et si elle remercie l'univers de l'avoir choisie pour être au côté de son époux, son temps lui est compté.

— Nous sommes une entité scindée en deux, je suis ta moitié comme tu es la mienne, c'est pour cette raison que nous avons décidé d'être ensemble, as-tu oublié ? Nous sommes l'Univers… nous sommes tous l'Univers, dit Younou.

Nana le regarde avec une infinie tendresse.

— Je ne savais pas que tu avais préparé un aussi beau discours, tu ne m'avais rien dit.

— Je n'ai rien préparé, il est venu comme ça, les mots sortaient tout seuls.

Nana sourit rien ne l'étonne venant de son époux. Elle ferme les yeux et tente de se concentrer… en vain.

— Sommes-nous sur le bon chemin Younou ?

— Le chemin est magnifique surtout à tes côtés. Mais je ne crois pas que le clergé d'Amon va rester passif, surtout après mon discours. J'ai commencé à dévoiler une partie de l'enseignement des écoles du mystère. Un enseignement qui doit rester secret ! C'est un sacrilège et à cause de mes paroles, je suis devenu un hérétique, ironise Younou.

— Mais… Tu n'as fait que dire, ce que tout le monde sait déjà, mais a oublié.

— J'ai touché là un sujet sensible, Nana. Justement, je veux que tous en prennent conscience. Cette pratique soit disant nouvelle que je veux instaurer, transformera les hommes jusque dans les profondeurs de leur être. Il en résultera un grand changement qui se transmettra à travers la mémoire du sang, génération après génération. Un jour viendra où l'humanité basculera du côté lumineux.

Younou trace ensuite un cercle avec son doigt sur le sol, puis un point au centre. Il indique un endroit dans le cercle au hasard.

— Nous sommes là, mais nous sommes aussi là et là et là.

— Comment pouvons-nous être en plusieurs endroits à la fois ?

— Le passé, présent et futur ne font qu'un, le temps n'existe pas. Il n'est qu'une continuité du présent, le passé et le futur ne sont qu'une vue de l'esprit.

— Et l'esprit est dans l'univers...

— Voilà ! Donc nous sommes en train de vivre plusieurs vies dans des mondes parallèles et pendant que l'univers se dilate, nous, nous allons vers le centre.

— Mais... comment ?

— C'est le mouvement perpétuel. Regarde le mouvement du fleuve, les vagues sur la berge, elles vont et viennent. Tout ce qui est en bas est en haut et vice versa. Tout est régi sur le même principe, par des cycles.

Un serviteur sort sur la terrasse les rejoindre.

— Divin Pharaon les domestiques sont prêtes pour vous habiller.

— Très bien, dis-leur que nous allons venir.

Nana reste pensive. Younou lui prend la main.

— Ne sois pas inquiète quoi qu'il se passe, aie confiance dans cet amour qui te guide.

Younou se relève en entrainant Nana avec lui. Puis il l'enlace et l'embrasse tendrement sur ses lèvres chaudes.

— Allez viens, on nous attend.

***

Dans son palais du Sud, Kia détend ses muscles endoloris dans le bassin, la chaleur et la poussière ont eu raison de ses forces. Elle se laisse glisser lentement sous l'eau, quand vient à son esprit une fois de plus l'image de Younou enlaçant Nana. Cette vision la hante en boucle, le regard qu'il a pour elle et la tendresse avec laquelle il la caresse… Elle rage toute seule sous l'eau, se demandant pourquoi elle est restée dans ce pays ? Qu'est-ce qu'elle espérait ? Et si son choix avait été d'être dans le palais de son père peut-être qu'elle aurait pu le sauver. Kia remonte à la surface et après une grande inspiration, s'abandonne à des sanglots. Elle se sent exclue et humiliée.

Elle éprouve une grande lassitude et pourtant elle sait qu'elle va devoir recevoir Mériré, qu'elle a invité à venir dans son palais. Voilà, sa décision est prise, elle passe dans l'autre camps, celui où Younou n'y est pas.

— Altesse, votre robe est prête.

Une fois sortie du bain, les domestiques s'affairent autour d'elle. Tout en se laissant habiller et parfumer, un doute l'envahit sur son choix, mais elle ne peut plus faire marche arrière, elle ne veut pas mettre en jeu la vie de sa fille. Se réconcilier avec son frère lui paraît hasardeux après l'humiliation qu'il a vécue en public. Et puis… repartir dans son pays, serait perçu comme un échec et ça elle ne le supporte pas.

— Mais que fait Mérirê, il ne m'a tout de même pas oublié ! s'impatiente-t-elle.

— Altesse ! Je vais vous passer une huile sur le corps, la robe a dû vous irriter la peau, il y a des rougeurs.

Après avoir enfilé une robe plus confortable, Kia s'installe dans le patio.

— Altesse, un homme vous demande.

— Ah quand même ! Fais-le entrer.

Quel n'est pas son effarement en découvrant sous les habits d'un palefrenier son propre frère. Elle se lève et fait quelques pas de recul.

— Shatti ? que viens-tu faire ici ? cet après-midi ne t'a pas suffi ou viens-tu te venger ? Crois-tu d'ailleurs que pharaon apprécierait ta visite ? ou alors tu viens sans doute me parler de la mort de notre père dans laquelle tu n'es pour rien. Pauvre père, il aurait été fier de sa fille et de son ascension…

Shatti éclate de rire

— Tu as fini ? Ma chère sœur, tu m'en vois très heureux, ô pardon, je voulais dire, majesté ! Tu n'as pas changé et tu prends toujours tes désirs pour la réalité. Le temps presse et je dois te parler mais d'abord sache que je ne suis pas venu te provoquer et encore moins te nuire. Bien au contraire.

Elle avance prudemment vers lui.

— Que me vaut ta visite alors ? s'inquiète Kia

— Quoique tu penses, nous sommes du même sang et je ne supporte pas ton traitement infligé par Pharaon. Être reléguée et traitée comme une secondaire n'est pas digne de ton rang, tu en conviens ?

— Viens-en au fait ! s'impatiente Kia

— J'ai des alliés très puissants dans l'Empire et nous avons un objectif commun, nous voulons nous débarrasser de ce pharaon. Je te propose donc de te rallier à notre cause. L'empire va à sa perte, remarque que ce n'est pas vraiment mon problème mais une fois pharaon disparu, j'aurai les coudées franches pour assurer mon trône et agrandir mes territoires. En plus je pourrai compter sur l'aide financière et militaire des khemits. Juste retour des choses, conclue-t-il en s'esclaffant.

— Et si je te donne mon accord, qu'est-ce que je vais gagner dans tout ça ?

Shatti redevient sérieux

— Il y a deux solutions, soit Pharaon accepte nos conditions et parmi celles-ci il y aura une place d'épouse royale qui t'est dévolue. En plus tu pourras le surveiller. S'il n'accepte pas, il devra disparaître et tu pourras toujours épouser son successeur.

— Qui sont tes alliés et qu'attends-tu de moi ?

— Ce que j'attends de toi ? mais tu le sais déjà, Tadoukipa, lui rétorque Shattiwasa en la toisant, il te suffit juste de nous amener les enfants de pharaon au moment et au lieu convenus avec Mériré.

— Mais, dans ce cas tu travailles avec...

— Le clergé d'Amon, bravo, je vois que tu progresses.

— Que veux-tu faire de ses enfants ? répond-t-elle à voix basse.

— Les tuer bien sûr, chuchote-t-il encore plus bas.

— Tu veux tuer des enfants ! Mais tu es... tu es immonde !

— Je ne veux pas tuer des enfants, je veux tuer les enfants de Pharaon.

— Même si je le voulais, ce serait impossible, les gardes ne les quittent pas d'une semelle.

— Tu ne connais pas un moyen pour les faire s'éloigner un moment ?

— Non ! Mais même si tu y parvenais, je ne vois pas l'intérêt, qu'est-ce que les enfants ont à voir avec les décisions de leur père.

— C'est un père qui aime ses enfants, s'il les perd, il n'aura plus envie de vivre. Alors, quel est ton choix ?

— Je te fais parvenir ma réponse demain.

— Il n'y a pas à réfléchir mais je vais patienter jusqu'au lever du soleil, ensuite il sera trop tard et je ne réponds plus de rien. Ah ! j'oubliais, si tu t'avises d'informer Pharaon ou qui quiconque, tu es sous surveillance et ma prochaine visite serait foudroyante, tu me connais. Je te laisse maintenant car je ne peux pas m'attarder plus longtemps.

Une fois son frère parti, Kia réfléchit à sa proposition. L'étau se resserre sur elle, la conjuration a déjà jeté ses filets et elle se sent de moins en moins libre de ses mouvements. Elle pense à Younou et elle se dit qu'en se mettant du côté de son frère, elle aura peut-être une chance de sauver Younou et de régner à ses côtés. Les enfants auront disparu ainsi que Nana, enfin d'après les dires de son frère. Une nouvelle vie s'ouvrira alors. Tout sera simple et elle aura Younou pour elle toute seule. Elle sera une reine à part entière et se jure de veiller personnellement sur le khekeret. On ne prend jamais assez de précautions.

— Que te voulait ton frère ? demande Thoutouh en faisant sursauter Kia.

— Comment es-tu entré et qui t'a permis de passer ? J'attends quelqu'un d'important et c'est confidentiel.

Thoutouh prend une mine ennuyée.

— J'espère que ce n'est pas pharaon, dit-il d'un air faussement contrit, dans ce cas je me retire mais un autre personnage important m'a chargé de te remettre ceci.

Thoutouh sort d'une besace, deux fioles remplies l'une d'un liquide jaunâtre et l'autre d'un liquide vermillon.

— Qu'est-ce... ? Qui t'a chargé de cette mission ? Qu'est-ce que tu attends de moi ?

— Mériré ne peut pas venir car il a une obligation. Son message est le suivant : tu dois prélever quelques gouttes de sang de pharaon...

— Comment veux-tu que je prélève de son sang ?

— Peu importe la façon mais bien sûr il faut que ça se fasse, sans qu'il ne se doute du but. Ensuite tu verseras ce que tu as recueilli dans cette fiole, là où il y a un liquide rouge vif. Ça conservera l'élément actif de son sang intact.

— Et l'autre ?

— Tu vas en boire une gorgée avant de passer à l'action. Akhenaton ne pourra pas percer tes intentions, ni démêler le faux du vrai, car ce breuvage annihile ses pouvoirs extra sensoriels pendant quelque temps.

Il faudra agir vite, le temps presse et les effets de cette boisson sont temporaires. Non, ne me raccompagne pas, je connais le chemin.

Il quitte hâtivement la maison sans apercevoir une ombre tapie derrière une grosse jarre. Kia s'assoit lentement en se demandant si elle n'est pas en train de vivre un cauchemar.

Dans le jardin à l'arrière du Palais, Horemheb qui se trouvait derrière le mur du patio pour écouter les conversations, a juste eu le temps de se dissimuler derrière une grosse jarre, pour éviter Thoutouh sortant par la porte des domestiques.

***

La grande salle de réception se remplit rapidement, les danseuses ont déjà commencé leurs prestations, accompagnées des musiciens. Tout le monde veut être là quand la famille royale fera son entrée. Horemheb s'est rapidement changer pour être présent avant l'arrivée des souverains. Il se rapproche de Mahou.

— Je t'ai cherché partout, général.

— Pourquoi, il y a un souci ?

— Rien de grave, une bousculade dans un quartier populaire, près de la maison de Toutmès.

— Toutmès ?

— Oui le sculpteur, celui qui aide Bak, précise Mahou.

— Ah oui, le sculpteur. Bon, tout est rentré dans l'ordre ?

— Oui ! Mais tu étais où, on devait faire un rapport après la présentation.

— Je sais, je sais, une affaire urgente m'a occupé. Mais nous reparlerons de tout ça plus tard. En attendant repars à ton poste et sois vigilant car je m'attends à ce que des évènements arrivent rapidement.

À ce moment, Horemheb voit Kia entrer dans la salle, accompagnée de sa tante Giulepah. Ay passe justement à côté de lui, il l'interpelle.

— Ay comment ça se passe de ton côté ? demande Horemheb qui en profite pour s'éloigner de Mahou.

— Pour le moment, tout est tranquille, répond Ay, j'ai su que Mahou te cherchait.

— Tout va bien, un dossier important m'a occupé.

— Ça à un rapport avec la sécurité de la ville ?

— Sans doute mais je n'ai pas encore assez d'éléments concrets...

Ay observe Horemheb et attend.

— Je t'en parlerai plus tard, n'éveillons pas les soupçons pour le moment.

— Tu m'intrigues Mheb, ce n'est pas dans tes habitudes.

Horemheb est quelque peu déstabilisé. Effectivement ce n'est pas dans ses habitudes de se montrer vague mais ses idées sont confuses et il ne sait plus très bien où il en est. Il a sans doute sous-estimé la détermination du clergé qui veut maintenant s'emparer du Ouas. Et le sang de Younou peut conduire à en maitriser son pouvoir. L'instinct du général l'incite à se protéger du clergé.

Au moins ce serpent de Mériré sait où il va, lui, pense-t-il.

Mais pour le moment le général est dans le vague, s'étonnant lui-même de n'avoir rien dit à un responsable comme Ay. Horemheb ne lâche pas des yeux Kia.

— Je sens que le clergé est derrière tout ça ! avoue malgré tout le général.

— Derrière quoi ? demande le Divin père de plus en plus inquiet.

Le militaire lui fait face et le fixe droit dans les yeux.

— Pour le moment, je ne sais pas, il faut que je réunisse encore des preuves de leur implication. J'ai surpris une conversation de Kia avec son frère, je n'ai pas tout compris, mais ils parlaient des enfants de Pharaon.

— Quoi !! Mais il faut doubler la garde des enfants !

— La doubler ne servira à rien, il faut surveiller Kia, tout viendra d'elle.

— Très bien ! Dès que tu sais quelque chose, je compte sur toi pour me prévenir !

Les trompettes sonnent l'entrée de la famille royale, tout le monde se rassemble autour du promontoire où se trouvent les trônes. Horemheb en profite pour se rapprocher de Kia, tout en restant à bonne distance. Le général a son cœur qui bat, à la vue de Nana et de nouveau il est bouleversé. Son attention est détournée par l'arrivée de Tiyi, la reine mère suit le couple royal. Elle a recouvré ses forces et l'assemblée l'acclame. Elle s'assoit sur son trône à côté de celui de Néfertiti. Puis viennent les enfants de Younou, eux aussi sont applaudis, ils s'assoient sur des coussins au pied des trônes. Akhenaton lève le bras pour parler.

— Mes amis, je vous remercie et vous souhaite de passer une excellente soirée, que la fête commence.

Certains se courbent, d'autres applaudissent. La musique se diffuse au-dessus des joyeuses conversations et les danseuses reprennent leur chorégraphie en rythme. Dans un coin de la salle des jongleurs croisent des acrobates, des dompteurs exhibent des félins. Et sur la terrasse des cracheurs de feu lancent des bâtons enflammés, qu'ils font tourner autour d'eux à la plus grande joie des enfants.

Horemheb qui ne quitte pas des yeux Nana, la voit descendre les escaliers et se diriger vers lui et le Divin père Ay qui vient de le rejoindre.

— Longue vie à notre reine ! proclament-ils en chœur.

— Il faut qu'on aille voir Soupilouma, Mheb.

— Très bien je vous laisse. Je continue mon travail, dit Ay en regardant avec insistance Horemheb. Ce qui était bien entendu une large allusion à la surveillance de Kia.

— Que se passe-t-il ? Un souci ? demande Nana.

— Non la routine, répond le général qui se veut rassurant.

— Essayons d'arriver avant que les roitelets ne l'accaparent.

Elle prend la main du général et l'entraine vers le roi des hittites, qui est déjà en présence des rois vassaux.

— Ça alors ! Les roitelets n'ont pas perdu de temps. De quoi peuvent-ils bien discuter, constate Nana.

— C'est simple allons leur demander ? répond en souriant Horemheb.

Leur arrivée ne passe pas inaperçu et les rois se courbent devant la reine. Soupilouma est le premier à se redresser.

— Je suis heureuse de constater que le discours de mon époux a déjà produit des effets positifs.

— Nous sommes déjà en paix, s'exclame Soupilouma.

— Complètement en paix ! enchérit Biridiya.

Le général peu crédule s'étonne de ce rapide revirement et dit.

— Pharaon serait non seulement heureux mais fier de voir ce résultat mais pardonnez à un militaire qui ne peut se contenter de belles paroles.

— Horemheb ! tente de s'interposer Nana qui connaît trop bien son général et l'animosité de celui-ci vis-à-vis du quatuor.

Mais elle ne peut arrêter Horemheb qui poursuit

— Il y a quand même quelque chose qui me chiffonne…

— Parle, général, ne nous fais pas languir, le coupe Soupilouma d'un ton ironique.

— Nous avons été attaqués par deux fois et je vous rappelle que notre reine ici présente a failli y laisser sa vie. C'est quand même troublant, la première fois, des habirous portaient des habits hittites. Et si nous n'avons pu identifier nos agresseurs la deuxième fois c'est parce qu'ils se trouvaient sur les remparts de Meggido, où ils avaient sans doute été invités. Je ne peux manquer de me poser des questions en vous retrouvant tous ici réunis.

De son côté, Nana se dit que les propos d'Horemheb prennent une tournure inquiétante ce que ne contredit pas l'intervention d'Azirou, visiblement remonté contre son général

— Tes propos ou plutôt tes insinuations sont graves et offensantes. Comment peux-tu nous accuser d'avoir partie prenante avec tes agresseurs ? Tu as mauvaise mémoire car tu étais présent quand nous avons fourni des explications à Pharaon et celui-ci les a jugées sans doute suffisantes car il nous a rendu notre liberté. Il considère Soupilouma comme un frère et notre reine ici présente peut le confirmer, ajoute-t-il en se tournant vers Néfertiti qui ne peut qu'acquiescer, au grand dam d'Horemheb.

— Pour la première accusation, je pense avoir été assez clair. Quand je donne ma parole je ne reviens pas dessus, ajoute Soupilouma en lançant un regard appuyé en direction de Néfertiti.

Horemheb sent qu'il perd pied et ce regard le rend furieux. Il ne peut laisser éclater sa colère et décide de s'en prendre aux roitelets.

— Je ne partage pas le point de vu de Pharaon, surtout vis à vis de votre conduite qui non seulement prête à suspicion mais vous n'avez pas hésité à charger d'autres personnes. Je considère dès lors que mon enquête n'est pas close et vous restez mes principaux suspects.

Néfertiti prend le bras d'Horemheb et le tire vers elle.

— Général ! Je pense que l'heure et le lieu ne sont pas propices à ce genre de conversation. Nous devons rester optimistes et continuez d'avoir foi en l'homme. En cela nous restons fidèles dans l'enseignement d'Akhenaton. Maintenant je te demande de bien vouloir suivre ta reine.

Horemheb ne peut qu'obtempérer et après avoir rapidement salué, il tourne les talons. Les rois affichent un sourire ironique. La réalité va vite le rattraper quand il voit Kia espionner de loin Pharaon.

Younou sur son trône, surveille du coin des yeux sa fille Mérit-Aton, elle est en émoi car le jeune prince hittite s'avance vers elle sans faire cas de la présence des gardes.

— Tu t'appelles Mérit-Aton ? demande le jeune prince.

— Et toi, je sais que tu t'appelles Zananza !

Ils se regardent dans les yeux ne sachant pas trop par quoi commencer. C'est Mérit, la première qui prend la main de Zananza et l'entraine dans le jardin. Il se laisse faire, trop heureux de l'initiative de la princesse.

Younou descend de son trône et suit de loin le jeune couple. Kia emboite le pas de Younou sans se rendre compte que Ay la suit également.

— Ton pays est d'une grande beauté, commence Zananza… à ton image.

— Merci… Tu es le bienvenu et j'espère pour très longtemps.

Le jeune prince très embarrassé, n'ose soutenir le regard pétillant de la jeune princesse Khemit. Les sujets de discussion sont difficiles à trouver, ne leur viennent à l'esprit que des banalités. Il lui tient toujours la main et se risque à lui prendre la deuxième, qu'elle ne lui refuse pas.

— Mon père ne tarit pas d'éloge sur ton père, il a un grand respect pour lui.

— Cela veut dire que ton père est tout aussi respectable que le mien.

— Je n'ai pas tout compris à son discours, mais j'aimerais que tu m'expliques ce qui m'a échappé. Enfin… si tu veux bien !

— Oui bien sûr, moi j'ai l'habitude tu sais, on baigne dans ses paroles depuis toutes petites avec mes sœurs.

Mérit ne tient pas en place car Zananza accentue la pression de ses mains sur les siennes.

— Il a l'air d'une grande sagesse. Il paraît qu'il a du sang des dieux… Ce qui voudrait dire que toi…

— Oui, moi aussi j'ai du sang des dieux mais pourquoi me poses-tu cette question ? Cela t'inquiète ?

— Non pas du tout ! Mais on m'a dit que ça donnait des supers pouvoirs.

— Je crois mais je n'ai pas encore été initié par mon père.

Zananza est fasciné, il écoute avec grande attention les paroles de Mérit, tout en se rapprochant tout doucement d'elle.

— C'est un pays magique ici. Tout est tellement différent de mon pays. La grandeur des monuments…

— Les dieux sont beaucoup plus grands que nous et ils nous ont appris à travailler la pierre… Mais je ne peux pas t'en dire plus.

Le prince hittite se penche près de son oreille et chuchote

— Pourquoi ? C'est un secret ?

— Oui.

— Alors ne dis rien, respecte les secrets.

Zananza porte la main de Mérit à ses lèvres.

Younou fait brusquement demi-tour et se hâte d'aller chercher Nana, afin qu'elle profite de la scène. Mais en passant près de Kia qui était embusquée, il la heurte par mégarde. Dans sa surprise, il ressent une vive douleur et en baissant les yeux, il constate qu'il s'est blessé sur la coupe en verre que tient Kia. Dans le choc celle-ci s'est brisée et du sang coule sur le royal bras.

— Oh ! Je suis désolé, s'exclame Younou.

— Attends tu saignes, je vais m'en occuper.

Kia passe son doigt sur la coupure et ramasse le précieux sang.

— Laisse, ce n'est rien, ne va pas te tâcher. Excuse-moi je dois te laisser, insiste Younou. Il finit par s'éclipser.

Kia se tourne discrètement, sort sa fiole et verse le sang encore frais dedans en prenant bien soin de ne pas en mettre à côté. Elle range ensuite soigneusement la fiole dans le revers de sa ceinture et se dirige vers un serviteur qui lui présente un plateau chargé de boisson. Elle saisit une coupe de vin qu'elle vide d'un trait. Son manège n'a pas échappé à la vigilance de Ay.

Younou retrouve Nana qui après avoir éloigné le général, évitant ainsi un incident diplomatique, était retournée vers Soupilouma pour s'excuser.

— Pardonne à mon général, il a été très éprouvé ces derniers temps.

— Si c'est pour ton service, Ô ma reine, je peux le comprendre mais il devrait se contrôler un peu plus, car il pourrait en indisposer plus d'un.

Younou arrive à cet instant.

— Cela tombe bien, j'ai justement quelque chose qui vous concerne tous les deux. Suivez-moi, dit Younou de bonne humeur.

Le petit groupe va vers le jardin. Pharaon est comme un enfant, il est joyeux et tient la main de Nana.

— Que se passe-t-il ? demande Nana curieuse.

Younou se retourne et met son index sur la bouche, pour que tout le monde se taise. Puis il désigne avec son doigt, Mérit et Zananza en grande discussion, très rapproché l'un de l'autre. Nana passe devant Pharaon en lui souriant.

— Maintenant c'est sûr c'est bien lui.

— Je suis désolé, je vais tout de suite stopper ça ! intervient Soupilouma.

— Non ! S'exclame en chœur et à voix basse le couple royal.

— Laisse-les faire, ils ont l'air de bien s'entendre, c'est évident, indique Younou.

— Ça veut dire que tu n'es pas contre une union entre nos enfants ?

— Cela mérite réflexion.

Soupilouma regarde son fils d'un air rêveur. Ay en retrait derrière est inquiet, il trouve que ça va trop loin. Il lui semble que Younou vit sur un petit nuage doré et perd le sens des réalités. Il est rejoint par Horemheb.

— Que se passe-t-il ici ?

— Le fils de Soupilouma et Mérit sont apparemment amoureux l'un de l'autre et les parents voient tout cela d'un œil favorable.

— Une union ! Entre le prince hittite et ta petite fille Khemit ? Horemheb ferme les yeux et se pince entre les sourcils.

— Je pense que nous partageons le même point de vue et tout cela me paraît bien prématuré. Décidément si ça continue il va falloir protéger Younou contre lui-même. Au fait qu'en est-il de Kia, tu l'as suivie ? interroge le général à voix basse.

— Oui, en tout cas, elle n'est jamais très loin de Younou et ne semble pas se préoccuper des enfants. Par contre j'ai noté un incident qui n'a peut-être pas d'importance…

Soudain Horemheb voit un peu de sang coagulé sur le bras de Younou.

— Qu'est-ce qu'il s'est fait ? demande le Général.

— J'allais y venir. À un moment ils se sont heurtés et Younou s'est blessé au bras avec une coupe que tenait Kia.

— Où est-elle passée maintenant ? s'alarme Horemheb soudain en proie à une violente agitation.

— Elle ne doit pas être bien loin, si Younou est là, le rassure Ay.

Le général part en courant, ce qui ne manque pas d'intriguer le Divin père.

— Qu'est-ce qu'il a ce soir ?

Horemheb se rue vers la salle, mais Kia reste invisible. Il se précipite à l'entrée du palais, son intuition ne l'a pas trompé. Il la voit monter dans un char qui démarre. Il court immédiatement vers les chevaux et s'empare des rênes pour les forcer à s'arrêter. Le conducteur paniqué reconnaît le général et se fige immédiatement.

— Gé… général que se passe-t-il ?

— Ta mission s'arrête ici, tu peux regagner ton cantonnement.

Il s'aperçoit alors que Kia est prostrée.

— Que se passe-t-il Horemheb ? Pourquoi m'agresses-tu ? J'ai d'abord cru qu'il s'agissait d'un ennemi de Pharaon.

Il se calme et pense rapidement à changer son comportement.

— Rien de tout cela, sourit le général, je pense que toi comme moi en avions assez de cette mascarade et je me suis dit que je partagerais volontiers avec toi, une coupe de vin. Je viens juste de me faire livrer quelques nectars.

— Tu me flattes Horemheb, la compagnie de Nana ne te suffit plus ? De toute façon, je crois que je n'ai pas le choix d'autant plus que tu tiens les rênes.

— J'ai toujours apprécié les femmes sensuelles comme toi, ainsi que leur coté pragmatique. Tu ne le regretteras pas ! s'exclame-t-il en lançant les chevaux sur le chemin de sa villa.

Ils entrent dans sa magnifique demeure, pénètrent dans une vaste salle meublée de coussins et de riches tapisseries, au milieu une grande table est couverte de corbeilles de fruits et de fleurs.

— Tu attendais une invitée, minaude Kia qui s'interroge encore sur l'objet de cet enlèvement.

Elle songe qu'elle n'a guère de temps devant elle et qu'il lui faudra aller au-devant des désirs du général rapidement. Elle doit remettre la fiole à Mériré.

— Le beau général pour moi toute seule ! En voilà un cadeau ! Mais que va dire la grande épouse royale ? Si je commence à lui détourner ses amants.

— Ses amants ?

— Oh ! Mheb, ne me dis pas que tu crois être le seul ?

— Qui d'autre ? Elle est soit avec moi, soit avec Pharaon !

— Tu oublies Toutmès.

— Tu veux dire le sculpteur ?

— Elle passe des après-midis entiers chez lui, en catimini !

— Mais… Je croyais qu'elle était avec Younou.

— Surveille-la et tu verras qu'elle y va régulièrement.

Horemheb est troublé par la révélation de Kia, il ne sait pas s'il doit y prêter crédit, mais se promet néanmoins de vérifier. Pour le moment il doit récupérer la fiole et échafaude rapidement un plan.

— Tu m'avais promis de me faire goûter un de tes nectars ?

— Où ai-je la tête ? Bien sûr et je vais te satisfaire sur le champ.

Il claque dans les mains et des serviteurs apparaissent comme par enchantement avec des coupes de vin.

— Asseyons-nous, propose Horemheb.

Il prend les coupes et en donne une à Kia. Le général lui lance un regard enjôleur.

— Buvons à notre amitié et à notre amour pour Pharaon.

— Tu n'as pas besoin de me sortir le grand jeu, Horemheb, je suis d'accord.

Elle se rapproche de lui et le retient dans un baiser ardent. Il passe sa main sous la ceinture, contre sa peau et sent une protubérance.

Sans doute la fiole, pense-t-il.

Il décide alors de lui enlever ses vêtements et la bascule sur les coussins. Il dénoue la ceinture de Kia et se rend compte qu'elle dispose d'une poche. Tout en la besognant, le général en profite pour retirer délicatement la fiole qu'il cache sous un coussin.

— Aaah ! Les Khémits, vous faites l'amour comme des dieux !

— C'est normal, nous sommes des dieux !

Maintenant qu'il a eu ce qu'il voulait, Horemheb décide de se donner du plaisir. Elle reste pantoise. Le général se lève prend la coupe de Kia, lui tend et boit la sienne.

— J'espère que je t'ai satisfait, lui dit-elle d'une voix alanguie.

— Bien plus que tu ne l'imagines, répond-il avec un air ambigu. Sans doute nous reverrons-nous bientôt.

— Tu sais où me trouver, général, répond Kia, soucieuse néanmoins d'abréger cet entretien. Elle a un peu sur joué pendant qu'il lui faisait l'amour mais doit s'avouer qu'Horemheb ferait un bon amant. En outre il pourrait lui assurer une protection contre les intrusions de son frère et de ses complices. En attendant elle se hâte de se rhabiller tout en flattant Horemheb.

— J'ai été très heureuse de passer ce moment avec toi mais tu as raison, moi aussi je suis soucieuse de la protection de pharaon et qui mieux que toi peux assurer sa sécurité…

Dans son empressement à quitter la maison, elle ne vérifie pas la poche et elle se laisse raccompagner jusqu'à son char par Horemheb.

— Attends-moi ici, je vais chercher un domestique qui te conduira chez toi

Une fois dans le salon, il court récupérer la fiole qu'il transfère dans une autre et va la cacher derrière une pierre, juste à côté de celle qui permet de se battre au ralenti. Il remplit la fiole vide d'un peu d'huile prise dans sa cuisine puis retourne l'écraser près des coussins.

En voulant sortir, il se heurte à Kia qui surgit visiblement agitée.

— J'ai oublié quelque chose à l'intérieur.

— Je n'ai rien remarqué mais entrons, au fait qu'as-tu perdu ?

— Une fiole qu'un apothicaire m'a remise pour soigner mes douleurs

— De quelles douleurs souffres-tu ?

— Tu n'es pas une femme, tu ne peux pas comprendre.

Arrivée près du canapé, Kia se fige et se décompose.

— La fiole... comment est-ce possible ? je ne comprends pas...

— Quelqu'un d'entre nous a sans doute marché dessus par mégarde ou alors elle s'est brisée en tombant. Repars chez cet apothicaire, il te donnera une nouvelle médication, la rassure Horemheb.

— C'est impossible...

Ses forces sont sur le point de lâcher, les dieux l'auraient-elles abandonnée ? A ce moment précis, elle se met à haïr Horemheb. C'est de sa faute si cette fiole s'est brisée. Pourquoi s'est-il mis en travers de son chemin ? Mais elle ne trouve pas de réponse et se sent épuisée. Aussi elle se laisse raccompagner sans résistance jusqu'à son char où l'attend un cocher que le général a mandé.

En la voyant s'éloigner, Horemheb ne peut s'empêcher de laisser un sourire apparaître sur ses lèvres. La journée a été très fructueuse.

***

Les invités commencent à partir de la réception, sachant que le lendemain matin des jeux sont de nouveau organisés. Il reste cependant un petit nombre de nobles et de rois, dont bien évidemment Soupilouma qui n'imagine pas un instant de partir sans son fils, très occupé auprès de Mérit-Aton. Le roi hittite en grande discussion avec Pharaon et Néfertiti, ne voit pas non plus passer le temps. Ils ont été vus, toute la soirée en train de boire, manger et rire de bon cœur.

— Il faudrait peut-être que j'aille chercher mon fils, si demain on veut être en forme pour les jeux.

— Il est vrai qu'il se fait tard, mais le temps passe trop vite quand on est occupé agréablement, affirme Younou.

Nana regarde les danseuses, puis la musique devient plus douce et les jeunes filles invitent à danser avec elles des nobles et certains rois. Une danseuse plus audacieuse que les autres, invite Soupilouma, alors qu'il est en présence de Pharaon.

— Oh c'est très gentil, décline le hittite, mais avec ta permission Divin Pharaon, je souhaiterais faire cette danse avec ta charmante épouse.

Younou sourit.

— Ici tu es dans l'Empire Khem, il est d'usage que la femme décide pour elle-même. Donc je t'invite à lui demander personnellement.

Soupilouma sent qu'il perd ses moyens devant Néfertiti, autant c'était facile avec Pharaon, autant affronter le regard de la reine devient compliqué.

Il se racle la gorge. Nana sourit.

— Majesté, est ce que tu m'accordes cette danse ?

— Oui ! accepte Nana.

L'intrépide danseuse demande alors à Pharaon s'il veut bien l'accompagner. Elle a droit au regard noir de Néfertiti. Mais Younou prend la main de Nana, qu'il porte à ses lèvres et accepte l'invitation de la danseuse, qui n'en croit pas ses yeux et ses oreilles.

Ils se lèvent et vont danser avec les autres. Soupilouma tient la reine dans ses bras et se sent de nouveau troublé. Toute la soirée, ils ont dialogué tous les trois, elle a participé activement à la discussion et de façon très pertinente. Tout grand guerrier qu'il est, il se sent tout petit dans les bras de Nana.

— Pourquoi ton épouse n'est pas venue avec vous ? s'informe-elle.

— Parce qu'elle n'est plus de ce monde.

— Désolée, j'ignorais.

— C'est normal, c'est tout récent, Pharaon ne pouvait pas le savoir.

— Elle doit manquer à Zananza.

— Je ne voulais pas l'emmener avant le drame, mais après je me suis dit que cela lui changerait les idées. Je pense que ça lui a fait beaucoup de bien de venir ici et il lui sera difficile de prendre le chemin du retour.

Horemheb entre dans la salle, alors que Younou et Nana finissent leur danse. Il rejoint Ay et s'assoit à côté de lui. Le chambellan le regarde d'un air interrogateur.

— Alors, tu l'as retrouvée ?

— Kia, bien sûr ! Ne t'inquiète pas tu peux me faire confiance, mais où est Mahou ?

— Tant mieux mais tu n'es guère prolixe. Tu ne me cacherais pas quelque chose ? Tu sais qu'entre nous, il ne doit pas y avoir de secret.

— Elle ne m'a rien dit, je l'ai juste sondée sur ses intentions et je n'ai pas évoqué les enfants pour ne pas éveiller les soupçons. Cependant il faut rester vigilants. Tu as raison néanmoins, je pense qu'il faut doubler la garde autour des enfants.

— Ne dis rien à Pharaon et Néfertiti, je m'occupe de les surveiller, conclut Ay qui commence à être lassé du comportement intrigant du général.

***

Le lendemain après la cérémonie du levé d'Aton, qui est toujours aussi spectaculaire, les rois sont invités à rejoindre les tribunes à l'Est de la cité. Des jeux sont organisés, les équipes sont formées par pays, par âge et par poids. Les épreuves sont diverses et distrayantes. Le mot d'ordre donné étant, l'amusement, la joie et la courtoisie. Ceux qui ne respectent pas ces engagements sont écartés. Même les rois y participent, sauf Pharaon qui se fera remplacer par Horemheb. Mais les rois ne l'entendent pas de cette oreille et se sont réunis pour lui demander de revenir sur sa décision.

— Cela ne serait pas équitable mes frères, répond Younou.

Les rois étrangers connaissent bien la nature égotique des Khemits et insistent lourdement.

— Divin Pharaon ce ne sont que des jeux et tu l'as dit toi-même, ce n'est que pour le plaisir. Alors tu nous offenserais en refusant de participer.

Younou se sent gêné, il n'est pas dans son intention de contrarier l'amitié que lui portent ces rois.

— Très bien, vous l'aurez voulu.

Les rois se sont habillés pour la circonstance, tenues légères et pratique pour tous. Younou enlève son pagne long et garde le court ce qui lui assure un meilleur confort. Il retire également sa couronne et une longue natte brune descend le long de son dos. Les Khemits acclament avec grande ferveur leur roi. Encore une fois Pharaon montre qu'il est proche du peuple.

La première épreuve est un combat dirigé par Horemheb. Celui-ci se rapproche de Younou, l'air soucieux.

— Comment va-t-on faire ? La donne a changé, si tu participes tu seras vainqueur à tous les coups. Au moins, avec moi cela aurait pu passer pour des combats équitables.

— Eh bien je vais essayer de faire comme toi.

— Difficile de donner le change, D'un côté comme de l'autre tu risques gros ! Vainqueur de tous les combats cela risque d'en froisser plus d'un et les autres vont s'interroger. Vaincu, tu risques de ne pas être crédible ou au pires, tu seras discrédité.

— Mheb ce n'est qu'un jeu ! rassure Younou, qui voit son ami complètement paniqué.

— En même temps c'est notre réputation… se désole le général.

Younou sourit et se montre compréhensif.

Soupilouma s'avance et jauge le nouveau combattant. Le choix de Pharaon lui paraît étonnant car il avait mis Horemheb dans ses favoris. Combattre lui semble présomptueux et il décide de s'en ouvrir à son ami.

— Pourquoi ne laisses-tu Horemheb défendre tes couleurs ? Sans t'offenser, ton général me paraît mieux entrainé. Tu n'as rien à prouver à ces rois qui essaient de faire pression sur toi.

— Ne sois pas inquiet Soupilouma, ils veulent du spectacle… Ils vont en avoir, dit Younou en affichant un large sourire serein.

La première épreuve, les participants ont les mains attachées dans le dos. Les combattants se précipitent l'un contre l'autre pour se renverser. Le premier qui n'arrive plus à se relever a perdu. Le combat se déroule dans un anneau de dix coudées et il est interrompu à chaque fois qu'un adversaire franchit la ligne.

Le pays qui invite tire au sort un roi. Des tablettes avec le nom de chacun sont présentées dans une corbeille et c'est la main innocente d'un enfant choisi dans le public qui en prend une au hasard.

— Azirou roi d'Amurru sera l'adversaire de Pharaon.

Younou sourit, Horemheb éclate de rire. Et Azirou se dit qu'il a non seulement un physique supérieur à Pharaon, mais il tient là l'occasion de faire oublier les humiliations subis depuis quelques jours. En plus il se félicite de ne pas affronter le général qui a l'air beaucoup plus coriace.

On leur attache les mains dans le dos et Horemheb leur indique les règles qui sont au demeurant fort simple. On ne frappe pas un adversaire à terre, sinon tous les coups sont permis. Mais cela reste du sport et on doit se respecter. Au signal, Azirou fonce sur le souverain des terres noires pour le surprendre, mais comme à son habitude Younou s'esquive. Le roi d'Amurru perd l'équilibre et franchit la ligne en trébuchant ce qui provoque l'hilarité des spectateurs. Azirou voit rouge et, à peine revenu dans le combat, il tente cette fois de ne plus se laisser surprendre en prenant Akhenaton à revers. Pharaon ne se laisse pas duper et quand il sent qu'Azirou est sur le point de le renverser, il se baisse et se relève au moment où son adversaire est au-dessus de lui, le propulsant vivement avec son épaule. Azirou est alors projeté en avant et s'écrase lourdement sur le sol en soulevant un nuage de poussière. Le choc est rude et le public laisse échapper un *Oooohh* de compassion. Pharaon debout, n'a plus qu'à poser son pied sur le dos d'Azirou qui peine à retrouver son souffle.

Ce combat n'aura pris que quelques minutes et une ovation salue le vainqueur. Magnanime, Younou retire son pied qui bloque Azirou au sol. La victoire est totale et on vient couper les liens qui entravent leurs poignets.

— École du Kep ? demande Azirou.

— Entre autres ! répond Younou en souriant.

— Pas mal pour un pays qui ne veut que la paix !

— Moi je dirais, heureusement que ce pays ne veut que la paix ! ironise Younou en haussant les épaules.

D'autres tirages au sort sont faits pour les rois qui restent en jeu. L'épreuve suivante est un lancer de brique, tous les souverains sont conviés et on leur demande de se mettre en ligne. Soupilouma se place à côté de Younou. On leurs distribue des briques de même poids, tout le monde peut vérifier et même la choisir. Pharaon prend la dernière.

— Tu t'es bien défendu au combat, félicite Soupilouma avec une pointe de jalousie.

— Je n'ai pas de mérite, je suis entrainé depuis tout petit à l'art de l'esquive.

— Bon, on va voir qui va gagner au lancer maintenant. Dans mon pays je suis le meilleur.

— Es-tu certain qu'on ne te laisse pas gagner ? se moque gentiment Younou.

— Eh bien on va voir !

Tous les rois lancent leurs briques dans l'ordre où ils les ont prises. Vient le tour de Soupilouma.

Il prend son élan et c'est la sienne qui tombe le plus loin.

— Alors ? On me laisse toujours gagner ? À toi de faire mieux !

Younou affiche un large sourire. Il tend son bras en arrière.

— Attends ! s'exclame Soupilouma. Recule, tu ne prends pas d'élan ?

— Ah j'oubliais.

Younou fait trois pas en arrière, puis prend son élan en tendant son bras, qu'il arrête à mi-chemin.

— Qu'est-ce que tu fais ? s'étonne le roi hittite.

Il regarde à ses pieds, pensant que la brique lui avait échappé des mains et était tombée là. Mais il ne voit rien et pour cause, elle se trouve à moins d'une coudée derrière celle de Soupilouma.

Le hittite fait des aller-retour avec sa tête vers le terrain, puis vers Pharaon avec surprise.

— J'ai remarqué que nous avions deux techniques différentes, mais je suis certain que si tu avais la mienne, tu m'aurais dépassé sans problème.

Younou secoue la tête en ricanant, mais Soupilouma incrédule veut connaître sa réelle force. Aussi dans un regard complice, il cherchera à le provoquer.

Pendant ce temps dans les tribunes, les jeux avec les enfants s'organisent, Kia est avec sa fille. Les princesses et Toutankhaton sont avec les nourrices et la garde personnelle doublée. L'épreuve a lieu de l'autre côté du terre-plein, il va falloir qu'ils sortent de l'enceinte pour passer vers l'extérieur et entrer par la seconde porte. Kia aperçoit au loin Shatti qui ne la quitte pas des yeux.

— Bon ! Allons-y, ordonne Kia qui s'adresse ensuite aux nourrices. Votre présence n'est pas nécessaire, vous resterez ici jusqu'à notre retour.

— Mais on a envie de voir ce que les enfants vont faire ! s'exclame une nourrice.

— Il y a trop de monde, vous allez gêner plus qu'autre chose. C'est pareil pour vous, dit-elle en s'adressant aux gardes.

Mais les gardes font la sourde oreille et escortent Kia et les enfants. Alors elle se retourne et s'emporte.

— C'est un ordre ! Je suis avec eux, que voulez-vous qu'il leur arrive, je suis là !

Elle regarde à l'emplacement où se trouvait Shatti… il a disparu.

— Vous, restez là, nous reviendrons après l'épreuve.

Les gardes sont désorientés et ne savent plus s'ils doivent obéir à l'épouse secondaire qui a quand même autorité sur eux et pensent aux recommandations de Pharaon. Celui-ci les a enjoints de ne jamais quitter des yeux les enfants.

— Altesse, Pharaon ne veut pas que nous nous éloignons d'eux ! insiste le chef.

— Si tu ne respectes pas mon ordre, je te jure que je ferai de ta vie un enfer ! On fait juste le tour de l'enceinte, vois par toi-même, il y a des gardes de partout sur les murs. Allez, sois raisonnable, attends-nous ici avec tes hommes !

Kia emmène les enfants. Mérit et Makhet se regardent perplexes. Mais bon, elle n'en est pas à son premier caprice. Aussi tout le petit monde suit en pensant au jeu qui les attend. À l'extérieur, deux chars sont garés, Kia fait monter les enfants dessus, deux mitanniens habillés en Khemit tiennent les rênes, et aussitôt ils partent au galop en direction des collines.

— Où va-t-on ? Ce n'est pas la bonne direction, demande aussitôt Mérit inquiète.

Makhet regarde Ankhesen s'éloigner dans l'autre char et se met aussitôt à pleurer.

— Tais-toi ! ordonne Kia en la giflant.

Makhet et Mérit se serrent dans les bras. Ankhesen réalise aussi que la situation est anormale et tourne la tête vers l'arrière. Elle prend son petit frère par la main et se prépare à sauter, mais elle est retenue par le conducteur qui les coince avec ses jambes contre la balustrade. Elle commence à le mordre, mais ce dernier lui assène un coup qui l'assomme. Les chars passent les dernières maisons de la cité, quand ils sont stoppés par des militaires, faisant ainsi barrage au milieu de la route, arcs bandés dans la direction des chars. Kia tente d'user de son rang et de pouvoir pour la laisser passer. Mais Ay sort de l'ombre et se dirige vers la secondaire. Aussitôt elle prend le poignard du mitannien et menace de tuer Makhet s'il s'approche. Elle lui ordonne de les laisser passer. Le conducteur de l'autre char imite Kia en mettant son poignard sous la gorge d'Ankhesen en pleur. Toutankhaton est tétanisé et serre la jambe de sa sœur. Ay intérieurement fou de rage, extérieurement reste impassible, les mains dans son dos.

— De toute façon, tu as l'intention de les envoyer à la mort. Penses-tu que je vais te laisser faire ?

— Tu ne tiens pas à la vie de tes petites filles ? demande Kia paniquée.

— Si, énormément, c'est pour ça que tu ne passeras pas.

Ay fait signe à ses archers d'un signe discret de la main, qu'il tient toujours dans son dos. Trois flèches sont décochées en même temps et transpercent les deux conducteurs et Kia. Le premier reçoit une flèche dans l'œil, le second dans la gorge. Ils s'écroulent, tués sur le coup. Kia reçoit une flèche dans l'épaule, elle lâche le poignard et tombe à genoux. Avant que Ay n'atteigne le char, Meritaton a déjà ramassé le poignard et s'élance pour poignarder Kia.

— MÉRIT ! NE FAIS PAS ÇA ! crie Ay en courant vers sa petite fille.

— Je vais la tuer ! Elle nous a fait assez de mal comme ça !

Et elle joint le geste à la parole, la lame scintille au soleil avant de s'abattre sur Kia. Mais la main d'Ay arrête le bras vengeur à temps.

— Penses-tu que ton père accepterait que sa fille devienne une meurtrière ?

Mérit regarde son grand-père puis sans mot dire, elle se retourne vers Kia, fait le geste qu'elle sera décapitée et lui crache à la figure. Kia s'évanouit.

Les filles se serrent contre leur grand-père en pleurant, sauf Mérit qui a du mal à se calmer. Toutankh est dans les bras d'Ay la tête contre son épaule.

***

Younou est prêt pour la course à pied. Le départ va être donné, quand un garde accourt vers lui et demande son attention. Ce qu'il a à lui révélé est de la plus haute importance. Pharaon écoute le garde et disparait aussitôt en courant. Un militaire l'attend avec un char, il saute sur le marchepied et se dirige à toute vitesse vers le palais.

Pendant ce temps, commandé par Ay, des militaires arrêtent Shutarna et l'emmènent.

— Où est ton cousin Shatti ? demande le Chambellan.

— Je ne sais pas ! Que se passe-t-il ?

— Tu vas le savoir, viens avec nous.

Aux portes du palais, Younou se dirige directement vers les chambres de ses enfants. Quand il entre, ses filles se précipitent vers lui en pleurant et parlant en même temps. Les gardes sont à plat ventre et ne bougent plus. Pharaon serre ses enfants dans ses bras, les nourrices pleurent prostrées sur le sol.

— Qu'est-ce qu'il s'est passé, mes anges ?

— C'est Kia, elle nous a forcés à la suivre alors qu'on ne voulait pas ! explique Ankhesen.

— Oui ! Les gardes voulaient venir avec nous, mais elle les a menacés de leur pourrir la vie, s'ils nous suivaient, continue Makhet.

— Elle nous a battues et elle a failli poignarder Merit !

Younou est atterré, il tombe à genou, les serre tous les quatre dans ses bras, n'imagine même pas ce qu'il serait devenu s'ils avaient pu mettre leurs actes à exécution. Il finit par se calmer.

— Vous êtes mes enfants, les princesses et prince Khemits, qui dirigeront l'Empire un jour. Vous comprenez ? Vous m'êtes plus chers que la prunelle de mes yeux.

Les filles se pendent toutes au cou de leur père. Les deux portes s'ouvrent et Néfertiti entre en courant bras en avant.

— Nana ! s'écrient les filles en allant se blottir dans les bras de leur mère.

Pendant ce temps Younou se relève, regarde les nourrices en pleurs et les gardes prostrés. Il se dirige vers eux.

— C'est plus qu'une simple erreur… vous avez gravement fauté, annonce Younou. Je n'ai pas le temps et l'envie pour le moment… mais je verrai plus tard le châtiment que vous méritez.

Il fait signe à sa garde personnelle de les emmener et d'autres les remplacent. Puis il se tourne vers les nourrices qui tremblent de tout leur corps.

— Vous comprenez bien, que je ne peux pas laisser passer un tel manque de précaution !

— Non Divin Pharaon, nous sommes prêtes à subir ton châtiment.

— Très bien, alors on verra après la fête, ce que je déciderai, pour le moment faites votre possible pour rattraper votre lamentable défaut de prudence.

Younou en colère, se tourne vers Nana.

— Je vais voir Kia.

Il se dirige à grands pas vers la porte et elle le suit en courant.

— Attends, je viens avec toi.

Younou est furieux, comment a-t-elle pu s'en prendre à des enfants, de surcroit les siens.

— Je ne sais pas si c'est une bonne idée que tu sois là, dit-il tout en continuant d'un bon pas.

— Pourquoi ? répond Nana en le poursuivant.

Mais Younou arrête sa marche effrénée et se retourne vers son épouse qui tente de reprendre sa respiration.

— Je pense que je ne vais pas pouvoir lui pardonner cette trahison.

Néfertiti énervée se redresse et révèle à Younou, ce qui est pour elle une évidence.

— Mais il n'est pas question de lui pardonner quoi que ce soit ! Elle a voulu tuer nos enfants, cette femme est mauvaise. Tu as tout fait pour elle ! Et même moi, je revenais vers de bons sentiments ! Et voilà comment elle nous remercie.

— Je veux comprendre.

— C'est simple à comprendre, Younou.

Il prend par la main Nana et l'entraine avec lui.

— Bon ! Allons la voir. Ta présence apaisera peut-être, mon désir de vengeance.

Chapitre 8

Makhetaton

Au palais Kia est allongée sur des coussins dans le bureau, un médecin est à son chevet et lui soigne sa blessure à l'épaule. Elle a repris connaissance et pleure. Elle a peur. Ay la surveille et lui lance un terrible regard.

— Est-ce avec Shattiwaza, ton frère, que tu as comploté pour enlever les enfants ? questionne Ay.

Kia ne répond pas.

— Ne sois pas inquiète, dès que Pharaon sera là, tu ne pourras plus rien cacher.

Les deux grandes portes s'ouvrent avec fracas, poussées par un Younou hors de lui. Kia sursaute et s'assoit. Pharaon avance à grand pas vers elle, suivi de loin par Néfertiti.

— Non, non je vais tout t'expliquer, implore Kia les bras en avant.

Younou sent la colère l'envahir, il prend Kia par le cou et tente de l'étrangler en la trainant sur le sol.

— Younou ! Je t'en prie, ne la tue pas ! supplie Nana qui l'a rattrapé.

— Qui pourrait m'empêcher de tuer Kia ? menace Younou avec un regard que la secondaire ne lui avait jamais vu.

Elle voit ses derniers instants arriver à grands pas. Nana se serre contre Younou et tente de le retenir.

— Tu vas le regretter toute ta vie… essaie de le raisonner Nana.

— On ne touche pas à mes enfants, répond froidement Pharaon.

— Arrête tout de suite, insiste Nana. Elle s'est trahie et ne peut plus rien contre nous maintenant.

Akhenaton ouvre sa main et Kia reprend péniblement sa respiration. Nana soulagée se serre contre le torse de son époux.

— Tout compte fait, tu as bien fait de me suivre, constate Younou en enlaçant Nana. Je ne veux plus la voir, qu'elle parte sur le champ sans aucune affaire. Comme elle est habillée là, elle reste. On la met dans une caravane en partance pour son pays.

— Et Baket-Aton ? demande Nana.

— Ma fille reste avec nous !

Pharaon s'éloigne de sa reine et sort du bureau en croisant Horemheb qui entre en courant.

— Younou !?

— Je vais me calmer dans mes appartements, fais-en sorte que la chose ne s'ébruite pas, continuez les jeux sans moi.

Le général entre dans le bureau et voit Kia au sol en train de tousser pour reprendre son souffle. Le médecin est à côté d'elle, puis Nana dans les bras de son père, le remerciant d'avoir protégé les enfants.

— C'est Mheb, qui m'a prévenu.

— Quoi ! Tu étais au courant de ce qui se tramait et tu ne m'as rien dit, reproche Néfertiti.

— Je n'étais sûr de rien, je ne voulais pas vous affoler au cas où il ne se passait rien et que c'était une erreur de ma part.

— Mheb ! Ils ont failli y laisser leur vie !

— C'est bien pour ça qu'on la surveillait avec Ay.

Kia reprend ses esprits.

— Tu es bannie de l'Empire Tadoukipa ! lance le Divin père en ordonnant au médecin de partir.

— Pharaon a failli me tuer, dénonce-t-elle.

— C'est dommage qu'il ne soit pas allé jusqu'au bout, continue Ay. Gardes, emmenez-la et vous mettrez une escorte pour la surveiller jusqu'à la frontière de son pays.

— Et ma fille ? implore-t-elle.

— Elle reste avec son père, répond Néfertiti.

Les gardes l'emmènent, alors qu'elle se débat toujours. Ay les suit, laissant seuls Horemheb et Nana.

— Ça va ? demande le général en serrant Nana dans ses bras.

— Mes enfants ont failli se faire tuer et tu me demandes si je vais bien !

Il la prend par la main et l'entraine hors du bureau, suivie de près par sa garde personnelle, malgré la présence du général.

— Je te raccompagne à tes appartements, il faut que tu te reposes.

— Younou, y est et il veut se calmer tout seul. Je vais plutôt voir les enfants, décide Nana en lâchant la main d'Horemheb.

— Très bien je retourne aux jeux.

Nana monte les escaliers, suivie de sa garde personnelle plus vigilante que jamais. Elle entre dans les appartements des enfants et voit Younou allongé avec ses trois princesses et Toutankh lui sauter sur le ventre.

— Viens ma douce. Il ne manquait que toi.

Un garde annonce un coursier venant de la part du Divin père. Younou prend connaissance du message.

***

Horemheb s'éclipse discrètement vers son char et se dirige à toute allure vers le sud de la cité, jusqu'au palais de Kia. Il lui manque la dernière fiole mais avant de pénétrer dans l'habitation, il se doit de rester prudent au cas où Shatti serait déjà dans la place. Il entre en se cachant des gardes et se dirige à pas feutrés vers la chambre de Kia. Il est alerté par du bruit qui provient de meubles déplacés et des objets renversés. Il retire son poignard de son fourreau et entrouvre discrètement la porte.

— Salut Thoutouh, si tu as perdu quelque chose, je peux t'aider ?

Le ministre sursaute et se retourne vers l'intrus qu'il dévisage avec un rictus où se mêlent la peur et la colère. Il se hâte de cacher un couteau derrière son dos mais son geste n'est pas passé inaperçu. Thoutouh se détend et s'efforce même à sourire

— Ah ! général, tu tombes bien, je me demandais si cette traînée ne te l'avait pas donnée, mais ta présence ici me laisse penser qu'il n'en est rien, dit-il en se rapprochant insidieusement.

— Tu veux sans doute parler d'une fiole.

— A quoi peut-elle te servir, à toi ? je te propose un marché, tu me laisses la fiole et je garde le silence sur tes prouesses sexuelles avec cette femelle. Pharaon verrait d'un mauvais œil que son général passe maintenant de son épouse à sa protégée. Cela ferait désordre…

Et tout en lui parlant, il se jette sur Horemheb en tentant de le poignarder. Mais le militaire rompu au corps à corps, lui tranche la gorge, un flot de sang jaillit et éclabousse le mur.

— Tu parles trop, Thoutouh et tu te bats mal, conclut-t-il de façon laconique en regardant le corps gisant sur le tapis.

Horemheb n'en a pas terminé pour autant, il lui reste à trouver la fiole. Il parcourt la pièce du regard. Le ministre l'a mise sens dessus dessous, pourtant un coin de la pièce n'a pas encore été visité. L'intrusion d'Horemheb avait arrêté les recherches. Horemheb se dit qu'il est sans doute proche du but car Kia a sans doute gardé la fiole près d'elle et quel meilleur endroit que la chambre. Sur un guéridon, une statuette est posée, en s'approchant Horemheb constate qu'elle ressemble à Younou. Sans doute Kia a demandé à un sculpteur d'exécuter de mémoire cette œuvre que contemplait la seconde épouse pendant ses moments de solitude. Ces temps sont révolus mais la solitude restera sa compagne, se dit Horemheb.

Pourquoi ne t'es-tu pas contentée de ce que pharaon te donnait ?

Il soulève la statuette et il s'aperçoit que le socle est creux. En regardant attentivement, il avise une petite cavité et un objet l'intrigue. *Se pourrait-il ?* Il retire délicatement ce qui apparaît comme la fiole tant désirée. Il la porte à ses lèvres et en boit une gorgée. Après l'avoir dissimulée dans sa ceinture, il se glisse hors du palais en empruntant le même chemin.

Le général remonte la cité jusque chez lui, va dans sa chambre directement à la pierre qui dissimule déjà les deux autres fioles. Il y place la troisième avec précaution.

— Tu étais où ?

Horemheb sursaute, il se retourne le poignard à la main, la personne reste dissimulée dans l'ombre mais la voix lui semble familière. Il se dit que ses nerfs sont en train de lui jouer un tour et se force à se calmer.

— Tu me menaces maintenant ? demande Younou en sortant de l'ombre.

***

Ouasat, grand temple d'Amon.

Les évènements semblent se précipiter. Une fois de plus Hatamon a réuni le clergé. Tous ceux qui ont pu faire le déplacement sont là car beaucoup attendent de nouvelles directives de leur chef. Depuis les évènements du martelage pour effacer les noms d'Amon, ils n'ont cessé de ramener les brebis égarées dans les temples et pratiqué un activisme forcené. Les résultats ont été assez probants pour leur faire penser qu'il fallait passer à autre chose mais beaucoup hésitent encore sur les moyens à utiliser. L'attente est palpable et Kamenré qui pour la première fois sera présenté au clergé en est bien conscient.

— Amon vous est reconnaissant. Votre implication dans la lutte que vous avez menée pour retrouver son autorité bafouée par Pharaon a été sans faille. Mais notre combat n'est pas terminé et de nombreux sacrifices nous attendent encore car les hérétiques n'ont pas désarmé. Aujourd'hui c'est à l'empire qu'ils s'attaquent et chacun de nous est menacé dans son temple, dans sa maison, sur la terre où il vit, martèle Hatamon à la foule qui vibre sous ses mots.

— Qu'en est-il ? A Akhetaton se joue l'avenir de notre pays. Pharaon veut proposer aux étrangers l'accès libre à nos terres ! Il a commencé par dépecer nos comptoirs en les offrant à nos pires ennemis. Pour la paix dit-il ! On connaît la valeur que nos ennemis accordent à la parole donnée, ajoute-t-il avec sarcasme.

Les prêtres applaudissent et l'encouragent

— Devons-nous rester les bras baissés ? Non, car Amon ne le permettrait pas et nous le reprocherait aussitôt. Akhenaton a déjà commencé à nous affaiblir en autorisant les paysans à s'affranchir des taxes qui nous revenaient. Comment entretenir nos temples, nos écoles des mystères dans lesquelles nous enseignons aux méritants les préceptes d'Amon et le secret de la vie. C'est tout juste s'il ne nous laisse pas mourir de faim. Mais de ça Akhenaton n'en a cure, il a déjà commencé à divulguer ce que nous détenons depuis des générations ! Non seulement au peuple mais aussi aux étrangers ! Tout cela pour le seul bénéfice d'Aton !

A ce nom, la foule rugit et conspue le dieu et Pharaon

— Apostat ! hérétique ! pharaon traître ! qu'il se retire !

Kamenré juge alors que cette foule électrisée par le discours de son père devient de plus en plus difficile à maîtriser. Sera-t-il à la hauteur ? Il pense aussi à son avenir personnel et tente d'attirer l'attention de son père. Hatamon remarque le manège de Kamenré et pris d'une inspiration subite se retourne vers ses fidèles en leur lançant.

— Mon fils ici présent est plus apte à régner que Pharaon !

— Kamenré ! kamenré ! scande la foule.

Le fils du grand prêtre n'avait jamais pensé qu'un tel accueil lui serait réservé et se dit qu'il a eu un trait de génie.

— Avec l'aide de mon père et de la vôtre, je redonnerai à Amon tout le lustre qu'il avait.

— Tu y parviendras avec le Ouas ! lui lance un dignitaire qui se tient debout, au premier rang.

Le Ouas, il n'y pensait plus ! c'est vrai que l'affaire risque d'être plus compliquée car l'artéfact dans les mains de Younou est une arme formidable. Et Kamenré n'a pas le sang des dieux, lui. Cette arme ne serait qu'un jouet, complétement inutile entre ses mains. A moins que…

Les prêtres le ramènent à la réalité.

— Nous sommes prêts à te suivre, Kamenré. Nous savons que tu es devenu un grand soldat et cela ne peut que nous aider dans notre entreprise. Marchons sur Akhetaton et emparons-nous de pharaon !

— Oui ! ramenons Akhenaton à Ouasat !

— Tous à Akhetaton, emparons-nous de l'hérétique !

— Nous sommes des milliers et nous rallierons le peuple à notre cause. Il sera obligé de se plier devant nos revendications. Et le peuple comprendra qu'Amon est la seule voie possible.

Quelque chose chiffonne Hatamon, il ne s'attendait pas à un tel engrenage et se voit obligé d'assumer ses propos qui l'engagent. Ses supporters ne semblent pas pouvoir freiner leur enthousiasme. C'est encore Kamenré qui vient à son secours.

— Mes frères, je vous demande de m'écouter une fois de plus. Je me fais fort de ramener pharaon dans le sein d'Amon mais pour cela je dois aussi m'assurer du soutien de l'armée. Aussi je vous demande de vous retirer dans les logements que nous avons mis à votre disposition. Restaurez-vous, reprenez des forces et priez. Je reviendrai vers vous dans quelques jours avec de bonnes nouvelles. Allez en paix

Une fois seuls, le père et le fils se concertent.

— Tu sembles oublier que c'est Horemheb qui dirige l'armée et il est très intime avec pharaon. Comment vas-tu t'y prendre ? Et puis il y a Néfertiti, celle-là, elle ne t'a jamais porté dans son cœur. Non, mon fils, tu aurais dû les laisser partir sur Akhetaton. Devant le nombre, Pharaon se serait rendu à nos exigences. Le peuple nous aurait suivis.

— Et ça se serait terminé dans un bain de sang ! avec peut-être une guerre civile, tu oublies que pharaon ou Aton peu importe, compte encore beaucoup de disciples dans le pays. Tu sembles oublier Ay aussi... Le résultat c'est qu'on serait affaibli et certains pays en profiteraient pour nous dépouiller davantage. C'est un risque qu'on ne peut courir.

— Je te trouve bien prudent, Kamenré, remarque son père.

— Et moi je trouve que soudainement tu sous-estimes nos adversaires.

— Comment comptes-tu procéder ? Tu vas te rendre à Akhetaton ?

— Oui, il reste encore deux jours avant la fin de la fête. Il faut que je parle à Horemheb, décide Kamenré.

— Tu es conscient qu'ils risquent de te jeter en prison voire pire.

— Père, laisse-moi faire, je prends uniquement quatre hommes avec moi. Je n'y vais pas sans raison.

— Tu crois que tu vas pouvoir convaincre Horemheb ? Ces deux-là sont comme deux frères ! Et ils partagent la même femme ! raille Hatamon

— Les choses ont peut-être changé, Néfertiti passe le plus clair de son temps avec Pharaon, du coup Horemheb se sent délaissé et leurs liens sont sans doute distendus. Il y a peut-être un coup à jouer, je pense que mon intuition est la bonne.

— Tu crois que la jalousie sera suffisante, pour faire d'Horemheb un traitre.

— Tu sais aussi bien que moi que la jalousie est un puissant levier mais j'ai aussi plus d'une carte à mon jeu. Horemheb est un militaire qui n'hésitera pas à se battre pour préserver l'intégrité de son pays. Nous avons le même objectif et je peux faire vibrer cette fibre. Je me doute que les projets de Pharaon sont en contradiction avec son engagement. Si Horemheb nous rejoint, il pourra devenir aux yeux du peuple un héros alors que s'il reste auprès de Younou, il passera pour un traître qui aura contribué par sa lâcheté au démembrement de l'empire. Il me faudra juste l'aborder avec tact, car cet animal garde une certaine méfiance vis-à-vis de son frère d'armes, conclut-il, en éclatant de rire à juste titre.

***

— Younou ! Tu m'as effrayé ! J'aurais pu te blesser sans savoir que c'était toi. Tu oublies que je peux me défendre quand je suis surpris, lui fait remarquer Horemheb, tout en repoussant discrètement la pierre devant les fioles.

Younou se rapproche lentement de son général.

— Je te cherchais mais tu restais introuvable, aussi j'ai pensé que tu étais peut-être ici. J'ai eu raison, non ?

Le général le regard fuyant recule inconsciemment au fur et à mesure que son souverain avance.

— Moi aussi, je voulais t'entretenir d'un problème mais j'ai préféré attendre la fin de la fête...

A ce moment précis, Younou n'écoute plus Horemheb, il vient de réaliser que l'odeur qui émane de son ami ressemble étonnamment à celle d'une autre personne, *Mériré*. Étrange coïncidence qui met en alerte Younou et veut en avoir le cœur net.

— As-tu bu ? lui demande-t-il, enfin je veux dire, qu'est-ce que tu as bu car je sens une odeur qui ne t'est pas familière ?

— Je ne vois pas de quoi tu veux parler, pourquoi cet intérêt soudain sur ce que je bois ? En tout cas, je ne me suis pas enivré si c'est ce que tu penses, lui répond-il en souriant.

Mais son manque de naturel renforce Younou dans ses doutes. Il se rapproche de la pierre, repoussée discrètement par Horemheb, la saisit et tout en fixant son général, la broie en répandant la fine poussière aux pieds du militaire. Les trois fioles sont là, bien visibles. Tout en continuant de regarder son ami dans les yeux, il en débouche une et respire son contenu. La deuxième possède le même parfum que celui qui émane d'Horemheb. Celui-ci pour la première fois de sa vie se surprend à trembler, c'est tout juste si ses jambes ne se dérobent pas sous lui. Une sueur froide le recouvre et il peine à articuler.

— Ne te méprends pas Younou, je ne fais rien dans ton dos. Je vais t'expliquer...

Mais celui qu'il considère toujours comme son ami n'entend rien, il est absent. Younou ressent avec tristesse que tous ceux en qui il avait placé sa confiance, le trahissent les uns après les autres. Le ton de la voix de son général lui devient insupportable. Il empoigne Horemheb de sa main puissante, enserre sa gorge et d'un geste le plaque au sol. Le visage du militaire devient écarlate, ses yeux sont exorbités. Il ne tente aucun geste pour se défendre et un voile rouge descend devant ses yeux. Mais il reprend rapidement sa respiration, Younou a desserré son étreinte. Les paroles de Nana lui sont revenues à l'esprit, réalisant ainsi qu'il pourrait tuer son ami. Il se redresse et aide Horemheb à se relever.

— Tu m'as fait peur, j'ai cru que cette fois j'allais y rester, tente de plaisanter le général tout en se massant la gorge.

— Avant de t'écouter, je vais te sortir ce venin de ton corps.

— Quoi ? Tu vas faire comment ? demande-t-il, une fois de plus inquiet.

Sans attendre Akhenaton met ses deux mains sur les tempes de son ami qui s'effondre en hurlant. Aussitôt, il se met à vomir une sorte de bile verdâtre.

— Maintenant tu peux parler, je t'écoute.

Toujours à terre Horemheb tente de reprendre son souffle malgré ses hauts le cœur.

— J'ai démasqué les principaux responsables... Thoutouh... et surtout Mériré qui était sans doute à la tête de tout ça. Mais c'est fini... Thoutouh est mort, lui aussi voulait retrouver la fiole et j'ai dû le tuer...

Younou effondré par la nouvelle se retourne et frotte ses mains sur son visage.

— Il a tenté de me poignarder... justifie le général.

— Mais que contiennent ces fioles pour entraîner tant de folie meurtrière ?

— Ces fioles leurs auraient permis de prendre le pouvoir. La plus petite contient un peu de ton sang. Avec ça ils pensent contrôler le Ouas, ils l'auraient fait analyser par un de leurs alchimistes, poursuit Horemheb qui peine à se remettre de ses nausées.

Younou se souvient alors de l'incident de la coupe cassé et de l'empressement de Kia à éponger le sang. La nature humaine est parfois bien noire et il s'en veut de sa naïveté envers elle. Mais aujourd'hui, c'est la mitannienne qui est victime de son orgueil.

— Tu n'as pas l'air d'être étonné de l'implication de Mériré… persévère Horemheb.

— J'ai pénétré ses desseins depuis un certain temps mais je préfère lui laisser croire que j'ignore tout de ses manigances. Il n'a jamais abandonné Amon.

— Tu savais tout et tu ne m'avais rien dit ! Tu te méfies de moi ?

— Je n'ai pas mis Ay dans la confidence non plus. Un signe de vous aurait pu mettre Mériré en garde et je voulais remonter grâce à lui tout le réseau. Nous savons maintenant qu'Hatamon n'a pas abandonné, Shattiwaza est bien leur allié. Quant à Kia…

— Elle n'était qu'une marionnette entre leurs mains, je pense même qu'ils s'en seraient débarrassés après leur coup. Elle pensait peut-être te reconquérir ou en tout cas devenir la grande épouse. Son rêve aura été de courte durée.

Le général préfère rester discret sur la façon qu'il a employé pour récupérer la fiole contenant le sang de Younou. Pour cacher son trouble, il se relève péniblement et se sert une coupe de vin en s'appuyant d'une main sur la table.

— Que comptais-tu faire des fioles ?

— Les garder pour plus tard, affirme Horemheb en buvant d'un trait.

— Plus tard... mais dans quelle intention ?

— Pour commencer, je tiens à préciser qu'il n'a jamais été dans mon intention de les utiliser contre toi ou ta famille. Disons que je voulais les garder en prévision... je ne peux pas m'empêcher d'être inquiet pour l'avenir. Parfois je ne te comprends plus, tu sembles absent et ton comportement est bizarre. C'est vrai que je suis resté avant tout un militaire, un soldat qui pense en termes de sécurité, de rapports de force. Et je me suis dit qu'un jour, je serai confronté au clergé d'Amon. Et ces fioles seront pour moi un atout. Une sorte de garantie. Tant que le clergé saura que je les détiens, il ne tentera rien contre moi et ceux que j'aime.

Younou se frotte le menton, sa colère est retombée et il parvient maintenant à sentir la sincérité chez son ami.

— Tu as raison, j'aurais dû te mettre dans la confidence avant. D'ailleurs je vais te le prouver, tu peux garder ces fioles. J'espère que tu n'auras pas à les utiliser.

Le général retrouve alors sa belle assurance avec cette preuve de confiance que vient de lui donner Akhenaton. Aussi ose-t-il lui demander la raison de sa visite.

— Que voulais-tu me dire, pour venir me voir chez-moi ?

— Kamenré sera là très prochainement, Ay venait juste de m'en informer quand j'ai décidé de venir te rencontrer.

— Kamenré ? mais je croyais qu'il n'était pas invité !

— Certes mais nous ne pouvons quand même pas lui refuser l'accès de la ville. En outre, il vient avec une intention qui va t'intéresser...

— Laquelle ? se demande Horemheb qui apprend de la bouche même de Younou ce qu'il appréhendait.

— Te rencontrer. Il désire s'entretenir avec toi. Tu devines aisément ce dont il va te parler. Pendant que nous recevons les rois et que nous essayons de promulguer amour et paix, il se passe des choses à Ouasat et notre ami Kamenré semble vouloir prendre son essor.

Horemheb un peu éprouvé par les derniers évènements s'assoit sur ses coussins.

— S'il n'a pas ébruité son départ, c'est qu'il a peut-être l'intention de se débarrasser de moi, ce ne sont pas les supplétifs d'Amon qui manquent et ce malgré nos efforts pour les mettre hors d'état de nuire.

Younou reste debout devant le général et arpente le salon.

— Bien au contraire, il veut te faire changer d'avis et que tu passes dans leur camp, pour que l'armée soit avec eux, car elle te suivra.

Horemheb éclate de rire.

— Il est inconscient, je ne changerai jamais d'avis ! L'armée me suit uniquement parce que j'obéis à tes ordres. Elle t'est entièrement dévouée.

— Je pense qu'avant tout Kamenré vient négocier. Il a changé et il est devenu plus réfléchi. Sans l'armée, il sait qu'il ne peut rien et il ne veut pas d'un conflit meurtrier qui l'affaiblirait. Aussi, pour le bien du pays, il faut que tu leur laisses entendre que tu es prêt à changer d'avis mais à condition que Nana me remplace, maintenant qu'elle est corégent… De ton côté, tu resteras à la tête de l'armée, tu pourras ainsi protéger mes enfants et Nana.

— Comment… et toi ? Où est ta place dans tout cela ? demande Horemheb intrigué et inquiet.

— Je veux négocier mon départ avec le clergé.

— Où veux-tu aller ? Qu'est-ce que tu veux faire exactement ?

— En leur donnant ma vie.

Horemheb complètement anéanti reste un moment silencieux, puis il se lève et se rapproche de Younou.

— Pourquoi ferais-tu cela ? On peut les combattre. Nous sommes en position de force, c'est toi qui décides. Tu es Pharaon, tu as tout pouvoir de vie ou de mort sur tes sujets. Un claquement de doigt et ils disparaissent. Pourquoi abdiquer ?

Younou ferme les yeux, des larmes perlent de ses paupières closent.

— Nous avons tous en nous quelque chose de mauvais et parfois nous mettons notre énergie à son service. Amon a compris que cette part de nous-mêmes peut être canalisée et mise à son service. Pourquoi ? Parce qu'ils veulent régner sur cette terre, devenir les maîtres du monde. Un monde matériel qui corrompt et dans lequel ils peuvent assouvir leurs désirs les plus vils. Nous, disciples d'Aton, représentons tout ce qu'ils ne sont pas mais nous ne pouvons pas les affronter car cela diviserait le peuple et provoquerait le chaos.

— Ils sont dans le faux et le peuple s'en apercevra rapidement.

Younou ouvre les yeux et fixe son ami.

— Les ennemis d'Aton sont très bien armés et tu sais que depuis des générations, ils n'ont fait que corrompre le pouvoir officiel et peu à peu ils se sont arrogés les instruments de domination… pour que Pharaon devienne une marionette.

Horemheb retourne s'asseoir, sentant que la suite du monologue va être difficile à suivre. Cependant Younou le suit et s'accroupit devant lui.

— Je ne suis pas né fils de Pharaon par hasard, je fais partie des nombreux *guerriers* de lumière qui aident à faire comprendre au genre humain le sens de la vie dans la matière. Cette expérience si complexe à incorporer est pourtant si simple à vivre. Les habitants de certaines galaxies voisines nous observent depuis longtemps mais ne peuvent intervenir au péril de tout faire choir. Il faut en effet et c'est le but, que les peuples de cette Terre s'en sortent par eux-mêmes. L'être humain est en quelque sorte programmé pour ne voir que l'image de l'illusion. Son esprit va rarement à l'essentiel, il se complaît à emprunter des chemins tortueux où il se perd le plus souvent, comme s'il tombait dans des sables mouvants. On retrouve tapi dans un coin obscur, l'esprit même du mal qui s'en donne à cœur joie alors que l'homme s'épuise en vaines recherches. C'est pour cela qu'il ne sert à rien de lutter, il faut juste prendre conscience, s'en détacher et vivre dans la liberté que seul le vrai amour nous offre.

— J'arrive à suivre ce que tu me dis, mais comment faire ? coupe Horemheb, Younou poursuit sur sa lancée en se redressant.

— Pourquoi j'ai choisi de ne pas combattre directement cette énergie du mal ? Son plaisir est le mal être qu'elle procure, la peur, pas la joie et le bonheur. Sa nourriture est la guerre, la haine et souvent elle travestit cela sous de belles formes, de belles pensées d'honneur. La combattre c'est l'aider à grandir et se répandre, comprends-tu ? Il faut changer en nous ces pensées de vengeance et de haine, alors le monde changera par la force de notre volonté mais cela prendra du temps.

Younou pose ses deux mains sur les épaules de son ami qui redresse et ils se regardent droit dans les yeux.

— Je ne ferai jamais rien pour ôter la vie de la moitié de mon peuple. Je respecte aussi ceux qui croient en Amon…

Il continue de fixer Horemheb qui reste silencieux et triste.

— Même si je pense qu'il est un dieu fantoche. Je ne peux pas empêcher la haine dans leur cœur. Ce n'est pas en les forçant qu'ils arrêteront, même si Hatamon disparait, ce sera

Mériré qui le remplacera et même si Mériré disparait ce sera un autre qui viendra.

Younou recommence à faire les cent pas dans la pièce.

— Et même si je décide de détruire le clergé d'Amon, c'est mon propre clergé, celui d'Aton qui un jour se retournera contre moi. Tu saisis c'est dans la nature humaine, de vouloir la puissance. L'ambition corrompt… la soif du pouvoir est mauvaise… tu ne peux pas me demander d'utiliser mon statut de Pharaon, pour imposer par la force, la violence et la peur au nom de ma propre vision. Si les moyens pour y parvenir sont mauvais, le résultat obtenu sera forcément mauvais.

Horemheb suit des yeux les pas de Younou, en se tordant les mains. Il tente malgré tout de convaincre son ami qu'il peut y avoir d'autres solutions.

— Tu crois vraiment qu'en partant les choses vont s'arranger ?

— Il faut que je négocie mon départ, Mheb… et tu vas m'aider.

— Mais que vas-tu négocier ?

— Tout ce que j'ai mis en place doit rester. Les paysans gardent leurs terres et ne sont plus exploités et pressurisés comme ils l'étaient avant. Bien entendu cela concerne aussi les autres classes qui ont souffert à cause du clergé. Le prélèvement des taxes reste la propriété de la royauté. Et toutes mes nouvelles lois perdurent.

— Comment peux-tu croire qu'ils vont respecter tes volontés ?

— Tu oublies que Nana sera corégent et il y a un certain général Horemheb…

— Moi ? Et…

— Tu seras là pour veiller à ce que tout soit respecté. Tu seras avec Nana, elle dirigera l'Empire, elle en a les capacités avec toi à ses côtés… En contrepartie… je leur donne ma vie.

Horemheb se lève en soupirant et rejoint Younou.

— Et Aton ?

— Il part avec moi, ce sera leur condition.

— Comment ça ? Auras-tu fait tout ça pour rien !?

— Je ne suis pas venu pour changer les Khemits, je suis venu pour qu'ils transportent dans leur sang l'enseignement d'Aton et grâce à cette fête, il y aura aussi tous les peuples présents.

Le général enlève sa perruque déjà de travers, qu'il jette sur la table. Il suit son ami qui continue d'arpenter devant lui.

— Mais… La fête finie, ils vont oublier.

— La graine plantée, grandira en chacun d'eux et un jour, elle va éclore.

Horemheb s'arrête de marcher et reste les bras ballants.

— Encore une fois, tu n'es pas obligé de te sacrifier. Je suis là pour te protéger, toi et ta famille. Surtout que tu n'as besoin de personne pour te protéger.

— Il n'y a aucun sacrifice dans mon acte. Laisse-moi faire, Mheb je sais ce que je fais. La mort est la voie suprême… la plus efficace pour faire avaliser la vérité.

Horemheb se frotte le crâne.

— Que pense Nana de ta décision ?

Younou arrête de tourner en rond et fixe l'horizon en direction de la terrasse.

— Elle n'est pas au courant… pas dans le détail en tout cas.

Le général, surpris ouvre grands les yeux et la bouche.

— Quand comptes-tu l'informer ?

— Tu es le seul au courant… et je ne compte pas lui dire… en tout cas pas maintenant.

Horemheb poursuit Younou qui se dirige vers la sortie et le rattrape dans le jardin.

— Tu ne peux pas faire ça ! Ne rien lui dire !

— Il va falloir que tu acceptes leur offre Mheb, il faut qu'ils sachent que tu vas passer dans leur camp, pour appuyer mes conditions et surveiller qu'elles soient respectées. Je compte sur toi pour protéger Nana et les enfants. C'est un ordre Mheb !

Younou monte sur son char, mais Horemheb le retient par le bras.

— Attends ! Mérit-Aton va vraiment se marier avec Zananza ?

— Si ma fille aime vraiment ce jeune prince, elle pourra l'épouser, mais il ne sera jamais à la tête du pays, c'est Néfertiti qui sera la Reine, elle est mon corégent. C'est elle qui aura le pouvoir suprême.

— Un prince hittite dans l'Empire, n'est-ce pas un peu risqué ?

— La paix est instaurée et sera consolidée avec cette union. Il n'y a rien d'extraordinaire à ça ! Je ne suis pas le premier Pharaon à marier un de ses enfants avec l'enfant d'un roi, par lequel on veut consolider des liens étroits.

— Non tu n'es pas le premier. Mais là c'est juste que c'est… un prince hittite.

— Mérit est encore jeune, elle verra plus tard, si elle est encore amoureuse de lui.

— Si je peux me permettre un conseil, ne fais pas de promesses de mariage, pas tout de suite.

Younou sourit.

— Très bien, pas tout de suite.

***

Dans une cellule du sous-sol du Palais, Ay questionne Shutarna. Il l'informe de la trahison de Kia et essaie de savoir où est passé Shattiwasa. Mais Ay n'obtient aucune information et il est excédé.

— Arrête de me dire que tu n'étais pas au courant, c'est trop facile !

— Si j'étais au courant, je ne serai pas là ! Je serai avec mon traitre de cousin, loin d'Akhetaton.

— Peut-être est-ce une ruse de votre part, pour que tu puisses l'informer de ce qui va suivre.

— Après ce que Kia a fait, ce serait vraiment idiot de ma part.

Ay se dirige vers la grille de la cellule que les gardes ouvrent.

— Tu restes là en attendant que Pharaon vienne te voir, lui saura si tu dis la vérité ou pas.

Les gardes referment la grille en fer, laissant Shutarna se morfondre dans sa cellule.

Un groupe d'hommes, vêtus en noir comme des bédouins, rejoint Ay à la sortie de la caserne. L'un d'eux se détache du groupe et s'approche de Ay.

— Nous sommes prêts, Maître.

— Très bien, alors partez maintenant.

***

Les jeux de la grande fête des rois se sont terminés sans Pharaon, mais tout le monde a quand même pris beaucoup de plaisir. Les rois sont maintenant dans leurs villas, se reposant et prenant du bon temps en attendant la soirée au palais. Cependant Soupilouma reste inquiet de la façon dont Pharaon a quitté précipitamment l'enceinte.

Une grande réunion de crise est organisée dans le bureau du palais, tous les responsables ont été convoqués. Parmi ceux-ci Pharaon constate que Mériré ne dévoile aucun signe de nervosité même quand Chambellan avise qu'il manque Thoutouh.

— Divin Pharaon, nous ne l'avons pas trouvé, veux-tu qu'on continue nos recherches ?

— Nous ferons sans lui, dit-il d'un ton sec. J'ai fait chercher Néfertiti, elle ne va pas tarder. Nous pourrons commencer tout de suite après.

Les grandes portes s'ouvrent, la reine entre, tous se courbent sur son passage. Younou lui tend la main, qu'elle prend et s'assoit à côté de son époux.

— Fermez les portes, la séance peut débuter, ordonne Pharaon.

Akhenaton fait un compte rendu des évènements de la journée. La tentative d'enlèvement sur ses enfants, la trahison de la princesse mitannienne, en sont le principal sujet. Pharaon leur demande de garder le secret.

— Nous devons nous mettre d'accord sur ce que nous allons dire. N'oublions pas que si le cousin est sous notre surveillance, Shattiwasa reste lui introuvable, commente avec irritation Pharaon.

— Le mieux c'est de demander à un conseiller de s'exprimer en public. L'épouse secondaire est partie dans son pays car elle est rappelée par une affaire familiale. Ses proches sont sous notre protection, j'espère que notre police mettra la main sur Shattiwasa rapidement. Il faut néanmoins s'attendre à ce que des rumeurs plus ou moins fantaisistes circulent d'ici peu. Aucun commentaire sur les enfants sinon qu'ils se portent bien, Aton soit loué, fait remarquer Horemheb.

Pharaon approuve et demande à Ay de désigner un porte-parole.

Les ministres et militaires attendent le signal de Pharaon pour lever la réunion, mais il ne le fait pas et reste silencieux.

— Un autre sujet ? demande Mériré soupçonneux.

— Notre cher ministre Thoutouh a été assassiné, c'est pour cette raison qu'il n'est pas avec nous. Mahou est sur l'affaire pour trouver le coupable.

— Il a été retrouvé où ? s'inquiète Mériré.

— Dans sa demeure, la gorge tranchée.

— Les domestiques n'ont rien vu ? insiste Mériré.

— Mahou s'occupe des investigations. Dès que nous en serons plus, nous vous tiendrons informés.

— Crois-tu Divin Pharaon, que des étrangers aient commis ce délit ? demande un ministre.

— Je ne sais pas, mais j'aurais plutôt tendance à penser que des espions du clergé d'Amon profitent de la présence des étrangers pour semer la zizanie entre nous. Voilà le fond de ma pensée. Mais attendons les résultats de l'enquête de Mahou. Le mot d'ordre est de rester discret et prudent.

— Shutarna a-t-il avoué sa participation ?

— Il a été libéré, je suis allé le voir dans sa cellule et il disait la vérité, il n'était au courant de rien. Il nous a seulement appris que Shattiwaza cherchait à tout prix à rencontrer sa sœur.

— Que va faire Shutarna maintenant ?

— Je préfère qu'il retourne dans son pays sur le champ. Cependant il comprend et ne m'en veut pas. La paix n'est pas compromise.

Pharaon tape sur la table.

— La réunion est terminée.

Nana serre la main de Younou, en même temps qu'ils se lèvent. Tout le monde les imite et sort du bureau.

— Thoutouh est mort assassiné ! s'alarme Nana.

— Oui, ma douce, répond Younou sans la regarder, mais la retient pour qu'elle ne sorte pas du bureau.

— Cet homme travaillait pour le clergé d'Amon, il t'a volontairement caché les tablettes des rois vassaux, c'est sûr ! Et à mon avis il n'est pas le seul. J'ai vu une fois Mériré lui parler d'une façon étrange.

Il fait face à son épouse et la contemple tendrement.

— Tu n'aimes pas cet homme et tu ne l'as jamais aimé, ma douce. Peut-être as-tu raison, nous allons lui couper la tête.

— Pardon ?

Akhenaton sourit en voyant la réaction de son épouse.

— Oh ! Tu te moques de moi ! Mais je t'assure qu'il n'est pas franc avec nous.

Il s'approche de l'oreille de Nana.

— Tu as raison, mon amour, il est toujours resté fidèle à Amon. Mais nous le surveillons de près.

Tout le monde est sorti du Bureau, ne restent que Mahou, Horemheb, Ay, Néfertiti et Pharaon.

— Je t'ai demandé de rester, Mahou, car je veux t'informer d'une chose importante. Il faut que tu fasses semblant de rechercher des preuves pour le meurtre de Thoutouh… C'était un traitre et Horemheb l'a tué…

Nana dévisage Horemheb, qui baisse son regard.

— Mais pour le moment on ne dit rien parce qu'il avait d'autres complices. Il ne faut pas que l'on sache que nous sommes au courant sinon ils vont se méfier et changer leurs plans. De plus, nous savons que Kamenrê va venir à la fête, Ay a envoyé des espions sur son chemin, nous saurons exactement quand il arrivera. Il risque d'aller voir son complice avant de se dévoiler à nous. Il faudra nous dire exactement ce qu'il fait et qui il voit. Quand il se présentera officiellement, nous l'accueillerons convenablement. Ensuite je veux voir ce qu'il est venu tramer ici à notre insu.

— Bien Taureau puissant. Je t'enverrai comme à chaque fois un de mes hommes pour te tenir informé, dit Mahou en sortant courbé.

— Comme à chaque fois ? répète Horemheb en fixant Younou droit dans les yeux.

— Tu as un souci Mheb ! répond Akhenaton en soutenant son regard.

— Non !

— Kamenrê vient à la Fête, il ne manque pas d'aplomb mais c'est bien son caractère de faire fi des convenances, fait remarquer Nana.

— Bon maintenant, il faut nous préparer, la soirée va bientôt commencer et nous devons être sereins, ne rien montrer de nos préoccupations, faire bonne figure. Je compte sur vous pour vous amuser !

Ay reste silencieux les bras croisés.

Ce chacal ne mérite pas de vivre…

***

Dans le désert, un coursier galope à toute allure pour porter un message au fils du grand maître d'Amon. Il commence à faire sombre la nuit tombe sur le sable blanc. L'homme arrête son cheval et scrute l'horizon, il finit par apercevoir au loin une lueur. Des personnes ont allumé un foyer, les tentes ont sans doute été dressées autour. Il savoure déjà par avance une boisson chaude et sans doute un peu de nourriture. Au moment où il veut repartir une flèche l'atteint dans le dos. Sans un cri, il glisse de son cheval. Des hommes emmitouflés dans de grandes capes noires surgissent, ils se penchent sur l'homme qui agonise et silencieusement l'un d'entre eux l'égorge. Ils lui prennent sa besace, l'ouvrent et remplacent la tablette par une autre. Un étui de vessie gonflé prêt à éclater est ensuite ajouté au contenu de la besace. Le mort est ensuite dépouillé de ses vêtements. Un des assaillants se hâte de se défaire des siens avant d'enfiler ceux du défunt.

— Ne t'attarde pas car on pourrait remarquer les tâches de sang, signale celui qui semble être leur chef

— Je vais saupoudrer un peu de poussière et avec l'obscurité, ils ne verront rien d'anormal.

Les autres emmènent le corps et repartent. Le faux messager se dirige alors vers le campement. Peu après, deux militaires se mettent en travers de son chemin. L'homme reconnaît les soldats d'Amon, il sait maintenant qu'il n'a pas le droit à l'erreur.

— Halte là ! qui es-tu ?

Le ton est menaçant et leurs lances dirigées contre lui ne le sont guère moins.

— J'ai un message pour votre chef.

Kamenrê sort de sa tente.

— D'où viens-tu ? lui ordonne-t-il.

— D'Akhetaton, je dois remettre un message urgent au fils d'Hatamon. Es-tu Kamenré ?

— C'est moi ! Qui t'envoie ? son ton devient soupçonneux.

— Mon commanditaire veut rester secret. Mon rôle se borne à te remettre cette sacoche. La voici.

Il lance alors la besace vers Kamenré, éperonne son cheval et s'élance au galop, couché sur l'encolure de sa monture. L'escorte a juste le temps de s'écarter mais les lances ne peuvent déjà plus atteindre le coursier qui s'évanouit dans les ténèbres.

— Ne le poursuivez pas, il est déjà trop loin, leur crie Kamenré qui se tourne ensuite sur la sacoche tombée à terre.

— Voyons ce qu'elle contient…

Un des soldats se penche et la ramasse mais soudain Kamenré réalise…

— C'est un piège, ne l'ouvre pas !

Il est déjà trop tard, le soldat pousse un cri de douleur, des scorpions des sables s'échappent du sac, l'un deux a piqué la main qui tenait. Le venin inoculé est le plus souvent mortel et la peau enfle presque instantanément.

De son côté Kamenré écarte la tablette avec sa lance, où il peut y lire ce mot, *Adieu.*

— Que signifie…

Mais Kamenré ne pourra jamais terminer sa phrase. Une flèche lui traverse la gorge et il s'abat face en avant dans le brasier qui illumine le campement provisoire, ce qui provoque une pluie d'étincelles. C'est un jeu d'enfant pour les archers de décocher leurs flèches sur les silhouettes des soldats qui s'écroulent transpercés par leurs traits.

S'ensuit un grand calme juste interrompu par le claquement de brindilles dans le feu. L'odeur des vêtements et du corps de Kamenré qui brûlent ne semble pas incommoder les hommes qui sont sortis des ténèbres. L'un d'entre eux tire en arrière le fils d'Hatamon et lui tranche la gorge. Les autres s'affairent auprès des trois corps qui sont autour du foyer. Tous ont la gorge tranchée.

— Que fait-on d'eux ? demande un des hommes.

— Ordre de les laisser sur place, si on ne les retrouve pas avant, les chacals s'en chargeront. En selle, nous devons être à Akhetaton avant l'aube.

***

Comment ne pas se sentir à l'aise à Akhetaton lors de réjouissances organisées par Pharaon en l'honneur des rois.

Décidément, Akhenaton a pris soin de choyer ses invités. La journée il les convie à participer à des activités ou plutôt, des sortes de joutes qui les poussent à se surpasser. Le soir et une bonne partie de la nuit sont consacrés aux divertissements. Et pharaon a pris soin de superviser lui-même la mise en scène. Partout des flambeaux sur pied exhalent des huiles parfumées aux senteurs florales. Des magiciens organisent des tours, qui captivent les plus jeunes et les moins jeunes. Des danseuses pratiquent leur art avec brio et des chanteurs envoûtent les oreilles des mélomanes, mais aussi des oreilles un peu plus frustres. L'opulence des mets qui sont déposés sur les tables, rivalise avec l'abondance des boissons. Des prêtres d'Aton se mêlent aux invités et leur sourire est synonyme de bienveillance et de générosité. D'ailleurs, dès qu'un hôte souhaite discuter avec l'un d'entre eux, il l'invite à se rendre un peu à l'écart. Akhenaton a fait disposer, aux abords de la cité des tentes avec des tables et des fauteuils confortables. Le même mobilier a été installé dans la ville, aux points stratégiques et ces lieux sont ouverts à tous.

La grande épouse royale n'est pas en reste dans la réussite de cette fête. Disponible pour tous, elle reste l'objet de tous les regards et elle illumine toute la soirée. Elle initie Soupilouma au jeu traditionnel Khémit le Senet. C'est un jeu de stratégie, que le roi hittite trouve passionnant. Le seul qui trouve à redire à tout cela est Mériré, mais il se garde bien d'en faire étalage. Il se force à sourire lorsqu'un dignitaire le présente auprès d'un souverain étranger. Il s'inquiète de la suite des évènements et il a perdu l'un de ses principaux contacts en la personne de Thoutouh. Assassiné, d'après pharaon mais cela pourrait être aussi une tactique pour soustraire le ministre et l'interroger. Connaissant son complice et les méthodes persuasives d'Horemheb, il y a fort à craindre que Thoutouh ne divulgue des noms. Ce n'est plus qu'une affaire de quelques heures et les gardes viendront rapidement s'emparer de sa personne. Ensuite s'il quitte la fête, son absence ne serait-elle pas immédiatement remarquée ? On aurait alors des soupçons, pourtant rien ne semble affecter la bonne humeur des participants et Pharaon ne semble nourrir aucun soupçon sur lui.

Je me fais sans doute des idées, se dit-il, il faut que je me montre plus raisonnable...

Il en est là quand tout à coup il entend une voix familière à ses côtés.

— Tu n'as pas l'air d'être heureux mon cher Mériré ! demande Ay.

— Je me disais que malgré les drames qui se sont déroulés, rien ne semble affecter tout ce monde. Je ne peux m'empêcher d'éprouver de la compassion vis-à-vis des victimes et d'être choqué par l'égoïsme des gens.

— Ta sensibilité t'honore, Mériré, mais que doit-on faire ? les rois ne peuvent pas pleurer, surtout en public. Leur révéler les travers de certains de leurs sujets ? Ils les connaissent fort bien et pour autant nous pouvons compter sur leur fermeté mais aussi sur leur sens de la justice.

— Certainement pas et je ne veux pas me comporter en rabat-joie. Continuons de faire croire, que tout va bien et que le double pays est un Empire magnifique.

— C'est la paix qui est en jeu, Mériré !

— À quel prix allons-nous la payer, Ay ?

— Le bonheur n'a pas de prix et nous devons tous y contribuer.

— Il nous revient alors de le payer et sans doute au prix fort.

Ay pose sur Meriré un regard songeur et il reste silencieux comme s'il était accaparé par un problème. Après un bref salut, le grand prêtre se retire et sort de la salle de réception. Un garde le rejoint sur le parvis de l'entrée du palais. En proie à ses inquiétudes, Mériré sursaute quand il est interpellé.

— Grand Maître !

— Oui, répond-t-il avec agacement.

— Un homme veut te voir, il n'a rien voulu dire, il ne veut parler qu'à toi.

— Où est cet homme ?

— Je l'ai fait entrer dans ton bureau du petit temple.

Mériré part le rejoindre, il entre dans la pièce et fait sortir tous les gardes.

— Qui es-tu ?

— Je suis ou plutôt j'étais un des soldats chargés d'escorter le fils d'Hatamon...

— Où est-il ?

— Il est mort, il a été assassiné... son corps git dans le désert à un peu plus d'une journée d'ici avec ceux de mes camarades.

— Qui me prouve que tu n'es pas un affabulateur ?

— Je t'ai rapporté ceci, car je savais que tu ne me croirais pas.

Il lui montre une amulette à moitié brûlée que Kamenré portait au moment de sa mort, dont Mériré reconnaît le sceau.

— Que s'est-il passé ? pourquoi t'ont-ils laissé en vie ?

— Des hommes nous ont attaqués à l'improviste et tous sont morts sous leurs flèches. Je suis resté en vie car j'étais parti un peu à l'écart faire mes besoins naturels... Ah, j'oubliais, je les ai entendus dire qu'ils devaient regagner Akhetaton au plus vite. Je suis resté caché derrière les rochers et j'ai attendu leur départ. C'est tout ce que j'ai à te dire.

Mériré est comme frappé par la foudre, pourquoi n'a-t-il pas été prévenu ? Il se sent alors de plus en plus seul.

Comment va réagir Hatamon à la mort de son fils ? Il se dit cependant que le départ de Kamenré lui ouvre de nouvelles perspectives mais qu'il ferait aussi bien de ne pas trop s'attarder chez Pharaon.

Aussi le fait que Ay l'ait abordé pendant la fête, prend une toute autre signification.

***

Dans le désert les nuits sont froides, un campement de bédouins est monté aux abords d'une oasis. La caravane a traversé le territoire de Gaza dans la journée et fait une halte dans une oasis verdoyante. Les soldats Khémits qui surveillent Tadoukipa sont bien dans l'embarras. Celle qui a été bannie par pharaon, montre des signes de faiblesses. Les soldats sont allés se renseigner auprès du chef qui mande le médecin de la caravane.

— Quels sont les symptômes de la princesse ? demande le thérapeute.

— Elle a de la fièvre et son corps tremble.

— C'est normal de trembler quand on a de la fièvre, je dois néanmoins l'ausculter. Elle a peut-être contracté la fièvre des marais.

Les deux hommes se présentent devant la tente de Tadoupika, le garde qui se trouve à l'entrée, s'efface devant l'homme de l'art et son chef. La princesse qui git sur une couche recouverte de tapis est livide, elle ne profère aucune parole. Le médecin se penche sur Kia et prend son pouls. Après quelques instants, il change de position et appuie son oreille sur sa poitrine.

— Votre princesse est morte ! dit-il en relevant la tête.

— Quoi ? Mais elle avait juste de la fièvre ! s'exclame le chef des soldats Khémits.

— Une forte fièvre alors ! Je dois l'examiner plus avant afin d'établir un diagnostic plus sûr. Elle n'a pas transpiré abondamment donc je vais écarter la fièvre des marais. Elle a pu être piquée par un scorpion ou mordue par un serpent et dans ce cas il devrait y avoir une trace, dit-il tout en examinant Tadoupika, or je ne vois rien de tel. Par contre je m'interroge sur ces rougeurs, la peau est presque à vif, remarque-t-il tout en désignant au chef de l'escorte des taches suspectes

— Mais j'ignore la cause et je ne peux conclure qu'elles ont provoqué le décès.

— Tu es sûr qu'elle est bien morte, n'est-elle pas juste évanouie ?

Le bédouin met un miroir sous le nez.

— Si elle était évanouie, elle respirerait et tu verrais de la vapeur sur ce miroir. Il n'en est rien. Son cœur a arrêté de battre depuis un moment et je peux t'assurer qu'il ne redémarrera plus.

Le capitaine maudit le mauvais sort qui s'abat sur lui, comment va-t-il expliquer la mort de la princesse ? Elle était bannie, certes mais sa mission était de la ramener en bon état au pays mitannien. Il appréhende déjà sa convocation devant ses supérieurs, les explications à fournir, sans doute une rétrogradation ou son avancement bloqué. On lui reprochera sans doute d'avoir manqué à ses devoirs. Bref, même morte cette princesse continue à lui donner des soucis. Il en est encore à ressasser ses problèmes quand un de ses adjoints attire son attention.

— Il faudrait peut-être l'embaumer, capitaine, car nous ne pouvons pas l'emmener dans cet état. La route est encore longue.

— Où as-tu vu des embaumeurs ? s'emporte l'officier, en plein désert ! En plus on est déjà trop loin d'Akhetaton…

— Nous pourrions revenir à Gaza, trouver un embaumeur ne présentera guère de difficulté.

— Va pour Gaza ! en attendant il faut envoyer un message à Pharaon. Envoie aussi un messager à Gaza, qu'il contacte le chef de la garnison et un embaumeur. J'ai assez perdu de temps comme ça.

***

C'est le dernier jour de la grande fête des rois, tous ont participé aux jeux et chacun connaît le nom des vainqueurs de chacune des épreuves. Tous les souverains se retrouvent à la cérémonie de clôture qui sera marquée par un discours de pharaon. Mais avant il remettra aux vainqueurs une récompense. C'est le menu officiel de cette dernière journée. Le couple royal est encore dans leur chambre, dégustant le repas du matin.

— La grande fête a été incontestablement un succès, mon bien aimé et c'est surtout le tien car tu as été l'artisan de cette fête. Qui aurait pu penser que tous ces rois seraient là ? s'exclame enthousiaste Néfertiti en caressant le visage de son époux.

Younou un peu plus pragmatique lui répond.

— Mais à quel prix.

Elle se lève et ses domestiques l'aident à enfiler une robe finement tissée aux reflets nacrés. Younou lui, continue de manger des fruits tout en souriant tristement à sa douce.

— Je ne sais pas si la teneur de mes discours a laissé l'empreinte souhaitée.

— Peut-être pas consciemment ! Mais le message est passé.

— Pour combien de temps ? s'inquiète Younou.

— Est-ce bien là ce que tu m'as expliqué... Même si l'homme reprend ses habitudes, il aura en lui ton message.

— La graine plantée poussera si on lui donne de quoi se nourrir. Il me faut donner cette subsistance.

Le porte-parole annonce Ay. Il s'approche de Pharaon et lui tend une tablette.

— D'où vient-elle ? demande Younou.

— Des bédouins me l'ont amenée.

— Qu'est-ce que ça signifie ? s'interroge Younou après l'avoir lue, pourquoi cette tablette n'est-elle pas entre les mains de Kamenré ? Il lui est arrivé quelque chose ?

— D'après mes indicateurs, il est mort. Les Bédouins ont découvert son cadavre avec ceux de son escorte. Ils ont été surpris sans doute par des brigands. Les tribus sont assez agitées dans ce secteur. On a dû les confondre avec des marchands. Ça s'est passé dans la nuit, il n'y a pas eu de quartier.

— Je n'avais pas beaucoup d'estime pour Kamenré mais je déplore toujours la mort d'un homme dans de pareilles circonstances. J'avoue que j'aurais aimé connaître ses motivations pour prendre de pareils risques. C'est très gênant, Hatamon va penser que c'est nous qui avons commandité le crime. Et il va vouloir se venger.

Ay baisse les yeux et imagine un magnifique jardin avec le soleil brillant de tous ses éclats, puis répond.

— Hatamon pensera que les cartes ont changé de mains. Pour ce qui est de se venger, il n'a pas eu besoin de perdre son fils pour essayer d'attenter à la vie des tiens.

— Certes ! Mais cela reste embarrassant quand même.

Les enfants entrent rejoindre leurs parents dans leurs appartements. Ankhresen saute dans les bras de son père.

— Dada ! Tu es beau comme un dieu !

— En as-tu déjà vu un, pour me dire cela ?

— Non ! Mais je le sais, c'est mon cœur qui me le dit. Puisqu'Aton est dans mon cœur.

Younou sourit et embrasse tendrement sa fille. La famille royale est au grand complet pour se rendre aux tribunes. Même les petites jumelles, très surveillées, suivront leurs parents, dans la procession avec les nourrices. Les gagnants se présentent devant Pharaon et reçoivent de ses mains un collier en or, avec le cartouche d'Aton gravé dessus. Les perdants ne sont pas moins bien lotis car un lot de consolation leur est remis, en l'occurrence une petite statue de Maât, déesse de la justice et de l'équité, grâce à elle le monde maintient son équilibre. Cette petite statue est aussi en or, avec le cartouche d'Aton dans les mains de la déesse. Mériré est présent à la procession, il conduit les prêtres d'Aton, mais dans sa demeure, ses affaires sont prêtes dans des coffres. Ses domestiques s'affairent déjà à les transférer au port dans sa cange personnelle.

Après avoir pris une collation, les spectateurs s'assoient sur le terre-plein, Pharaon parlera plus tard pour clôturer la grande fête des rois. La famille royale s'installe sur leurs trônes, Mérit-Aton est assise à la place de Kia. Elle ne lâche pas le regard de Zananza, ils savent que ce sont les derniers moments. On peut alors entendre un sifflement dans l'air, tout le monde cherche d'où vient ce bruit, puis regarde en l'air. Les deux Ouas sont de chaque côté de la famille Royale, mais très haut dans le ciel. Un rayonnement blanc les entoure. Les spectateurs se prosternent devant l'apparition en poussant une espèce de gémissement. Bien peu se risquent à regarder vers le ciel, comme s'ils craignaient que l'un des Ouas ne le foudroie pour avoir manqué de respect.

Pour la plupart c'est la première fois qu'ils sont témoins de cette manifestation de la puissance de pharaon et de son identité en tant que dieu sur terre. Les souverains sont dans l'ensemble ébahis et si certains se montrent résolument sceptiques en se demandant avec quelle machinerie Akhenaton manœuvre ces objets. Les autres ne doutent plus que Pharaon représenteraient un adversaire hors de leur portée s'il déchainait l'énergie de ces Ouas. Le temps est venu pour Younou de s'adresser aux peuples. Pharaon est debout, il lève les bras et un grand silence s'impose à l'assemblée. Tous retiennent maintenant leur souffle.

— Mes chers frères, nous voilà à la clôture de cette merveilleuse fête, j'espère que vous aurez passé d'agréables moments en compagnie de vos frères Khémits. Que vous pourrez raconter à vos enfants et petits-enfants ce que vous avez vécu, ici dans l'horizon d'Aton, le Dieu rédempteur de l'humanité. Nous sommes à un tournant où tout peut basculer, du côté sombre ou du côté lumineux, c'est vous qui allez le réaliser. Vous avez le pouvoir de prendre cette décision. Allez-vous suivre le chemin que votre cœur choisira ou celui que vous dicteront ceux qui tenteront de vous entraîner vers les ténèbres ? Mes frères, sur le cadran de l'existence, il reste peu de temps à l'humanité pour changer sa vision de la vie. Si elle ne réussit pas à franchir ce cap, elle va s'enfoncer dans les tromperies de l'autoritarisme… Oui mes chers frères c'est un Pharaon qui dit ces paroles… L'humanité sera réduite en esclavage duquel elle ne pourra plus se soustraire. Car elle n'en aura pas conscience. Croyez-moi les révolutions ne servent qu'à renforcer une autre et plus grande autorité qui éloignera l'homme de la vérité. Car la vérité, mes chers frères vous la connaissez, elle n'est pas dans le fanatisme et la brutalité qu'ils engendrent, la vérité est dans l'amour de la vie, où réside la vraie force… C'est-à-dire en vous…

Quelque uns chuchotent et d'autres se regardent bizarrement, pendant que la majorité reste bouche bée le regard rivé sur Pharaon.

— Certains disent que je suis prophète, pour moi ce n'est qu'un mot dont la teneur reste vide, si un acte ne suit pas derrière. Aussi je vais maintenant tenter, grâce aux Ouas qui tournent au-dessus de vos têtes, de soulever le voile d'Isis afin que vous puissiez constater par vous-même, ce qu'il adviendra de l'humanité si elle continue le chemin vers la guerre. Je vous demande de fermer les yeux et de m'écouter attentivement. Des images vont défiler derrière vos yeux clos. L'humanité va faire la guerre, des guerres destructrices, au nom des religions pour commencer, car l'enjeu est le pouvoir et le restera jusqu'au bout. L'image du dieu va changer, on va vous faire croire qu'il a perdu son autorité. L'humanité va tomber dans un matérialisme total, où les religions seront reléguées aux titres de légendes et ne deviendront que des appartenances ethniques. On oubliera les anciens dieux, aux bénéfices d'un seul nouveau où le monde dans sa totalité sera soumis à ses règles qui ne seront faites que pour l'enrichissement d'un seul clergé mondial. L'humanité… perdant tous les repères de ses valeurs fondamentales… commencera à sombrer pour aller jusqu'au chaos. Le côté obscur de l'homme aura pris tellement de place dans la société, que les liens qui le rattachent à l'univers auront perdu tout sens de leurs existences. Ce dieu qui n'aura rien de spirituel sera en place pour le bien d'un petit groupe d'hommes très matérialistes qui dominera le monde. Ses temples seront visités quotidiennement, non pas par amour ou dévotion, notion qui sera alors oubliée, mais par besoin ou par haine. Les hommes seront emprisonnés dans une idéologie, qui les rendra esclaves d'un système, mais qui les aura auparavant rendus ignares, malheureux et peureux. L'homme ne se doutera même plus, qu'il peut s'en sortir simplement, en étant juste conscient. Car il est le pouvoir, puisqu'il est un et que toutes les solutions sont en lui, toutes les réponses à ses questions ont toujours été en lui. Le bonheur lui appartient, mais il repose au fond de son être, emprisonné par une chape de principes inculqués comme étant la seule vérité. Ce sera le mensonge de la pire espèce.

Mériré redresse son dos, jusqu'alors avachi sur ses coussins.

— Il ignorera qu'il a accès au bonheur, parce qu'il sera enfermé dans un quotidien de travail trop prenant, pour ne serait-ce que pouvoir penser. Il confondra bonheur et désir. Il n'aura plus le loisir de rêver ou l'associera avec l'ambition. Il ne sera pas un esclave que l'on fouettera avec un nerf de bœuf, mais il sera l'esclave d'un système illusoire que ce nouveau clergé de l'obscurité aura mis en place. Il faudra que l'humanité attende de communiquer à la vitesse de la pensée, pour commencer à ouvrir les yeux sur sa vraie nature et sur la réalité de son existence sur cette terre. Mais même là, contraint par la manipulation et l'endoctrinement insidieux converti dans l'éducation, l'homme va devoir se défendre contre lui-même et se désintoxiquer. Puis devra s'isoler, car la marche vers le chaos sera inéluctable. C'est un principe fondamental de l'Univers, on le voit de partout, il suffit de regarder la nature. Le fleuve déborde et dépose son limon noir, pour fertiliser nos terres... L'homme est un dieu qui s'ignore par ses pensées. Combien de temps encore, va-t-il falloir pour qu'il en prenne conscience ?

Younou soupire un instant en regardant tous ces gens l'écoutant avec attention les yeux fermés.

— Aton sera toujours présent, mais qui va l'entendre et pour combien de temps. Il suffira de le regarder et de lui demander son aide, avec la sincérité de son cœur. Il vous accompagnera, tout au long de votre vie, car n'oubliez pas, que votre âme vient de là. Elle vient du Soleil, qui n'est que lumière. Quand l'homme sera prêt, il se rappellera du Ouas. Je me connecterai alors, avec toutes les incarnations que j'ai eues et que j'aurai, pour aider l'humanité à voir la poussière d'or que sème Aton sur cette terre. Ouvrez les yeux maintenant.

Ils ouvrent les yeux et regardent Pharaon enveloppé du rayonnement des Ouas et constatent qu'ils le sont également.

— Mes frères, nous pouvons éviter ce chemin tortueux, nous pouvons éviter à l'homme de souffrir une fois de plus en choisissant le chemin de la bonté. Il ne faut plus que l'enseignement hermétique sacré soit caché, il faut que tout le monde puisse y avoir accès, car il est la clé pour ouvrir votre cœur.

Akhenaton reste un moment sans rien dire, il se pince les lèvres, puis reprend avec un grand calme et d'un ton ferme.

— Pour vous prouver ma bonne foi, je rends les territoires occupés par l'Empire Khem aux peuples qui les habitent. Des décrets sont établis dans ce sens. Les rois n'auront qu'à aller voir mes scribes pour apposer leur sceau. Je n'émets qu'une seule condition, celle que les pays restent en paix. L'humanité doit mettre un terme au côté obscur de la force, sinon c'est le côté obscur de la force qui mettra un terme… à l'humanité.

Pharaon croise les bras sur son torse et salue l'assistance.

Puis descend lentement les marches. Les Ouas retirent leur rayonnement et s'élèvent au-dessus des tribunes royales. Le temps que tout le monde reprenne ses esprits, une ovation vrombit avec des applaudissements de grandes mains en bois et des cris de joie. Les étrangers serrent les Khemits voisins dans leurs bras et s'embrassent.

Les paroles de Pharaon ont troublé beaucoup les esprits. Cependant, est-ce que se sera assez pour qu'un changement ait lieu ? En tout cas les graines sont plantées et nourries par l'énergie des Ouas qui s'est emparée de tous ceux qui écoutaient Akhenaton. Ses paroles sont accueillies avec ferveur mais il sait que certains sont choqués et lui tiennent rigueur. En s'engageant concrètement devant son peuple et les rois étrangers, Akhenaton a en quelque sorte annoncé un bras de fer entre le clergé d'Amon et les dignitaires khemits qui le soutiennent au nom de l'inviolabilité des frontières. Il n'est donc pas étonné quand il entend Ay et Horemheb venir se plaindre.

— Que se passe-t-il ? Pourquoi avoir parlé des territoires ? Ton discours sur l'amour et la paix pouvait satisfaire tout le monde et on en serait resté là. Maintenant il va falloir faire avec une opposition qui va se déchaîner contre toi ! lui reproche amèrement Ay.

— Tu es allé encore plus loin qu'à Meggido et Aton m'est témoin que je n'étais pourtant pas d'accord, je m'étais incliné car je m'étais rangé derrière tes arguments, poursuit Horemheb.

— Je sais que vous ne partagez pas ma vision mais il ne peut en être autrement, j'ai donné des directives à mes scribes, les décrets sont prêts, il ne reste plus aux rois concernés qu'à apposer leur sceau.

— Ce n'est pas possible, c'est un mauvais rêve et je vais me réveiller, se persuade Ay.

— Comment soutenir de belles promesses, sans y mettre des actes derrière ? tente de convaincre Younou.

Nana passe son bras dans celui de son époux.

— Moi, ton corégent je te soutiens, dit-elle avec conviction.

Puis ils continuent leur chemin en compagnie de leurs enfants, laissant le général Horemheb et le Divin père Ay sur le parvis, complètement désorientés.

***

Dans le bureau du palais, ministres et hauts gradés sont réunis autour d'Ay et Horemheb. Mériré a tenu à assister à cette réunion extraordinaire en qualité de représentant d'Aton. Horemheb n'a pu que s'incliner.

— Il faut trouver une solution, général ! nous ne pouvons pas laisser les rois repartir avec les décrets de Pharaon, propose un ministre furieux.

— Ce chien d'Azirou jubilait, je lui aurais bien mis mon poing dans la figure à celui-là, maugrée Horemheb.

— Il faut que l'on discute encore avec Pharaon, il est le seul à pouvoir débloquer la situation, assure Ay.

— Comment ? Il a engagé sa parole devant le peuple et les rois, il ne va pas revenir dessus. De toutes les façons il connaît vos arguments mais il n'en a pas tenu compte, admettez-le ! Vous devez vous soumettre car je ne pense pas que vous allez entrer en résistance, objecte Mériré qui savoure le mécontentement de tout le monde, y compris les meilleurs alliés de Pharaon.

— La condition est que les pays restent en paix, affirme le Divin père.

— Ces paroles sont douces à nos oreilles mais que vaudront ces promesses, une fois que les rois seront de retour chez eux, réplique le grand-prêtre d'Aton.

— Nous n'aurons plus la souveraineté sur les autres pays, ce que nos ancêtres avaient conquis par leur sang est perdu, constate un ministre amer.

Les deux grandes portes s'ouvrent et le porte-parole annonce Pharaon et la grande épouse royale. L'assemblée devient silencieuse et se courbe en deux sur le passage d'Akhenaton et de Néfertiti. Il s'assoit sur son trône, elle préfère rester debout derrière lui. Il regarde ses sujets qui manifestement, n'ont pas compris l'enjeu de la situation et préfèrent rester sur leur position. Pharaon est triste et ça se lit sur son visage.

— Pourquoi avoir pris cette décision, sans même, nous en informer à l'avance Taureau puissant ? demande humblement le Divin père. Un grand nombre de ton peuple ne comprend pas et prend ça comme une trahison.

— Je ne trahirai jamais mon peuple, bien au contraire. Je lui ai rendu les terres qui avaient été volées par le clergé d'Amon. Mon peuple ne touche jamais les bénéfices des territoires conquis, seuls quelques dignitaires et Pharaon en ont le profit. Ma question est : pourquoi le peuple se soucie soudainement de perdre les territoires conquis qui leur garantissent une paix plus durable ? Qu'est-ce que cela va changer pour le quotidien de mon peuple ?

— Mais Taureau puissant les Terres Noires vont perdre leur souveraineté.

— Et alors ? Est-ce vraiment du peuple que vous vous souciez ou bien de perdre les largesses que nous reversent des pays qui travaillent dur pour garder une paix basée sur la peur d'une guerre ?

— Divin Pharaon, que fais-tu de tes ancêtres qui ont donné leur sang pour conquérir ces territoires ? demande un dignitaire.

— Mes ancêtres ont fait ce qu'ils avaient jugé de mieux pour eux.

— Mais tu ne respectes pas leur volonté de continuer ce qu'ils ont jugé de mieux pour notre pays.

— Je pense avant tout aux peuples, mes ancêtres pensaient à l'ambition d'un Empire qu'ils ont construit, avec leurs sangs pas souvent, mais surtout avec le sang de la population.

— Notre pays court à la ruine, Divin Pharaon. Ton père doit se retourner dans son sarcophage, s'emporte Mériré.

— Mon pays a largement de quoi subsister, sans courir à la ruine. Les terres sont fertiles et le peuple pourra continuer son commerce avec les autres pays. Et c'est mon père, que la paix soit sur son âme, qui m'avait enjoint cette idée... Je l'ai réalisée.

Un grand silence tombe sur l'assemblée, tous se regardent incrédules.

— Certains d'entre vous mettraient-ils ma parole en doute ? finit par demander Younou.

Soudain les portes s'entrebâillent, un garde court vers Pharaon et lui parle à l'oreille.

— Comment ça, elle ne respire plus ? s'affole Younou.

— Que se passe-t-il ? demande Nana inquiète.

Il se lève d'un coup sans rien dire, prend Nana par la main et l'entraine avec lui. Mais elle ralentit sa progression, aussi il la prend dans ses bras et court vers la chambre de Makhet-Aton. Le médecin est au chevet de la princesse. Quand il voit Pharaon et la reine entrer, le médecin se jette aux pieds de son souverain en pleurant qu'il n'a rien pu faire. Younou prend sa fille, il écoute son cœur et ferme les yeux. Soudain les deux Ouas passent par la terrasse et pénètrent dans la chambre, se positionnent au-dessus de la princesse et de Pharaon. Ils vibrent et émettent une lumière blanche et un sifflement strident. Mais Younou comprend rapidement qu'il ne pourra rien faire. Ses gémissements deviennent un long cri.

— NOOOOONNNN !!

Nana commence à s'affoler, elle comprend que son époux dieu sur terre est dépassé par les évènements.

— Tu vas la faire revenir Younou ? Dis-moi que tu vas la faire revenir...

Elle s'écroule sur ses genoux et tend les bras vers son époux en pleurant toutes les larmes de son corps. Younou s'accroupit et dépose Makhet au sol à côté de sa mère. Les Ouas cessent de vibrer et tombent comme de vulgaires bâtons.

— Pourquoi ? implore Nana en prenant Makhet dans ses bras et se balançant frénétiquement d'avant en arrière. Pourquoi cela a fonctionné sur moi et pas sur elle ?

— Les Ouas sont impuissants et je ne sais pas pourquoi, répond Younou dans un râle étouffé par la souffrance.

— Que s'est-il passé, s'informe Nana aux nourrices ?

Les nourrices à plat ventre et complètement affolées, ne peuvent que balbutier.

— Elle était fatiguée, elle voulait dormir, elle faisait juste une sieste, on ne pouvait pas savoir...

— Si ! Tu aurais dû la surveiller !! vocifère Nana.

— Je ne comprends pas, indique le médecin, le cœur s'est arrêté sans aucun signe préalable.

— Tu penses à un poison ? interroge Younou en larmes.

Il ouvre la bouche de sa fille et hume, puis pose ses mains sur son ventre, mais ne sent rien. Nana tient toujours Makhet et continue de pleurer en lui caressant le visage. Il poursuit l'auscultation du corps inerte de son enfant. Elle était pourtant en parfaite santé et cela trouble Younou comme le médecin. Il la retourne, examine son dos, les jambes, puis remonte jusqu'à la tête, il ne sent toujours rien. Tout juste s'il remarque la rougeur dans la paume de sa main.

Entre alors Ay en pleine confusion et la première chose

qu'il voit c'est sa petite fille par terre, avec son père et sa mère au-dessus d'elle. Il est suivi d'Horemheb qui reste à l'entrée de la chambre. Ay s'approche doucement et s'agenouille près d'eux. Younou gémissant de douleur, caresse la joue de sa princesse et prend son autre main. Il regarde Nana tenant Makhet dans ses bras. Il poursuit malgré tout son examen et c'est lorsqu'il tient l'autre main qu'il s'exclame.

— C'est un poison.

Il tourne la paume rougie de leur fille vers Nana.

— Quoi ? On l'a empoisonnée ! s'exclame-t-elle épouvantée.

Les nourrices sont horrifiées et encore plus quand la reine les regarde, les yeux secs.

— Majesté !! On ne sait pas ce qu'elle a pu toucher, elle a pu poser sa main n'importe où !! Pitié ce n'est pas de notre faute.

Younou saisit le bras de Nana, pour la ramener à la raison.

— Elle a pu toucher quelque chose sans que personne ne s'en doute. Ceux qui on fait ça, savaient ce qu'ils faisaient… Ce poison, il me semble le connaître et pourtant, il est très rare. Celui qui se l'est procuré devait être bien au fait, il est difficilement détectable et surtout incurable. En outre, peu de personnes peuvent le réaliser donc on peut en déduire que les commanditaires ont mis les moyens.

— Tu crois que c'est suite à ton discours ? gémit Nana.

— Non, le poison a un temps d'incubation très long, quatre ou cinq jours. C'est ce qui le rend aussi efficace.

— Ce ne peut être que le clergé d'Amon ! accuse Nana en pleurs.

— Elle a raison, confirme Ay lui aussi décomposé par le chagrin, ce ne peut être que le clergé.

— Mais comment ? personne n'a accès…

Younou se lève d'un bond et sans attendre sa garde

personnelle, court dans la salle de réunion. Les ministres et dignitaires sont presque tous partis, il n'en reste que très peu.

— Où est Mériré, demande Pharaon aux gens présents.

— Il a dû partir chez lui.

Younou file comme le vent jusqu'à la villa du grand-prêtre mais celle-ci est déserte. Son occupant a vidé les lieux car il ne trouve aucune trace. Les domestiques ont disparu, eux aussi.

— Arrrgg !! Il était encore là durant la réunion, il n'y a pas longtemps qu'il est parti, je peux encore sentir son odeur, maintenant il peut être n'importe où ! s'exclame Younou.

Horemheb arrive au galop sur son char.

— Où est-il ? lance le général avec véhémence en entrant dans la villa.

— Il s'est enfui ! se désespère Younou.

— Très bien, je vais à Ouasat, rendre une petite visite à Hatamon.

— Je serais plutôt enclin à t'accorder cette faveur, et même je t'accompagnerais volontiers, mais j'ai toujours appris à ne jamais prendre mes décisions sous le coup de la colère.

— Je pense que Nana attend autre chose que des tergiversations.

— Mheb, s'il te plait ne rend pas les choses plus difficiles.

— Par Aton ! reprends-toi ! Ne laisse pas ton esprit prendre le dessus sur ton désir de justice. Je n'ai pas comme toi une force incommensurable et pourtant je veux leur faire rendre gorge.

Younou redresse ses épaules et fixe Horemheb.

— Bien au contraire ! Si tu m'as bien entendu, je ne peux utiliser cette force incommensurable comme tu le dis car elle ne vient que de mon cœur. Sans cela, cette puissance n'existerait pas. Je ne peux pas l'utiliser pour ôter une vie, en tout cas pas en le faisant exprès.

De dépit, Horemheb chasse un caillou d'un coup de pied.

— Je te respecte mais je ne me sens pas pour autant lié car je ne suis pas un dieu sur terre. J'ai l'intention de retrouver Mériré et si je n'arrive pas à retrouver ce traître, c'est Hatamon qui aura affaire à moi.

Younou le retient par le bras.

— Attends, ce n'est pas pharaon qui te le demande mais ton ami. Attends au moins demain matin, lui demande ou plutôt l'implore Younou.

— Tu sais bien que je ne peux rien te refuser, soupire Horemheb.

Ils sortent d'un pas lourd de la propriété de Mériré, les gardes qui avaient suivi le général les escortent jusqu'au palais.

À l'intérieur de la villa, une porte secrète en pierre s'ouvre dans le mur. Mériré en sort, il secoue la poussière sur ses épaules.

— Alors comme ça, le Dieu sur terre que tu es, ne peut pas ôter la vie d'un homme…

***

Au palais, Ay se précipite vers Younou qui descend du char.

— Les soldats qui accompagnaient Kia sont revenus… Elle est décédée en chemin.

— Comment ! s'exclame Younou.

— De la même façon que Makhet.

Il se frotte le menton et cherche le rapport entre Makhet et Kia.

— Vous avez trouvé Mériré ? demande Ay.

— Non, la villa est vide, il est parti, répond Horemheb.

Younou inquiet monte rapidement dans les appartements de ses filles. Nana est là avec elles. Makhet-Aton a été étendue sur son lit. Des fleurs ont été dispersées tout autour d'elle. Quand Nana voit Younou entrer dans la chambre, elle se lève et se dirige vers lui.

— Alors ?

— J'ai pensé que Mériré pourrait m'en dire plus, mais il a dû fuir, sa villa est vide, il n'y a plus un meuble, plus de domestique.

— Le traitre, il vient de signer sa culpabilité.

Younou commence à sentir les mains de Nana, puis tâte de la tête aux pieds le corps de Néfertiti.

— Qu'est-ce que tu fais ? demande-t-elle intriguée.

Quand il a fini, il se dirige vers ses filles, qui lui sautent au cou en pleurant. Il les serre dans ses bras, puis recommence le même examen que Nana sur ces quatre princesses et finit par son petit prince.

— Est-ce que tu peux nous dire, ce qu'il se passe encore ? s'affole Nana.

— Tout va bien, vous n'avez rien, personne n'a rien. On vient de m'apprendre que Kia est morte dans les mêmes conditions que Makhet. Je n'avais pas envie, qu'il y en ait une de plus, ou un ! dit-il en se tournant vers Toutankh-Aton et lui caressant sa tresse.

— Dada ! Les Ouas ont disparu ! s'affole Ankhesen.

— Ils étaient à terre, nous n'avons pas fait attention, peut-être sont-ils repartis dans leurs coffres, suppose Nana.

— Ils ne peuvent pas le faire, si je ne leur en donne pas l'ordre. Ils devraient être là.

— Oh ! non Dada, on a sûrement volé les Ouas !

— Dans la chambre, avec vous présentes ! C'est osé quand même.

Younou ne semble pas plus inquiet que ça. Il ferme les yeux et peu de temps après les deux Ouas vibrent au-dessus de leur tête.

— Tu disais qu'ils ne pouvaient pas bouger si tu ne leur en donnais pas l'ordre ! Où étaient-ils ? demande Nana.

— Quelqu'un a profité de l'affolement général pour les prendre. J'espère pour cette personne, qu'il n'était pas trop près au moment où je les ai rappelés, sinon il aura eu droit à de belles brûlures.

Mérit sourit et Ankhesen tape dans ses mains. Pharaon renvoie les Ouas dans leurs coffres. La légèreté du moment aura été de courte durée, Younou s'installe sur un fauteuil face au lit où Makhet est allongée. Les jumelles viennent se glisser dans ses bras, il tend une main à Mérit et l'autre à Ankhesen, Toutankh se glisse entre ses genoux et Nana dans le dos de Younou, glisse ses bras autour de son cou et colle sa joue à la sienne, regardant tristement Makhet.

C'est devant ce tableau, que Tiyi fait son apparition dans la chambre, en tenant la main de Baket-Aton.

— Nous voici tous réunis, il ne manquait plus que vous.

— J'ai appris pour sa mère. Que comptez-vous faire de cette enfant ?

— Mère !! Ta question est déplacée, je ne comprends pas pourquoi tu agis ainsi, alors qu'une de tes petites filles gît encore sur son lit de…

— C'est bien toi qui as voulu la garder, loin de sa mère, sans même essayer de savoir ce qui serait le mieux pour elle.

Younou se lève et pose les sœurs jumelles sur le fauteuil où il était assis, puis prend Tiyi par le bras et l'entraine sur la terrasse.

— Peux-tu me dire ce qu'il se passe en toi pour que tu sois si peu compatissante sur le cadavre de ma fille ?

Des larmes coulent des yeux de Tiyi.

— Je le suis Younou, même si je ne le montre pas, cela me torture. En même temps, je me rends compte que j'ai très peu connu mes petites filles. Et il a fallu toute cette succession d'évènements pour que j'en prenne conscience.

Elle essuie ses larmes.

— La faute à qui ? Ici, tu avais ta place, que tu as toujours d'ailleurs, mais tu n'as jamais voulu venir habiter avec nous !

— Tu crois que Néfertiti aurait apprécié ?

— Ne rejette pas la faute sur Nana, elle a été instruite par tes soins et elle n'a jamais dit de méchanceté sur ton compte. Nana t'aime comme sa propre mère qu'elle n'a jamais connue.

Tiyi se rapproche de la balustrade et appuie ses coudes dessus.

— Mais je sens qu'il y a autre chose, questionne Younou. Tu es en colère pour autre raison.

— D'après toi ?

— Les territoires annexes... dit Younou en posant ses mains sur la balustrade à côté de sa mère et il regarde le jardin.

— Comment peux-tu être aussi peu reconnaissant ? Ton père te donne un royaume florissant et tu le dilapides à tous vents. Tu n'as jamais eu à te soucier de quoi que ce soit. Tu es un enfant gâté, qui n'a pas conscience de la dureté de la vie !

Younou se mord les lèvres et baisse la tête en fermant les yeux.

— Mère, comment peux-tu dire ça ! Tu ne connais pas l'enseignement que subissent les princes. Tu n'es jamais allée te battre à l'école du Kep, tu n'as jamais passé tes journées entières à apprendre et encore apprendre, alors que les autres enfants jouent entre eux. Un prince Khémit n'a pas d'enfance, il est tout de suite adulte !

— C'est pour ça que tu refuses que Toutankh-Aton suive l'enseignement des prêtres ?

— Des prêtres d'Amon !? Ah oui, c'est sûr, il en est hors de question.

— Tu en fais un peureux, il ne saura pas se défendre dans la vie...

— Il a l'enseignement que moi je lui donne. Celui que j'estime nécessaire et qu'il mettra à profit dans sa vie d'homme.

Tiyi n'est toujours pas convaincue et ne veut pas s'avouer vaincue.

— Tes idées de paix dépassent l'entendement, les rois doivent rire à ton insu et te trouver bien naïf de croire qu'ils vont en rester là. Ils auront tout eu, sans même faire une guerre ! Quelle aubaine ! Pharaon est bon !! Alors, profitons en... Ton père ne t'a jamais demandé de livrer les pays vassaux à l'ennemi, ils sont aux Khémits, ces territoires ! De quel droit tu décides de les rendre ?

Younou une fois de plus est déçu d'entendre que sa propre mère ne le comprend pas non plus. Il va pour la quitter.

— Au cas où tu l'aurais oublié, je suis Pharaon et je n'ai fait que suivre le chemin que mon père a préparé, avant moi.

— Ton père voulait combattre le clergé d'Amon, pas dépouiller l'Empire de ses richesses.

Il se retourne et lui fait face.

— C'est ce que j'ai fait, le clergé n'a plus d'autorité sur la royauté. Son combat, je l'ai gagné, la peur disparaît de nos contrées. Père a distribué aux rois des statues et des colliers d'or pendant trente-sept ans. Moi je leur rends leurs terres et je commercerai avec eux avec des priorités et avantages sur les autres. Khem est loin d'être ruiné, sa richesse c'est l'homme qui l'habite, parce que c'est un homme heureux de vivre. Il chante, il danse, il rit, le bonheur est en lui. Un homme heureux est bien plus productif, qu'un homme malheureux que l'on contraint de faire un travail pour lequel il est mal payé. Et surtout pour lequel, il n'arrive même pas à donner à manger à sa famille. Ça, c'était le règne d'Amon, c'était mieux ?

— Non... mais de là, à donner les territoires annexes, il y a certainement un juste milieu.

— On ne fait pas une omelette sans casser des œufs, mère. On ne propose pas la paix en continuant d'imposer des tributs dans des territoires qui ne sont pas chez nous, qui n'ont pas la même culture que nous et que l'on oblige à travailler doublement, pour payer les taxes de leur pays, plus les taxes de l'envahisseur que nous sommes. Les dirigeants Khémits leur font croire que nous sommes un pays fédéré et que nous nous occupons d'eux. Mais il n'en est rien, ils ne sont bons qu'à payer. Il est où le juste milieu mère ?

— Je sais que ton esprit est clairvoyant, mais le problème est que les gens qui vont te suivre, seront peu nombreux et les autres profiteront de ce qu'ils qualifieront de ta *naïveté*. Ça ne marchera pas.

— Peut-être as-tu raison, mais il est bon de le tenter, au moins une fois. Maintenant si tu le permets et même si toi tu n'en éprouves pas le besoin, je vais me recueillir devant ma fille et lui dire au revoir, dit-il en s'éloignant.

— Attends, une dernière chose, je voudrais si tu le permets, m'occuper de la petite Bakhet-Aton.

— T'en occuper ? Pourquoi ? N'est-elle pas bien avec nous ?

— Oh Younou !! Ne déforme pas tout ce que je dis.

— Alors, pourquoi vouloir t'en occuper ? Tu veux la ramener à Ouasat.

— Je vais rester ici, je pense que pour le peuple c'est mieux que je sois avec toi. J'aimerais m'occuper de ma petite fille. Sa mère n'est plus de ce monde et elle est encore si jeune alors que les autres ont encore leur mère. Tant que j'ai assez de forces pour me consacrer à mes petits-enfants… tous mes petits-enfants.

— Si tu le fais avec altruisme et amour, je n'y vois aucun inconvénient.

Tiyi libérée du poids qu'elle avait en elle, peut à présent

aller se recueillir près du lit de Makhet. Nana fait signe à ses enfants d'aller près de leur grand-mère. Ce qu'ils font sans hésiter. Elle les prend dans ses bras et les embrasse en pleurant.

Chapitre 9

La résilience

Le soir au repas Nana est pensive, les yeux rougis à force d'avoir pleuré aussi longtemps. Il en est de même pour Younou, le fait qu'il soit hybride ne le met pas à l'abri du chagrin. Bien au contraire, il est plus sensible que la moyenne des hommes. Son cœur souffre, même s'il sait que Makhet-Aton est bien là où elle est. Il ne la verra plus courir, se chamailler avec ses sœurs, jouer à la ronde…

Horemheb se présente devant la table où le repas du soir est donné, les filles viennent serrer dans leurs bras le général qui fait partie de la famille. Les petites jumelles imitent leurs grandes sœurs. Horemheb est touché par cette marque d'affection spontanée.

— Veux-tu manger avec nous ? propose Younou.

Horemheb regarde les yeux rouges de Nana, ça lui soulève le cœur. Il aurait voulu la consoler, être près d'elle.

— Je te remercie, mais je n'ai pas faim. Je suis là pour vous dire que je pars à Ouasat avec l'armée de mercenaires.

— Mheb !! Tu dois attendre demain !! ordonne Younou.

— Je sais, mais je ne vais pas dormir de la nuit !! Alors autant que l'on fasse le chemin maintenant, c'est plus sûr. De plus, personne n'est au courant, en dehors de vous.

— Tu vas faire quoi à Ouasat ? demande Nana d'une petite voix.

Pharaon lance un regard noir au général.

— Il veut retrouver Mériré.

— Je veux partir avec lui ! dit-elle en se levant.

Younou la rattrape par le bras, la contraignant à rester assise, puis se lève furieux contre Horemheb.

— C'est pour cette raison que je t'avais demandé d'attendre demain, mais puisque tu veux partir ce soir ! Et bien pars !

— Je n'ai pas envie de rester ici, je veux voir la tête de ce traitre au bout d'une lance, déclare la reine.

— Nana, on a des choses à faire ici.

— Qu'est-ce qu'on a à faire de plus important que venger notre fille assassinée par ce clergé démoniaque ?

Younou soupire en faisant signe à Horemheb de partir.

— Pourquoi, n'y vas-tu pas avec lui ? insiste Nana.

Le général se courbe et sort de la salle.

— Mheb, attends-moi, je viens avec toi !! crie Nana dans un désespoir profond.

Complètement déchiré par les cris de celle qui occupe toujours son cœur, il se retourne devant les portes, dans un geste d'attente. Mais Pharaon tenant Nana par la taille, réitère son geste de partir. C'est le cœur serré et les yeux humides qu'il s'en va.

Les enfants ont été témoins de la scène. Voyant leur mère dans cet état, ils se mettent à pleurer. Younou fait signe aux nourrices de venir les chercher. Il tient toujours Nana, qui se débat dans tous les sens en hurlant, Younou comprend qu'elle est au bord de la crise de nerfs. Il ordonne à un garde d'aller chercher le médecin en lui expliquant que la reine a besoin de calmant. Il la pose délicatement par terre en s'asseyant à califourchon sur elle, tenant avec une de ses mains les deux poignets de Néfertiti. Il caresse son visage avec l'autre.

— Je t'en prie ma douce, reste avec nous. Tes autres enfants ont besoin de toi.

Elle tourne la tête ne voulant aucune caresse, elle veut venger sa fille.

— Noooon, laisse-moi aller à Ouasat ! Je veux qu'il paie ce qu'il a fait subir à Makhet ! hurle-t-elle en tordant son corps dans tous les sens.

Younou s'allonge de tout son long sur elle, pour qu'elle ne bouge plus, cale son visage dans son cou et pleure.

***

Les rois repartent vers leur pays, heureux d'avoir en leur possession les tablettes des décrets de Pharaon, qui leur rendent la liberté. Ils ont bien senti que durant les jeux, il s'était passé quelque chose de grave. Mais l'important est dans leurs sacoches à l'emblème d'Aton. Seul Soupilouma est au courant du drame qui a eu lieu. Mérit étant allée voir Zananza au dernier moment en pleurs lui a appris qu'elle venait de perdre sa petite sœur. Le roi hittite aurait voulu voir une dernière fois Pharaon, pour lui témoigner son soutien. Mais les gardes l'ont empêché de s'approcher de la famille royale. C'est donc déçu que Soupilouma s'apprête à quitter la ville. Cependant, il est rattrapé par un scribe.

— Ton Altesse, tu n'es pas venu chercher ton décret, dit-il en lui tendant une tablette avec le sceau de Pharaon.

— Mais... je n'ai pas de territoires conquis par l'Empire Khem !

— C'est pour ça que Pharaon dans sa grande générosité, t'offre une contrepartie, puisque le Hatti perd les trois comptoirs.

Soupilouma lit la tablette et n'en revient pas.

— Il me donne la contrepartie en pépites venant d'une de ses mines d'or du sud !

Le hittite range sa tablette dans la sacoche avec l'emblème d'Aton qui est donné avec les décrets.

— J'aurais aimé le remercier personnellement, mais les

gardes ne permettent pas que l'on approche Pharaon.

— Je sais, ce n'est pas possible. Il faut que tu apposes ton sceau ici, comme quoi tu as bien reçu la tablette.

Soupilouma prend son sceau qu'il trempe dans l'encre et l'inscrit sur le papyrus que tend le scribe.

— Cependant si tu le désires, je peux lui faire parvenir un message écrit de ta main.

— Je veux bien.

Le scribe sort une boule d'argile molle, qu'il aplatit de forme rectangulaire.

— Ce sera assez grand ?

— Oui.

Le roi hittite écrit son message.

***

Younou a emmené Nana dans le palais du Nord, pour qu'elle soit tranquille et un médecin veille sur elle jour et nuit. Les enfants sont restés au palais avec les nourrices. Ay et lui préparent les funérailles de Makhet-Aton.

Tous les soirs, il rentre au palais du Nord, pour manger et dormir avec Nana, mais elle a du mal à accepter la présence de Younou, lui reprochant de ne pas l'avoir laissé aller avec Horemheb à Ouasat. La vue de ses enfants sans leur sœur Mahket la rend malheureuse. Cela devient difficile pour Younou de gérer la situation, il ne sait plus quoi faire pour qu'elle retrouve son envie de vivre et faire le deuil de sa fille.

Quand il demande au médecin, ce dernier lui répond que c'est encore un peu tôt, que le temps arrangera les choses et qu'il serait préférable de la laisser seule. Il lui faut du repos et éviter qu'elle pense à tout ce qui lui rappelle sa fille. Il assure Akhenaton qu'il le tiendra informé de l'évolution de l'état de son épouse. Younou entre dans la pièce où elle se trouve. Elle est assise sur un fauteuil face à la terrasse qui donne sur le fleuve.

— Elle est encore assise là ? demande Pharaon au garde.

— Elle passe ses journées dans ce fauteuil.

Younou fronce les sourcils.

Il avance vers elle, s'accroupit à côté du fauteuil et lui caresse la main, qu'elle retire aussitôt.

— Bonsoir mon amour.

Elle ne répond pas et ne lui accorde aucun regard.

— Il fait bon ce soir, continue-t-il

Des larmes coulent des beaux yeux de Nana. Elle garde un silence hostile qui décourage Younou. Il sent qu'il est de trop, il se lève et sort de la pièce, le cœur au bord de la gorge.

— Prenez soin de votre reine, dit-il au garde en sortant.

— Oui, Divin Pharaon.

***

A Ouasat, Horemheb à la tête d'une force conséquente fait une entrée très remarquée. Son arrivée a même fait l'effet d'un coup de tonnerre quand il entre directement dans le temple avec ses soldats en armes. Les fidèles présents apeurés, tentent de se précipiter dehors par toutes les issues possibles. Hatamon descend de son hémicycle et se dirige vers le Général.

— De quel droit profanez-vous cet endroit de paix !

— De paix ? laisse-moi rire Hatamon, d'ailleurs tu devais t'attendre à ma visite, après ton dernier coup d'éclat ?

— Vous avez déjà tué mon fils, vous voulez me tuer moi aussi ? Je ne me laisserai pas égorger comme un mouton ! gardes !

A ses mots, les gardes du temple d'Amon accourent armés jusqu'aux dents.

— Je ne suis pour rien dans la mort de ton fils et tes gardes ne feront pas le poids face aux miens. Je te conseille de rester prudent et de m'avouer où se cache Mériré, c'est sa tête que je veux ! Mais j'avoue que la tienne me ferait également plaisir.

Hatamon donne le signal d'attaquer. Les gardes d'Amon sont en nombre supérieur, mais ceux d'Horemheb sont beaucoup plus expérimentés et la bataille fait bientôt rage. Hatamon profite de la mêlée pour fuir. Il se dirige vers les salles à l'arrière du temple où il sait qu'il pourra se dissimuler. Horemheb a juste le temps de se débarrasser d'un adversaire et de se lancer à sa poursuite. Trois de ses soldats le suivent en courant. Hatamon n'a pas assez d'avance pour semer Horemheb dont la détermination n'a d'égale que la rage qu'il éprouve contre le grand prêtre. Celui-ci se rue sur une porte entr'ouverte qu'il referme juste au moment où Horemheb allait se saisir de lui. La porte est épaisse et Hatamon profite de ce répit pour reprendre son souffle. Il connaît d'autant mieux la topographie des lieux qu'il en est l'architecte. Dans quelques instants il pourra emprunter un passage secret et... à cet instant précis la porte cède et il se retrouve projeté contre le mur. Les hommes d'Horemheb ont improvisé un bélier avec un banc en bois massif et ils se sont rués sur la porte récalcitrante. Par l'ouverture, ils aperçoivent le prêtre qui git au pied du mur, une entaille profonde au front. Il se penche sur Hatamon qui gémit.

— Ne me tue pas, Horemheb.

— Pas encore, ce n'est pas fini, lui souffle le général.

Il empoigne le grand prêtre qui n'oppose aucune résistance et l'emmène dans la salle du temple. De nombreux cadavres jonchent le sol mais les hommes d'Horemheb répondent coup pour coup à ceux d'Hatamon.

— Rendez-vous ! sinon j'égorge votre chef ! toute résistance est inutile, hurle Horemheb.

Les gardes d'Amon se concertent brièvement et déposent les armes. Quelques-uns fuient. Le général s'avance et remet Hatamon entre les mains de ses hommes

— Soignez-le, en attendant que je l'interroge à nouveau, leur ordonne-t-il pendant qu'il s'approche des prisonniers.

Il avise un qui semble être un officier

— Où est Mérirê ?

— Je ne sais pas, général. Je ne l'ai pas vu depuis longtemps.

— Tu sais que si tu mens je le saurai, et tous à commencer par toi, vous le payerez de votre vie. Tes hommes resteront ici sous bonne garde, quant à toi, tu vas faire passer le message que je veux voir Mériré avant ce soir. Il y aura une belle récompense à qui nous fournira les renseignements. Dans le cas contraire ou s'il s'agit d'un piège, n'oublie pas ce que je t'ai promis. Et je commencerai par le grand-prêtre.

***

La rumeur du décès de la princesse se propage à grande vitesse à Akhetaton et le peuple se rend en grand nombre au petit temple d'Aton, lui rendre un dernier hommage et soutenir sa famille accablée par la tristesse. Le fait que cette enfant innocente ait sans doute été assassinée bouleverse les fidèles. D'autres rumeurs circulent au sujet de Néfertiti qui aurait perdu la raison à cause de ce chagrin, elle serait cloitrée dans le palais du Nord et refuserait toute visite. Les médecins se relaient à son chevet mais leur diagnostic reste prudent. Tout le monde s'accorde à penser que la main d'Amon a trempé dans tous ces évènements. D'ailleurs, où est passée l'épouse secondaire, la princesse Kia ? Certains affirment avoir vu une caravane quitter le palais alors qu'il faisait nuit noire. Elle est revenue quelques jours plus tard en toute discrétion. Aucun commentaire n'a filtré du palais. Aussi pour soutenir leur roi, ils font en sorte que le petit temple d'Aton ne désemplisse jamais, ils se remplacent à tour de rôle, les uns et les autres, chantent en chœur les louanges des cérémonies pour aider l'âme de la princesse à trouver son chemin. Younou rejoint Nugart qui prie sur le parvis de l'autel.

— Je te salue, Nugart ! dit-il en posant sa main sur son épaule.

Le prêtre se prosterne devant son Pharaon, ainsi que les habitants présents à ce moment-là. Akhenaton se retourne les bras en croix sur sa poitrine et se courbe pour les remercier de leur soutien. Puis se tourne vers Nugart.

— Je t'en prie mon ami, relève-toi, dit-il en s'agenouillant à côté de lui.

— J'ai prié tous les jours pour que ton épouse retrouve la santé. Mais je crois que mes prières ne sont pas efficaces.

Younou regarde au ciel.

— Tes prières sont sincères, elles seront entendues par Aton. J'en suis sûr.

Pharaon et Nugart à genoux tous les deux, prient les bras en croix sur la poitrine, en direction d'Aton. Des musiciens arrivent discrètement dans l'assemblée. D'autres s'installent aux gros tambours du temple et quand tous les musiciens sont là, ils commencent une mélodie, pour Pharaon.

Younou se relève, s'efforçant de rester digne, alors que la tristesse l'envahit. Une petite fille monte sur le parvis avec une fleur qu'elle veut donner à son roi. Celui-ci voyant l'enfant qui lui tend une fleur de lotus, la serre très fort dans ses bras et fond en larmes.

***

Au palais du Nord, Nana reste prostrée. Ses médecins désespèrent de la voir ainsi. Elle ne semble même pas entendre les questions qu'ils lui posent. Elle reste silencieuse, le regard sans expression.

Un des gardes affectés à sa protection se présente.

— Ma Reine, l'architecte de Pharaon, le dénommé Bak demande à vous voir. Nana ne répond pas et n'a même pas une réaction.

— Elle ne dit rien depuis des jours, dit-il en revenant vers Bak.

— C'est ce qu'on m'a dit. Puis-je quand même aller à ses côtés ?

— Il faut que je demande au moins à un médecin, c'est lui qui doit prendre ce genre de décision.

Le garde accompagne Bak vers le praticien.

— Elle a été mon amie dans notre enfance, elle me connaît bien.

— Je me souviens de vous, vous étiez fort liés et la vie vous a séparés. Vous avez pris des chemins différents.

Bak soupire profondément.

— Tu as raison, mais aujourd'hui il ne reste que l'amitié.

— Est-ce que Pharaon est au courant de ta visite ?

— Bien sûr, j'oubliais, j'aurais peut-être dû commencer par là.

Bak sort de son pagne une petite tablette avec le sceau de Pharaon. Le médecin lit que Pharaon autorise un droit de visite à Bak. Il lève les yeux vers l'architecte.

— Je ne peux rien te promettre mais si ta visite peut la faire sortir de cet état, je serais le plus heureux.

L'architecte pénètre dans la chambre de Nana, suivi du médecin. C'est une grande chambre lumineuse où elle se tient assise sur un fauteuil en direction de la terrasse. Bak est gêné d'entrer dans l'intimité de son amie devenue reine. En même temps un flot de souvenirs refait surface. Il se remémore la fois où elle l'avait supplié de l'accompagner au port, parce que Younou prenait le bateau pour Men-Nefer, obligé par son père car il ne voulait plus épouser sa cousine de sang royal. Le désespoir qu'elle éprouvait à ce moment-là, n'avait rien de comparable avec ce qu'elle doit ressentir maintenant. Et déjà à l'époque, tous ses efforts pour la faire sourire avaient été vains.

— Elle ne veut pas voir ses autres enfants, demande Bak au médecin.

— Ce n'est pas qu'elle ne veut pas les voir, c'est qu'elle ne les voit pas. Tout comme Pharaon, quand il la touche elle retire sa main. On dirait qu'elle vit dans un autre monde. Pharaon est effondré, il pense qu'elle ne l'aime plus.

— Est-ce le cas d'après vous ?

— Je ne pense pas, Pharaon n'est pour rien dans tout ce qu'il s'est passé.

— Elle pense peut-être qu'il est responsable.

— Cela peut être une hypothèse.

— Mais Pharaon avec ses dons de télépathe et autres ne peut-il rien faire ?

— Il a l'air impuissant, je pense que s'il pouvait faire quelque chose, il l'aurait déjà fait.

Bak passe devant le fauteuil et se place dans le prolongement de ce regard si lointain. Soudain, elle fixe son regard sur Bak, l'espace d'un instant, puis retourne dans son monde. Bak semble y lire comme une question puis un sourire fugace parcourir ses lèvres.

— Elle m'a regardé, je n'ai pas rêvé là, elle vient de me regarder ! s'exclame Bak bouleversé.

— Dans ce cas, l'état de notre royale patiente s'améliore. Je vous invite à revenir rapidement mais aujourd'hui il faut la laisser se reposer.

***

À Ouasat, Horemheb écoute le rapport d'un de ses officiers en espérant que Mériré se rendra de force ou de gré au temple d'Amon où il l'attend.

— Hatamon a repris ses esprits mais sa blessure l'a rendu encore plus déchaîné. Heureusement qu'on l'a mis au cachot sinon ses cris auraient ameuté la population.

— L'éventualité que Mériré ne se découvre pas doit aussi l'inquiéter, car il sait ce qui l'attend d'ici peu si nous mettons nos menaces à exécution. Nous allons justement lui rendre une petite visite. Ça l'incitera peut-être à nous faire des confidences, conclue-t-il en s'extirpant du fauteuil du grand-prêtre. Délicieuses ces grenades, tu sais d'où elles viennent, capitaine ?

Au passage, le général prend un sabre et se dirige d'un bon pas vers l'endroit où est enfermé Hatamon. Son capitaine ne s'est pas trompé, le grand-prêtre d'Amon n'a pas baissé sa garde.

— Horemheb, tu te trompes de bord, ce Pharaon n'est pas digne de régner, c'est un hérétique !! Il va mener le pays à la ruine. Mon fils venait te voir pour ça ! Ils n'ont surtout pas voulu que tu le rencontres de crainte que ses arguments te fassent changer d'avis…

Le général n'entend plus le grand-prêtre depuis longtemps. Il a en lui, l'image de Nana que Younou tient par la taille, hurlant qu'elle veut venir avec lui, pour voir la tête de Mériré au bout d'une lance. Mais le commanditaire étant Hatamon, il se dit qu'il aura Mériré plus tard. Et sans préliminaire, il abat le sabre et tranche le cou d'Hatamon d'une façon nette et franche.

Un jeune homme a assisté à la scène par une lucarne en haut du temple. Il s'enfuit aussitôt dans les dédales des petites rues avoisinantes. Il finit par arriver devant un porche puis monte deux à deux les marches d'un escalier. Il débouche sur la terrasse d'un toit, où Mériré allongé sur de gros coussins, fume une pipe d'opium. Le jeune homme reprend son souffle peu à peu, le visage encore marqué par le spectacle de la tête d'Hatamon qui roule sur le sol.

— Alors ? demande Mériré.

Le jeune homme fait signe avec sa main qu'on a tranché la tête du grand-prêtre d'Amon.

— Eh bien voilà ! Un de moins.

***

Pharaon écoute d'une oreille distraite le compte rendu de la réunion des ministres et des dignitaires. Comme il fallait s'y attendre les décisions de pharaon sont contestées par certains nobles khemits qui renâclent à l'idée de donner des territoires annexes. On parle d'une ambassade réunissant plusieurs gouverneurs du double pays, qui sera envoyée à Akhetaton avec l'objectif de faire changer d'avis celui-ci. Ay observe son gendre, complètement absent à la réunion.

— Tu vas faire quoi ? se renseigne le Divin Père.

— Ce n'est pas donner, mais rendre…

Les ministres interrogent le chambellan du regard.

— Si tu ne fais rien, le clergé d'Amon va s'en servir contre toi, argumente Ay.

— J'ai simplement rendu les territoires… Mon père, le grand Amenhotep III, prodiguait aux rois, plus d'or qu'il n'en fallait, pour une paix, qui se faisait de plus en plus chère et de moins en moins solide. Il disait toujours qu'il serait mieux sans ces roitelets qui l'exaspéraient profondément avec leurs jérémiades. À tel point que c'est ma mère qui a hérité du problème. Moi, je rends les territoires… Vous savez, on appelle ça le passage à l'acte… non seulement, on ne devra plus leur donner de l'or, ni quémander leurs tributs, qu'ils ne donnaient presque plus, prétextant des saisons déficitaires ou autres raisons de mauvaise foi. Mais on va faire du commerce avec eux, c'est à dire qu'on va enfin gagner de l'argent avec ces gens là !! Pourquoi, avais-je donné Byblos, Tyr et Megiddo à Soupilouma ? Parce que ces trois comptoirs, pourtant très riches, ne reversaient plus rien à l'Empire, il n'avait de Khem que la protection, dont ils se plaignaient tout le temps. Alors c'est sûr, quand les hittites sont venus chercher leurs tributs, les dirigeants étaient bien embarrassés, parce que là, pas d'excuses, il fallait payer. Soupilouma lui, ne tergiverse pas. Voilà comment conserver une paix, qui ne coûte rien. Sauf que mes dignitaires sont obnubilés par cette notion égotique d'intégrité. On ne leur coupe quand même pas un bras ou une jambe. Et pourtant ils font comme si.

Younou se lève et marche autour de la table, obligeant certains ministres à se retourner sur leur fauteuil. Pharaon mime en exagérant avec de grands gestes et caricaturant ainsi le comportement des dignitaires offusqués.

— Comment !? Khem ne sera plus aussi graaannnd ! Nous perdons notre souverainetééé ! Nous ne serons plus le Graaand Empire Khem…

Il s'arrête brusquement et fait face à son beau-père.

— Alors non, Ay, je ne ferai rien pour me justifier envers ces gens-là. Leur analyse est vraiment trop faible, quant à leur vision, elle est déplorable. Je ne peux rien pour eux !

Pharaon sort de la salle de réunion, laissant sans voix les participants.

Nugart croise Younou à la sortie de la salle de réunion, l'interpelle mais se rend compte que ce dernier est d'humeur peu loquace.

— Je suis désolé, je crois que ce n'est pas encore le bon moment. Je reviendrai plus tard.

— Pour toi Nugart, je suis toujours présent, il n'y a pas de mauvais moment. Que veux-tu ?

— Un scribe m'a remis cette tablette, elle est pour toi, c'est le roi hittite qui l'a écrite.

Younou prend le message et entraine le prêtre avec lui dans le jardin. Ils s'assoient sur l'épais gazon et lit la tablette.

Cher Frère, vie éternelle à toi et aux tiens, comme on dit dans ton pays pour se saluer. Tout d'abord je pleure avec toi la triste perte de ton enfant. Rien n'est pire que de voir partir avant nous, ces êtres à qui nous donnons naissance. Puis je tiens tout particulièrement à te remercier pour les tributs des comptoirs que tu as remplacés par l'attribution de pépites d'or venant de tes mines du Sud. Mais sache que même si tu ne l'avais pas fait, je ne me serais pas senti lésé. Ce que tu m'as donné au nom d'une paix remarquablement bien pensée, me suffit. Aujourd'hui, ce que tu apportes dans nos pays est bien plus important et n'a pas de prix. Aussi, je veux que tu sois convaincu de mon amitié envers toi et ta famille. Je sais que Pharaon se déplace rarement en dehors de ses terres, mais mon pays et ma maison te sont ouverts à tout jamais. Même, si un jour tu décides de ne plus être Pharaon, la personne que tu es, sera la bienvenue.

Soupilouma 1er roi du Hatti.

Younou pose la tablette sur ses genoux et lève les yeux au ciel.

— Nugart ? Pourquoi… Pourquoi est-ce que je m’entends mieux avec celui qui est censé être mon ennemi juré, plutôt que mes congénères ?

***

Bak revient voir Nana tous les jours, même s’il ne se passe rien de spécial, le furtif regard abandonné sur son visage la première fois, lui donne espoir qu’elle puisse recommencer. Cette fois-ci, il est venu avec Toutmès, toujours avec l’accord de Pharaon.

— Qu’y a-t-il dans le sac ? demande le médecin curieux.

— C’est une surprise pour notre reine, répond Bak.

— Ce n’est pas quelque chose à ingérer !? Ou bien qui puisse la choquer !?

— Non ! Ce n’est que l’esquisse d’un portrait sur du calcaire, rien de méchant et encore moins à avaler.

— Pas le portrait de sa fille ? s’inquiète le praticien.

Toutmès ouvre le sac et laisse paraître un buste inachevé représentant la reine.

— Avec la permission de Pharaon je viens le finir ici, car j’ai besoin du modèle pour cela. J’aurai terminé avant le coucher d’Aton, l’informe Toutmès.

— Très bien, entrez !

Sculpteur et architecte se présentent devant Néfertiti en la saluant. Elle reste toujours aussi silencieuse, le regard dans le vide. Puis Toutmès installe sa table devant elle et sort ses outils. Bak donne son avis, puis relève délicatement le visage de Nana pour qu’il prenne plus la lumière. Elle se laisse faire. Toutmès sort le buste du sac et le dépose avec précaution sur la table. Il œuvre et le temps passe, Aton commence à se coucher, Toutmès finit par les couleurs.

— Suis-je obligé de reproduire la couleur si pâle de sa peau, demande Toutmès.

— Ça fait longtemps qu'elle n'a pas voulu aller sous les rayons bienfaisants d'Aton, indique le médecin.

— Fais comme tu le sens, propose Bak.

Toutmès mélange ses couleurs et peint le calcaire. Bak, le médecin et le garde se placent derrière le sculpteur, fascinés par la magie de la création.

— C'est superbe ! admire le praticien.

— C'est tout à fait ressemblant, c'est dommage que tu n'aies pas sculpté ce portrait avant qu'elle soit apathique. Son visage est triste, constate Bak.

Nana se lève, mais retombe sur sa chaise, les forces lui manquent. Les Quatre hommes restent cois, un instant sans réaction. Puis tous se précipitent sur la reine, pour l'aider à se lever.

— Elle veut aller se coucher, c'est l'heure pour elle, annonce le médecin.

— Je veux voir ce qu'a fait Toutmès, dit Nana d'une toute petite voix.

Bak et le médecin l'aident à se déplacer devant le buste, qu'Aton illumine de ses derniers rayons.

— Je suis atroce ! Ce n'est pas moi là ? On dirait une morte vivante ! déplore la reine.

— Ma Reine, je ne fais que reproduire ce que je vois.

— Je ressemble à ça ?

C'est le choc pour Nana. Un choc qui secoue tout son être et la ramène à la vie.

— Qu'est-ce que je deviens ? balbutie-t-elle.

— Veux-tu t'allonger un moment ? propose le médecin.

— Non ! Je veux marcher au contraire et je veux parler à mon époux.

Le praticien ordonne au garde de partir chercher immédiatement Pharaon. Pendant que Bak et Toutmès aident la reine à se déplacer sur la terrasse.

— Toutmès, ton art est grand, tu es un bon sculpteur, je te paierai pour ton travail, mais tu remportes avec toi ce buste, je n'aime pas la tête que j'ai dessus, je t'en prie, tu le caches, tu le jettes, tu en fais ce que tu veux, mais je ne veux plus le voir. Et surtout, je veux que personne ne puisse voir ce buste. C'est un ordre ! **(Dommage, il est juste le plus visité au monde aujourd'hui)*

Nana lâche les sculpteurs et fait quelques pas, sans leur aide sur la terrasse.

— Est-ce vraiment l'image que tu veux que mes enfants et petits-enfants gardent de moi ? Une neurasthénique !

— Non ! Vraiment pas ! s'exclament-ils en chœur, heureux de voir que leur reine est en quelque sorte revenue à la vie.

***

Le général passe les portes d'Akhétaton avec l'escadron qui l'a accompagné dans son expédition. Ils se dirigent directement vers la caserne, où les soldats encaissent leurs primes. Après une courte pause, Horemheb prend son char et se dirige vers le palais. Il emporte avec lui un sac en toile qu'il dépose avec précaution sur le plancher du char. C'est avec ce sac qu'il se présente à Pharaon.

— Nul besoin de l'ouvrir, Horemheb, je sais ce qu'il contient car je peux sentir l'odeur du sang. Je vois que tu es fier d'avoir eu raison d'Hatamon mais que vas-tu faire de ce trophée belliqueux ?

— Je vais montrer sa tête à Néfertiti.

— Il en est hors de question ! Après ton départ, elle s'est enfermée dans un mutisme le plus complet et me considère comme un étranger.

— Je suis désolé, j'ignorais son état. Puis-je faire quelque chose pour toi ?

Younou se lève de son trône et se rapproche de son général.

— Laissons passer l'enterrement de Makhet et nous en reparlerons.

— Puis-je lui rendre visite ? sollicite Horemheb.

Le porte-parole annonce le Divin père Ay.

— Ah ! Tu es déjà de retour ! s'étonne-t-il en s'adressant à Horemheb.

Le général ne se laisse pas abuser par la réflexion d'Ay et il s'en amuse.

— Comme si tes espions ne te l'avaient pas déjà dit et d'ailleurs tu es certainement là pour le constat ?

— Montre ! Ay se penche au-dessus du sac en se bouchant le nez. Effectivement c'est bien Hatamon. Mais je ne suis pas là pour ça, contrairement à ce que tu penses.

Le Divin père se retourne vers Younou.

— J'ai croisé un garde qui venait te voir et il m'a dit que Nana te réclamait. Apparemment elle s'est remise à parler, j'ai voulu venir te le dire personnellement.

Le visage de Pharaon s'éclaire d'un magnifique sourire.

— Enfin ! Et ses premières pensées sont pour moi, jubile Younou. Elle n'est plus fâchée ?

— Le mieux est d'aller le vérifier par toi-même.

Ay et Horemheb le suivent.

Le médecin est devant le patio de l'entrée, il se prosterne quand Younou descend de son char.

— C'est le choc du buste je pense, Divin Pharaon.

— Le buste ? demande Horemheb qui suit de près Pharaon.

— Avant le drame, Nana allait régulièrement chez Toutmès, il lui sculptait un buste… Ce devait être une surprise pour moi, mais les évènements ont chamboulé la mise en œuvre. Aussi quand Bak est venu me demander la permission pour que le sculpteur puisse finir. J'ai accepté.

— Bak ? Il est allé voir Nana ? s'étonne Horemheb avec une pointe de jalousie.

— Régulièrement, répond Younou.

— Maître Bak est avec la grande épouse royale, voulez-vous que je lui demande de partir, s'enquiert le médecin à Pharaon.

— Oui, lâche rapidement Horemheb.

— Non ! s'indigne Younou lançant un regard réprobateur à son général. C'est grâce à lui, si la Reine est de retour parmi nous. Je lui suis éternellement redevable.

Horemheb ravale sa jalousie et fait bonne figure.

Le buste est encore là, faisant face à la terrasse, Younou entre en premier, suivi du Divin père et du général. Bak et Toutmès sont sur la terrasse, assis dans des coussins, ils tiennent à la main une coupe de vin.

— Où est la Reine, s'enquiert Pharaon.

Les deux sculpteurs surpris se lèvent et saluent Pharaon.

— Elle est partie faire une toilette, en attendant ta venue, indique Bak.

Younou admire le buste de face et lentement en fait le tour.

— Il est magnifique… il resplendit, je te félicite Toutmès.

— Merci, Taureau Puissant, je suis heureux de voir qu'il te plait, mais ce n'est pas le cas de la Reine.

— Comment ça ? Elle ne trouve pas ton œuvre fidèle à elle ?

— Heu ! Même un peu trop, elle trouve dans la représentation un air de tristesse. En outre elle lui trouve les traits tirés. Elle dit qu'elle n'est pas comme ça.

Younou sourit.

— On dirait qu'elle va mieux effectivement.

— En fait ce buste a provoqué un choc qui lui a été salutaire. Elle a pu mesurer l'état dans lequel elle se trouvait et elle a réagi d'une façon positive, affirme le médecin.

— Et cela ne lui a pas plu. Je comprends maintenant, dit Pharaon en continuant d'admirer l'œuvre de Toutmès. Pourtant elle est toujours aussi belle, même s'il est très dur de représenter la justesse de tous ses traits.

— Ne me dis pas que je te plais ainsi représentée ? annonce Nana du fond de la pièce.

Younou se retourne et sourit à son épouse.

— Je suis heureux de voir que tu vas mieux !

Nana se dirige vers son père et se blottit dans ses bras, puis va vers Horemheb et se serre contre lui.

— Ça fait longtemps que tu es revenu ? demande-t-elle.

— Aujourd'hui seulement ! Et j'ai appris que tu as eu des moments difficiles, si j'avais su, je ne serais pas parti.

— Tu n'aurais rien changé, je te rassure, signale-t-elle d'un ton qui se veut apaisant. As-tu réussi ta mission ?

— Oui ! Je l'ai fait pour toi, ma Reine.

— Pour moi !? Ça ne fera pas revenir Makhet tu sais. De plus on ne connait toujours pas comment elle a été empoisonnée.

— Nous le saurons peut-être un jour mais en attendant, toutes les hypothèses sont à étudier. On meurt beaucoup depuis quelque temps et peut-être que le ou les coupables ont déjà disparu, intervient Younou.

Elle se retourne vers Pharaon tout souriant de la voir en meilleure forme. Elle penche la tête sur le côté et contemple son époux en lâchant les bras d'Horemheb. Elle avance d'un pas lent en ne le quittant pas des yeux. Des yeux qui commencent à s'humidifier. Elle se rapproche tout près de lui, elle peut sentir le souffle court de Younou sur son visage. Puis toujours en plongeant son regard dans le sien, elle susurre.

— Je suis revenue tu sais, car tu me manquais.

— Je suis venu plusieurs fois, mais tu me repoussais, ma douce.

— Je sais, dit-elle en collant sa joue sur la poitrine de son époux qui l'enlace. Je... J'étais perdue... Je ne pouvais rien entendre. Je ne pouvais rien toucher et encore moins être touchée. Me pardonneras-tu ?

— Il n'y a pas à te pardonner de quoi que ce soit, tu as terriblement souffert de la perte d'un de nos enfants...

Younou prend Nana par les épaules pour la regarder dans les yeux.

— Il ne faut surtout pas résister et encore moins combattre la souffrance, sinon elle fait encore plus mal. Il faut l'accepter et la regarder en face, pour pouvoir s'en détacher et parvenir à vivre avec, de façon à ce qu'elle devienne le plus discrète possible. Si on essaye de l'ignorer, elle reviendra par d'autres moyens mais elle revient toujours.

Younou caresse le visage de Nana, puis elle entoure ses bras autour de son cou et l'embrasse sur ses lèvres pulpeuses.

***

Tout le monde est présent à la cérémonie des funérailles de la petite princesse. Le temple d'Aton à ciel ouvert est bondé, ainsi que les environs du temple. Tous les dieux mineurs sont représentés, sauf l'effigie d'Amon. Le disque Solaire d'Aton est au-dessus de tous, essence lumineuse de la pure expression divine. Il protège avec ses rayons le peuple et les dieux. Il est omniprésent. Ses rayons qui descendent du disque se terminent tous par des mains protectrices qui tiennent des symboles de vies, la croix Ankh, celle qui répand la vie éternelle. Son essence divine est respirée par tout le monde, elle permet de ressentir sa présence d'Amour.

Sur l'autel a été élevée la statue de la princesse, dans sa beauté originelle, entourée de fleurs et drapée dans les vêtements qu'elle portait autrefois. Une tonnelle ornée de lin blanc finement tissée, abrite la statue de Makhet-Aton.

La première prière est chantée par les prêtres, Aton n'est pas encore à l'horizon. Mais de nombreuses torches éclairent l'endroit, encore dans une semi pénombre. Les volutes d'encens flottent libre dans le ciel. Les chants s'élèvent, déclenchant une profonde émotion d'Amour. Les palanquins aux couleurs blanc et bleu azur, celles de la cité d'Aton, traversent l'allée bordée d'immenses statues, le peuple peut voir le couple royal et leurs enfants se diriger vers le temple. Les rideaux sont transparents. Nana contemple le peuple qui prie dans une transe commune, aux rythmes des percussions lentes des gros tambours. Les sistres tintent en réponse à ces lourds martèlements. L'atmosphère est chargée et imprégnée de présences spirituelles. L'esprit du Divin dans chaque être, prend toute sa dimension. Les palanquins font halte. Pharaon de sa main chaude caresse le bras de Néfertiti puis il prend sa main qu'il porte à ses lèvres en lui adressant un sourire fugace. Ils sont vêtus de robes blanches et du collier traditionnel. Deux serviteurs ouvrent les fins rideaux. Younou soulève la main de Nana et ils descendent du palanquin. Les enfants imitent leurs parents. Le peuple observe leurs faits et gestes. Néfertiti défroisse lentement sa robe. Pharaon lui reprend la main pour avancer dans l'allée. Les habitants d'Akhetaton cessent leur chant, laissant régner le silence. Dans un seul élan, ils s'aplatissent devant eux, avec le fracas d'une vague déferlant sur la rive. La famille royale reste debout devant ce peuple prosterné. Younou ferme les yeux et prend une grande inspiration. Les habitants d'Akhetaton observe alors un silence respectueux. La cadence des percussions reste sur le même rythme et les chants des prêtres d'Aton commencent à s'élever avec les premiers rayons qui parviennent jusqu'au visage de Pharaon. Sentant sa chaleur, il ouvre les yeux, lève ses bras lentement vers l'astre de lumière. Puis serrant la main de Néfertiti très fort, ils se dirigent vers la tonnelle. Au fur et à mesure qu'ils avancent, les gens se redressent et psalmodient un long gémissement, qui prend le cœur. Pharaon et son épouse prennent chacun une petite statue de la déesse Maât et la portent à bout de bras vers Aton, afin que ce dernier accompagne la princesse sur son chemin de vie éternelle. Ils invoquent l'amour d'Aton, dans une danse divine, sous la cadence des gros tambours aux vibrations profondes. Le peuple les accompagne dans un chant céleste. Puis les pleureuses montent sur le parvis, autour de la princesse et sombrent dans des lamentations bruyantes. Pharaon serre Néfertiti dans ses bras, les enfants viennent les rejoindre et s'enlacent avec leurs parents. Des larmes coulent de leurs yeux, leur chagrin est immense.

***

À Ouasat, Mériré a attendu patiemment que le général et ses soldats quittent le temple et la ville. Après s'être assuré qu'il ne courait plus aucun danger, il s'est présenté au temple d'Amon et a demandé à rencontrer les dignitaires du clergé. Après avoir reçu les condoléances de ceux-ci concernant la mort d'Hatamon, il expose au clergé les grandes lignes de sa future politique. Le sort du grand prêtre était scellé à partir du moment où il s'en est pris aux enfants de Pharaon. Mériré se targue d'avoir informé Hatamon mais que celui-ci, conseillé par son fils qui a par la suite péri dans le désert, n'a pas voulu suivre son avis. Informé que le général se rendait à Ouasat, Mériré a tenté mais en vain de prévenir le grand prêtre. Arrivé après les soldats, il a dû se cacher pour éviter d'être arrêté. Il confie son sort entre leurs mains, dit-il en s'adressant aux prêtres mais il se tient prêt à prendre les rênes du clergé si Amon lui accorde son pardon. Pour convaincre les derniers résistants, il raconte avec une voix vibrante combien cela a été difficile pour lui de quitter Amon. Que le choix d'Aton avait été pris dans une période difficile, faite de doute et de difficultés personnelles. Pharaon l'avait amené par des paroles mielleuses à s'éloigner de la vraie foi qu'aujourd'hui, il regrette.

Certains prêtres versent des larmes, d'autres le conjurent de rester et de devenir leur chef. Mériré prend un air modeste, remercie et dit qu'il doit d'abord prier et qu'il leur donnera rapidement sa réponse. Les prêtres restants à la tête du temple, voient plutôt d'un bon œil le retour de Mériré, d'autant qu'aucun de ceux-ci ne se sent assez compétent pour supporter la lourde charge de cette fonction. C'est donc Mériré qui devient l'héritier d'Hatamon par un heureux concours de circonstances. Des voix se sont élevées pour mettre en doute la probité du nouveau grand-prêtre et son implication dans les disparitions du père et du fils mais elles ont été rapidement étouffées. Par la suite Mériré instaure de nouvelles cérémonies, où le Soleil prend sa place, Amon devient Amon-Ra, pour rallier le peuple qui loue le soleil avec Amon. Et le dieu humain se confond avec le dieu Soleil. Ainsi Mériré, parvient à se positionner un peu comme le sauveur de l'ordre d'Amon. Il ne blasphème pas sur Pharaon, mais par un jeu sournois de présentation des circonstances, il amène la population, petit à petit à penser que la cause du conflit est l'homme et non le statut de Pharaon et qu'il est un hérétique dangereux pour l'empire. Le peuple continue de garder ses peurs, bien entretenues par le clergé d'Amon dans tout le pays. Mériré sait que sans l'armée, le chemin sera beaucoup plus long. Il a envoyé plusieurs messages à Horemheb, mais pour le moment, aucune réponse ne lui est parvenue en retour. Il sait également que le peuple n'agira jamais contre Pharaon, il subira ses décisions sans lever un petit doigt contre lui. Mériré est conscient de cet état de fait. Mais il a un plan, qu'il mettra à exécution le temps venu.

***

Les jours qui suivent les funérailles de la princesse à Akhetaton, sont d'un calme étrange, celui qui accompagne un deuil, une grande tristesse semble s'être abattue sur la ville. Au palais, des jours de deuil ont été instaurés. Pharaon passe le plus grand de son temps au temple avec Nugart. Il sait par ses espions que le peuple retourne petit à petit vers l'ordre d'Amon devenu Amon-Ra. Il ne comprend pas comment la mémoire humaine peut être aussi courte. Au début de son règne, il a allégé les taxes et redonné les terres, volées par ce même clergé, aux paysans. Il ne comprend pas non plus, pourquoi ils préfèrent retourner dans cette ambiance de peur qu'utilise encore Mériré dans ses cérémonies. Certains affirment que la peur est une réalité et que l'amour n'est qu'une illusion. À ces gens, Younou répond que c'est l'inverse, La peur est une illusion et l'Amour est une réalité que seul l'homme conscient de cette vérité, pourra transcender vers un état supérieur. Tant que cet amour n'est pas ressenti, rien ne peut s'opérer en l'être humain. C'est une bénédiction, dès que l'on commence à comprendre que la raison d'être du soleil est d'éclairer et de réchauffer les cœurs. Néfertiti est retournée au palais du Nord où elle trouve le calme dont elle a besoin pour se ressourcer. Elle revient régulièrement passer du temps avec ses enfants, qui maintiennent une vie réglée par l'enseignement Solaire, initiés par des disciples d'Aton. Younou se promène souvent avec ses enfants dans les jardins et il discute longuement avec eux, même Toutankh commence à poser des questions pertinentes. Cependant les princesses Mérit et Ankhresen se font beaucoup de soucis pour leurs parents. Elles sentent bien que quelque chose a changé depuis le départ de leur sœur. Horemheb est inquiet de cette situation que Pharaon laisse enliser. Le clergé d'Amon continue son travail de sape contre Aton. Et à travers le dieu Solaire, c'est Akhenaton qui est visé. Horemheb en parle très souvent avec lui, afin de le faire réagir. Comme, il échoue à chaque fois, il va voir alors Néfertiti, mais elle ne songe pas un instant à dévier de ses principes. Le général est désespéré de constater qu'aucun passage à l'acte ne sera fait pour régler les affaires internes de l'Empire. Il est prostré, assis sur un banc dans le jardin, ne sait plus trop où il en est. Il sent une main se poser sur son épaule.

— Il est grand temps que tu ailles à Ouasat, reprendre les choses en main, lui indique Younou.

— Ah enfin ! Je vais aller remettre de l'ordre dans les affaires de l'état et ainsi mettre au pas leur nouveau grand prêtre. Ah, que je m'en veux de ne pas avoir eu le temps de lui mettre la main au collet.

— Non, tu ne vas rien faire dans ce sens.

— Quoi ? Que vais-je faire alors ?

Younou se place devant son ami.

— Tu vas proposer la paix.

— Mais comment ? Ils veulent sortir Aton de l'Empire, indirectement tu sais très bien qu'ils veulent ta peau. Mais en même temps, ils ne peuvent rien contre ta divine personne car le peuple ne les suivrait pas. Et de toutes façons tu es capable de te battre tout seul contre une armée…

— Je ne le ferai jamais.

— Je sais que tu ne le feras jamais, mais le problème est qu'eux aussi le savent. Younou nous arrivons à une intersection, on ne peut pas rester indéfiniment au milieu du croisement. Il faut prendre des décisions, pour anéantir les prétentions de ces prêtres.

— Le pouvoir appartient au peuple, c'est lui qui décide. Ils ont choisi de suivre Amon, je ne vais pas m'imposer par la force, je ne suis pas venu pour ça.

— Mais pourquoi ? Tu as tout ce qu'il faut pour, sinon tu n'aurais pas eu tous ces pouvoirs en toi !

— Je ne sais pas si un jour tu comprendras que cette force dont tu parles est une arme destructrice qui tôt ou tard se retourne contre son camp. C'est pour cela que vous n'y avez pas accès. Vous avez largement de quoi vous tuer sans cette force. Je vais me rallier à la volonté du peuple.

— Mais… le peuple se soumet à la volonté d'Amon et Amon veut la destitution d'Aton, donc ta disgrâce !

— Qu'est-ce que vaut ma vie au regard de l'humanité, une enveloppe charnelle que l'on peut bien sacrifier. Je ne suis venu que pour ça, mourir pour que l'enseignement d'Aton puisse continuer dans le cœur de ceux qui l'auront compris. Si je m'impose par la force, tout mon enseignement tombe à l'eau. Est-ce que tu peux comprendre cela ?

— Ne peux-tu pas faire tourner les Ouas dans tout le pays pour que tout le monde comprenne ?

Younou sourit à l'idée de son ami.

— Il faut que le changement vienne de l'intérieur de chacun, pas de l'extérieur.

— Mais pourtant à la fête, c'est ce que tu as fait ?

— Les Ouas n'ont fait qu'intensifier ce que les gens ressentaient déjà. Ils n'ont rien imposé. Ils en sont incapables... en tout cas avec mon esprit.

Le général se sent impuissant, il pose ses deux genoux au sol, puis ses deux mains et laisse échapper un long soupir venant du fond de sa poitrine. Il baisse la tête.

— Nous irons avec Nana et les enfants à Akhmim, accompagné d'Ay, puis tu m'emmèneras à Ouasat avec un escadron. Je me présenterai devant le clergé, annonce Younou.

— Et ?

— Tu te soumettras à la décision du clergé, tout en restant à la tête de ton armée.

— Mais si leur décision est de te bannir ou pire de te tuer ? Il est hors de question que je laisse faire ça !

— Tu laisseras faire, je te le demande, mais s'il faut je te l'ordonne.

Horemheb se lève et fait les cents pas autour de son ami.

— Tu connais les conditions que toi-seul pourras faire respecter avec Nana et Ay, insiste Younou.

— Tu peux me faire confiance, je serai là pour Nana et les enfants.

— Nana retournera plus tard sur Ouasat, continue Younou. Tu la protègeras de ces prêtres néfastes... elle voudra certainement retourner à Akhetaton. Tu lui laisseras une armée pour la protéger, je sais que tu seras avec elle.

— Mais... mais est-elle au courant de tes projets ?

— Pas encore, je lui dirai à Akhmim.

— Pourquoi pas avant ? demande Horemheb soucieux.

— J'ai peur de sa réaction, tu la connais, elle est impulsive et entière. Pour le moment faisons ce que j'ai dit. Je retourne au temple, je dois encore prier. Puis j'irai voir Nana.

***

Sur le chemin du temple, Younou voit les enfants et les nourrices jouer dans le jardin. Il les regarde un moment sans rien dire. Puis s'avance vers Ankhesen assise dans un coin, l'esprit absent.

Il s'assoit lentement à côté de sa fille.

— Tu vas bien ? demande-t-il à sa princesse.

Elle affiche une moue de désappointement.

— Que se passe-t-il, ma puce ?

— Je ne sais pas ce que tu fais avec Nana mais j'ai un mauvais pressentiment.

— Il y a toujours dans la vie sur terre, des moments où les circonstances nous font prendre des chemins différents de celui que l'on suivait auparavant.

Ankhesen dévisage son père qui la fuit du regard.

— Dada ! Tu veux me faire comprendre quoi avec ces mots ?

Younou prend la main de sa princesse et la serre fort.

— Tu devras toujours protéger ton petit frère.

— Tu es là pour ça... non ?

— Oui bien sûr, mais regarde si on tombe malade, ou bien... qu'un accident nous immobilise...

— Dada, tu ne peux pas être malade et les accidents tu les évites.

— Ma chérie, c'est toi qui as hérité le plus de mon sang, avec un caractère bien trempé. Un joli mélange de celui de ta mère et du mien... Aussi ne tournons pas autour du pot, je sais que tu sais...

Ankhesen saute dans les bras de son père pour cacher son visage dans son cou et pleure.

— Mais pourquoi Dada ? Pourquoi ne pas trouver une autre solution ?

Younou caresse les cheveux de sa fille, ses yeux s'humidifient.

— Les autres solutions ne conviennent pas à mon esprit.

— Et est-ce que ton esprit a pensé à nous ? T'es-tu un seul instant mis à notre place ? Te souviens-tu de ce que tu as ressenti devant le sarcophage de ton père ?

Younou est intérieurement déchiré.

— Tu sais très bien ce qu'il va se passer si je reste...

— Le chaos d'une guerre civile, entre Khémits... Puis l'invasion d'étrangers profitants de la situation... Pourquoi n'es-tu pas un simple marchand Dada ?

Un grand silence s'installe entre le père et la fille.

— Tu dois transmettre l'enseignement hermétique que le clergé d'Amon veut garder secret. Pour le moment l'humanité n'est pas prête, elle se laisse toujours envahir par la peur, qui dirige ses actes. Tu dois faire en sorte qu'il soit transmis le plus possible de génération en génération, jusqu'à ce que l'humanité soit prête à passer à un plan supérieur. Quand la lumière et l'ombre s'uniront dans l'amour d'une bienveillante union solaire, alors le secret permettra à l'ensemble de l'humanité de s'élever. Tu comprends, nous ne devenons pas lucides en imaginant des statues représentant la lumière, mais en prenant conscience de l'obscurité à l'extérieur et que nous, nous sommes lumière à l'intérieur de notre cœur. C'est seulement quand l'homme s'autodétruira de façon répétée jusqu'au point de non-retour, que ce qui est immortel en lui prendra corps. En alchimie on appelle ça, le grand œuvre. Plus l'homme apprend à faire face à l'adversité, sans résistance aux peurs qui le menacent d'isolement. Plus les profondeurs de l'âme se révèleront et le chemin d'un jour nouveau s'ouvrira devant lui. L'humanité sera alors habitée par la grâce de la confiance en l'amour.

Ankhesen reste pensive un moment sans rien dire.

— En gros Dada, c'est à moi que tu lègues la mission que tu as commencée.

Younou affiche un grand sourire et serre sa fille dans ses bras.

— Tu es largement capable de la mener à bien, cette mission.

Il enlève le bracelet qui ceint en triple son poignet et le met autour du cou de sa fille.

— Dans chacun de ses rouleaux de pierres précieuses est encodé le secret, ne les donne jamais aux prêtres… même pas à ceux d'Aton.

***

Après quelques prières au temple Younou rejoint Nana au palais du Nord. Elle cueille tranquillement des lotus, dans le jardin, quand il la rejoint. Il l'enlace de ses longs bras.

— Comment vas-tu ma douce ?

— C'est encore difficile tu sais, j'essaye bien de faire comme tu m'as dit de ne pas combattre la souffrance et de l'accepter, mais concrètement, je ne sais pas comment faire. Elle me lacère toujours de ses griffes.

Younou détend ses bras.

— Concrètement… Quand tu crispes ton attention sur quelque chose, ce quelque chose devient plus important. Tu peux isoler ta douleur, mais ne pas l'ignorer.

— N'as-tu pas une version encore plus simplifiée, demande Nana qui a besoin qu'on lui montre le chemin vers la sérénité.

Younou caresse les cheveux détachés de sa bien-aimée.

— Il ne me vient pas d'exemple à l'esprit, ma douce… peut être un ! Je ne peux pas le certifier personnellement mais c'est ce qu'on m'a dit. Lors de l'accouchement, quand tu te crispes durant les douleurs, elles deviennent plus intenses.

Alors que, quand tu décontractes ton corps, ce que les femmes accoucheuses vous apprennent, les douleurs sont nettement plus supportables. Est-ce vrai ?

— C'est complètement vrai.

— Tout est basé sur le même principe, en haut comme en bas, à l'extérieur comme à l'intérieur. Il faut que tu te forces à faire plein de choses, pour y penser le moins possible, la souffrance devient un peu plus supportable. Mais ne surtout pas l'occulter, sinon elle prend sa nourriture dans l'inconscient et fait des dégâts irréversibles quand elle remonte à la surface du conscient.

— Je ne comprends pas, d'un côté tu me dis de m'occuper pour ne plus penser à M… enfin pour ne plus penser à la douleur et de l'autre tu…

Younou saisit rapidement la main de Nana et la serre fort tout en la fixant intensément.

— Dis son nom !

— Quoi ? s'inquiète Nana.

— Dis son nom !

— La douleur ?!

— Dis le nom de notre fille qui est morte.

Nana commence à pleurer, dans de gros sanglots.

— Pourquoi tu me fais ça ? C'est cruel ! Younou ce n'est pas ton genre, que ce passe-t-il ?

Younou la serre dans ses bras et insiste.

— Il faut vraiment que tu prononces son nom et que tu n'aies pas peur de formuler le mot mort. L'acceptation passe par là, Nana.

La reine ne parvient pas à stopper ses gros sanglots nerveux qui sortent malgré elle.

— Ma… Maaa… Maaakkkkk. Je n'y arrive pas, déplore Nana.

— Calme toi ma douce, tu voulais un exemple concret. En voilà un ! Ton esprit est en train d'occulter la mort de

Makhet, parce que ton cœur n'a pas encore accepté son départ. Un travail de dénie se fait dans ton inconscient, ton cœur n'accepte pas sa mort, il souffre en silence et tu ne sais même plus pourquoi tu es toujours mal, et ce mal se transformera en maladie. Il faut que tu sortes ce blocage de ton corps. Crie de toutes tes forces et dis son nom juste après.

La reine hurle dans les bras de son époux, un long cri, strident et poignant. Younou continue de la serrer fort. Puis elle se calme, les sanglots s'évaporent, elle respire fort pour reprendre son souffle.

— Ma... Makhet... Aton... notre fille est m... morte.

Younou tient le visage de Nana dans ses mains, la regarde et fond en larmes.

— Oui ma douce notre Makhet-Aton est morte et nous devons l'accepter, pour l'accompagner avec notre cœur sur le chemin de sa propre lumière. Nous devons l'accepter pour continuer de vivre.

Il entraine Nana vers un palmier et s'assoie le dos contre l'arbre et invite Nana à s'asseoir dans ses grandes jambes. Il est doux et délicat avec sa moitié.

— Viens, nous allons prier pour elle ensemble.

Nana s'assoie au creux de ses jambes et pose son dos contre le ventre de Younou. Elle croise ses bras sur sa poitrine et il croise les siens entourant Nana. Ils guident leurs pensées vers Makhet, où ils s'imaginent lui donnant la main, l'entrainant sur un chemin étincelant, puis l'embrasse une dernière fois avant qu'elle ne fonde dans la lumière. Nana pose sa tête sur l'épaule de son bien aimé. Elle se sent mieux.

— Entends-tu maintenant l'oiseau bleu qui chante sur la branche au-dessus de notre tête ?

— Oui.

— Entends-tu le clapotis de la fontaine ?

— Oui.

— Sens-tu la brise sur ton visage ?

— Oui… et je sens la chaleur d'Aton, ainsi que les battements de ton cœur.

Nana se retourne, s'assoie face à Younou, toujours dans ses jambes, pose sa tête sur sa poitrine et le serre très fort.

— Avoir la connaissance est bien mieux que de connaître le savoir.

***

Sous l'impulsion de Mériré, les troubles orchestrés par le clergé d'Amon reprennent un peu partout dans l'empire. Il s'étend aux campagnes et surtout dans les villes et il finit un jour par atteindre Akhetaton. Pharaon jusque-là n'a guère opposé de résistance et il a comme le soulignent ses proches, laissé faire. Dans la ville lumière, Mahou se démène et avec l'accord d'Ay et d'Horemheb, il entend mettre de l'ordre. Les arrestations se multiplient mais les cellules finissent par être pleines. Des suspects sont expulsés de la ville qui leur est désormais interdite. Devant le malaise grandissant certains, inquiets du manque d'autorité de Pharaon quittent Akhetaton pour des villes plus tranquilles en attendant de voir comment vont tourner les choses. Tous craignent des évènements tragiques. Les affaires ne sont plus aussi florissantes et le temple d'Amon voit revenir, à la grande satisfaction de son clergé, de plus en plus de fidèles qui cherchent à se démarquer avant tout d'Aton et du pharaon.

De son côté Akhenaton ne reste pourtant pas inactif, il prévient le Divin père qui s'est résigné au départ de Pharaon. Il reste néanmoins à celui-ci une tache plus difficile, celle d'annoncer à son épouse leur départ. Il entre dans la chambre où elle se trouve avec les enfants. Il lui prend la main et l'entraine dans les jardins loin des oreilles.

— Qu'y a-t-il mon bien-aimé ?

— Nous partons tous ensemble vers Akhmim…

— Oui, je sais Ay m'a prévenu. Si tu penses que ce changement peut nous être profitable…

— Je ne resterai pas avec vous, au domaine des grands-parents.

— Pourquoi ? Où vas-tu ?

— À Ouasat avec Horemheb.

— Je viens avec vous. Il est hors de question de me laisser à Akhmim, pendant que vous allez remettre de l'ordre dans les affaires de l'Etat, je me sens beaucoup mieux et je peux vous accompagner.

— Tu ne viendras pas avec nous.

— Pourquoi ? Je pense avoir fait mes preuves.

— La question n'est pas là…

Younou se frotte le menton et fait les cent pas pour masquer son émotion.

— Arrête de tourner autour de moi et va directement au vif du sujet.

— Je vais me donner au clergé…

— Quoi ? éclate Nana en titubant et se rattrapant à la rambarde. Mais c'est n'importe quoi, il en est hors de question, tu entends ?

C'en est trop pour la reine, qui commence à avoir une respiration oppressée.

— Écoute-moi calmement Nana, ne m'interrompt pas. Quelle est la solution ? Si je laisse s'envenimer encore la situation, ce sera une guerre fratricide et le chaos. Tout cela au nom d'Amon et d'Aton donc Je vais remettre de l'ordre dans les affaires de l'Etat comme tu dis mais à ma façon. Je ne suis pas venu pour imposer Aton par la force, tous mes fidèles sont venus de leur plein gré. Chacun est libre de penser ce qu'il veut mais on ne doit jamais faire la guerre au nom d'un dieu d'Amour, ce n'est pas logique.

Nana comprend très bien et ses yeux tout doucement se remplissent de larmes.

— Tes fidèles ne vont pas comprendre…

— Ils sont déjà tous au courant et ont pris les dispositions nécessaires. Certains sont partis très tôt ce matin et d'autres prévoient de le faire plus tard. Et puis il y a ceux qui ont décidé de rester. Mais…

— Ils vont faire quoi de toi, si tu leur donnes ton pouvoir au nom de l'amour d'Aton, demande Nana d'une voix étranglée.

— Je ne vois pas beaucoup de solution pour eux car je ne pense pas qu'ils vont me bannir, de peur que je revienne. Je ne pense pas non plus, qu'ils me laisseront retourner à Akhetaton…

— Ils vont vouloir te tuer Younou ! Mais Horemheb ne laissera pas faire, ce sera quand même un conflit.

Younou baisse la tête.

— Je lui ai ordonné de ne pas intervenir, avoue-t-il.

— Tu n'as pas fait ça ! Je lui demanderai de ne pas t'obéir ! crie-t-elle en frappant ses poings sur le torse de Younou.

— Nana, il n'y a pas d'autre alternative pour le bien du peuple qui croit en moi, je suis obligé d'aller jusqu'au bout.

Nana porte ses mains à ses tempes.

— As-tu bien réfléchi ? Il doit bien avoir une autre solution ! À laquelle on ne pense pas !

— J'ai passé en revue toutes les solutions, pour Aton, pour son enseignement, il n'y a que celle là !

C'est Nana maintenant qui arpente frénétiquement en tentant de réfléchir.

— Alors je viens quand même avec toi.

— Non, tu ne viendras pas, tu vas rester avec les enfants, un temps à Akhmim, que les choses se calment. Ne sois pas inquiète, je ne me donne pas gratuitement, en contrepartie, je leur demande qu'ils te laissent en paix avec les enfants et respectent mes conditions. C'est toi qui gouvernera. J'ai déjà fait inscrire ton nom de Pharaon.

— Younou ! Ils laisseront les enfants en paix, car ils peuvent dire qu'ils ont été obligés de subir l'endoctrinement d'Aton et les reconvertir à Amon. Mais moi, j'ai participé avec ma propre volonté à l'enseignement, je me suis impliquée, je me suis donnée corps et âme pour Aton… Cela a été mon choix délibéré. Je suis un danger pour eux, ils ne me laisseront jamais en paix, même avec la protection de Mheb. Et puis… et surtout… je veux partir avec toi.

Younou ressent un grand vide car il avait présagé qu'elle ferait ce choix.

— Tu as pensé aux enfants ? cela va être dur pour eux de perdre leur père, mais en plus leur mère !

— Et toi as-tu pensé à eux aussi ?

— Tous les jours, mais je compte sur toi pour les soulager.

— Je ne crois pas que je pourrai leur être d'un grand soutien, je ne me sens plus la force de perdre encore quelqu'un de cher à mon cœur. Je ne serais qu'un poids pour tout le monde. Je préfère partir avec toi.

— Non Nana ! Non ne m'impose pas encore une chose insupportable, laisse-moi partir tranquille en sachant que vous êtes en sécurité avec Ay et Mheb.

— Mheb va passer pour un traitre !

— Il est d'accord, pour garder une mainmise sur le pouvoir. Il aura avec lui l'armée. N'oublie pas que tu es corégent.

— Comment le clergé d'Amon et surtout Mériré acceptent cela ?

— Cela fera partie de nos conditions.

— Tu me demandes l'impossible Younou ! Tu peux le comprendre.

— Oui je peux le comprendre, cependant je n'ai pas envie de t'emmener avec moi, même si je dois employer la force.

— Tu veux employer la force contre moi ?

— Oui ! Pour te protéger de toi-même.

De la terrasse, les enfants voient leurs parents qui semblent se disputer au fond du jardin. Les deux plus grandes princesses pleurent avec de gros sanglots.

— De quoi parlent-ils maintenant ? demande Mérit à sa sœur cadette.

— Je crois que Dada informe Mère de la fin proche.

— Quelle fin proche ?

— Celle qui va nous enlever notre père.

— Quoi ! Tu délires Pharaon est invincible.

— Contre les autres oui, mais pas contre lui-même. Et les autres c'est une partie de lui-même.

— Tu peux répéter, je n'ai pas tout compris.

— Père ne fera jamais de mal à quelqu'un aussi méchant soit-il. La haine attire la haine, il ne se laissera pas entraîner par les méchants. Tu as compris, cela lui est impossible.

— Il va faire quoi ? s'inquiète Mérit ne contenant plus ses sanglots.

— Je ne sais pas, gémit Ankhresen. Mais j'ai entendu parler de *sacrifice.*

***

À Ouasat, Mériré est informé du départ imminent de la famille royale vers Akhmim. Le grand-prêtre d'Amon jubile, il vient enfin d'avoir, une réponse du général Horemheb.

— Es-tu sûr que ce n'est pas un piège ? demande avec une certaine inquiétude, un de ses adjoints.

— Il va là où se trouve le pouvoir, il est comme nous et puis je sais de source sûre qu'Akhenaton ne peut pas ôter la vie d'un homme.

— Et tu fais quoi d'Hatamon ?

— Ce n'est pas lui, c'est Horemheb qui l'a tué, à ce que je sache.

— Et alors ? Il peut recommencer !

— Je ne crois pas que ce soit son intérêt. Pour le général, Aton ou Amon, c'est du pareil au même, du moment qu'il tient l'armée. Et crois-moi, il est notre dernier bastion.

— Et Néfertiti ? c'est quand même elle qui nous a gravement porté préjudice…

— Je suis au courant mais une chose après l'autre, occupons-nous d'abord d'Akhenaton. Néfertiti viendra après.

— Tu crois que le peuple va accepter que l'on condamne Pharaon d'hérésie ?

— Nous procéderons avec prudence donc nous n'allons pas nous afficher en place publique, bien que cela m'aurait plu de le faire ainsi. Je me méfie des réactions du peuple qui est parfois si versatile et il ne faudrait pas que ce procès soit pour Akhenaton, l'occasion d'une nouvelle tribune qui tourne à son avantage. Autant il y a désaccord avec sa politique, autant le caractère sacré du dieu sur terre est encore bien ancré en chacun d'eux. Soyons discrets, une fois que tout sera terminé, nous pourrons aviser et continuer d'avancer nos pions sans férir.

— Une fois condamné tu comptes en faire quoi ?

— Pharaon doit disparaître ainsi que Néfertiti. Officiellement nous ne pouvons, aux yeux du peuple, le tuer mais on peut invoquer des circonstances… et c'est pourquoi je tiens à ce que ce procès se fasse à huis-clos. Moins il y aura de témoins et mieux cela vaudra pour nous. Et avec l'aide d'Horemheb, nous ferons disparaître la reine plus tard. J'en connais une qui la remplacera bien volontiers dans son cœur et qui aura toute autorité aux yeux du peuple.

— De qui parles-tu ?

— Elle est toujours restée à Ouasat et fidèle à Amon, la sœur de la reine, Mout.

Mériré prend la tablette qu'il relit une énième fois, pour être certain de ne pas se tromper.

Je viens à Ouasat avec Pharaon, prépare ton tribunal.

***

Aux portes d'Akhmim, Younou peut constater que le peuple de cette ville lui est toujours fidèle car ils sont accueillis avec chaleur par l'ensemble de la population qui s'est portée devant le cortège. Cela tranche avec les informations alarmistes qui circulent depuis quelque temps.

Les serviteurs portent les coffres dans les chambres, d'autres offrent des boissons pour rafraichir leurs royaux invités. Younou prend Horemheb par le bras et l'entraine dans un coin du patio.

— Il faut que tu fasses changer d'avis Nana, elle veut venir avec nous.

— L'as-tu informée de ta décision ? s'inquiète le général.

— Je lui ai tout dit et elle veut partir avec moi.

— Ce n'est pas possible. Sans elle, comment maintenir le clergé ?!

— Je lui ai interdit de venir avec nous. Mais elle est déterminée, tu la connais.

— Je vais la voir.

Horemheb monte dans les chambres où Néfertiti se trouve avec les enfants.

— Puis-je te parler Nana, sollicite-t-il.

Elle le suit dans les couloirs qui mènent aux jardins.

— Younou m'a dit que tu voulais venir avec nous, en sachant que tu vas à une mort certaine.

— Avec mon époux, oui.

Horemheb observe le beau visage de Nana. Il lui semble qu'elle soit transfigurée par sa foi en Younou ou Aton, peut-être les deux se dit-il ? Il se reproche même d'avoir douté d'elle quand elle n'était encore qu'une adolescente. Et combien il aimerait qu'elle ait envie de rester avec lui, au lieu d'aller se jeter dans les bras d'Anubis.

— Et... tes enfants y as-tu pensé ?

— À chaque instant, mais si je reste, quel sera leur avenir ? Ils vont être rejetés par le peuple, comme nous le serions, si nous restions. À moins de nous imposer par la force, ce qui n'est pas du tout la politique de Pharaon.

— Je sais, j'en ai déjà discuté avec lui. Cependant, même si je ne suis pas d'accord sur son choix, je le respecte et agirai selon sa volonté. Mais toi, tu n'es pas obligée de le suivre, l'avenir du pays dépend de ta survie.

Nana se jette dans les bras d'Horemheb en sanglotant.

— Promets-moi que tu protègeras les enfants et que tu feras en sorte qu'ils puissent garder leur statut social de Prince et Princesses de l'Empire Khem.

— Tu seras là pour y veiller, lâche Horemheb.

— Allez-vous finir par respecter mes volontés, y a-t-il que Younou qui ait le droit de choisir sa destinée ? trépigne Nana.

Le général la serre contre lui et caresse ses cheveux, il a du mal à retenir ses larmes.

— Nana, ton sacrifice n'est pas nécessaire, c'est ce qu'on essaye de te dire.

— Que crois-tu que Mériré va faire de moi ?

— Tu seras partie prenante dans la négociation qu'ils seront bien obligés d'accepter.

— Au début bien sûr qu'ils vont l'accepter, mais après ils feront ce qu'ils veulent et je vais vivre dans la peur d'être humiliée et puis tuée loin de mon époux.

Il prend le visage de Nana dans ses mains pour mieux la regarder.

— N'as-tu point envie de rester avec moi ? Tu sais que je ferai tout pour préserver ta sécurité.

— Je sais Mheb, ils n'useront pas de la force contre toi, tu as l'armée qui te reste fidèle. Mais le clergé n'hésitera pas à se dédire et nous serons à leur merci. Je mettrai alors en péril la sécurité des enfants. Sans moi tu auras plus de facilité à conserver l'avantage. Si j'abandonne Younou à son sort, je ne serai qu'un poids pour tout le monde, car je n'aurai plus la force de combattre.

Ay se doutant du sujet de la conversation se rapproche d'eux. Horemheb semble gêné.

— Ma fille, tu peux rester ici, tu seras en sécurité, assure le Divin Père.

Nana se serre contre son père.

— Tu connais mes raisons et puis il y a les Ouas. Pour le clergé c'est une raison suffisante car il pense que je détiens une arme que je peux utiliser contre eux. Et pourtant si je sais les faire vibrer, je ne sais pas me connecter avec eux…

— Je peux te connecter avec les Ouas, si tu veux, annonce Younou qui rejoint le petit groupe. Ainsi tu pourras les commander, ton esprit est sain.

— Younou, je ne veux pas être connectée aux Ouas, je veux partir avec toi, dit-elle en se serrant contre lui.

— Ma douce, quoiqu'il se passe, nous serons toujours ensemble.

— Laisse-moi t'accompagner, implore Nana.

Ay et Horemheb ont épuisé tous leurs arguments, ils se retirent de la discussion en allant vers la rambarde.

— Va dire au revoir aux enfants, moi c'est fait, enjoint Younou.

— On part maintenant ?

— Il ne sert à rien de faire durer les choses, il temps de partir. L'escadron nous attend.

— Mais une partie de l'armée reste ici !?

— Elle sera sous le commandement de Ay.

Elle part embrasser son père, qui ne peut s'empêcher de laisser échapper de gros sanglots.

— Je t'aime ma fille.

— Moi aussi père, prends bien soin des enfants, je t'en supplie.

— Plus que ma vie, pour toujours et à jamais.

Nana monte dans les chambres, se dirige d'abord dans celle des jumelles, qu'elle embrasse de tout son cœur. Puis elle va voir Toutankh-Aton, l'enlace fortement contre son cœur.

— Mon petit bonhomme, sois fort dans ce monde de brutes, mais garde l'esprit de ton père en toi, bientôt tu seras Pharaon et il faudra que tu conserves ce pays uni et heureux de vivre… Afin que l'on ne t'oublie jamais Toutankhaton… ou Toutankhamon si tu dois t'appeler ainsi un jour pour la paix, reste toi-même à l'intérieur n'oublie jamais Aton.

Puis elle se dirige vers la chambre des grandes qui à peine rentrées se jettent dans les bras de leur mère.

— Nana, Dada est parti et il ne va pas revenir, tu le sais !

— Je l'accompagne.

— Quoi ? s'exclament en chœur les princesses, en dévisageant leur mère.

— Grand-père vous expliquera pourquoi, plus en détails. Mais pour le bien de tout le monde, je l'accompagne.

— Tu nous abandonnes, toi aussi ? implore Ankhesen.

Nana se mord les lèvres et peine à retenir de gros sanglots.

— Tu ne vas pas revenir comme père, conclut Mérit.

Nana se met à genoux devant ses filles et leur tend les bras. Les larmes coulent sur les joues.

— Pardonnez-moi mes chéries, je suis venue vous dire au revoir, je serai toujours présente dans votre cœur.

Ankhesen vient se serrer contre sa mère en pleurant, mais Mérit reste distante. Elle est en colère contre sa mère. Nana implore son ainée de venir l'embrasser, mais cette dernière s'éloigne.

— Surveillez bien votre petit frère et soyez courageuses mes chéries, je vous aime.

— Oui, toi aussi sois courageuse ! laisse échapper Mérit d'une voix boudeuse.

— Tu es méchante Mérit, répond Ankhesen en pleurant. Tu n'auras que des remords de t'être comportée ainsi. Je t'aime Nana, dit-elle en laissant partir sa mère.

Celle-ci se retourne pour donner un dernier baiser à Mérit qui n'a pu résister au départ de sa mère et court se précipiter dans ses bras.

Néfertiti descend les escaliers en courant, ne voulant pas être rattrapée par le regret. Et se serre contre Younou, des larmes pleins les yeux.

— Tu peux encore changer d'avis, ma douce.

— Je t'accompagne jusqu'au bout.

Chapitre 10

La reddition

L'annonce de la venue de Pharaon a Ouasat s'est répandue en ville comme un feu violent attisé par le clergé. Toute la ville semble avoir convergé vers le ponton où accoste la cange royale. Des villages environnants arrivent des bandes de paysans avec à leur tête des prêtres vociférant. Les étrangers qui se trouvent par hasard ou pour leurs affaires à Ouasat s'inquiètent pour leur sécurité mais ils s'aperçoivent que l'objet de cette agitation est un personnage important accompagné de son épouse. Une escouade de militaires a pris position sur le pont de la cange et fait face à la population. Le navire est maintenant amarré au quai. Des cris fusent de la foule.

Hérétique... traître... vendu...

Mais de nombreuses personnes ne disent mot, conscients qu'ils vivent là un moment extraordinaire. Pharaon apparaît sur le pont de la cange, suivi de son épouse Néfertiti. Il est vêtu de sa toge blanche ouverte sur le torse où on peut apercevoir un insigne. Ils descendent.

C'est l'emblème d'Aton, chuchotent des badauds attroupés à l'avant de la foule. Néfertiti est aussi vêtue d'une robe blanche immaculée, portant elle aussi le même insigne à son cou. Toute la foule se maintient silencieuse, des prêtres se font houspiller parce qu'ils incitent des habitants à conspuer le couple royal. Pharaon se redresse quelques instants et regarde la foule d'un air calme. Des chars sont maintenant arrivés devant la cange, Horemheb monte sur un et invite Pharaon et Néfertiti à s'installer sur un autre. Les soldats se répartissent entre les chars, d'autres les précèdent et les derniers ferment la marche.

Les chars s'avancent au pas vers la foule. Celle-ci est figée et lentement elle s'écarte devant la procession. C'est comme une vague qui déferle l'une derrière l'autre. Les rangs se prosternent au passage de Pharaon. Les prêtres eux-mêmes sont saisis par ce phénomène collectif et marquent leur respect au pharaon.

Sur les marches du temple, Mériré savoure sa revanche. La présence de Néfertiti n'était pas prévue mais cela n'ôte en rien son plaisir, bien au contraire. Bien sûr, elle va certainement poser quelques problèmes mais il tient maintenant les cartes en main. Dès que le cortège apparaît, il tourne le dos et entre dans le temple. Arrivé dans la grande salle, il s'installe dans le fauteuil qu'occupait Hatamon précédemment et attend. Pendant ce temps, des gardes d'Amon se tiennent à ses côtés, en position d'attente également. Horemheb se présente devant le grand-prêtre qu'il ne prend même pas la peine de saluer.

— Sa Majesté Akhenaton Nefer Kheperoura Ouaren Ra est venue dans ton temple afin de négocier avec toi les clauses qui garantiront l'avenir et la pérennité de l'Empire. Celui-ci est menacé par ta politique qui vise en effet à nous diviser.

Pharaon entre dans la grande salle, accompagné de son épouse Néfertiti. Tous les regards fusent vers le couple royal.

— Ton accusation est infondée et injuste d'ailleurs si Pharaon a fait ce déplacement, c'est qu'il reconnaît implicitement qu'il est à l'origine des problèmes que nous connaissons. Général, tu as la mémoire courte, je te rappelle que sous le règne d'Amon notre Empire vivait en paix. Et puis est venu Aton…

— Mériré, je ne suis pas venu palabrer sur le schisme, le coupe Akhenaton.

Le grand prêtre furieux se tourne vers Younou.

— Tu n'es pas autorisé à t'exprimer dans le temple d'Amon !

La tonalité de Mériré fait sursauter Nana qui serre la main de son époux. Le fils d'Aton ne montre aucune frayeur et calmement tente de reprendre le contrôle.

— Je n'ai que faire de tes interdictions. Je suis venu ici de mon plein gré et je m'exprimerai comme je l'entends. Tu n'aimerais sans doute pas que nous coupions court à cette conversation et repartions à Akhetaton sans accord entre nous ?

Mériré se jure qu'il finira bien par faire entendre raison à son adversaire mais il préfère temporiser et laisser Pharaon se découvrir.

— Je te trouve vindicatif, Akhenaton et je trouve cela contraire à ce que tu enseignes. Ce voyage t'a peut-être fatigué. Cela dit je serais heureux de t'entendre formuler tes propositions, ajoute-t-il d'un air entendu.

Horemheb, sur un signe de Pharaon, vient se placer devant le grand prêtre.

— Les conditions préalables à la reddition d'Akhenaton au clergé d'Amon sont les suivantes :

Taureau puissant reconnaît à Amon et à son clergé qui le représente, son appartenance au panthéon khémit.

— Mais c'est une plaisanterie ! Amon est déjà dans le panthéon ! martèle le grand prêtre offusqué.

— Mériré ! Pharaon te fait l'honneur de reconnaître l'existence de ton dieu, Amon, lui rétorque Horemheb en détachant les syllabes.

— Je dois sans doute vous remercier, toi et pharaon, ironise Mériré, j'espère que les autres conditions ne sont pas aussi absurdes que celle que tu viens de m'annoncer.

Horemheb veut remettre Mériré à sa place mais Akhenaton lui fait signe de poursuivre sa lecture.

— Nous avons un papyrus sur lequel sont inscrites nos conditions. Le général Horemheb va te les énumérer, poursuit Younou.

— *Le clergé d'Amon, représenté ici par son grand-prêtre Mériré s'engage à maintenir l'unité de l'empire khémit et à ne rien tenter qui remette en cause ou menace son intégrité. Il ne fera aucune alliance avec un souverain étranger qui pourrait porter atteinte à notre indépendance et ne cherchera pas à entrer en conflit avec une autre puissance.*

Amon retrouvera sa place au-dessus des autres dieux dans le panthéon khémit à condition que ses représentants respectent et se soumettent à l'autorité de Pharaon et à sa famille, directe ou par alliance.

Afin de maintenir l'unité du pays et assurer le bonheur de son peuple, le clergé d'Amon ne tentera pas de récupérer les terres de leurs légitimes propriétaires, terres qui avaient été rendue par pharaon. Le clergé ne se substituera plus au gouvernement pour lever des impôts ou des taxes. Ce domaine relève uniquement de la compétence des ministres nommés par Pharaon.

Le clergé acceptera dans ses écoles dites du mystère tous les enfants khémits sans exception. Les prêtres seront rémunérés par l'Empire.

Si le clergé d'Amon ne respecte pas une de ses clauses, ce texte sera tenu pour caduc…

Mériré se lève d'un bond de son fauteuil

— Je rejette ces conditions ! Elles sont inacceptables ! divulguer nos textes sacrés au vulgaire. Amon s'y est toujours opposé, comment oses-tu demander cela. Tu es un impie ! s'emporte Mériré en prenant à témoin l'assemblée.

— Jamais, les dieux ne se sont opposés à la divulgation des textes, tous les textes. Mais en maintenant le peuple dans l'ignorance et la peur, tu peux ainsi mieux le manipuler, riposte Pharaon.

— Tu es un hérétique ! tu blasphèmes !

C'en est trop pour Horemheb qui s'interpose.

— Je n'avais pas terminé et je dois conclure.

Le général Horemheb reste à la tête de l'armée. Le général et le Divin père Ay assureront la protection de la famille royale. Et Toutankhaton deviendra le prochain Pharaon, en attendant qu'il ait l'âge requis sa sœur Méritaton sera la régente.

Horemheb roule le papyrus qu'il tient entre les mains et regarde froidement le grand prêtre qui s'est tassé sur son fauteuil. La colère lui déforme le visage.

— Vous êtes venus nous humilier ! Vous dictez vos conditions mais je n'entends pas parler de contrepartie. Demain les terres noires peuvent s'embraser. Les hérétiques seront pourchassés par les fidèles d'Amon. Ton armée suffira-t-elle à arrêter le bain de sang ? Vous semblez bien imbus de votre droit mais…

— Tu prends le risque d'affaiblir l'empire khem et tu laisses la porte ouverte à un prédateur éventuel. Et tu me traites d'hérétique ?

Le général s'interpose à nouveau entre le grand-prêtre d'Amon et le Divin Pharaon.

— Quand cesseras-tu de m'interrompre, Mériré, il y a une contrepartie, lance-t-il avec un long soupir.

— Je ne vais plus t'interrompre, Horemheb, mais sache que ma patience est à bout.

Les mots ont du mal à sortir, il baisse la tête, puis regarde une dernière fois Younou et Nana, comme si le fait de n'avoir encore dit, était la dernière chance de les sauver. Younou avance alors d'un pas.

— En contrepartie nous faisons le sacrifice de nos vies, finit par dire Akhenaton à la place de son porte-parole.

Dans l'assistance c'est l'incompréhension, Mériré écarquille les yeux mais se reprend rapidement en tentant de cacher son émotion.

— Soyons clair, déjà il n'y a pas de sacrifice, mais une justice à rendre et tu es en train de me dire que tu t'en remets à celle d'Amon ? Avec ton épouse ?

— C'est notre contrepartie des conditions que tu dois appliquer, si tu signes le papyrus que détient mon général et qui veillera à ce qu'elles soient respectées.

— Vous allez d'abord suivre la procédure. Tu seras jugé et condamné car tes fautes sont lourdes.

— Il est hors de question que nous moisissions dans tes geôles en attendant un hypothétique procès qui ne viendra peut-être jamais, rétorque Akhenaton.

Mériré s'emporte.

— Tu n'es plus en droit d'exiger ! Qu'on m'apporte mon sceau et de l'encre. Horemheb, je vais accepter les conditions qui m'ont été lues et qui marqueront leur condamnation.

Le général hésite encore à dérouler le papyrus.

— Attention, Mériré, si les conditions ne sont pas respectées, tu auras la malédiction des pharaons et Amon sera renvoyé à tout jamais dans les ténèbres. C'est un dieu sur terre qui te l'assure, lui dit Akhenaton en le menaçant droit dans les yeux.

Un rictus se dessine sur les lèvres de Mériré, il se penche sur le papyrus que lui tend Horemheb et appose son sceau.

Avant de se retirer Horemheb se penche vers l'oreille du grand-prêtre.

— La malédiction de pharaon viendra de moi. Respecte les conditions sinon tu ne m'échapperas plus.

Le grand-prêtre se retire dans son bureau où il est bientôt rejoint par ses adjoints.

— Grand prêtre, nous tenons enfin notre revanche et c'est grâce à toi, s'enthousiasme un de ceux-ci.

— Nous avons fait un pas décisif mais le plus dur reste à faire. Cette reddition peut se retourner contre nous si nous ne savons pas l'exploiter à notre avantage, modère Mériré d'un ton réfléchi.

— Pourtant sa venue ici, en compagnie de Néfertiti est un signe d'abdication ou en tout cas de faiblesse sinon il aurait opté pour une solution violente, rétorque un autre adjoint.

— Vous ne connaissez pas Akhenaton aussi bien que moi, se targue Mériré, et je me porte garant qu'il ne repartira pas de sitôt à Akhetaton. Je n'ai pas encore pris de décision concernant Néfertiti. Quant à Horemheb, je pense qu'il faudra le ménager tant que nous ne savons pas de quel côté penche l'armée et pour l'instant, elle n'est pas vraiment de notre côté.

— Que comptes-tu faire, grand prêtre ?

— Nous allons instruire le procès d'Akhenaton. La première précaution à prendre est de constituer un tribunal que je présiderai, cela va de soi. Le public ne sera admis qu'après avoir été soigneusement constitué de personnes fidèles. Je ne veux pas que par un de ses tours de magie, Akhenaton retourne le peuple à son profit. Et je connais la puissance de son verbe. Ses truismes risquent d'en émouvoir plus d'un et notre position risque de devenir alors très délicate.

Voici comment nous allons procéder, dans un premier temps nous allons le citer à comparaître devant nous mais avant, je vais constituer le tribunal qui devra le juger et… le condamner, conclut froidement Mériré, mais avant il faut instruire le cas de son épouse. Cela sera une sorte de galop d'essai.

Mériré revient dans la grande salle, accompagné de ses adjoints.

Néfertiti est rapidement informée qu'elle va passer en jugement. Elle a eu à peine le temps d'y penser. Tout cela lui paraît tellement futile en regard de la situation de Younou et de ses enfants. Pourtant elle commence à réaliser que son arrêt de mort vient d'être signé. Elle est maintenant entre les mains de Mériré. Elle frissonne, son cœur bat à tout rompre. Elle tente vainement de le calmer en inspirant profondément. Akhenaton prend alors conscience de l'abime dans lequel plonge son épouse. Il lui prend la main et lui donne un dernier baiser sur ses lèvres sèches.

Horemheb lance un ultime regard sur Nana qui est livide. Il lui semble que son cœur est broyé dans un étau. Il regarde Younou qui a été son seul ami, son frère et ses yeux commencent à être humides. Le souverain déchu est aussi conscient de l'émoi dans lequel Horemheb se trouve. Il pose amicalement sa main sur son épaule, en passant à côté de lui. Néfertiti lui semble tellement frêle mais elle passe devant lui sans lui accorder un regard, toujours tenant la main de son époux. Déjà Horemheb donne l'ordre aux gardes de se positionner derrière ceux de Mériré. Pharaon a demandé au général de s'assurer que tout se déroule normalement.

C'est d'abord le tour de Néfertiti. Elle se présente les mains entravées dans le dos devant ses juges. Ceux-ci ont revêtu une cape noire qui leur cache presque entièrement leur visage. Mériré se tient au milieu et ne prend pas la peine de cacher le sien. Il éprouve alors ce sentiment de puissance qui consacre d'après lui une vie où les rebuffades et autres humiliations ont une grande part. Il a beaucoup travaillé dans l'ombre et il tient aujourd'hui entre ses mains le sort des deux personnages les plus puissants de l'Empire. Il s'efforce néanmoins de ne pas montrer ses sentiments.

— Neferneferoura Néfertiti ici présente, tu es accusée de nombreux délits qui peuvent te valoir la mort. Entre autres d'avoir blasphémé contre Amon, d'avoir répandu un tissu de calomnies contre notre dieu et notre clergé. En outre tu as conspiré contre notre ordre en lui volant ses biens et en emprisonnant ses membres accusés à tort. Les preuves sont évidentes et il ne nous paraît pas utile d'aller plus avant en t'interrogeant.

Pendant qu'il débite son accusation, Néfertiti pense à cette belle journée ensoleillée où elle aurait aimé jouer avec ses enfants. Elle sourit car elle sait qu'ils seront en sécurité avec leur grand-père et Horemheb. Elle sait qu'elle va être condamnée mais espère que ce sera rapide et sans douleur. Elle pense avec tristesse à Younou qui a été emmené dans une pièce voisine. On ne lui a pas permis d'être présent alors autant qu'on en finisse rapidement.

Mériré se méprend sur le sourire de Néfertiti. Il se dit qu'il lui fera payer cher cette insolence.

— Neferneferoura Néfertiti, Amon dans sa toute puissance et bienveillance te permet de vivre si tu abjures ta foi en Aton. Pour cela il te suffit de répéter que tu places tout ton amour en ta confiance en Amon. Tu n'as qu'à dire le nom sacré d'Amon et tu seras sauvée.

Néfertiti semble revenir d'un lointain voyage, elle regarde ceux qu'elle considère déjà comme ses bourreaux. Elle peut à peine distinguer leur regard. Tous sauf Mériré baissent les yeux ou font semblant de regarder leurs mains. Mais dehors, le soleil brille de tous ses feux, elle entend le bruit d'une fontaine qui coule…

— Parle !

Elle sursaute.

— Aton, puis d'une voix plus forte, ATON oui ATON !

— Tu viens de signer ton arrêt de mort ! hurle Mériré, bourreau ! fais ton œuvre.

Un homme encagoulé avec à la main une lance, se dirige vers la reine. Mériré fait un signe et le fer de la lance fend l'air en sifflant. Le bourreau n'a pas assuré son geste et au lieu du cou, il frappe de plein fouet la mâchoire qui se brise immédiatement. Un flot de sang jaillit de la plaie béante pendant que Néfertiti s'effondre en hurlant. Le bourreau reste stupide et attend les ordres.

— Imbécile ! maladroit ! qu'on amène le coupable, s'exclame Mériré en ordonnant aux gardes de faire entrer son époux.

Akhenaton a été jeté sans ménagement dans une pièce exigüe du temple. Elle ne possède aucune autre ouverture qu'une solide porte devant laquelle sont postés deux gardes qui ont reçu pour consigne de ne laisser entrer personne que le grand prêtre. Dans cette pièce, on aperçoit un bas flanc qui peut servir de couchette ou de table. Un broc contenant une eau croupie est posé dessus. Il y fait glacial. Cette salle n'est qu'un des nombreux cachots dans lesquels ont été emprisonnés certains des opposants au clergé.

La porte s'ouvre et les gardes qui ont été renforcés s'emparent de Pharaon. Celui-ci se laisse faire et ne dit mot, il sait qu'il vit un moment crucial mais qu'il va retrouver Nana dans peu de temps. Les gardes le ramènent mais ne parviennent pas à lui lier les mains car Akhenaton leur oppose une résistance à laquelle ils ne peuvent rien. Ces gardiens dépités se concertent. Doivent-ils ou non user de la manière forte ?

— Vous n'avez rien à craindre, j'irai à votre tribunal, les mains libres.

C'est ainsi que pharaon fait son entrée dans la salle. Il n'entend pas les vociférations des adulateurs d'Amon dûment encadrés par les prêtres car le spectacle qui se présente à ses yeux l'afflige. Nana gît sur le sol dans une mare de sang. Elle continue de gémir à cause de la douleur atroce infligée par la blessure. Younou échappe à ses gardiens et se précipite vers elle. Il s'agenouille auprès de son épouse, des larmes ruissellent sur sa poitrine et sur le visage de Nana, qu'il n'ose toucher. Pourtant sa main positionnée juste au-dessus soulage sa soufrance. C'est alors qu'il entend une voix qui fait monter en lui un sentiment de haine mais qu'il refoule aussitôt. Il relève lentement la tête et brave le regard de Mériré qui après une hésitation poursuit l'énoncé des accusations.

— Amenhotep Neter Eqa Younou, le tribunal exceptionnel, réuni aujourd'hui doit te signifier les actes d'accusations. Nous en avons relevé un certain nombre que nous allons te citer. Tu as été reconnu coupable d'hérésie contre Amon en voulant imposer une autre divinité que tu as nommé Aton. Est-ce exact ?

— Cela est vrai, répond Akhenaton d'une voix ferme.

— En outre, avec la complicité de ton épouse Néfertiti, tu as fait marteler le nom d'Amon sur ses temples et pourchasser ses prêtres. Tu as tenté d'interdire à ses fidèles d'exercer leur culte pour imposer celui de ton dieu Aton.

— Je m'élève contre tes accusations. Ni mon épouse, ni moi n'avons ordonné le martelage du nom d'Amon et encore moins de pourchasser tes prêtres ou d'interdire l'exercice du culte. Ces incidents n'ont jamais été éclaircis ou sans doute faut-il y voir des excès de zélateurs. D'ailleurs j'avais donné ordre de pourchasser les fauteurs de troubles.

Un des juges se lève alors et pointe un doigt accusateur sur Pharaon.

— Tu as pourtant été fort lent à réagir, ton indifférence et ta négligence sont tout aussi coupables. Tu as blasphémé en pensées et actes. Ceci sera retenu contre toi.

Des cris fusent parmi les complices présents.

— Blasphème, hérétique, à mort, mais rapidement le grand prêtre impose le silence.

— Avec la complicité toujours de ton épouse, Néfertiti, tu as pillé les biens du clergé d'Amon que tu as attribués au clergé d'Aton. Tu as tari ses ressources que tu as confisquées à ton seul profit et celui de ce nouveau culte. Tu n'as pas respecté la mission que tes ancêtres t'avaient confiée. Et le peuple que le clergé d'Amon était chargé d'instruire et de veiller à son salut souffre maintenant à cause de tes prévarications. Le reconnais-tu ? poursuit Mériré.

— Ce ne sont qu'allégations mensongères et tu le sais bien, grand-prêtre, si ton clergé s'est appauvri c'est que j'ai pris conscience de la grande détresse de mon peuple qui ne supportait plus les impôts et les taxes qui l'accablaient et qui étaient perçues au nom d'Amon. Mes ancêtres ne m'ont légué qu'une seule tâche, celle de veiller au bien être de mes sujets et non de les asservir... Quand j'ai transféré ma capitale dans un autre lieu, je n'ai forcé personne à me suivre et pourtant la plupart des habitants de ta capitale à l'instar d'autres villes ont tenu à s'installer à Akhetaton où ils ont pu prospérer et vivre dans l'amour d'Aton.

— Mensonges ! ils sont revenus depuis ! éructe Mériré qui se rend compte que ce procès prend une tournure dangereuse.

Il décide donc de porter l'estocade.

— Le troisième acte qui a été retenu contre toi et non des moindres est celle de haute trahison. En remettant aux souverains étrangers nos territoires conquis par le sang de nos ancêtres, tu montres non seulement ton indifférence mais aussi ton incapacité à servir et diriger l'empire Khem. Nous n'avons que faire d'un souverain qui brade nos possessions comme il a dilapidé les biens du clergé. Reconnais ton immense erreur Akhenaton !

— Tu as été mal instruit Mériré et ton séjour à Akhetaton à mes côtés aurait dû t'édifier davantage. Je me suis longuement exprimé sur ce sujet. Tout le monde sait que j'ai agi en toute conscience et honnêteté pour la paix entre nos peuples. J'ai œuvré pour le bien de mon pays en lui assurant non seulement la paix mais aussi sa prospérité.

Un des assesseurs du grand prêtre se lève

— Vous êtes témoins que l'accusé ne s'est à aucun moment amendé. Non seulement il avoue avoir été à l'origine de cette campagne dirigée contre Amon mais aussi contre l'Empire. Il clame en outre la justesse de ses actes et ce à l'encontre de tout bon sens. Nous sommes en droit de nous demander s'il a encore tous ses esprits tant l'évidence de ces méfaits s'impose !

Un murmure d'acquiescement parcourt l'assemblée.

Les membres du tribunal se concertent rapidement à voix basse puis le grand prêtre lève la main et indique qu'il va parler.

— Akhenaton, tu as commis des crimes mais notre tribunal inspiré par Amon, dans sa grande clémence et générosité a bien voulu alléger ta peine. A condition que tu abjures Aton et que tu reviennes dans le sein d'Amon à qui tu prêtes allégeance. Il suffit pour cela que tu prononces le nom sacré d'AMON.

Younou relève la tête, sourit à l'assemblée qui retient son souffle et d'une voix ferme et claire dit.

— ATON

— Le tribunal et l'assemblée me sont témoins que l'accusé persiste dans ses errances et qu'il nous appartient d'y mettre fin. Bourreau, fais ton devoir.

Celui-ci s'efforce de ne pas penser à sa nouvelle victime, il est décidé à ne pas répéter son faux pas. Il sait que d'un geste, Pharaon pourra soit l'esquiver, soit l'envoyer tournoyer au loin. Aussi est-il hésitant. Mais il voit Younou baisser la tête pour regarder une dernière fois Nana en train d'agoniser dans d'atroces souffrances. Le bourreau plante alors sa lance dans le flanc d'Akhenaton. Celui-ci s'affaisse lentement aux côtés de Néfertiti. Il ne semble pas avoir ressenti la moindre douleur. A peine l'entend-on dans un souffle, murmurer à sa bien-aimée qui respire péniblement.

— Pardonne… pardonne… pardonne !

— Qu'on en termine, cela a trop duré ! ordonne le grand-prêtre qui s'inquiète de l'émotion palpable dans l'assemblée.

Le bourreau achève son œuvre, en plantant deux fois sa lance dans les deux corps jonchés au sol. Les personnes présentes sont alors témoins d'un phénomène extraordinaire qui les plonge dans la stupeur.

Le sang d'Akhenaton qui s'écoule sur le sol, se met à prendre une couleur dorée. De petites étincelles apparaissent et le corps de pharaon s'enflamme brusquement. On ne retrouve de lui alors que ses os et son crâne ! Le bras droit de Néfertiti s'est consumé car Akhenaton lui tenait la main.

Au même instant la salle s'obscurcit comme si la nuit était tombée d'un coup. Un garde affolé fait irruption dans la salle.

— Le soleil a disparu. Il est devenu noir !

Tous se ruent à l'extérieur, constater le phénomène. Le soleil n'est plus qu'un rond sombre cerclé d'un halo de lumière.

— Le malheur est sur nous, se lamente un prêtre, nous avons tué le dernier fils des dieux, nous avons signé notre arrêt de mort !

Tous se jettent à terre, Mériré a le teint cireux, il s'agenouille et le nom sort tout seul de sa bouche.

— Aton !

Repris en chœur par tous.

— Aton... Aton... Aton.

***

Horemheb est resté seul avec quelques hommes. Il s'incline près de Nana. Il n'en peut plus de regarder ce corps mutilé, ce visage atrocement meurtri. Il place la mâchoire mutilée qui était sortie de son axe.

Une nouvelle vie commence pour vous. Aton vous ouvre la porte.

Il profite alors de la diversion pour faire emmener les corps mais seul celui de Néfertiti pourra être embaumé, celui de Pharaon n'est plus qu'un squelette.

Dans une autre dimension, les âmes d'Akhenaton et de Néfertiti s'enroulent dans une spirale éthérique et s'élèvent... quelque part dans l'Uni-vers.

Ils sont maintenant dans l'amour d'Aton.

EPILOGUE

Quand l'homme s'éveille en sursaut, la chambre est encore plongée dans l'obscurité. Il se tourne sur le côté et d'une main hésitante il semble chercher quelqu'un. Il prend alors peu à peu conscience qu'il n'y a personne. Il est seul et soupire. Son front moite semble attester qu'il est en proie à un grand trouble. Il se redresse et s'assied sur le bord du lit en se frottant énergiquement le visage.

— Mon Dieu, quel rêve étrange !

Il sait qu'il ne pourra plus se rendormir. Une lumière attire son attention. Il tourne la tête et lit 5:36 sur son smartphone. Son esprit est encore empreint de ce rêve si puissant. Mais il y a plus important et le voici debout, se dirigeant vers la fenêtre. Il écarte les rideaux. Une faible lumière perce l'horizon au-dessus des buildings. Le soleil livre son premier combat aux ténèbres. Il ne peut s'empêcher de repenser à son rêve. Il allume une lampe. Une bouilloire est à la disposition des clients avec des sachets solubles, il fait chauffer de l'eau et se prépare un café. Puis une tasse à la main, il s'assied face à son ordinateur portable posé sur le bureau. Il veut en avoir le cœur net. Il l'allume et se livre à des recherches. Pendant quelques minutes il fixe l'écran d'un œil songeur, puis se penche en arrière, l'expression est soucieuse.

— Comment cela est-il possible ? Les spécialistes eux-mêmes ignorent presque tout de leur vie…

A cet instant, le téléphone vibre.

— Bonjour Michel, j'espère que je ne te dérange pas. As-tu bien dormi ? Je te rappelle que la voiture attendra devant l'hôtel à 7h45. Ton intervention aura lieu 30 mn après notre arrivée. Juste après l'ouverture officielle…

Il écoute son ami et conseiller mais distraitement. Le rêve de cette nuit est toujours vivant et le perturbe.

— Michel, ça va ? Tu sembles absent ? Je partage ton appréhension mais je suis sûr que tu es tout à fait capable de convaincre ton auditoire, si prestigieux soit-il.

— Je te remercie mais c'est juste que j'ai fait un rêve étrange cette nuit…

— Un rêve ? Bon d'accord mais que cela ne t'empêche pas d'être prêt, d'ailleurs je viens te chercher dans moins d'une heure. Et tu me raconteras tout après ton intervention… Si les journalistes nous en laissent l'occasion, conclue-t-il en riant.

Sa main continue de faire palpiter l'écran. Un lien l'amène à un site ésotérique. Son attention redouble car il retrouve des éléments de son rêve. Le texte relate les faits survenus après la mort d'Akhenaton.

Sa troisième fille qui s'appelait Ankhesenpa-Aton tenta de préserver l'enseignement d'Aton avec les rites d'initiation et les doctrines théosophiques secrètes. C'en était trop pour le clergé d'Amon qui se hâta de confisquer tout ce legs qu'il fit disparaître autant qu'il put. Quant à Ankhesenpa-Aton, devenue par la force du clergé Ankhsnamon, elle fut accusée de trahison et exécutée à la sortie du tombeau, juste après l'assassinat de son époux, Toutankhamon. Cependant cet usurpateur fut vite oublié par l'histoire.

Heureusement tout ne tomba pas entre les mains des prêtres. Le seul secret qu'elle possédait, avait été encodé dans un précieux collier confié par son père et il ne fut jamais retrouvé. Certains chercheurs pensent néanmoins que quelques rares initiés connaissent l'endroit où il est caché mais peu osent s'aventurer et émettre des hypothèses. Pourquoi ? Ne sera-t-il divulgué que lorsque l'humanité sera prête à le décoder ?

De nombreuses questions lui viennent aux lèvres. Par qui ? Quand ? Il pousse un soupir : comment savoir ? Comment connaissent-ils l'existence de ce collier ? Il poursuit avidement sa lecture en se frottant machinalement le menton.

Pendant le règne de Toutankhamon, les fidèles d'Aton croissaient en nombre et en influence mais ils s'éloignaient peu à peu de l'enseignement d'Akhenaton. Inquiet, le clergé d'Amon réagit comme à son accoutumée, c'est-à-dire avec violence et en ne reculant devant aucun crime. Malgré cela le culte d'Aton prospérait mais cette fois dans la clandestinité. Pourtant Ay et Horemheb, devenus successivement pharaons, firent preuve d'une certaine mansuétude à l'égard des disciples d'Aton, au grand dam du clergé en place. Il prit sa revanche avec l'avènement de Ramsès II qui les pourchassa et ceux-ci finirent par fuir dans le désert afin de rejoindre le pays de Canaan. Ils apportaient avec eux un dieu unique qu'ils ne pouvaient nommer car on ne devait pas dire qu'il était, Aton le maudit. Avant de s'enfuir les adeptes du soleil dérobèrent à pharaon le dernier Ouas connu. De rage celui-ci lança une armée à leur poursuite afin de le récupérer mais aussi venger son honneur. Moïse qui menait les dissidents n'était-il pas le frère de pharaon ? L'armée de celui-ci connut une fin tragique car les flots de la mer Rouge qu'on appelait alors la mer des Roseaux se referma sur celle-ci. Moïse qui avait reçu l'enseignement des dieux avait réactivé le pouvoir du Ouas.

Une chance pour l'humanité lui fut accordée lors de la remise des Tables de la Loi sur le Mont des Oliviers. Mais une nouvelle fois le clergé en place récupéra à son profit les Lois qu'il détourna et dénatura. Les mêmes maux que fustigeait Akhenaton, avidité, envie, hypocrisie, prévarication... et leurs corollaires de violences, meurtres, trahisons persistent de nos jours. On retrouve dans chaque situation un groupe qui confisque le verbe et prétend régir avec ses propres lois les masses populaires qu'il tient par la peur et dans une misère spirituelle et matérielle. A l'abri derrière les frontispices hautains de ces nouveaux temples qu'on appelle banques.

Plus il découvre ces textes, plus il est troublé par la correspondance avec le rêve de cette nuit. Il repense à ce collier dont il n'avait jamais entendu parler et aucun des livres qu'il a eus entre les mains ne l'évoquait. Qu'est devenu ce Ouas qui pourrait rivaliser avec les armes les plus sophistiquées et les surpasser ? Qu'adviendrait l'humanité si il tombait entre des mains qui pourraient le détourner ?

Michel continue de lire.

Que reste-t-il finalement de l'enseignement d'Aton ? Un autre dieu l'a remplacé, d'autres avatars qui ont comme noms dollars, yen, euro… le Veau d'or a repris sa place. Cette idole qui avait troublé les consciences de ceux qui avaient perdu l'espoir et la foi.

Pourquoi n'apprenons-nous rien de nos égarements et de nos erreurs ? Nous avons en nous tous les gènes de l'humanité et pourtant rien n'y fait, nous nous en remettons aux dieux ou plutôt à ceux qui prétendent les servir et qui abusent de leurs privilèges. Ce clergé qui déjà spoliait les paysans en accaparant leurs terres du temps de pharaon.

Parmi les clauses qu'avait demandées Akhénaton avant sa reddition, l'une concernait l'éducation du peuple qui devait avoir accès à la connaissance et ce sans distinction d'origine ou de statut social. Force est de constater que cet engagement n'a pas été respecté. L'enseignement d'Aton a été confisqué par les dignitaires et reste hermétique au commun des mortels. Ne serait-il pas temps de rompre avec ces pratiques qui confortent le pouvoir d'une caste, d'une oligarchie ? La force du Ouas n'est-elle pas présente en chacun de nous ? Est-ce qu'il ne nous appartient pas de l'activer ?

Michel est de plus en plus troublé mais en même temps l'excitation grandit en lui. Il sent qu'il n'est pas là par hasard et que l'intervention qu'il mènera tout à l'heure est inscrite dans un processus qu'il ne maîtrise pas du tout, mais dans lequel il va jouer un rôle, il en est maintenant certain.

Pendant ce temps le soleil s'est levé et sa lumière irradie la chambre. Il révèle la ville qui s'étire, lascive et déjà atteinte de frénésie sous ses pieds. Il se surprend à constater que sa tasse est vide mais hésite à se resservir.

— Il était un peu fort ce matin.

Il allume la télévision et coupe aussitôt le son. Sur l'écran s'agitent des visages, des corps. On dirait des marionnettes se dit-il. Partout dans le monde des foules s'agitent, certains semblent vociférer. Ils tendent les mains, brandissent des points. Parfois des corps tombent qui sont relevés par leurs proches et transportés comme des témoignages sanglants. Il se sent ému par ces images poignantes.

Il se dirige vers la salle de bain et file sous la douche, tout en restant dans ses pensées.

Ces hommes, ces femmes et parfois ces enfants, ne sont-ils pas les mêmes que ceux qui subissaient la tyrannie de leurs oppresseurs ? Il repense à ces rois qui dirigeaient d'immenses empires. Qu'en était-il de leur pouvoir réel ? Eux aussi étaient confrontés à des maux qui sont toujours d'actualité. Eux aussi étaient souvent la cible d'ennemis qui étaient parfois des proches. Michel est perdu. Comment réconcilier toutes ces forces antagonistes ? C'est impossible pour lui de ne pas imaginer les défis qui attendent l'humanité, car l'homme a créé de nouveaux fléaux comme la pollution, la destruction de l'environnement. Le veau d'or agit maintenant à l'échelle mondiale.

Il attrape la serviette et se sèche. Il se regarde dans le miroir de la salle de bain, puis se rase, se parfume et s'habille.

Des coups discrets sont frappés à sa porte. Il ouvre et se trouve en présence du garçon d'étape qui tient un plateau.

— Good morning, Sir Bourbon, your breakfast... May I enter ?

Michel s'efface pour le laisser passer. Après avoir déposé le plateau sur une table basse, cet homme, haut de taille, le visage sérieux et la tenue impeccable, referme de ses mains gantées, un peu le rideau pour que la table soit à l'ombre. Michel lui remet un pourboire conséquent que l'homme accepte et remercie presque avec indifférence. Nulle obséquiosité. Il se retire après lui avoir souhaité une journée agréable. Michel ne peut s'empêcher de songer aux ancêtres de cet homme. Étaient-ils des paysans, des lettrés ? Il se plaît à penser q''il est peut-être de la famille ''un pharaon. Peut-être même d'Akhénaton. A cette pensée il hausse les épaules et soupire. Décidément ce rêve ne le quitte plus.

Il touche à peine aux fruits et autres mets. Il doit pourtant prendre des forces car la journée sera longue.

Son smartphone vibre. Le site ésotérique qu'il a lu peu de temps avant, vient de lui envoyer un message - *Bonjour Michel Bourbon.*

On frappe de nouveau à la porte. Il éteint son smartphone qu'il met dans sa poche, puis tourne lentement la tête.

— Entre, c'est ouvert.

L'ami qui lui avait téléphoné plus tôt, le regarde non sans dissimuler une certaine inquiétude.

— Tu es certain que tout ira bien ?

— Je n'ai jamais été autant en forme.

Son ami semble soulagé et un sourire radieux illumine son visage. Il réajuste la cravate, puis Michel prend son ordinateur qu'il met dans une sacoche, ferme sa valise et enfile son manteau.

— C'est parfait, Monsieur le Ministre, en route pour le Congrès international de la paix dans le monde.

Printed by Amazon Italia Logistica S.r.l.
Torrazza Piemonte (TO), Italy

22111089R00269